Ernst von Wildenbruch

Novellen

Ernst von Wildenbruch

Novellen

ISBN/EAN: 9783741125010

Hergestellt in Europa, USA, Kanada, Australien, Japan

Cover: Foto ©Andreas Hilbeck / pixelio.de

Manufactured and distributed by brebook publishing software
(www.brebook.com)

Ernst von Wildenbruch

Novellen

Novellen

von

Ernst von Wildenbruch.

Sechste Auflage.

———— ◆ ◆ ◆ ————

Berlin, 1888.
Verlag von Freund & Jeckel.
(Carl Freund.)

Inhalt.

Franceska von Rimini.

„Ein Ballvergnügen mitten im Hochsommer,“ sagte
seufzend der Regierungsrath von Maienberg, indem
er auf die Uhr sah, deren Zeigerstellung ihm ver=
kündete, daß er den behaglichen Platz in der luftigen
Gartenveranda, in der er saß, bald mit einem heißen,
überfüllten Saale vertauschen müßte, in welchem eine
Schaar von jungen Menschen beiderlei Geschlechts die
Bequemlichkeit von so und so viel Ballvätern und Ball=
müttern ihrem Tanzbedürfniß zu opfern entschlossen
war. Mit einem Blicke überflog er die unteren Glied=
maßen seines Körpers, welche durch Glanzstiefel und
schwarze Beinkleider bereits in ballfähigen Zustand ver=
setzt waren, und indem er mit den sorgfältig gepflegten
Nägeln ein Stäubchen Asche, das von seiner glimmen=
den Cigarre auf sein Knie gefallen war, hinwegschnippte,
gab er leise murrend seiner Hoffnung Ausdruck, daß er
wenigstens zu einer Parthie Whist oder L’hombre Ge=
legenheit finden werde. Er warf die Abendzeitung,
deren Inhalt er mit gelangweilten Augen erschöpft

1*

hatte, auf das Nebentischchen und trat an die Thür
des Salons, die sich nach dem Garten zu auf die
Veranda öffnete.

„Franziska," sagte er, und da er keine Antwort
erhielt, ging er durch den dämmernden Raum an die
geschlossene Thür des Nebenzimmers. Vorsichtig und
beinah mit einer gewissen Scheu öffnete er dieselbe und
blickte in das kleinere, mit dunkelrother Tapete be-
kleidete Gemach. Auch hier war Niemand, indessen
schien die Bewohnerin den Raum vor kurzem erst verlassen zu haben; darauf deutete die in die Nähe des
Fensters gerückte Staffelei, auf welcher eine halbvoll-
endete Landschaft aufgestellt war. Palette, Farben und
Pinsel lagen in bunter Unordnung auf den Stühlen
vertheilt.

Herr von Maienberg betrachtete das Bild und die
Malutensilien mit einem leichten Kopfschütteln.

„Sonderbares Mädchen," sagte er leise vor sich hin,
„malen und immer malen; ihre einzige Passion. Wo
sie das nur her hat?" Und indem er, vor den Spiegel
tretend, der grauen Locke über dem rechten Ohre einen
nachhelfenden Schwung gab, schien er seinem Spiegel-
bilde das Geständniß abzulegen, daß es von ihm nicht
herrühren könne.

Er begab sich in sein Toilettenzimmer, und als er
bald darauf im schwarzen Frack, den ein goldenes
Kettchen mit Miniaturorden schmückte, und in der
weißen Kravatte zurückkehrte, hätte Jeder, der ihn sah,
bekennen müssen, daß Herr von Maienberg ein statt-
licher, für seine Jahre trefflich erhaltener Mann war.

Die Veranda war noch leer, als er sie wieder betrat, und es blieb ihm Zeit, die wenigen Stufen, die sie vom Garten trennten, hinunterzusteigen und unter den Rosenstöcken, die in reicher Auswahl im Garten blühten, Rundschau zu halten. Mit der kleinen Garten=scheere, die er stets bei sich trug, schnitt er eine pracht=volle Rose vom Stocke, und während er zur Veranda zurückkehrte, betrachtete er die Blume, still in sich hinein lächelnd von allen Seiten.

„Sie wird ihr gut stehen," sagte er, indem er sich wieder auf seinem Platze niederließ.

Jetzt knarrte die Thür, die zu Franziska's Zimmer führte, ein Kleid rauschte durch den Salon, und im nächsten Augenblicke erschien eine hohe weibliche Gestalt im Rahmen der Verandapforte. Herr von Maienberg sah auf, und obgleich ihm der Anblick seiner Tochter, mit der er Jahr aus Jahr ein täglich zusammenlebte, nichts Neues sein konnte, entfuhr ihm doch beinahe ein Laut der Ueberraschung, als er sie in ihrer vollen Schönheit vor sich erblickte. Ein Kleid von schwerem weißen Seidenstoffe umhüllte die schlanke, volle Gestalt und, indem sie an den Rand der Veranda trat, um=floß es wie eine weiche ruhige Welle ihre Füße; Schultern von tabelloser Rundung blickten aus dem ausgeschnitte=nen Ballkleide hervor, und ihr Haupt war von pracht=vollem aschblonden Haare umgeben.

„Da wären wir," sagte sie, indem sie den Vater mit einem leichten Kopfnicken begrüßte.

„Du sollst gestehen, Franziska," sagte Herr von Maienberg, „daß wenn ich auch kein Maler bin, ich doch Geschmack besitze; diese gloire de Dijon wird zu Deinem Haare trefflich passen." Er hielt ihr die weiße,

von einem leisen gelblich orangefarbenen Schimmer
überhauchte Rose entgegen. Franziska sah mit einem
leichten Lächeln erst den Vater, dann die Rose an.

„Schmücke Dein Opfer," sagte sie, indem sie die
Arme auf der Brust kreuzte und das Haupt so tief
niederbeugte, daß er die Blume in ihren Haaren be=
festigen konnte. In ihrer Bewegung lag eine unge=
zwungene, hoheitsvolle Grazie, ihre Stimme hatte einen
tiefen, metallischen Klang.

„Dieses unglaubliche Kind," sagte der Regierungs=
rath, indem er in das schöne Antlitz seiner Tochter
blickte und mit zärtlicher Galanterie einen Kuß auf
ihre Stirn drückte, „mein Opfer, während ich mich
für sie opfere und sie zum Balle begleite."

„Und dieser unverbesserliche Vater," erwiderte Fran=
ziska, indem sie an die Brüstung der Veranda trat und
die langen weichen Ballhandschuhe anzuziehen begann,
„der sein Kind durchaus glücklich machen will, indem
er sie auf jedes Fest der ehrsamen Stadt Krähwinkel
schleppt, obgleich sie ihm täglich versichert, daß sie nach
diesem Glücke nicht verlangt."

„Aber was verlangst Du denn, daß ich zu Deinem
Vergnügen sonst thun soll?" wandte Herr von Maien=
berg ein, der zu ihr weniger wie ein Vater zu seiner
Tochter, als wie zu einer gleichaltrigen Freundin sprach.

„Mich hier lassen," rief sie, indem sie in humo=
ristischer Verzweiflung das Haupt emporwarf, „mich
hier lassen, in unseren hübschen Zimmern, unserem
freundlichen Garten und bei Dir. Erkennst Du es
denn gar nicht ein bischen dankbar an, daß Deine Tochter
nichts weiter verlangt, als immer nur bei Dir zu sein?"

„Bei mir?" fragte er lächelnd; „das heißt doch wohl hauptsächlich bei Deiner Malerei und bei Deinen Büchern?"

„Warum nicht auch bei denen?" sagte sie gleichgültig, indem sie die Handschuhe, die beinah vollständig die schönen Unterarme umschlossen, langsam zuknöpfte, „ich werde sie gewiß nicht verleugnen, wenngleich ich weiß, daß die ehrsamen Krähwinkler die Köpfe über solche Beschäftigung eines jungen Mädchens schütteln."

„Trotzdem weißt Du recht gut," versetzte Herr von Maienberg, „daß die sogenannten Krähwinkler sich danach drängen, Dich in ihren Gesellschaften zu sehen, und kein Fest für vollkommen halten, bei dem Du fehlst."

„Wenn ich nur wüßte, weshalb," gab sie achselzuckend zur Antwort, „ich habe sie doch wirklich durch Liebenswürdigkeit nicht verwöhnt."

„Franziska," sagte der Regierungsrath, „aus lauter Klugheit sprichst Du doch manchmal recht unkluges Zeug; als ob Du nicht wüßtest, warum sie es thun, als ob Du nicht wüßtest, daß, wenn Du nur wolltest" — er stockte, da sein Blick auf seine Tochter fiel, die ruhig, leise den Fächer bewegend, über die Bäume des Gartens hinweg in das letzte verschwimmende Roth der untergegangenen Sonne blickte. Sie wandte ihm das scharf geschnittene, edle Profil zu; kein Zug bewegte sich in dem ruhigen Gesicht, aus welchem die Augen klug und durchbringend herausblickten, und es war, als wenn eine eigenthümlich kühle Atmosphäre um die vornehme Gestalt sich verbreitete.

„Nun?" fragte sie nach einer Pause, als sie bemerkte, daß ihr Vater schwieg.

„Nun — mein Gott" antwortete er, indem er verlegen zur Erde blickte, „was soll man über solche Dinge sagen?"

„Ich begreife nicht, warum man barüber nicht sprechen soll wie über andere Dinge," sagte Franziska, ohne ihre ruhige Haltung zu verändern. „Du meinst, ich solle heirathen, und es würde mir nicht schwer fallen, einen Mann zu finden — möglich — aber ich habe eben noch niemals und Niemandem gegenüber die Nothwendigkeit empfunden, daß ich heirathen müsse."

„Dann wäre ja noch Hoffnung," sagte Herr von Maienberg, „denn in der That hatte ich geglaubt, daß Du das Ehejoch aus Prinzip verabscheutest."

„Das Ehejoch" — Franziska lächelte vor sich hin — „liebster Vater, leben wir beide nicht so gut wie verheirathet? Ich denke, dieses Joch habe ich mit ziemlicher Leichtigkeit ertragen." Maienberg lachte laut auf.

„Aber Kind," sagte er, „hast Du Dir die Ehe nicht anders vorgestellt als so?"

Sie wandte sich um und sah ihm voll in das Gesicht.

„Nein," sagte sie.

Das Wort kam ruhig und langsam hervor; es war wie der Schlußstein zu einem Gebäude von Ueberlegungen und Ueberzeugungen, an dem sich nicht rütteln läßt. Herr von Maienberg schien etwas Derartiges zu empfinden, denn er schwieg und sah seine Tochter verbutzt an.

„Das muß ich gestehen," sagte er nach einer Pause, „sentimental hat Dich Deine Kunst nicht gemacht."

„Wenn ich je gefühlt hätte, daß sie mich dazu

machen könnte," erwiderte Franziska, „so hätte ich der Beschäftigung mit ihr entsagt, denn ich bin überzeugt, daß nichts auf der Welt den Menschen elender macht, und ich hasse die Träumer und die Träumerei."

„Und nur der Verstand findet Gnade vor Deinen Augen? O Du Kind des neunzehnten Jahrhunderts!"

„Ich weiß nicht," gab sie zur Antwort, indem sie die feinen Lippen in trotzigem Stolze kräuselte, ob ich mich mit dem neunzehnten Jahrhundert im Gegenstande unserer Verehrung begegne; der Verstand, den ich meine, ist nicht der kaufmännisch berechnende, der von Stunde zu Stunde und von Vortheil zu Vortheil zählt, sondern die große königliche Macht, die mir aus den Augen der großen Malergestalten und aus den großen Kunst= werken überhaupt entgegenblickt; nenne diese Macht, wenn Du willst, Verstand; ihn suche ich, ihm diene ich, und in ihn, wenn Du durchaus willst, bin ich verliebt!" In ihren großen grauen Augen leuchtete ein eigen= thümlich mächtiger Strahl auf, und in dem liebens= würdigen Lächeln, das ihre letzten Worte begleitete, verschwand der Zug von Härte, den ihr Gesicht vor= hin gezeigt hatte.

Herr von Maienberg hatte sich erhoben.

„Du leidenschaftliche Vertheidigerin der Leiden= schaftslosigkeit," sagte er, indem er zärtlich ihr Kinn emporhob, „wir wollen es auf eine andere Gelegenheit verschieben, denn der Wagen ist seit einer halben Stunde vorgefahren und Du weißt, bei einem militärischen Fest gilt militärische Pünklichkeit."

„Was ist es doch schon für ein Fest?" fragte sie.

„Alles wieder vergessen?" sagte kopfschüttelnd der

Regierungsrath. „Das Offizierkorps der Stadt giebt seinem neuen Gouverneur einen Ball."

„Richtig," sagte Franziska, „und in majorem gloriam des Herrn Generals sind auch wir dazu kommandirt." —

Die Stadt, in welcher Herr von Maienberg mit seiner Tochter lebte, war eine größere preußische Provinzialstadt, der Hauptort eines ausgedehnten Regierungsbezirks. Es befanden sich daselbst ein zahlreich besetztes Regierungskollegium, mehrere Gerichtsbehörden und eine sehr beträchtliche Garnison. Herr von Maienberg, der seine Frau schon früh verloren hatte, war mit seiner damals noch im Kindesalter stehenden Tochter Franziska vor einer Reihe von Jahren an diese Regierung versetzt worden, und da er alle Aussicht hatte, bis zum Ende seiner Laufbahn bei derselben zu verbleiben, so hatte er in der nicht ohne Reiz an den Uferabhängen eines größeren Stromes belegenen Stadt das kleine Besitzthum, in welchem wir seine Bekanntschaft gemacht, angekauft. Wie es in Städten dieser Art der Fall zu sein pflegt, bildeten die Beamten die erste und beinah ausschließliche Gesellschaftskaste; gleiche Beschäftigung der Familienväter vermittelte übereinstimmende Interessen zwischen den Familien; das Verhältniß zwischen den Behörden des Militärs und denen des Civils war das beste, und bei Festlichkeiten der Einen durften die Anderen nicht fehlen. Die Stadt war der Sitz eines Divisionskommandos, und zu dem Feste, das die Offiziere der Garnison heute dem vor kurzem erst eingetroffenen General veranstalteten, waren die ersten Familien vom Civil geladen; unter ihnen der Regierungsrath von Maienberg mit seiner Tochter Franziska.

An der Pforte des Balllokals, welches sich der herrschenden Gewohnheit gemäß in den Sälen des ersten Restaurateurs der Stadt befand, trafen Maienbergs mit dem Ehrengaste zusammen. An der Haus= thür, zu welcher einige Stufen von der Straße hinauf führten, hatten sich mehrere Offiziere, an deren Spitze sich der Anordner des Festes, der Adjutant des in der Stadt garnisonirenden Infanterieregiments, befand, zum Empfange des Generals versammelt. Indem der Letztere, auf der obersten Stufe stehend, die Offiziere der Reihe nach mit kurzen Worten begrüßte, füllte die Gruppe die Thür, so daß Franziska, die eben den Wagen verlassen hatte und die Stufen emporstieg, nicht sogleich einzutreten vermochte. Der General drehte ihr gerade den Rücken zu, so daß er ihrer augenblick= lichen Verlegenheit nicht gewahr wurde. Als er sie aber jetzt bemerkte, trat er rasch zur Seite, und indem die schöne Gestalt mit leise dankender Kopfneigung an ihm vorüberschritt, konnte man die Ueberraschung wahr= nehmen, die ihm die unerwartete Erscheinung bereitete. Er ließ sich ihr schnell vorstellen, und indem er sich wegen seines unbeabsichtigten Verstoßes entschuldigte, bot er ihr den Arm, um sie die Treppe zum Ballsaale hinaufzugeleiten. Von ihm geführt betrat Franziska den strahlenden Saal, und ein augenblickliches Erröthen überhauchte ihre Wangen, als sie sich im Moment ihres Eintretens als Brennpunkt aller im Saale befindlichen Augen fühlte.

Man hatte mit dem Anfange des Balles, wie es

schien, nur auf die Ankunft des Generals gewartet, denn kaum daß er erschienen war, ertönten die ersten Takte der Polonaise. Er bat Franziska um den Tanz, und da sie zusagte, schritt er mit ihr an der Spitze des glänzenden Zuges von Tänzern und Tänzerinnen, indem nur der tanzordnende Adjutant vor ihnen herging, durch die festlich erleuchteten Zimmer. Der hochgewachsene Mann in der glänzenden, mit Orden geschmückten Uniform, dem das ergraute Haupthaar keinen Abbruch an der Rüstigkeit seiner Erscheinung that und das schöne Mädchen an seiner Seite, mit den ruhig heiteren, doch über ihr Alter ernsten Zügen, bildeten ein interessantes, trotz des Unterschiedes der Jahre zu einander passendes Paar. Man hätte sich Franziska schwer an der Hand eines jüngeren Tänzers vorstellen können.

Der Erste in Pella. — Was dieses cäsarische Wort bedeutet, weiß der, welcher die Stellung eines höchst stehenden Militärs in einer preußischen Provinzialstadt kennt. Der General ist in jeder Beziehung der Erste. In langem Abstande folgen hinter ihm die anderen Spitzen und nach diesen in absteigender Linie das Gros der Gesellschaft. Er ist Excellenz, meistens die einzige Excellenz im Ort, denn die verabschiedeten rechnen nur halb; man spricht daher von ihm auch wohl als von „unserer Excellenz"; und das Wort „Excellenz" bedeutet in einer Provinzialstadt ungefähr soviel wie in der Residenz „Majestät". In der Gesellschaft nimmt er infolgedessen so ziemlich die Stellung eines Königs ein; bei Festen und Konzerten wartet man mit dem Anfange, bis daß er erscheint; wenn er auf der Promenade spazieren geht, bleibt man stehen und sieht ihm nach.

Begreiflicherweise mußte es daher ein allgemeines staunendes Interesse erwecken, als der General mit Franziska von Maienberg die erste Polonaise tanzte. Von hochstehenden Personen erwartet man, gleichsam als Quittung für die unbegrenzte Verehrung, die man ihnen darbringt, ein doppelt peinliches Innehalten gewisser Etiquette-Vorschriften, und gegen diese hatte der General verstoßen, indem er zum feierlichen Eröffnungstanz ein junges Mädchen aufforderte, statt denselben, wie alle Regeln Herkommens vorschrieben, mit einer der anwesenden verheiratheten Frauen zu tanzen. Zwar konnte Frau Regierungsräthin Habermann nicht ohne innere Genugthuung konstatiren, daß die Präsidentin sich getäuscht hatte, wenn sie glaubte heut am Arm der Excellenz die Prachtrobe vorführen zu können, die, wie Frau Habermann genau wußte, eigens für den Abend aus Berlin bestellt worden war; trotzdem war besagte Dame mit allen andern darüber einig, daß das Verfahren des Generals nicht korrekt und daß es ganz besonders unerhört war, daß er der hochmüthigen, exklusiven Franziska von Maienberg, die sich so wie so schon etwas ganz Besonderes dünkte, eine so ungerechtfertigte Ehre hatte zu theil werden lassen. Franziska kannte trotz der Abgeschlossenheit, in der sie sich hielt, die Anschauungsweise der Gesellschaft zu gut, um nicht zu wissen, wie man das Ereigniß aufnehmen würde; außerdem war sie eine zu scharfe Beobachterin der umgebenden Dinge, um nicht zu fühlen, wie sich von allen Seiten mehr oder weniger feindselige, eifersüchtige Blicke auf sie richteten. Der General hatte sie, nach Beendigung des Tanzes, an ihren Sitz geführt

und sich dort noch eine Zeit lang angeregt mit ihr
unterhalten: als er sich jetzt der übrigen Gesellschaft
zuwandte, blieb Franciska einsam auf ihrem Platze.
Mit einem gewissen still lächelnden Behagen und nicht
ohne einigen Stolz genoß sie ihres unbeabsichtigten
Triumphes, und nachdem sie mit den ihr zunächst
sitzenden Damen einige gleichgültige Worte gewechselt,
blieb sie, da sie keine Freundin von Rundtänzen war,
sich selbst überlassen. Die Herren hielten sich zurück,
da Franziska im Rufe stand, daß man mit ihr „be=
deutende Gespräche" führen müsse und so behielt sie
Zeit, die Ballgesellschaft eingehend zu mustern. Es
waren meistens bekannte Gestalten; nur am Haupt=
eingange des Saales gewahrte sie ein Gesicht, das sie
noch nicht gesehen zu haben sich erinnerte. Es war ein
junger Offizier mit dunklem Haar und blassem Gesicht,
welchem ein Paar große schwarze Augen einen träumerisch
melancholischen Ausdruck verliehen. Mit untergeschla=
genen Armen lehnte er am Thürpfeiler, ohne sich am
Tanze zu betheiligen, obgleich man in ihm seiner schlanken
Gestalt nach, einen guten Tänzer vermuthen durfte.
Als Franziska die Augen auf ihn richtete, bemerkte sie,
daß sein Blick auf ihr geruht hatte; er erröthete wie
Jemand, der über etwas Unerlaubtem ertappt wird
und wandte die Augen ab. In der Pause, die nach
der eben vollendeten Quadrille eintrat, verließ er den
Platz, den er bis dahin, beinah ohne sich zu regen,
innegehabt und erschien gleich darauf in der Nähe
Franziska's, der er sich durch den Adjutanten, mit dem
er zu demselben Regiment gehörte, vorstellen ließ.

„Herr von Gartenhofen, Lieutenant in Seiner Ma=

jestät Regiment und nebenbei ein großer Maler vor
dem Herrn," sagte der Adjutant, der ebenso redefertig,
wie sein Kamerad im Sprechen ungeübt schien.

Franziska erwiderte die etwas steife Verbeugung des
jungen Offiziers mit einem leichten Gegengruß und er=
wartete seine Anrede. Der Verkehr mit Damen schien
ihm jedoch ungewohnt, denn er brachte nichts weiter
heraus, als daß er sie um die zweite Quadrille bat,
welche nach dem Abendessen getanzt werden sollte.
Franziska lehnte seine Aufforderung freundlich und
mit dem Bemerken, daß sie überhaupt nicht tanze, ab.
Er stammelte einige verlegene Worte, von denen sie
nur etwas wie „lebhaftes Bedauern" verstand, machte
eine abermalige, noch steifere Verbeugung und zog sich,
über und über erröthend zurück.

„Ein Ritter von der traurigen Gestalt," sagte sich
Franziska, indem sie seinen unbeholfenen Rückzug mit
innerlichem Lächeln beobachtete.

Im nächsten Augenblick trat der General, der unter=
dessen seinen Rundgang in der Gesellschaft beendet
hatte, wieder auf sie zu, und da man zum Abendessen
schreiten sollte, bat er um die Erlaubniß, sie zu Tische
führen zu dürfen.

Franziska's Busen hob sich unwillkürlich etwas
höher; war es das erste Mal nur ein Zufall gewesen,
der den General vermochte sie zum Tanze aufzufordern,
so war es diesmal ein bewußter Entschluß; er wollte
sie auszeichnen. Trotz aller Verstandesruhe war sie zu
sehr Weib, um nicht das Wohlthuende einer solchen
Huldigung zu empfinden; ihr Gesicht bedeckte sich mit
einer sanften Gluth, und indem sie sich erhob und ihren

Arm in den des Generals legte, strahlten ihre großen hellen Augen.

Das Aufsehen, welches dieser zweite Streich des Generals erweckte, war ein so außerordentliches, daß man beinah ein erstauntes Flüstern vernehmen konnte. Mitten durch die dichten Gruppen führte er sie hindurch, und als sie die erregten Gesichter mit beinah feindseligem Ausdruck auf sich gerichtet sah, drängte sie sich unbewußt enger an ihn, und es that ihr wohl, als sie sich im Schutze des hohen starken Mannes empfand. Der General mochte etwas Aehnliches empfinden, denn auch er faßte ihren Arm fester, und die Worte, die er an sie richtete, waren von einem eigenthümlichen Lächeln begleitet.

Der General war ein Mann, der sich in bedeutenden Verhältnissen bewegt hatte und er brachte die Anschauungen der großen Welt in die Atmosphäre der kleinbürgerlichen Stadt mit, die er jetzt bewohnen sollte. Der Ruf eines vorzüglichen Soldaten ging ihm voran; im Kriege gegen Frankreich hatte er sich hervorragend ausgezeichnet, daneben war er jahrelang als Militärbevollmächtigter in Paris und St. Petersburg beschäftigt gewesen; im Osten war er bis in den Kaukasus, und im Süden bis nach Algier gekommen; kurz er kannte die Welt nicht nur aus dem Atlas, und was er gesehen, hatte er behalten. Zu alle dem gesellte sich eine treffliche Unterhaltungsgabe; er sprach glänzend, doch mit solcher Energie des Gedankens, daß er nie lang wurde; seine Schilderungen waren anschaulich, sein Urtheil kurz und scharf.

„Darf man erfahren, warum Sie lächelten?" fragte er, da er soeben von seinen Reisen gesprochen.

„Weil ich das Gefühl hatte," erwiderte Franziska, „als könnte es keinen besseren Führer auf Reisen geben als Sie; es müßte ein Vergnügen sein, mit Ihnen zu reisen." Die anregende Unterhaltung erweckte auch bei ihr alle Spannkraft ihres reich beanlagten Geistes, und der General, der nicht ohne Seufzer in die Verbannung nach der kleinen Stadt gegangen war, staunte, als er sich an der Seite eines weiblichen Wesens sah, das an Schönheit und Vornehmheit der Erscheinung, wie an Fülle und Schärfe des Geistes mit den gepriesensten Frauen der großen Städte, in denen er verkehrt hatte, siegreich wetteifern konnte.

Das Rücken der Stühle, welches den Schluß der Abendmahlzeit bekundete, unterbrach die Beiden, als sie gerade in der Unterhaltung über Italien begriffen waren, dessen Galerieen der General eingehend studirt hatte.

„Wie schade," sagte Franziska unwillkürlich, welche an dem Thema, infolge ihrer eigenen Kunstausübung das größte Interesse nahm.

„Wenn Sie erlauben," erwiderte der General, „so setzen wir unser Gespräch bei der Quadrille fort, zu der ich vielleicht Ihre Hand erbitten darf?"

„Sehr gern," sagte Franziska, und bei den rauschenden Klängen, welche den Tanz einleiteten, nahmen Beide in dem Quarré, das durch die behende Geschicklichkeit des Adjutanten rasch zu stande gebracht worden war, ihre Stellung.

Sie hatten ihren Platz gerade der Eingangsthür gegenüber, und als Franziska aufblickte, sah sie die dunklen Augen Gartenhofens, der wieder seine Stellung am Pfeiler eingenommen hatte, mit düsterem Ausdruck auf sich gerichtet. Es fiel ihr ein, daß sie ihm vorhin den Tanz abgeschlagen hatte, weil sie überhaupt nicht tanze, und einen Augenblick empfand sie ein unbehagliches Gefühl. Als ein an Subordination gewöhnter Offizier mußte er ja aber selber fühlen, daß eine Aufforderung durch den General etwas ganz Anderes bedeutete, und im nächsten Augenblick war der Ritter von der traurigen Gestalt vergessen.

Was die Gesellschaft anbetrifft, so ging ihr Staunen, als der General auch noch die Quadrille mit Franziska tanzte, in dumpfes Starren über; man hätte sich kaum noch gewundert, wenn er vor allem Volke vor ihr niedergekniet wäre und sich öffentlich mit ihr verlobt hätte.

Ob es der Rhythmus des Tanzes, der ihre schlanken Füße in Bewegung setzte, oder was es sonst war — Franziska fühlte, wie sich der Lebensstrom in heißeren Wellen als vorher durch ihre Adern ergoß, und sie mußte sich lächelnd gestehen, daß ihr das Tanzen zum ersten Male Vergnügen machte. So kam es, daß der Adjutant geneigtes Gehör fand, als er sie nach beendigter Quadrille zum Galopp engagirte; und sobald auf die Weise das Eis gebrochen war, drängten die Offiziere in Schaaren herzu und jeder wollte die schöne Maienberg einmal im Tanze geschwungen haben. Beinah der Einzige der nicht kam, war Gartenhofen. Als er Franziska mit dem Adjutanten zum Galopp antreten sah, hatten sich seine Augen seltsam erweitert, und als Franziska in einer kurzen Pause des Aufathmens an der Eingangsthür zu stehen kam, bemerkte sie ihn nicht mehr an seinem vorigen Platze. Er schien den Ball verlassen zu haben; wenigstens ward er im Tanzsaale nicht mehr sichtbar. Beinah leidenschaftlich tanzte sie nun Tanz für Tanz bis zum Schlusse durch, so daß, als die letzten Töne der Musik verklungen waren, Herr von Maienberg hastig herzueilte, um ihre erhitzten Schultern mit dem Ueberwurfe zu bedecken. Mit pfiffig fragendem Ausdruck sah er ihr dabei ins Gesicht, und mit einem so fröhlichen Lächeln, wie er es selten an ihr gewohnt war, beantwortete sie seine stumme Frage.

Die Wagen rollten vor, der Regierungsrath hüllte seine schöne Tochter in so viel Tücher und Mäntel, daß es, wie Frau Habermann ihrer Nachbarin leise zuzuflüstern nicht umhin konnte, nur noch fehlte, daß er sie in Watte packte. Im Augenblick, da Franziska den Wagentritt bestieg, sah sie eine Uniform im Lichte der Laternen glänzen; der General stand am Wagenschlage und wünschte ihr eine gute Nacht in den Wagen hinein. Herr von Maienberg dankte mit abgezogenem Hute und lehnte sich, indem die Pferde anrückten, ganz betäubt von Wonne in die Wagenkissen zurück. Der Respekt, den er von Natur vor seiner Tochter hegte, war bis zur Bewunderung gesteigert, und plötzlich, was er nur in Stunden der ausgezeichnetsten Laune zu thun pflegte, stimmte er mit bröhnender Stimme die Arie: „Seht dort auf Bergeshöh'n" aus Fra Diavolo an.

„Aber Papa," sagte lachend Franziska.

„Ruhig, Du unvorsichtiges Kind," sagte Maienberg, „ruhig; wenn man so viel getanzt hat, darf man kein

Wort sprechen, wenn man sich nicht tödtlich erkälten
will."

Von jenem Ballabende an sollte die gute Stadt,
wie es schien, nicht mehr aus der Aufregung herauskommen. Während man noch am Nachmittage des
folgenden Tages am Kaffeetisch der Frau Habermann
die unerhörten Ereignisse des vorigen Abends einer
unparteiischen und natürlich möglichst schonenden Kritik
unterzog, kam bereits eine neue Nachricht, welche wie
eine Bombe in die versammelte Gesellschaft einschlug:
Der General hatte bei Maienbergs Besuch gemacht.
— Am Vormittage war er in der Stadt umhergefahren,
um bei den Spitzen der Gesellschaft Karten abzugeben;
eines der ersten Häuser, bei denen er vorgefahren, war
das des Regierungsraths von Maienberg gewesen. Er
hatte sich auch nicht damit begnügt, eine Karte abzugeben, sondern er hatte sich anmelden lassen, er war
angenommen worden und hatte eine halbe Stunde verweilt. Eine geschlagene halbe Stunde; man wußte es
genau, denn Herr Fischmann, der Lohnlakai, welcher
bei derartigen Visitenrundfahrten ein nie fehlendes Utensil
war, hatte ihn begleitet, und Herr Fischmann war es,
der jetzt bei der Frau Regierungsräthin Habermann
den Apfelsinencrême nach dem Kaffee servirte. Frau
Habermann gab nie ein Fest ohne Herrn Fischmann.
Nur wenn dieser Aristokrat unter den Lohndienern der
Stadt die Schüssel servirte und mit wohlwollendem
Tone „Ein bischen Crême" oder „Ein Stückchen Nuß-
torte" sagte, empfanden die Geladenen, daß es ein
vornehmes Fest war; andererseits hatte Frau Habermann ihre besonderen Gründe, zu welchen der gehören

mochte, daß Herr Fischmann die lebendige Chronik aller Ereignisse der Gesellschaft war. Aeußerlich nur ein Lohndiener, war er in Wirklichkeit ein ganz unentbehr=licher Bestandtheil der Gesellschaft. Hatte er sie nicht zum Theil unter seinen Augen aufwachsen sehen? Bei wie vielen der Ehepaare, die jetzt, wenn sie ein Fest gaben, seine bewährte Unterstützung in Anspruch nahmen, kannte er die Vorgeschichte vom ersten Walzer bis zum letzten Gang in weißer Kravatte und weißen Hand=schuhen; und bei Allen war er es gewesen, der früher als alle Anderen verkündet hatte, daß aus der Sache etwas werden würde. Bei vielen der jüngeren Ge=sellschaftsmitglieder hatte er beim Taufdiner fungirt — was Wunder also, daß Herr Fischmann jede seiner Bewegungen mit einem beinah väterlich wohlwollenden Blick begleitete, der seinem durchaus nicht schmalen Gesichte etwas Würdevolles verlieh. Herr Fischmann kannte sein Publikum und wußte, wer die Leute waren, die eine bedeutende Neuigkeit nach Gebühr zu würdigen verstanden. Zu seinen Günstlingen gehörte Frau Haber=mann. Nicht, daß er ein ordinärer Schwätzer gewesen wäre, nein, als ächter Diplomat ließ er die Leute kommen. Er verfuhr andeutungsweise. Als er bei Frau Habermann erschien, hatte er um Verzeihung gebeten, daß er so spät käme, aber Excellenz hätten ihn bis in den Nachmittag hinein beansprucht; Excellenz hätten so viele Visiten zu machen gehabt und bei einigen so lange verweilt. Was war natürlicher, als daß Frau Habermann fragte, bei wem Excellenz denn so lange verweilt habe, und daß Herr Fischmann im unschuldigsten Tone erwiderte: bei Herrn von Maienberg. Er glaubte

auch in gleichgültigem Tone hinzusetzen zu sollen, daß
Excellenz jedenfalls die Rosen des Herrn Regierungs=
rath besehen hätten und daß Excellenz Gefallen daran
gefunden zu haben schienen, wenigstens hätten sie, als
sie zum Wagen zurückkehrten, sehr zufrieden ausgesehen.
Als er unmittelbar darauf sein wohlwollendes „Ein
bischen Apfelsinencrême gefällig?" hören ließ, wußte
Herr Fischmann, daß Alle wußten, was sie wissen sollten,
und sein glattrasirtes Antlitz leuchtete im Bewußtsein
seiner Allwissenheit.

Der General war also bei Franziska gewesen, denn
daß er dem Papa Maienberg einen Besuch hätte machen
wollen, war ja nur zum Lachen. Die Sache wurde
ernst, und Frau Habermann traf wie immer den brennen=
den Punkt in Aller Herzen, als sie leichthin bemerkte,
daß lange keine weibliche Excellenz im Orte gewesen
sei. Wenn es denkbar war — die allgemeine Auf=
regung, die dieses „wenn" hervorrief, machte sich im
gesteigerten Vertilgen des Apfelsinencrêmes bemerkbar.

Der General war aber nicht nur bei Maienbergs
gewesen, sondern er kam auch bald zum zweiten Male
dahin, und zwar so bald, daß, als er gemeldet wurde,
Franziska, trotzdem sie einsam an ihrer Staffelei saß,
erröthete. Es war um die Mittagsstunde, Herr von
Maienberg war noch nicht vom Amte zurückgekehrt, sie
überlegte, ob sie ihn allein empfangen solle. Ihr Zaudern
währte aber nur einen Augenblick, sie spottete über
sich selbst und ließ dem Wartenden hinaussagen, daß
es ihr sehr angenehm sein würde. Sie blieb vor der
Staffelei sitzen, den Rücken nach der Eingangsthür ihres
kleinen Kabinets gerichtet. Der dicke Teppich, der den

Boden des Salons bedeckte, dämpfte die Schritte des Eintretenden, und erst, als sie das eigenthümliche Gefühl empfand, das uns verräth, wenn Jemand hinter uns steht und uns beobachtet, wandte sie sich um. In der Thür stand der General in voller Uniform, da er so= eben von der Parole kam; eine glänzende männliche Erscheinung.

„Ich muß Ihnen sehr barbarisch erscheinen," sagte er, „da ich Ihre künstlerische Thätigkeit so störend unterbreche."

„Und ich Ihnen sehr unhöflich," versetzte sie, „da ich Ihr Eintreten nicht bemerkte." Mit einer graziösen Neigung des Hauptes hatte sie sich erhoben und machte eine Bewegung, um in den Salon zu treten.

„Ist es sehr unbescheiden," fragte er, indem er auf der Schwelle stehen blieb, „wenn ich Sie bitte, Ihr Allerheiligstes betreten zu dürfen? Ich gestehe Ihnen, daß ich seit unseren neulichen Gesprächen die lebhafteste Begier empfinde, die Erzeugnisse Ihres künstlerischen Geistes und die Umgebung, in der Sie schaffen, mit Augen zu sehen."

„Wenn ein so welterfahrener Mann sich mit einem so engen Horizont begnügen kann," sagte Franziska; sie machte eine einladende Handbewegung; der General trat ein. Mitten im Kabinet blieb er stehen und ließ die Blicke langsam im Kreise umherwandern. Franziska hatte plötzlich das Gefühl, als hätte sie ihm zuviel erlaubt, eine eigenthümliche Scham und Bangigkeit überkam sie. Das Zimmer, das der Mensch lange Zeit hindurch bewohnt, ist mehr als ein Raum, der ihn um= schließt, es wird eine Erweiterung seiner Persönlichkeit.

Es war ihr zu Muthe, als nähme er von einem Theile ihrer Persönlichkeit Besitz, und wie wenn sie sich gegen eine Fessel sträubte, warf sie den stolzen Nacken ungeduldig zurück.

„Nun?" sagte sie, „findet die Einrichtung meines Zimmers Ihren Beifall?"

„Mehr als das," erwiderte er, „ich bewundere sie, denn sie ist vom edelsten Geschmack und zugleich im höchsten Maße charakteristisch."

„Und welchen Charakter wollen Sie aus ihr erkennen?"

„Den einer großen Sehnsucht," entgegnete er ruhig. Franziska stutzte. „Einer, vielleicht Ihnen selbst noch nicht zum Bewußtsein gekommenen Sehnsucht nach der großen Welt," fuhr er fort; „denn diese Melische Venus dort im Hintergrunde und dieser herrliche Kupferstich nach Tizian an Ihrer Wand erscheinen mir wie Seufzer eines Geistes, der sich aus kleinlichen Schranken in die große Freiheit hinaussehnt."

Unwillkürlich schaute sie ihn an; sein Blick ruhte auf ihr, und in seinen Augen glaubte sie jene Macht des beherrschenden Verstandes zu gewahren, von der sie ihrem Vater gesagt hatte, daß sie ihr allein sich beuge und sie allein verehre. Sie fühlte, wie ihre Befangenheit stärker ward als ihr Wille und schwieg.

„Wissen Sie, was mir auffällt, indem ich die Melische Venus betrachte?" fuhr er gleichmäßig fort. „Daß das Antlitz derselben eine merkwürdige Aehnlichkeit mit dem Ihrigen besitzt."

„O," sagte sie, „Sie wollen mir andeuten, daß ich nur einen mittelmäßigen Abguß besitze."

„Keineswegs," erwiderte er, „denn ich habe das Original gesehen und dachte augenblicklich an dieses." — Eine heiße Blutwelle schoß in Franziska's Wangen empor, ihr Haupt senkte sich zur Brust nieder, die wider ihren Willen in schweren Wogen auf= und nieder= zusteigen begann. Beide schwiegen, und es trat eine jener lautlosen Pausen ein, in denen die Natur die tiefe Stimme erhebt und den Menschenseelen von den Geheimnissen alles Werdens und Entstehens zu flüstern beginnt.

Die peinlich werdende Stille ward durch die geräusch= volle Ankunft des Regierungsraths von Maienberg unterbrochen. Mochte es ihn auch überraschen, den General im Zimmer seiner Tochter zu finden, von dem er wußte, mit welcher Strenge es gehütet ward, so war er doch zu sehr Weltmann, um sein Erstaunen merken zu lassen. Mit respektvoller Höflichkeit, in welche sich indessen bereits ein gewisser Ton von Korbialität mischte, begrüßte er den angesehenen Gast, den er sodann angelegentlich zu einem Gange in den Garten aufforderte, um ihm seinen Stolz, seine Rosen zu zeigen. Man schritt zu Dreien durch die Gänge des Gartens, Herr von Maienberg zwischen dem General und seiner Tochter. An dem Stocke, an welchem die gloire de Dijon blühte, hielt der General inne.

„Diese glaube ich zu kennen," sagte er, indem er zu Franziska hinüberblickte. Franziska lächelte still vor sich hin.

„Excellenz haben Sinn für Blumen," platzte Herr von Maienberg heraus, „denn allerdings trug meine Tochter neulich beim Balle eine von diesen Rosen im

Haare." Mit der unfehlbaren Gartenscheere hatte er eine Rose vom Stock geschnitten, die er dem General anbot.

„Mit Ihrer Erlaubniß, gnädiges Fräulein," sagte der General, zu Franziska gewandt.

„Hier ist mein Vater unbeschränkter Gebieter," erwiderte sie, indem sie seinem Blicke auswich. Der General nahm die Rose aus Herrn von Maienberg's Hand und vertiefte sich mit Letzterem in ein Gespräch über Gartenkultur, dem Franziska als stumme Zuhörerin folgte. Eine Verlegenheit, die sie vergebens zu bemeistern versuchte und welche immer stärker wuchs, je mehr sie dagegen ankämpfte, schnürte ihr Herz und Lippen zu, und im Stillen bewunderte sie den General, der den Auseinandersetzungen ihres Vaters nicht nur mit Interesse zu folgen schien, sondern sich in gelassenster Ruhe an dem Gespräch betheiligte. Sie ertappte sich darüber, daß seine Ruhe sie beinahe verdroß. Lange hielt sich der General indessen nicht mehr auf, und indem er Abschied nehmend sich vor Franziska verneigte, sagte er, auf die Rose deutend, mit eigenthümlich ernstem Tone:

„Darf ich das Geschenk als von Ihnen gebilligt betrachten?"

Franziska hätte etwas darum gegeben, wenn sie ihm mit irgend einer geistreichen Wendung zu antworten vermocht hätte, und war außer sich über sich selbst, daß es ihr durchaus nicht gelang und sie nur schweigend seine Verbeugung zurückgeben konnte. Hätte sie sehen können, wie schön sie war, indem sie mit glühenden Wangen, gesenkten Hauptes vor ihm stand, sie wäre

vielleicht weniger in Verzweiflung über sich selbst ge=
rathen. Bis an die Hausthür gab Herr von Maien=
berg seinem Gaste das Geleit; unter der Veranda
wandte Letzterer sich noch einmal um. Franziska kam
langsam den Gang herauf der Veranda zugeschritten;
er verbeugte sich noch einmal und Beider Augen be=
gegneten sich einen Augenblick. —

„Und nun zu Tisch," sagte der Regierungsrath von
Maienberg, indem er händereibend von der äußeren
Pforte zurückkam; „und da es heute ein so herrlicher
Tag ist, wie ich ihn in diesem Sommer selten erlebt,
wollen wir uns eine Flasche Sekt zukommen lassen."
Er schien im Begriff, seine Lieblingsarie aus Fra
Diavolo anzustimmen, verschluckte sie jedoch im Ange=
sichte der gedeckten Tafel, an welcher er sich mit dem
Appetite, den ein guter Magen und ein gutes Ge=
wissen verleihen, niederließ.

Die Mahlzeit der beiden Maienbergs verlief in
eigenthümlicher Art; dem äußerst redseligen Vater saß
die völlig einsilbige Tochter gegenüber. Herr von
Maienberg schien das Bedürfniß zu fühlen, keine pein=
lichen Pausen eintreten zu lassen und erzählte von
allen möglichen, gar nicht zur Sache gehörigen Dingen,
von Ernteaussichten, politischer Lage im Innern und
nach Außen; dann allmählich auf militärische Ver=
hältnisse überlenkend, von den bevorstehenden Manövern,
und mit einem kühnen Seitenschwunge war er plötzlich
bei dem General, über den er eine ganze Schale des
Lobes ausgoß; es gab keinen bedeutenderen militärischen
Führer und gleichzeitig keinen charmanteren Mann und
Gesellschafter, als den General.

„Papa, Du trinkst ja gar nicht," unterbrach ihn Franziska in seinen Lobeserhebungen, indem sie das eben geleerte Glas des Vaters füllte. Die handgreifliche Unwahrheit dieser Bemerkung, denn er hatte die Flasche Sekt zu Dreivierteln ganz allein ausgetrunken, rief bei Herrn von Maienberg einen Ausbruch von Heiterkeit hervor. Er schlug sich auf das Knie, daß es klatschte, und lachte anhaltend vor sich hin, ohne zu verrathen, worüber.

„Wenn er Dir auch nicht gefällt, min Döchting" — im höchsten Stadium guter Laune fing Maienberg an, plattdeutsch einzumischen — sagte er wiehernd, „ich bleibe dennoch dabei, daß der General ein charmanter, ein ganz charmanter Mann ist."

Nachdem der letzte Tropfen aus der Flasche getrunken war, erhob man sich, und Herr von Maienberg suchte seinen Platz unter der Veranda auf, um daselbst unter den narkotischen Wolken einer vortrefflichen Cigarre in sein Nachmittagsschläfchen hinüberzuträumen. Als ihm dies in kürzester Zeit gelungen war und er nickend in seinem Schaukelstuhle saß, erschien Franziska in der Salonthür und blieb, die Hände ineinandergelegt, den Vater betrachtend, stehen. Sie stand lange Zeit, und es mußten sonderbare Gefühle sein, die sich in ihrer Brust erhoben, denn ihre Augen nahmen, während sie unabläffig auf dem Schläfer ruhten, einen stumm flehenden und beinah vorwurfsvollen Ausdruck an. Da saß der Mann, der Einzige, den ihr die Natur als Berather und Begleiter auf den Lebensweg mitgegeben, behaglich schlummernd und im Traume leise schmunzelnd. Ob er wußte, ob er ahnte, welch' eine Frage ernst

und groß in das Leben seines Kindes hereinzutreten
begann? O ja, sie kannte die Art ihres Vaters zu gut,
um nicht aus seinen Reden beim heutigen Mittagessen,
die mit dem, worauf es ankam, Versteck spielten, zu
erkennen, daß er recht genau Bescheid wußte. Ob er
jedoch auch von dem etwas fühlte und begriff, was
dunkel wogend in der Seele seiner Tochter emporzu=
steigen und wie ein Gewölk über dem klaren Spiegel
ihres Gemüthes zu lagern begann? Ob er in dem Ge=
danken, daß der General um die Hand seiner Tochter
anhalten könnte, etwas Anderes sah, als die Gelegen=
heit zu einer glänzenden Partie, bei der es mit beiden
Händen zuzugreifen hieß? Sie beobachtete das gutmüthige,
sorglose Gesicht des Schläfers und schüttelte leise das
Haupt. Er würde sie nicht zum Jawort zwingen, ihr
nicht einmal zureden, das wußte sie wohl; ihr auch
nichts verbieten, oder ihr abrathen; er würde wie ge=
wöhnlich ihr selber Alles überlassen; denn: „Sie glauben
nicht, was meine Tochter für ein gescheidtes Mädchen
ist", das hatte sie manchmal zu hören Gelegenheit
gehabt. Sie lächelte unwillkürlich vor sich hin; wie
manchmal hatte es ihrer Eitelkeit geschmeichelt, wenn
der Vater in bequemer Vertrauensseligkeit alle ihre
Angelegenheiten ihrem eigenen Ermessen überließ —
und war es denn heute anders? Ja es war etwas
Anderes, und zum ersten Male empfand sie, daß
es im Leben des Menschen Stunden giebt, in denen
es eine Qual ist, das eigene Schicksal ganz allein in
eigenen Händen tragen zu müssen. Sie seufzte leise
und fühlte sich einsam und allein. Vorsichtigen Schrittes
ging sie bei dem Vater vorüber und stieg die Stufen

zum Garten hinab. Als sie an die Rosenhecke gelangt war und den Duft der gloire de Dijon athmete, blieb sie stehen, das Bild des hohen Mannes, an dessen Arm sie sich so geborgen gefühlt hatte, erschien vor ihrer Seele, und indem sie an ihn dachte, begann ihr Busen vor dem dunklen Andrange einer Macht zu zittern, von der sie bis dahin nichts geahnt hatte.

Es fiel Franziska ein, daß sie in ihrem Schreibtische den Brief einer Jugendfreundin bewahrte, in welchem ihr diese vor wenigen Wochen ihre Verlobung mitgetheilt und ihr zugleich eine begeisterte Schilderung ihres Bräutigams und ihrer gegenseitigen Liebe gemacht hatte. Damals hatte sie den Brief nur flüchtig angesehen, jetzt wandte sie sich dem Hause zu, um die Beschreibung ihrer Freundin noch einmal zu lesen. Sie erstaunte über sich selbst, als sie wahrnahm, daß der Brief auch jetzt keinen größeren Eindruck auf sie machte, als damals. Ihre Freundin erzählte, wie sie Tage und Wochen vor dem entscheidenden Augenblicke in zitternder Aufregung gelebt, wie sie sich gleichgültig gestellt und doch gebebt hätte, daß ihre Gleichgültigkeit den Geliebten abschrecken würde, wie sie dann in Wonne zu vergehen geglaubt hätte, als sie zum ersten Male seine Lippen auf den ihren gefühlt habe, und wie sie nun die Stunde kaum noch zu erwarten vermöchte, zu der er sich einzustellen pflege, um das süße Spiel mit Umarmen, Küssen und Kosen von Neuem zu beginnen. Kopfschüttelnd legte sie den Brief bei Seite. Woran lag es denn, daß sie so gar Nichts von alledem empfand? Es war etwas Neues, etwas Fremdes in ihr, das fühlte sie wohl; ihr einsames

Herz hatte einen stetigen stillen Begleiter, und sie wußte,
wer es war; aber ihm gegenüber mit angenommener
Gleichgültigkeit verliebtes Spiel zu treiben, ihm, dem
beherrschenden Mann gegenüber, der so ruhig in ihr
Leben eingetreten war, als wäre er das verkörperte
Schicksal, dem der Mensch sich beugen muß, ihm zu
stürmischer Umarmung entgegen und an die Brust zu
fliegen — sie stieß den Brief der Freundin fast zornig
von sich — mochte sie ihr „einziges Männchen", wie
sie sich ausdrückte, küssen und umarmen, von dem Manne,
den sie meinte, verlangte sie etwas Anderes: nur die
eine stolze Wonne wollte sie empfinden, daß sein Arm
sie umschlang, stark und doch sanft, und sie hindurch=
führte zwischen Neidern und Feinden, und hinauf zu
den Gipfeln höchsten, edelsten menschlichen Daseins.
Sie war wieder ruhig geworden, sie hatte ihr stolzes
sicheres Selbst wiedergefunden, und als sie zur Veranda
zurückkehrte, wo Herr von Maienberg sein wieder=
erwachendes Bewußtsein mit einem lauten Gähnen be=
grüßte, hatte ihr Antlitz wieder den ruhig gleichmäßigen
Ausdruck gewöhnlicher Tage angenommen. Sie sah
so gut gelaunt aus, daß Jener es wagte ihr einen
Spaziergang in der Stadtpromenade vorzuschlagen,
und eine Viertelstunde später wandelten Vater und
Tochter Arm in Arm unter den Bäumen, die den
lieblich an den Bergesabhängen sich entlang ziehenden
Promenadenweg beschatteten, dahin. Die ganze Ge=
sellschaft der Stadt war auf den Beinen, und Herr
von Maienberg befand sich in seinem Element. Es gelang
ihm selten, Franziska zu einem solchen Spaziergange
zu überreden, doppelt genoß er daher seines Triumphes,

mit seiner schönen Tochter vor den Augen des Publikums zu paradiren. Er hatte so viele Bekannte zu grüßen, daß sein Hut sich in fortwährend auf- und niederschwenkender Bewegung erhielt; daneben blinzelten seine wohlwollenden Augen beständig nach rechts und links und fingen jeden offenen und verstohlenen Blick auf, der sich voller Bewunderung auf die holde Gestalt an seiner Seite richtete. Franziska war, wie gesagt, keine Freundin von derartigen Spaziergängen, heute aber schien die harmlose Selbstgefälligkeit des Vaters auch auf sie übergegangen zu sein; es machte ihr Vergnügen, aus Aller Augen die stumme Huldigung zu lesen, die man ihr darbrachte, und ehe sie sich's versah, hatte ihr die Phantasie einen Streich gespielt und den Papa von Maienberg an ihrer Seite in einen Andern verwandelt, von dessen Arm geführt sie nun wirklich die Erste in der Stadt war.

Etwa in der Mitte der Promenade kam ihnen eine größere Gruppe von Offizieren entgegen, an deren Spitze, lebhaft redend und gestikulirend, der Regiments-Adjutant einherging. An der Ecke einer, gerade an dieser Stelle in die Promenade einmündenden Gasse blieben die Offiziere stehen, und es schien sich die Frage zu erheben, welchen Weg man verfolgen sollte. Nach kurzem Hin- und Herreden entschied man sich jedoch für die Beibehaltung der bisherigen Richtung, und nur Einer trennte sich von der Schaar der Uebrigen und verschwand, ohne sich weiter umzusehen, in der Seitengasse. Es war Gartenhofen. Franziska hatte ihn, beinahe wider Willen, erkannt, und obschon sie sich ärgerlich dagegen sträubte, empfand sie ein unange-

nehmes Gefühl. Er allein, so schien es, wollte sich
der allgemeinen Huldigung entziehen, die man ihr dar=
brachte; oder zürnte er noch von dem neulichen Ball=
abend her? Die Offiziere waren unterdessen näher ge=
kommen, und wer Herrn von Maienberg in diesem
Augenblick beobachtet hätte, würde einen drolligen
Anblick genossen haben. Er war ganz roth geworden,
und als jetzt die Hände der Offiziere wie auf Kom=
mando an die Kopfbedeckung fuhren, schwenkte er in
weitem Bogen den Hut vom Kopfe, und sein „Ihr
Diener, meine Herren, Ihr Diener, meine Herren,“
klang ungefähr wie: „Wir verstehen uns, meine Herren.“
Unmittelbar hinter den Offizieren kam Frau Regie=
rungsräthin Habermann am Arm ihres Gatten des
Weges daher. Bei diesen Beiden war das Verhält=
niß umgekehrt, wie bei den Maienbergs; er hätte sich
die Promenade gern geschenkt, aber Frau Habermann
wollte, und deshalb pendelte er geduldig Tag aus,
Tag ein die Promenade, die Domäne seiner Frau, ein
paar Mal auf und ab. Sie hatte den Vorgang mit
den Offizieren bemerkt und gerade noch Zeit gefunden,
ihrem Manne zuzuflüstern: „Sie übt sich im Excellenzen=
thum,“ als Maienbergs heran waren und Frau
Habermann einen Schwall von zärtlichen Vorwürfen
über Fräulein von Maienberg ergoß, die gar zu häus=
lich lebe und sich ihren Freundinnen zu sehr entziehe.
Franziska hörte ihr ruhig lächelnd zu, und nur einmal
erröthete sie leise, als Frau Habermann sich angelegent=
lichst bei ihrem Vater nach dem Stande seiner Rosen
erkundigte und nebenbei die Frage einfließen ließ, ob
es wahr sei, daß Seine Excellenz so außerordentliches

Wohlgefallen an denselben gefunden habe. Franziska's Erröthen war Frau Habermann nicht entgangen, der Zweck der Unterredung war erreicht, und man konnte sich also wieder trennen.

„Es ist richtig," sagte Frau Habermann zu ihrem Gatten, indem sie den Weg mit ihm fortsetzte.

„Was?" fragte er sehr ungeschickt. Sie hielt es unter ihrer Würde, eine solche Frage zu beantworten und zuckte schweigend die Achseln.

Und da geschah's. — Es war ein Tag, scheinbar wie alle andern; die Natur, in deren Gewohnheit es ja liegt, daß sie wie eine still lächelnde Mutter für ihre Menschenkinder, die sich an ihren wichtigen Angelegenheiten aufregen und abzappeln, den ruhigen, großen gleichmäßigen Haushalt besorgt, die Natur hatte auch an diesem Tage die Sonne aufgehen lassen wie gewöhnlich, hatte die Stunden des Vormittags eine nach der andern hingehen lassen wie gewöhnlich, und nichts Besonderes ersonnen, um anzudeuten, daß in der guten Stadt etwas geschehen war, das geeignet schien für alle jungen Mädchenherzen die Grundlagen der Weltordnung in Frage zu stellen. Als die Ehemänner des Morgens auf ihre Gerichtsstuben und in die Regierungsbureaux zogen, war noch Alles ruhig gewesen, und man hatte nichts gewußt; in den vorgerückteren Stunden des Vormittags hatte man dann Herrn Fischmann bemerkt, der in größerer Eile als gewöhnlich durch die hauptsächlichsten Straßen der Stadt geeilt war; er war roth im Gesicht gewesen und hatte seine Stirn wiederholt mit einem baumwollenen Taschentuch getrocknet; alsdann hatte man Damen der

Gesellschaft hin und wieder über die Straße huschen, sich gegenseitig mit hastigen Worten begrüßen und in den Häusern von Bekannten verschwinden sehen; besonders stark war der Anlauf in dem von der Frau Regierungsräthin Habermann bewohnten Hause gewesen; in der Küche von Frau Habermann war plötzlich der Befehl zur Bereitung von drei großen Kannen Chokolade ertheilt worden, während das Dienstmädchen zum Konditor an der Ecke gegenüber gestürmt war, um gleich darauf mit einem ungeheuren Napfkuchen zurückzukehren, und im Salon der Frau Habermann herrschte nun jenes nervenerregende Gesumme, welches aus dem Wispern flüsternder Frauenstimmen, dem Zerschneiden des Kuchens und dem Klappern von Theelöffeln in Chokoladentassen entsteht. Die Klingel schlug fortwährend an, die Thür des Salons klappte immerfort, und immer neue Besucherinnen liefen in den gastlichen Salon, wie in das Hauptquartier eines Oberstkommandirenden, wo Meldungen entgegengenommen werden, ein. Einige kamen, um sich an der Quelle Gewißheit über das kaum Glaubliche zu erholen, was sie gehört; Andere, um wichtige Details zur Kenntniß der Uebrigen zu bringen.

„Also ist es wirklich wahr?"

„Ja, es ist wahr; die Verlobungskarten sind in Berlin bestellt, Fischmann trägt sie noch heute Abend, spätestens morgen früh aus."

„Es war ja vorauszusehen."

„Gewiß, Sie sagten es ja vom ersten Augenblick an."

„Aber dann muß er ja heute noch vor Tagesanbruch bei ihr gewesen sein?"

„O nein, sie haben ja schon gestern Alles abgemacht."

„Gestern schon?"

„Gewiß, er ist gestern Abend bei Maienbergs gewesen."

„Ist es möglich?"

„Wie sieht sie denn nur aus? Hat Jemand sie schon gesehen?"

Es hatte sie noch Niemand gesehen.

„Und er?"

Er war heute Morgen schon ganz früh hinaus=
geritten, um dem Exerziren der Truppen beizuwohnen.

„Merkwürdig, als ob gar nichts vorgefallen wäre?"

„Als ob gar nichts vorgefallen wäre."

„Achtundfünfzig Jahre soll er alt sein?"

„Nein sechszig."

„Wirklich, sechszig?"

„Sechszig." — Frau Habermann wußte es genau.

„Was hat denn nur der Papa gesagt?"

„Nun der — das können Sie sich ja wohl denken."

„Ja natürlich, natürlich."

Mittags, als die Ehemänner nach Haus kamen,
war die große Neuigkeit reif wie ein gut gebackener
Kuchen, und Nachmittags auf der Promende wurde
der Kuchen verzehrt. Franziska von Maienberg und
der General — der General und Franziska von Maien=
berg — das waren die Variationen über das einzige
Thema, welches Aller Lippen in Bewegung setzte. Und
jetzt verstärkte sich das Gesumme der unzähligen sich
unterhaltenden Stimmen und Aller Augen wandten sich
einem Wagen zu, der von zwei prächtigen Braunen in
schlankem Trabe gezogen an der Promenade entlang
rollte. Da waren sie! Zur Rechten des Generals, der

sie abgeholt hatte, um ihr die inneren Räume des Gouvernementshauses, die Heimath, die sie fortan bewohnen sollte, zu zeigen, saß Franziska, im leichten hellen Sommerkleide, den Strohhut auf dem vollen blonden Haar, eine Braut, so schön als je eine gesehen worden war. Auf dem Rücksitz der Papa von Maien= berg, strahlenden Gesichts und ganz benommen, wie es schien, von der „fabelhaften Geschichte". Der General hatte ihn durchaus neben seine Tochter nöthigen wollen, war aber an dem hartnäckigen Widerstande Maienberg's, der da wußte, was er seinem Schwiegersohne schuldete, endlich gescheitert. Auf der Rampe vor dem Gou= vernementshause fuhr der Wagen mit schmetternden Rädern vor; die breiten Thore des stattlichen Hauses waren weit geöffnet und am Arme ihres Bräutigams stieg Franziska die geschwungene Treppe empor, die in den ersten Stock, ihre künftigen Wohnräume, führte. Große, mit Blumen gefüllte Vasen standen in reichster Fülle ringsumher, und das ganze bis dahin so ein= same Haus schien die schöne neue Gebieterin mit freudigem Lächeln zu begrüßen. Sie durchschritten die lange Flucht von Gemächern, die vorläufig allerdings noch etwas kahl aussahen, deren vornehme Verhält= nisse indessen für die Entfaltung eines glänzenden Lebens wie geschaffen erschienen, und als sie jetzt an das letzte nach vorn hinaus gelegene Kabinet gelangt waren und der General die Thür desselben mit einem schnellen Drucke öffnete, stieß Franziska unwillkürlich einen Ruf der Ueberraschung aus. Das kleine Gemach, mit rother Tapete bekleidet, war in jedem Stücke der Ausstattung bis auf die kleinste Kleinigkeit eine getreue

Nachbildung ihres Zimmers im väterlichen Hause. An der Wand, die mit den werthvollsten Kupferstichen bedeckt war, bemerkte man gerade über dem Sopha eine Lücke, und in der Ecke stand ein leeres Postament.

„Hier," sagte er lächelnd, „kommt der Tizian hin, und dort die Melische Venus." Mit beiden Händen faßte sie seine Hand und sah ihm leuchtenden Auges in das Gesicht.

„Wie war es möglich in so kurzer Zeit?"

„Du weißt," erwiderte er, „rascher Blick und genauer Blick sind die ersten Erfordernisse für den Soldaten."

„So sicher also warst Du Deiner Sache?" fragte sie. Er sah mit inniger Zärtlichkeit auf das schöne kluge Antlitz herab, das sich schalkhaft zu ihm erhob, und drückte sie statt aller Antwort stumm lächelnd an die Brust. Man wandte sich zurück, und im anstoßenden Salon trat Franziska an die geöffnete Balkonthür. Laut lachend drehte sie sich um.

„Sieh das an," sagte sie zu dem General, indem sie auf die Straße hinunterzeigte, wo man die Menschen vorüberfluthen und Hunderte von Köpfen neugierig zum Gouvernementsgebäude emporgereckt sah.

„Es fehlt nur noch, daß wir auf den Balkon hinaustreten und Du eine Rede an das Volk hältst." Es kam ihr der Gedanke, wie stattlich er sich bei einer solchen Gelegenheit ausnehmen würde, und indem sie in seine Augen sah, die sich mit stummem Wohlgefallen an ihrer Schönheit weideten, überströmte sie das Gefühl des Reichthums, den sie gab und den sie empfing, so plötzlich und so heiß, daß sie in jäher Aufwallung auf ihn zustürzte, um ihn zu küssen.

„Ein Ueberfall!" rief er, indem er sie auffing und einen Kuß auf ihre Stirn drückte; er lachte, wie man über ein muthwilliges hübsches Kind lacht. Franziska erröthete, als hätte sie etwas Ungehöriges gethan; sie hatte ihn auf den Mund küssen wollen und der Kuß war fehlgegangen.

„Verzeih'," sagte sie unwillkürlich. Er lachte freundlich und herzlich.

„Verzeihen? was hätte ich Dir zu verzeihen?" Er führte sie die Treppe hinunter, und da er wußte, welche Freude ihr das Spazierenfahren gewährte, stellte er den Wagen zu ihrer Verfügung. Während er in der Thür stehen blieb, stiegen Franziska und ihr Vater ein, um allein nach Haus zu fahren. Der laue Sommerabend war aber so verführerisch schön, daß auf Wunsch Franziska's noch ein Umweg gemacht wurde. Sie fuhren über die Brücke, und indem sie den Strom hinunterblickten, genossen sie den Anblick der untergehenden Sonne, die purpurn in dem breiten Wasser zu versinken schien. Die weite flache Landschaft, aus welcher, im Abendroth leuchtend, die Dörfer eins hinter dem andern hervortraten, und an deren äußerstem, fernstem Rande ein zitternder Streif wie die Ahnung des fernen Meeres zu schweben schien, gewährte den Eindruck unermeßlicher Weite und erschien wie die erschlossene Vorhalle der großen unendlichen Welt.

Ein tiefer Seufzer der Befriedigung hob Franziskas Brust. Nun stand sie an der Schwelle, nun war es nicht mehr ihre Phantasie allein, die sie hinauszusenden

brauchte in die märchenhafte Ferne; sie selbst mit allen
vollen Sinnen sollte sie nun sehen und kennen lernen,
diese Welt, nach der sie sich so tief, so inbrünstig gesehnt
hatte. Wie dankbar sie ihm war, der ihr das Alles
zeigen und gewähren wollte, der ihr dies ganze neue,
große Leben wie eine köstliche, mühelos gebrochene Frucht
in den Schooß legte. Sie drückte des Vaters Hand
und dachte an den General. Herr von Maienberg
wandte sich zu ihr.

„Bist Du zufrieden, min Döchting?“ fragte er.
Sie sank an seine Brust und umschlang ihn mit den
Armen.

„Nein,“ sagte sie, „glücklich, glücklich.“ —

Am Abende dieses Tages saßen die jüngeren Offiziere der Garnison wie gewöhnlich schaarenweise in
ihrem Stammlokal am Stammtisch versammelt. Es
herrschte ein gewaltiger Lärm, denn es wurde sehr laut
gesprochen, noch lauter gelacht und der Kellner fortwährend von allen Seiten angeschnauzt; es wurde sehr
viel Bier getrunken und ungeheuer viel geraucht. Die
meisten hatten große Cigarrentaschen von dickem Leder
vor sich auf dem Tisch; bei denen, die von Adel, waren
auf den Cigarrentaschen große stählerne Buchstaben
angebracht, über welchen ungeheuere Kronen prangten.
Natürlich bildete auch hier die heutige Verlobung das
Hauptgespräch, und da man sich in einem für die
Offiziere reservirten Zimmer befand, brauchte man sich
mit seinen Redensarten keinen besonderen Zwang
anzuthun. Das größte Wort führte der Adjutant, der
auf dem schwarzledernen Sopha nachlässig hingelehnt
saß, den Ueberrock weit aufgeknöpft, so daß man seine

große Uhrkette mit Berloques sah, seine ohnehin langen
Beine ellenlang unter dem Tisch ausgestreckt. Er rauchte,
da er es für eleganter hielt, nur Cigaretten und hatte,
zum Unterschiede von den Anderen, eine Büchse mit
türkischem Tabak vor sich stehen, aus der er sich von
Zeit zu Zeit eine Cigarette drehte. In Anerkennung
seines außerordentlichen Mundwerks hatten ihm seine
Kameraden den nicht gerade zierlichen Beinamen
„Revolver-Schnauze“ zugelegt, und er hatte seinem
Spitznamen heute Abend bereits Ehre gemacht, indem
er für den General und dessen Braut die Bezeichnung
„der Divisor und seine Dividende“ erfunden hatte. Er
hatte großes Glück mit seinem Witze gemacht und der
Einzige vielleicht, der nicht gelacht und über den geistreichen Scherz keine Miene verzogen hatte, war Gartenhofen gewesen, der dem Adjutanten schräg am Tische
gegenüber saß. Jetzt hielt der Adjutant die Zeit für
gekommen, mit einem neuen Witze hervorzutreten.

„Gartenhofen,“ rief er laut und nachlässig über
den Tisch, „soll ich Ihnen was Neues erzählen? Der
General hat sich verlobt.“ Allgemeine Heiterkeit. Der
Angeredete wandte die düstern Augen auf ihn, sein
blasses Gesicht war leicht geröthet.

„Ebenso neu und geistreich, wie Alles, was Sie
heut Abend vorgebracht haben,“ sagte er.

„Haben Sie’s wirklich schon gewußt?“ sagte der
Adjutant, indem er mit möglichst gleichgültiger Miene
eine neue Cigarette drehte, „sieh Einer an, was Sie
früh aufstehn.“

„Halten Sie das für nöthig, um mit Ihnen
Schritt zu halten?“ versetzte Gartenhofen.

„Der pikirte Raphael schießt schon wieder," sagte der Adjutant, indem er sich gähnend abwandte. Der pikirte Raphael, so hieß Gartenhofen infolge seines Malens und seines schwermüthigen Wesens bei seinen Kameraden.

Einem jungen Manne, der darauf angewiesen ist, unter gleichaltrigen Kameraden zu leben, kann die Natur keine bösere Mitgift als ein ernstes, melancholisches Wesen mitgeben. Gartenhofen war ein solcher, und er konnte davon erzählen. Es ist eine tausendfach nachgebetete Ansicht, daß die Jugendjahre für jeden Menschen die glücklichsten seines Lebens seien; sie sind im Gegentheil für Manchen weit reicher an bitteren Aergernissen und Qualen, als seine reiferen Jahre. Der Kampf ums Dasein muß in der Jugend viel rücksichtsloser und breister durchgefochten werden, als im späteren Leben, und Menschen der gedachten Art kommen dabei immer zu kurz. — Der Mensch ist nie thrannischer, als wenn er in Masse ist, und eine Schaar gleichgestimmter junger Männer wird nie begreifen, daß Einer, der äußerlich zu ihnen gehört innerlich anders empfinde als sie. Gartenhofens Neigung zur Malerei galt seinen Kameraden als Verschrobenheit und machte ihn zur Zielscheibe für ihre Späße.

„Gartenhofen," rief Einer über den Tisch herüber, „ist es wahr, daß Sie Ihren Burschen als Fechter von Ravenna malen?"

„Nein," sagte der Adjutant, „er ist vom General als Stubenmaler engagirt und soll ihm die schöne Franziska in allen Stufenfolgen der Toilette an die Wand malen." Ein lautes Gelächter begleitete den

zweideutigen Scherz. Gartenhofen stieß sein Glas von
sich und maß den Sprecher mit einem flammenden
Blick. Auf seinen zuckenden Lippen schwebte eine
Antwort, die vielleicht ernste Folgen gehabt hätte, er
wandte sich jedoch ab, rief den Kellner heran und be-
zahlte seine Zeche. Dann griff er zur Mütze und zum
Degen und, indem er geflissentlich bei dem Regimentsadjutanten vorbei sah, wünschte er den übrigen
Kameraden gute Nacht. Der gezogene Ton, mit welchem
sein Gruß erwidert wurde, verrieth, daß er durch seine
Empfindlichkeit die Gemüthlichkeit gestört hatte. Durch
die schweigenden nächtlichen Gassen wanderte er hastigen
Schrittes dahin.

Als Gartenhofen bei seiner in einem entfernten
Theile der Stadt belegenen Wohnung angekommen
war, fühlte er sich so unruhig, daß er bei seiner Hausthür vorüber und wieder in die Stadt zurückging.
Einem unbestimmten Drange folgend, gelangte er in
die Anlagen, und plötzlich befand er sich vor dem
Gartenzaune, der die Maienberg'sche Villa von der
Straße trennte. Er trat in das Dunkel der gegen-
überstehenden Bäume und blieb stehen; zu welchem
Zweck? er hätte es selbst vielleicht nicht gewußt. Das
kleine Haus lag still und dunkel, nur in einem der
Vorderzimmer brannte hinter den herabgelassenen Vor-
hängen ein einsames Licht. Mit starrender Gewalt
hefteten seine Augen sich auf diesen Vorhang, ob sich
nicht vielleicht der Schatten einer Gestalt darauf ab-
zeichnen würde, der Schatten derjenigen, die er an
jenem Ballabende zum ersten Male gesehen und deren
Bild ihn seitdem keinen Augenblick verlassen hatte. Kein

Laut regte sich, es zeigte sich kein Schatten; das Haus
lag wie abgeschlossen von der Welt, und es war, als
ginge von dem ganzen Hause derselbe kühle, abweisende
Hauch aus, den er empfunden, als er sich Franziska
an jenem Abend vorstellen ließ. Er wandte sich ab,
möglichst leise und geräuschlos; es war ihm zu Muthe,
als könnte sie seine Schritte hören, als würde sie ihm
nachsehen und ebenso über seine schüchterne Unbeholfen=
heit lächeln wie damals. Er dachte an jenen Abend
zurück; ihm hatte sie den Tanz abgeschlagen, und mit
Jenem hatte sie getanzt, der sich heute Abend nicht ge=
scheut hatte, das schöne fleckenlose Wesen mit seinen
Scherzen zu besudeln. Ein grimmiger Haß gegen diesen
Menschen stieg in seiner Brust empor, und in schweren
Gedanken wanderte er langsam nach Haus. Die Ge=
danken verließen ihn auch nicht, als er in seine be=
scheidene Wohnung hinaufgestiegen war, sie verließen
ihn überhaupt nie, sie waren um ihn und mit ihm,
düstere lastende Begleiter seines Lebens.

Sein Vater war ein unbemittelter Offizier gewesen,
dem es ganz selbstverständlich erschien, daß sein einziger
Sohn auch Offizier ward; sobald der Knabe daher das
zwölfte Jahr erreicht hatte, wurde er in das Kadetten=
korps geschickt. Sieben Jahre brachte er darin zu,
von der untersten bis zur obersten Klasse, und als er
aus letzterer als Offizier in die Armee trat, war er
nicht mehr jung, ohne jemals jung gewesen zu sein.
Zitternd, so oft er zu den Ferien nach Hause kam,
zeigte er seine Censur vor, in welcher regelmäßig zu
lesen war, daß seine militärische Haltung Vieles zu
wünschen übrig ließ; jedesmal erfolgte ein Donner=

wetter und ein „Wirst du denn dein Leben lang ein krummer Kerl bleiben?" und nicht ein Mal kam dem alten Gartenhofen der Gedanke, ob nicht vielleicht die Schuld an ihm liege, der seinen Sohn dahin gestopft hatte, wo er nicht hingehörte. Eine war gewesen — die hatte wohl geahnt und gefühlt, daß in dem Knaben mit den dunklen sehnsüchtigen Augen etwas Anderes steckte als ein zukünftiger Soldat, aber die war lange todt: das war seine Mutter gewesen. Er war noch ein Kind, als sie starb; aber noch jetzt fühlte er den furchtbaren Schmerz der Stunde, als er vernichtet an ihrem letzten Lager kniete und ihre erkaltete Hand mit seinen heißen, verzweifelnden Thränen erwärmte. Ob er damals schon geahnt hatte, daß mit ihr das letzte und einzige Wesen von der Erde schied, das in seinem Herzen zu lesen, sein unverstandenes Innere zu verstehen gewußt hatte? Jetzt wußte er es, jetzt, da er die Lampe angezündet hatte und mit derselben vor das schlichte Bild trat, das über dem Sopha in seiner Stube hing. Die dunklen schwermüthigen Augen seiner Mutter, die er zu seinem Unglück so ganz geerbt hatte, blickten ihn schweigend an, und indem er sich lange und tief darein versenkte, flossen ihm langsam schwere Thränen über die Wangen. Nun war er Offizier, eingeschlossen in einen Beruf, in den er nicht hineinpaßte und den er nicht ausfüllte, ohne Ausweg, ohne Aussicht, daß es in dem langen Leben, das noch vor ihm lag, je anders, je besser werden würde — es war ihm, als ob er erstickte — er war so unglücklich, als ein Mensch es zu werden vermag. Er riß das Fenster auf und blickte hinab in den dunkel rinnenden Strom, der unweit seiner Wohnung vorüberfloß. Die Nacht lag so finster über Wasser und Land gebreitet, als ob es nie wieder Tag werden könnte; er hörte das leise Rauschen der eilenden Wellen, es war ihm, als verstände er, wie sie sich ihre Sehnsucht zuflüsterten nach dem unendlichen Meere, nach dem ihr Lauf sie trieb, und ein wildes Verlangen erfaßte ihn, mit ihnen hinaus zu können — wohin? Nur hinaus und fort aus dieser Oede, wo nun heute auch der letzte Lichtstrahl für ihn erloschen war.

Wie ein Geschöpf aus einer fremden glücklicheren Welt, wie eine Verkörperung seiner phantastischen Träume, so war Franziska vor seiner schönheitsdurstigen Seele aufgegangen — und nun war sie dahin, für immer, das Weib eines Anderen. Und dieser Andere war sein General. Er ging in der Stube auf und ab wie ein Gehetzter. Hatte er denn im Ernste daran denken können, sie jemals die Seine zu nennen? Was hätte er ihr zu bieten vermocht, er, ein Mann ohne Vermögen, ein Offizier ohne Aussichten — nein, es war nur der begehrliche Traum seines lechzenden Herzens, der sich an sie herangewagt hatte, seines Herzens, das ebenso unbändig kühn in seinem Verlangen, wie er persönlich schüchtern in seinem Auftreten war. Er empfand diesen Zwiespalt seines Wesens, und ein Gefühl bitterster Selbstverachtung kam über ihn. In der Fensterecke stand, an den Stuhl gelehnt, eine große Mappe; seine Zeichnungen und Entwürfe waren darin. Mit dem Fuße stieß er danach, er wollte nichts mehr davon wissen, er wollte praktisch werden, vernünftig wie die Anderen. Er setzte sich an den Tisch,

schlug ein militärwissenschaftliches Werk auf und be=
gann zu studiren. Nachdem er eine Seite gelesen,
gingen seine Augen über das Buch hinweg; er raffte
sich zusammen, las noch eine halbe Seite, dann
klappte er das Buch zu, warf es vom Tische, sprang
auf und im nächsten Augenblicke lag die Mappe mit
seinen Zeichnungen vor ihm aufgeschlagen. Er ver=
sank ganz in sich selbst, indem er auf seine Skizzen
niederstarrte. Wie schwach, wie schemenhaft sie ihm
erschienen, wenn er an das Bild dachte, das jetzt in
so lebenglühenden Farben vor seiner Seele stand. Mit
zwei Griffen hatte er Alles, was von Bildern in der
Mappe war, gefaßt und zerrissen. Dann setzte er den
Stift an, um ihn wieder sinken zu lassen. Es war
ihm zu Muthe wie einem Trinker, der genau weiß, daß
seine Leidenschaft ihn zu Grunde richten muß, und der
sich eben wieder ein volles Glas eingeschenkt hat. Ein
Wahnsinn war es, daß er sich das Bild des Weibes,
das von ihm nichts wissen durfte, nichts wissen wollte, mit
aller Macht einer tödtlichen Phantasie in die Seele
sog, es war ein Wahnsinn — und indem er es noch
halblaut vor sich hinsprach, hatte er schon wieder zum
Zeichenstift gegriffen, und Franziskas holde Gestalt
begann aus dem Papiere hervorzutauchen. Nun hielt
sein Werk ihn gefangen, er wußte nichts von der Welt,
die Welt nichts von ihm, und es war Niemand da,
der über seine Schulter blicken und mit staunendem
Schmerze hätte sehen können, wie ein großes herrliches
Talent sich scheu in die stille Mitternacht flüchtete, um
verborgen vor Aller Augen Phantasien auf das Papier
zu zaubern, die geeignet gewesen wären, die Herzen

Tausender zu entzücken, und die nun blos dazu dienen
sollten, ihren Urheber in tödtlich verderblichen Traum
zu lullen. Die Nacht schritt weiter und weiter, und
der Wächter, der von Zeit zu Zeit durch die Straße
am Wasser seinen Rundgang machte, sah inmitten der
dunklen Häusermassen immer und immer das eine er-
leuchtete Fenster in die Nacht hinausflimmern. Er
machte sich seine Gedanken darüber und kam zu der
Ueberzeugung, daß da oben ein Kranker wohnen müsse.
— Ein Kranker — er hatte es vielleicht getroffen. —

Als einen „recht eigenthümlichen Entschluß" bezeichnete es Frau Regierungsräthin Habermann, wenn sie
in größerer Gesellschaft, als eine „ganz bodenlose Takt-
losigkeit", wenn sie im Kreise ihrer Vertrauten war,
daß die Hochzeit Franziska's mit dem General nicht am
Wohnorte der Braut, sondern in Berlin, wo Verwandte
des Bräutigams lebten, stattfinden sollte. Sie begriff
gar nicht, wie der Vater so etwas zugeben konnte, und
da sie es nicht begriff, begriffen es die Anderen natürlich auch nicht. Es ließ sich eben nur dadurch erklären,
„daß der gute Maienberg vor seinem Schwiegersohne
einen Respekt hatte wie ein Fähnrich".

„Ein recht wenig würdiges Verhältniß, in der That."

„Ja, recht recht unwürdig."

„Daß aber auch der General — er war doch eigentlich alt genug, um zu wissen, daß so etwas nicht in
der Ordnung war."

„Aber eben, wenn alte Männer heirathen."

„Es war doch eigentlich ein recht sonderbares Verhältniß — der alte Mann mit einem so jungen
Mädchen."

„Eigentlich ein ganz unnatürliches Verhältniß.“

Frau Habermann wünschte ihnen alles Gute, wenn sie aber ihre Meinung hätte sagen sollen, so konnte sie — Besorgnisse. — Ganz so ging es den Anderen; vom ersten Augenblicke hatten sie diese Besorgnisse gehegt, sie hatten nur nichts sagen wollen, „man weiß ja, wie leicht so etwas falsch verstanden wird“.

Die gute Franziska — sie hätte recht glücklich sein müssen, wenn sie gewußt hätte, mit welcher Theilnahme der Gang ihres Schicksals verfolgt wurde; vielleicht aber war es gerade diese Theilnahme, der sie entfliehen wollte, als sie den Vorschlag des Generals, in Berlin Hochzeit zu machen, mit Freuden annahm. Es war wirklich ärgerlich für die gute Stadt.

Der Restaurateur, welcher im Geiste die Hochzeits= tafel bereits in seinen Sälen gedeckt hatte, war wüthend; die Lohndiener, welche auf einen glänzenden Tag gerechnet hatten, liefen mit Gesichtern umher, als gehörten sie einer Verschwörersekte an; Herr Fischmann, zu vor= nehm, um Groll zu zeigen, hatte ein mitleidiges Lächeln angenommen; ein poetisches Mitglied des Regierungs= kollegiums, welches, wenn mehr als zehn Menschen beim Mittagessen vereint waren, unter allen Umständen einen Toast in Versen ausbrachte, steckte seine für das Hoch= zeits=Diner acht Tage vorher improvisirten Verse ärgerlich wieder ein, und die Stimmung der Gesell= schaft haben wir bereits geschildert. All' die schöne stille Schadenfreude, zu der sich doch so reichlicher Stoff geboten haben würde, wenn man den ältlichen Bräutigam in sicherlich nicht geringer Verlegenheit neben der jugendlichen Braut gesehen hätte, war ver=

gebens gewesen. Der General that wirklich gar nichts für seine Popularität, und diese Franziska war wirklich von ganz unleidlicher Hoffärtigkeit.

In Berlin wurde die Hochzeit gefeiert; eine so kleine Hochzeit, daß sie ganz spurlos in der großen Stadt vorüberging. Einige ältere Freunde des Generals, theils Junggesellen, theils auch schon Wittwer, theils mit ihren Frauen, hatten sich zu dem Hochzeits= mahle versammelt. Es war eine sehr würdige, aber auch sehr betagte Gesellschaft; der Papa von Maien= berg war einer der Jüngsten, und Franziska erschien in ihrer Mitte wie eine blühende Rose unter Ruinen. Nicht, daß man ihr unfreundlich begegnet wäre, im Gegentheil; aber sie glaubte zu fühlen, daß diese Freundlichkeit hauptsächlich der Achtung entsprang, die man ihrem angesehenen Manne schuldete; von Zeit zu Zeit sah sie die Augen der älteren Damen mit stumm prüfenden Blicken auf sich gerichtet. Alles ging sehr vornehm und leise zu; die Livreediener, an deren Spitze ein schwarzbefrackter, wie ein Geheimrath aus= sehender Haushofmeister stand, bewegten sich wie stumme Maschinen; ein ganz kurzer Toast auf die Familie von Maienberg war von einem Freunde des Generals ausgebracht worden; Herr von Maienberg hatte mit einem sehr umfangreichen Toast geantwortet, dessen etwas kleinstädtische Begeisterung von der Ge= sellschaft mit einem wohlwollenden Lächeln auf= genommen worden war; über dem ganzen Feste lag ein gewisser frostiger Hauch.

„Befehlen Excellenz ein Glas Eispunsch?" hörte Franziska eine Stimme hinter sich. „Befehlen Excellenz ein Glas Eispunsch?" schnarrte der aufwartende Diener zum zweiten Male, und jetzt erst fiel es ihr ein, daß sie gemeint war. Mit einiger Verwirrung blickte sie auf ihren Teller nieder; ein flüchtiges Lächeln hatte die Lippen der gegenüber sitzenden Dame umspielt. Richtig, sie war ja nun Excellenz. Sonst hatte sie nur ganz weißhaarige Herren und Damen mit diesem Titel bezeichnen hören — es war ihr zu Muthe, wie einer jungen Königin, der man die Krone aufs Haupt setzt, und welche fühlt, daß das Metall kalt ist. Sie saß zur Seite ihres Gemahls, dieser aber hatte sich in Gespräche über wichtige politische Fragen, welche augenblicklich die Zeit bewegten, mit seinen Freunden eingelassen. Sie gab sich Mühe, von dem bedeutenden Inhalte der Gespräche etwas zu erlauschen, und sagte sich innerlich, wie glücklich sie sein müsse, nun immer von so sachkundiger Seite über die wichtigsten Zeitfragen belehrt zu werden; sie bog den Kopf ein wenig vor, aber ihr Mann wandte sich gerade nach der anderen Richtung der Tafel, und drehte ihr auf diese Weise halb den Rücken zu. Ihre Mühe war vergeblich gewesen, und leise ließ sie sich an die Lehne ihres Stuhles zurücksinken. Sie kam sich verlassen vor, und plötzlich empfand sie das Verlangen, daß nur ein einziges jüngeres Wesen da sein möchte, mit dem sie sprechen könnte. Sie sagte sich sogleich, daß es ein thörichtes Verlangen war, nichts desto weniger war es da, und die Stummheit, zu der sie verurtheilt war, legte sich ihr wie eine körperliche Last auf die Brust. Die Beengung schwoll empor, umklammerte ihren Hals, und es kam ein Augenblick, da sie glaubte, daß sie in Thränen ausbrechen würde.

4*

Thränen am Hochzeitstage, und in einer so vor=
nehmen, verständigen Gesellschaft! Der Schreck bei
diesem Gedanken drängte ihre Aufregung zurück; still
und blaß saß sie in ihrem weißen Hochzeitskleide da
und drückte das Bouquet von Rosen, das ihr Mann
ihr heute, von einem prachtvollen Brillantenhalsband
umwunden, geschenkt hatte, an Augen und Lippen. Die
holden Blumen erschienen ihr wie die süßen Geister der
Jugend, und heute zum ersten Male, und trotzdem sie
sich dagegen sträubte, empfand sie ein sehnendes Ver=
langen nach der Jugend.

Der General war so vertieft in seine Gespräche,
daß Herr von Maienberg aufstehen und ihn daran er=
innern mußte, daß die Zeit gekommen sei, um sich zur
Abfahrt für die Hochzeitsreise fertig zu machen. Man
hatte beschlossen, unmittelbar nach der Trauung abzu=
reisen und als Reiseziel war, nach Franziska's Wunsch,
Italien ausersehen.

„Verzeih', liebes Kind," sagte der General, indem
er sich zu seiner jungen Frau umwandte und hastig nach
der Uhr sah; es war allerdings höchste Zeit geworden.
Man erhob sich von der Tafel, und Alles umdrängte
Franziska und ihren Gatten, um ihnen glückliche Reise
zu wünschen. Die Damen gaben ihr gute Rathschläge,
in einem so mütterlich=fürsorglichen Tone, als wenn sie
zu einem Kinde sprächen.

„Der Herr Kriegsminister wird Ihnen zürnen,
Excellenz," wandte sich ein alter Herr, um dessen faltigen
Mund das gefrorene Lächeln des höheren Ministerial=
beamten schwebte, an Franziska, „daß Sie uns gerade
jetzt Ihren Herrn Gemahl entführen."

„Im Ernst," hörte sie, wie er sich leiser an ihren Mann wandte, „ich weiß, daß der Minister Sie gern hier gehabt hätte bei der bevorstehenden Militärdebatte."

„Wird auch ohne mich fertig werden," entgegnete heiter der General, „für Politik haben wir jetzt keine Zeit, nicht wahr, mein Engel?" und er legte den Arm um Franziska's Schultern.

„Du weißt," sagte sie, indem sie ernst zu ihm aufblickte, „daß mir nichts schmerzlicher wäre, als Dich einer Deiner Pflichten zu entfremden." Er hörte ihr lächelnd zu und drückte einen Kuß auf die schöne Stirne seiner verständigen jungen Gattin, dann trat er noch einmal auf den Ministerialrath zu.

„Sollte es ganz dringend werden," sagte er leise, „so wissen Sie ja für alle Fälle meine Adresse."

Ein Diener erschien und meldete, daß der Wagen vorgefahren sei, und nun ging es zum Abschied. Mit einer hastigen Bewegung ergriff sie ihres Vaters Hand und begab sich mit ihm in das nebenanliegende Gemach, wo sie für einen Augenblick allein waren. Herr von Maienberg's heiteres Gesicht sah ernster aus, als gewöhnlich, und als Franziska ihm in die Augen blickte und die Arme um seinen Hals schlang, machte plötzlich die unterdrückte Natur ihr Recht geltend, und die Fülle verworrener Gefühle, die ihr Herz bedrängt hatten, brach in einem Thränenstrom zu Tage. Sie wollte nicht weinen und strengte alle Kraft an, um ihre Thränen zurückzudrängen, aber für diesmal war die dunkle Natur mächtiger als ihr Wille, und der Zwang, den sie sich anthat, verstärkte nur die Qual, so daß ihre Brust sich schluchzend an der des Vaters hob und senkte. Herr

von Maienberg stand ziemlich rathlos da, um so rath=
loser, als er an derartige leidenschaftliche Gefühls=
ausbrüche bei seiner Tochter gar nicht gewöhnt war. Er
befand sich in der peinlichen Lage eines Menschen, der
einen geistig überlegenen Menschen trösten soll, und da
ihm nichts Anderes einfiel, nahm er zu ihren eigenen
Worten seine Zuflucht.

„Weine doch nicht so, min Döchting,“ raunte er
ihr leise zu, während er zärtlich ihre Wangen streichelte,
„Du kommst ja nun nach Italien; denke doch — weißt
Du denn nicht mehr? die königliche Macht des Ver=
standes?“ Seine wohlwollenden Worte hatten es ge=
troffen, sie hob ihr bethräntes Antlitz empor und
lächelte.

„Du hast ja recht,“ sagte sie, ihre Thränen trocknend,
„und es ist ja so thöricht, so thöricht.“ Dann um=
schlang sie ihn noch einmal inniger als vorher und
küßte ihn zweimal und dreimal zum Abschiede. Ihre
Bewegung war eigenthümlich heftig, es sah aus, als
ob sie ein Bedürfniß empfände zu küssen. Der General
trat ein, und sie hing sich zärtlich in seinen dargebotenen
Arm; an ihren gerötheten Augen nahm er keinen An=
stoß — der Abschied vom Vater — es war ja so
natürlich. —

„Auf baldiges glückliches Wiedersehen,“ rief er dem
Schwiegervater zu, ihm die Hand zum Abschied reichend,
„und bringen Sie uns während unserer Abwesenheit
unsere Wohnung recht hübsch in Stand.“

„Soll Alles geschehen, soll Alles auf das Beste ge=
schehen,“ sagte Maienberg, der neben seiner Tochter
und dem General die Treppe hinunterstieg. Der General

war seiner jungen Frau beim Einsteigen in den Wagen
behülflich.

„Und nun, Kutscher, nach Italien," sagte er, indem
er sich lachend an ihrer Seite niederließ. Wie schön
ihr das zum Ohre klang „nach Italien!" Die Pferde
zogen stürmend an, der Wind spielte um ihre Wangen
und trocknete die letzte Thräne in ihren Augen, und
indem sie seine hohe stolze Gestalt neben sich erblickte
und seine Hand fühlte, die zärtlich ihre Hand gefaßt
hielt, war sie nur über Eins noch unglücklich, daß sie
vorhin sich so unglücklich gefühlt hatte.

Es war spät nach Mitternacht, als der Regierungs=
rath von Maienberg auf dem Bahnhofe der Heimaths=
stadt wieder eintraf. Das gute Mahl und die vor=
trefflichen Weine, denen er kräftig zugesprochen, hatten
ihm während der Eisenbahnfahrt zu einem gesunden
Schlafe verholfen. Als er, vom schrillen Pfiff der
Lokomotive geweckt, verschlafen aufschreckte, war seine
erste Bewegung die, daß er seine Tochter anstoßen
wollte, um sie darauf aufmerksam zu machen, daß sie
angekommen seien. Er stieß in die Luft — und
brummend bemerkte er, daß sie nicht mit zurück=
gekommen war. Vom Bahnhofe aus pilgerte er seiner
Wohnung zu. Die Stadt lag todtenstill und dunkel,
selbst die Laternen schienen zur Ruhe gegangen zu sein,
und nur hie und da blickte eine und die andere wie
ein trübes verschlafenes Auge um die Ecke. Der
Wind hatte sich erhoben und raschelte in den Bäumen,
deren vertrocknetes Laub er Blatt nach Blatt zur Erde
streifet. Es wurde Herbst. Herr von Maienberg war

froh, als er sein Haus erreicht hatte; als aber die
Hausthür hinter ihm ins Schloß fiel, war es ihm, als
gäbe es einen dumpf hallenden Klang, wie er ihn nie
zuvor gehört. Es kam ihm in den Sinn, daß er und
die Köchin von nun an die einzigen Bewohner des
Hauses waren. Er legte sich sogleich zu Bett; was
ihm aber seit Jahren nicht geschehen war, begegnete
ihm heut, er konnte nicht einschlafen. Nachdem er
eine Stunde wach im Bette gelegen hatte, stand er
auf, zündete das Licht an und ging im Schlafrock
aus seinem Schlafzimmer in sein Wohnzimmer, aus
dem Wohnzimmer in den Salon und dann, nachdem
es ausgesehen hatte, als ob er sich vor etwas fürchtete,
an Franziska's Thür, die er behutsam öffnete. Er
leuchtete in ihr Zimmer hinein — Alles stand darin,
wie sie es zuletzt verlassen. Aber es war so still, so
merkwürdig still in dem Zimmer. Er setzte sich an
ihren Tisch und saß an demselben lange Zeit, den
Kopf in die Hand gestützt. Ihr Bild erschien ihm,
wie er sie beim Abschiede gesehen, mit dem von Thränen
überströmten Gesicht, mit dem unendlich schmerzvollen
Ausdruck in den edlen Zügen. Und plötzlich, was er
auch lange nicht gethan hatte, faltete er die Hände
und betete ein stummes inbrünstiges Gebet zu Gott,
daß er sein Kind beschützen möchte. Wovor? Vor
irgend etwas Schwerem, Schrecklichem, das dunkel und
verhängnißvoll gegen die lichte Gestalt seines Lieblings heranzuziehen schien. Seine Hände sanken aus-
einander, und er saß wieder wie vorher, lange Zeit.
Das flackernde Licht, das neben ihm brannte, ließ sein

Bild in dem Spiegel hinter seinem Rücken erscheinen
— das Bild eines alten Mannes. —

Durch Nürnberg und München, über die Alpen
hinweg ging die Reise der Neuvermählten nach Verona
und Florenz. Der General hatte den Reiseplan
entworfen, und wenn es je einen vorzüglichen Reise-
marschall gegeben hatte, so war er es. Er hatte Alles
gesehen und sorgte dafür, daß seiner jungen Frau
nichts von all' den Herrlichkeiten entging, womit der
Kunstsinn des deutschen Volkes das freundliche Nürnberg und der Kunstsinn eines deutschen Fürsten das
stolze München überschüttet hat. Dabei hatte er für
ihre Behaglichkeit auf das Vorsichtigste gesorgt; die
schönsten Zimmer in den ersten Gasthöfen standen regelmäßig zu ihrer Verfügung, und so fühlte sich Franziska
auf den weichen Wellen des Lebensüberflusses spielend
von Genuß zu Genuß dahingetragen. Nicht minder
vertraut war er mit der Schweiz, und so wie vorher
die Herrlichkeiten der Kunst, so führte er ihr jetzt die
Schönheiten der Natur vor.

„Als wenn wir durch eine Gallerie gingen," sagte
scherzend Franziska, „die Dir gehört und in der Du
jedes einzelne Stück kennst." An seinem Arme ging sie dahin, immerfort lernend, immerfort empfangend, Sinne
und Seele mit tausend neuen Eindrücken füllend, die ihm
alte Bekannte waren. Daß er so Alles kannte, war ihr
manchmal beinahe zu viel, denn der Reiz der Neuheit,
dessen frischer Duft ihr überall entgegenwehte, war
für ihn nicht mehr vorhanden; wenn er sich freute,
so war es das stille Lächeln über ihre Freude, und
es war nicht ein Augenblick, da sie nicht die Ueber-

legenheit seiner Kenntnisse und Erfahrung empfunden hätte.

In München war man mit einem jungen Ehepaare zusammengetroffen, das eine Strecke weit denselben Weg durch die Schweiz zu machen gedachte, wie sie. An der Wirthshaustafel hatte man Bekanntschaft gemacht, und die beiden jungen Frauen hatten sich zusammengefunden, was dem General nicht unlieb zu sein schien, da er sich nach Tische in politische Zeitungen vertiefte.

„Sie sind recht zu beneiden," sagte die junge Frau zu Franziska, „daß Sie Alles so ernst und genau ansehen können; mein Mann nimmt mir alle Ruhe, indem er mir fortwährend sagt, wie viel schöner es sein wird, wenn wir erst ganz allein auf unserem Gute in Holstein oben sitzen." Während sie das sagte, blickte sie den bösen Mann so zärtlich an, daß man recht deutlich erkennen konnte, wie sehr sie ihm zürnte. Franziska hörte es schweigend an und dachte an das Gouvernementshaus mit seinen glänzenden Räumen, das war freilich nicht der Ort für ein stilles idyllisches Leben, wie unter Holsteins rauschenden Buchen.

„Wir wollen ins Theater gehen," fuhr die junge Frau fort, „kommen Sie mit? Ihr Herr Vater ist so vertieft in seine Zeitungen."

„Wer?" fragte Franziska überrascht.

„Ihr Herr —" die Dame stockte und erröthete, da sie Franziska erröthen sah.

„Es ist ein Irrthum," erwiderte Franziska lächelnd, „es ist nicht mein Vater, sondern mein Mann." Die junge Frau bat tausendmal um Verzeihung und ergriff lachend Franziska's Hände, aber ihr Lachen klang etwas verlegen, und der erstaunte Blick, mit dem sie den General, der in der Fensternische lesend saß, gestreift hatte, war Franziska nicht entgangen. Es war eine Kleinigkeit, und indem man rasch das Gespräch auf die bevorstehenden Schönheiten der schweizer Reise lenkte, war der Zwischenfall, so schien es, bald wieder vergessen; trotzdem ließ er eine unangenehme Nach=empfindung in Franziska zurück, und als sie bald darauf das junge Ehepaar sich leise unterhalten sah, konnte sie den Gedanken nicht abweisen, daß sie ihr Erstaunen über die ungleichaltrigen Eheleute austauschten.

In Luzern trennten sich die beiden Reisegesellschaften, um jede ihren Weg für sich fortzusetzen, und Franziska entbehrte das harmlose Geplauder ihrer jungen „Kollegin", wie diese sich scherzend selbst genannt hatte, um so mehr, als die Zeitungen, welche der General in den Gasthöfen vorfand, ihn immer mehr in Beschlag nahmen. Die Nachrichten aus der Heimath wurden, wie es schien, von Tag zu Tag ernster; die großen Verhandlungen hatten begonnen, und wenn sie ihn von der Seite beobachtete, wie er jedes Wort der Debatten mit angestrengtester Aufmerksamkeit verfolgte, schien ihr sein Geist weit mehr in Berlin, als in den Alpen zu sein. Häufig geschah es dann, daß er von seinem Lesen plötzlich auffuhr, die Zeitungen bei Seite warf und zu ihr, die unterdessen still sinnend am Fenster oder auf dem Balkon gesessen hatte, hineilte und mit zärtlichen Worten seine Unaufmerksamkeit entschuldigte. Man unternahm dann Spaziergänge oder Ausfahrten, und mit einer gewissen Hastigkeit, als wollte er das Versäumte einholen, begann er ihr zu erklären. Trotz

seines Eifers wollte es ihr aber scheinen, als wären
seine Augen zerstreut und als wäre er nicht recht mit
ganzer Seele bei der Sache.

Als sie in Florenz angelangt waren, fanden sie
einen postlagernden Brief aus Berlin vor, den der
General sogleich erbrach und las. Nachdem es geschehen,
warf er ihn offen auf den Tisch und ging nachdenklich
im Zimmer auf und ab. Es sah so aus, als ob er
wünschte, daß Franziska ihn läse.

„Du scheinst wichtige Nachrichten zu haben," sagte
sie, „ist es erlaubt?" und da er nicht nein sagte, nahm
sie den Brief vom Tische auf und las. Er war von
dem Ministerialrath und enthielt nur wenige Worte:

„Man braucht Sie bringend; der Minister möchte
Sie nicht officiell zurückrufen; wenn Sie irgend können,
kommen Sie."

„Nun?" sagte sie, indem sie den Brief zurücklegte.

„Ja, was soll man nun thun?" fragte er.

„Das scheint mir nicht so schwer zu lösen," ver=
setzte sie lächelnd; „wir reisen zurück!" Er blieb vor
ihr stehen, und sie sah, wie sein Auge freudig auf=
leuchtete.

„Ist das Dein Ernst?" sagte er; „aber weißt Du
auch, daß wir dann gleich umkehren müssen? und Du
hast Florenz noch nicht gesehen, geschweige denn Rom
und Neapel, wo wir auch noch hin wollten?"

„Hast Du unseren Pakt vergessen," erwiderte sie,
„daß ich Dich von keiner Deiner Verpflichtungen ab=
halten dürfte? Was würden Deine Freunde in Berlin
sagen, wenn sie dächten, daß Du unter dem Pantoffel
Deiner Frau ständest?"

„Du bist doch das liebste, klügste Frauchen von der Welt," rief er, indem er sie entzückt in seine Arme schloß; „und weißt Du, daß Du, ohne es zu wollen, gerade den Nagel auf den Kopf getroffen hast? Wenn unsereins sich auf seine alten Tage verheirathet, sind die Herren da oben gleich mit Vermuthungen bei der Hand, daß man nun durchaus an Eifer nachlassen müsse und für den Dienst des Staates nur halb noch brauchbar sei."

„So laß uns ihre Vermuthungen durch die That widerlegen," sagte Franziska; „wann reisen wir?"

„Morgen früh, lieber Engel, ich will gleich nach Berlin telegraphiren, und dann sehen wir uns, so lange es noch Tag ist, Florenz ein wenig an."

Wie er gesagt hatte, so geschah es, und wenige Stunden später standen sie auf der Höhe von San Miniato und blickten auf Florenz hinab. Das Bild der herrlichen Stadt, deren Thürme und Zinnen im heißen Abendgold schwammen, wirkte so mächtig, daß sie beide eine Zeit lang in stummem Anschauen verharrten; dann begann er ihr die einzelnen Thürme und Paläste zu nennen. Mitten in seinen Erklärungen aber unter= brach sie ihn, indem sie seinen Arm ergriff.

„Laß es sein, komm fort," sagte sie, „es ist zu schön." Zum ersten Male erschienen ihr seine Erklärungen nüchtern, und sie fühlte sich dadurch gestört im schweigenden Anblick der Herrlichkeit, die ihr zu Füßen lag. Indem sie die Anhöhe verließen, blieb sie noch einmal stehen und blickte zurück.

„Wie Moses," sagte sie lächelnd, „der auf Kanaan hinuntersah, das er nicht betreten sollte." Ihr eigenes

Wort stimmte sie wehmüthig. Dort unten in den hohen Hallen und Gebäuden waren sie, die Kunstgebilde der Zauberer, nach denen sie sich gesehnt, und nun an der Pforte hieß es halt und zurück. Schweigend hing sie an seinem Arme, und Allem, was er sagte, hörte sie lautlos zu. —

Sie tranken den Thee auf ihren Zimmern im Gasthofe. Der General war sehr gut aufgelegt und gesprächig, Franziska beschäftigte sich, während er sie unterhielt, mit den schönen florentinischen Photographien, von denen er ihr eine ganze Mappe unterwegs gekauft hatte. Auf seinen besonderen Wunsch hatte sie auch das prachtvolle Korallenhalsband angelegt, das er ihr heute geschenkt; er hatte gemeint, daß es sich auf ihrem dunkelfarbigen Reisekleide besonders gut ausnehmen würde, und er hatte recht gehabt. Man sah und merkte ihm an, daß er heute Alles that, was er ihr an den Augen absehen konnte, als wollte er ihr den Schmerz des Scheidens von dem schönen Italien versüßen. Da man am anderen Morgen früh aufstehen mußte, trennten sie sich bald; er nahm ihr Haupt zwischen beide Hände und mit einem zärtlichen Kusse auf die Stirn wünschte er ihr gute Nacht. Leise erwiderte sie seinen Gute-Nacht-Gruß und verfügte sich in ihr Schlafzimmer, das von dem seinigen durch den Salon getrennt war. Der Schlaf aber wollte ihr, als sie im Bette lag, nicht kommen. Am Bette lag es nicht, das war so vortrefflich, als die verwöhntesten Glieder es verlangen konnten, an der Luft lag es auch nicht, die war so kühl und leicht, als wäre sie mit allen Geistern des Schlafes gewürzt gewesen, und dennoch lag sie und blickte mit offenen,

schlaflosen Augen in das Dunkel der Nacht. Während
die Decken ihres Lagers sie weich und warm umhüllten,
hatte sie ein Gefühl von Kälte, die aus ihrem Innersten
hervorzubringen schien; mitten in dem Ueberfluß, der
sie umgab, lag sie da mit einem Gefühle des Mangels,
einer Leere, die um so fühlbarer wurde, je mehr die
Aeußerlichkeiten sich bemühten, sie darüber hinwegzu-
täuschen.

Ihre Gedanken wanderten, ohne daß sie wußte
warum und wie, zu den jungen Eheleuten aus Holstein,
und indem sie an die junge Frau dachte, fühlte sie
etwas wie Neid. Weswegen in aller Welt brauchte sie
sie zu beneiden? Wenn sie mit ihrem Manne im ersten
Stockwerke der Gasthöfe drei Zimmer mit einem Salon
miethete, so mußten jene sich mit einer einzigen Stube
im dritten Stocke begnügen, und Diamanten und
Korallenhalsbänder, wie sie sie erhalten, schenkte der
junge Gatte seiner Frau nicht. — Aber freilich — ob
es auch für ihn Herren „da oben" gab, denen er beweisen mußte, daß seine Verheirathung seiner Dienst-
tüchtigkeit keinen Abbruch gethan? Nein — einen
einzigen Kompaß gab es für sein Thun und Lassen,
die Zufriedenheit in ihren Augen; und wenn er sie an
sich gedrückt hielt, dann waren diese beiden jungen
Menschenkinder wie eine kleine Welt für sich, eine Welt,
die sich um die Glückseligkeit, die sie erfüllte, wie um
ihre eigene Axe bewegte, ohne nach allen Weltkörpern
und Weltbewohnern etwas zu fragen.

Und wie er zärtlich zu sein verstand! Sie erinnerte
sich, wie sie einmal, während ihr Mann seine Zeitungen
las, die drei Treppen hinangestiegen war, um die

beiden Leutchen zum Spaziergang abzuholen. Als sie
vor der Thür gestanden, hatte sie da drinnen einen Lärm
gehört — eigentlich als wenn zwei Kinder in der Stube
herumtollten — ein Jauchzen und Kichern, ein Sichjagen
und Haschen, einzelne geträllerte Noten, die plötzlich
abbrachen, indem man deutlich wahrnahm, wie der
Mund, der sie gesungen, von einem anderen Munde
geschlossen ward, — wirklich ein ausgelassener Lärm,
aber so durchtönt von dem wonnevollen Klange menſch-
licher Glückseligkeit, daß Franziska sich seltsam davon
berührt gefühlt hatte und daß sie, ohne einzutreten,
leise wieder davon gegangen war, weil sie fühlte, daß
hier ein Dritter nur stören könnte.

Als der General ihr heute den Brief zeigte, hatte
sie nicht einen Augenblick geschwankt, was sie darauf
sagen und thun müßte — daß er ihn ihr aber zu lesen
gegeben, dafür klagte sie ihn im Stillen an. Wenn
er es ihr erspart hätte, die Entscheidung zu treffen
und selbst entschieden hätte, wir reisen weiter — wie
warm es ihr Herz berührt haben würde! Sie fühlte
es, da ihr Herz jetzt so kalt und gleichgültig schlug.
Unwillig über sich selbst schüttelte sie den Kopf. War
es denn nicht Alles gerade so, wie sie es hatte haben
wollen? Sie wollte ja kein „liebes Männchen" haben
wie ihre Freundin, mit dem sie sich umhalsen und küſſen
konnte, sondern einen bedeutenden Mann; und war es
ein Wunder, daß ein solcher andere Gedanken und Verpflichtungen hatte als einer von jener Art? Und nun,
wenn sie ehrlich gegen sich selbst war, mußte sie sich
gestehen, daß sie sich danach sehnte, daß ihr Mann sie
umarmte und an sich drückte, so daß sie sein Herz

an dem ihren schlagen, und seinen Mund auf dem ihrigen fühlte? So ganz anders hatte sie denken gelernt, blos weil der äußere Umstand eingetreten, daß sie nun eine verheirathete Frau war? Sonderbar; sonderbar. —

Die Rückreise ging ebenso rasch von statten, wie die Hinreise langsam und gemächlich gewesen war. Nördlich der Alpen war es bereits Winter geworden; je weiter man nach Norden kam, um so tiefer fuhr man in die Kälte hinein, und als man in die norddeutsche Tiefebene gelangt war und der Eisenbahnzug mit den stöbernden Schneeflocken um die Wette zu fahren schien, kam es Franziska wie ein Traum vor, daß es ein Land auf Erden gab, wo warmer Sonnenschein und blauer Himmel war, und daß sie selbst vor wenigen Tagen erst in diesem Lande gewesen. Mißmuthig, fröstelnd lehnte sie sich in die Coupéecke zurück, und ihre Stimmung ward nicht gebessert, als sie die rauchenden Schornsteine Berlins in der Ferne aufsteigen sah. Wenn es einen Anblick giebt, der auch den Heitersten melancholisch stimmen kann, so ist es der von qualmenden Fabrikschornsteinen in dicker, schwerer Schnee- oder Regenluft. Die schwarzen Wolken bleiben wie Kleckse in der Luft hängen und verschmutzen die Luft und den Himmel. In Berlin angekommen, nahm der General seine Verpuppung vor, indem er das Reisecivil ab- und die Uniform wieder anlegte; und früh am nächsten Morgen verließ er das Hotel, um sich bei dem Minister zu melden.

„Um den Herren da oben seinen ungeschwächten Eifer für den Staat zu zeigen," sagte Franziska vor sich hin, während sie allein sitzen blieb.

Er blieb lange aus, und da es Franziska in dem
einsamen Gasthofe nicht litt, sie in Berlin auch keine
Verwandte und Bekannte besaß, so ging sie allein aus
und durchstreifte die Museen Berlins. Sie erinnerte
sich des Entzückens, mit dem sie früher, wenn sie aus
der kleinen Stadt herübergekommen, durch diese Hallen
gegangen war; wenn ihre Schritte in der feierlich
schweigenden Rotunde am Eingange widerhallend ertönten, hatte sie sich eines tiefen seligen Schauers nie
zu erwehren vermocht, und wenn sie dann nach Hause
zurückkehrte, war ihre Seele mit goldenem Licht erfüllt
gewesen. Von alle dem empfand sie heute nichts. Die
Sammlungen erschienen ihr dürftig im Vergleich mit
dem, was sie auf der Reise gesehen, der graue nordische
Winterhimmel füllte die Säle mit kaltem, bleiernem
Licht, und die Antiken schienen sich, gleich ihr, schauernd
hinunter zu sehnen nach den Wärme= und Lichtströmen,
die über San Miniato leuchteten und wogten. Sie
suchte diese und jene Bank, auf der sie einst gesessen,
und wo ihr, wie sie sich erinnerte, ganz besonders
schöne Gedanken gekommen waren; sie wußte noch
genau, was sie damals gedacht, und sie versuchte wieder
zu fühlen wie damals — vergeblich — die Gedanken
tauchten kalt herauf und wieder zurück.

Mißmuthig stand sie auf. Es war, als ob in ihrer
Seele ein neuer Raum entstanden wäre, der ausgefüllt
sein wollte, ohne daß sie wußte, womit. Nur Eins
empfand sie dunkel: Phantasie und Lust am Schönen
und an der Kunst reichten dazu nicht mehr aus —
ihr Verlangen hatte Fleisch und Blut bekommen. —

Als sie in den Gasthof zurückkehrte, fand sie eine

Karte ihres Mannes vor, worin dieser sie bat, mit dem Mittagsessen nicht auf ihn zu warten, da ihn der Minister auch den Nachmittag festhalten wollte. So unlieb es ihr war, mußte sie sich daher entschließen, an der Gasthofstafel, die sogleich angerichtet werden sollte, Theil zu nehmen. Es konnte nicht verfehlen, Aufmerksamkeit zu erregen, als die schöne junge Frau einsam am Tische Platz nahm, und das dreiste Anstarren seitens der Tischgäste war ihr peinlich. Auf allen Gesichtern las man das Bestreben, ihre Stellung und ihre Verhältnisse zu erforschen, und es entging ihr nicht, daß sie mehr als alle übrigen am Tisch befindlichen Damen die Augen Aller auf sich zog: ein Gefühl kalter Selbstgefälligkeit, das ihr früher fremd gewesen war, stieg in ihr auf. Die Gesichter der Umsitzenden waren wie ein lebendiger Spiegel, der ihr sagte, wie begehrenswerth sie sei.

Gegen Abend kam endlich der General zurück. Er hatte einen angestrengten Tag hinter sich und war müde und abgespannt. Franziska hatte einen noch schlimmeren, einen gelangweilten Tag verlebt, und so saßen sie sich denn ziemlich einsilbig beim Thee gegenüber. Er erzählte, während er gähnend die Abendzeitungen durchblätterte, von seinen heutigen Erlebnissen, von dem außerordentlich wohlwollenden Empfange, den ihm der Minister bereitet hatte, Dinge, die Franziska nicht besonders interessirten. Sie betrachtete, während er sprach, sein Gesicht, das von der Lampe scharf beleuchtet war. Die Falten in demselben erschienen tiefer und schärfer, es sah aus, als ob er innerhalb der letzten vierundzwanzig Stunden gealtert wäre. Die

nächsten Tage brachten eine Pause in den Parlaments-
verhandlungen, der General hatte in Berlin nichts zu
thun, man beschloß daher, nach der Heimath zurückzukehren und sich im Gouvernementshause wohnlich
einzurichten. Franziska sollte dann daselbst bleiben,
während ihr Mann später nach Berlin zurückkehrte.

Wie ein Lauffeuer war die Nachricht, daß die
Excellenzen zurückkämen, durch die Stadt gegangen,
und durch die ganze Gesellschaft gab es gewissermaßen
einen hörbaren Ruck, indem Aller Augen sich im Geiste
nach den Fenstern des Gouvernementshauses richteten,
die, wie man erwartete, demnächst im Glanze rauschender
Feste strahlen würden. Mit einem mächtigen Bouquet
bewaffnet, hatte Herr von Maienberg die Ankömmlinge
auf dem Bahnhofe empfangen und alsdann nach ihrer
Wohnung begleitet. Es war ihm nicht entgangen, daß
seine Tochter anders aussah, als da sie ihn verlassen
hatte, ihr Lächeln war müder als früher, und über
ihre sonst so hellen Augen schien ein Flor gebreitet.
Auch als sie die Treppe hinaufgestiegen waren, übte
die große grüne Guirlande, welche Herr von Maienberg über der Eingangsthür hatte anbringen lassen,
und in welche er eine Tafel mit einem feuerrothen
„Willkommen" hineingehängt hatte, nicht ganz die von
ihm erhoffte Wirkung.

„Sieh, sieh, wie aufmerksam," hatte Franziska mit
einem leichten Kopfnicken gesagt, und das Lächeln,
das sie dabei gezeigt, war eher ein wenig mitleidig als
erfreut gewesen. Daß sie nun aber zu Hause war,
schien ihr angenehm zu sein; die Einrichtung der schönen
Räume entsprach ganz ihrem Geschmacke, und als man

in dem wohlig erwärmten, behaglich erleuchteten Zimmer
zu Dreien das Abendbrot verzehrte, kam ihre gute Laune
zurück. Sie hatte es sich nach Ablegung der Reise-
kleider bequem gemacht und saß jetzt mit ihrem Vater
und ihrem Mann vor dem Kamin in der Ecke ihres reizenden, kleinen Kabinets. Die Füße auf das Kamingitter
gestützt, in den Armstuhl behaglich zurückgelehnt, hörte
sie den begeisterten Ausrufen ihres Vaters zu, der es
sich nicht hatte nehmen lassen, die Mappen mit Ansichten,
die sie von der Reise mitgebracht, auszupacken und zu
beschauen. Er hatte unzählige Fragen zu stellen, und
sie beantwortete diese mit Hülfe dessen, was sie von
ihrem Manne gelernt hatte. Der General hatte sich,
da es ihm Bedürfniß war und Franziska nicht dadurch
gestört wurde, eine Cigarre angezündet und saß gemächlich
schmauchend zu ihrer Rechten, indem er gutmüthig
lächelnd auf seine gelehrige junge Frau niederblickte.
Sie gewahrte seinen Blick.

„Bist Du zufrieden mit Deiner Schülerin?" fragte
sie, indem sie die Hand nach ihm ausstreckte und ihn
ansah.

„Vortrefflich, liebes Kind, vortrefflich," erwiderte
er lachend, indem er ihre Hand mit der Linken faßte
und mit der Rechten die Asche von seiner Cigarre
streifte. Ihre Augen senkten sich und blickten in die
spielenden Flammen des Kamins, die schlanke, weiße
Hand aber blieb in der seinen, sie hielt sich daran fest,
es sah aus, als ob sie spräche, Worte, die der Mund
sich nicht zu sagen getraute. Dann sank sie langsam
zurück und blieb auf der Lehne des Stuhles liegen, die
Finger spreizten sich unwillkürlich, als suchten sie, als

griffen sie nach etwas — und da sie nur leere Luft
griffen, blieben sie regungslos geschlossen ruhen.

Am nächsten Tage und an dem darauf folgenden
nahm die Stadt, um ein homerisches Bild zu gebrauchen,
das Aussehen eines summenden Bienenschwarmes an,
welcher zum Stock hineinschwärmt. An der Pforte
des Gouvernementshauses fuhr die Gesellschaft der
Stadt vor, Franziska und ihr Mann wurden unter
Besuch gesetzt.

Zuerst erschienen die Herren vom Militär mit ihren
Frauen und, soweit solche vorhanden waren, ihren ge=
sellschaftsfähigen Töchtern; die Damen setzten sich um
den runden Tisch, an welchem sie Franziska empfing,
während die Männer sich in respektvollen Gruppen um
den General sammelten, der sie stehend begrüßte. War
Franziska der Titel „Excellenz" anfänglich ungewohnt
erschienen, so hatte sie nun Gelegenheit, sich daran zu
gewöhnen, denn jeder Satz, der an sie gerichtet wurde,
fing mit „Exellenz" an, das feierliche Wort schwirrte
förmlich in der Luft. Die Töchter bewahrten ein
respektvolles Schweigen und richteten nur von Zeit zu
Zeit neugierige Blicke auf die junge Excellenz, die eine
so glänzende Karriere gemacht hatte; daneben wurde
die Ausstattung und Einrichtung der Zimmer einer
raschen Prüfung unterworfen und im Geiste berechnet,
für wieviel tanzende Paare etwa der Salon Raum
bieten würde. Nachdem das Militär seine Huldigungen
dargebracht und den Rückzug angetreten hatte, kam
das Civil, und hier führte Frau Regierungsräthin
Habermann die Spitze. Es hatte sie einige energische
Worte gekostet, bis daß sie ihren Gemahl in den

schwarzen Frack und die weiße Krabatte, die sie beide
zum Besuche bei Excellenzens für erforderlich erachtete,
hineingenöthigt hatte; von der Aufregung des Kampfes
war aber jetzt auf dem freude- und wohlwollen-
strahlenden Gesicht nichts mehr zu merken, mit dem
sie in Franziska's Empfangssalon eintrat.

„Meine liebe Excellenz, welche Freude, Sie nach
so langer Zeit wieder glücklich und gesund unter uns
zu sehen," mit diesen Worten eilte sie auf Franziska
zu, deren Hände sie einer wiederholten Schüttelung
unterwarf. Sie hatte diese Begrüßung, in der sich
Respekt und Kordialität in feiner Mischung vereinigten,
mit sicherer Berechnung erwählt, um sich mit einem
Schlage die Stellung zu erobern, die sie im Gouvernementshause einzunehmen gedachte.

„Und wie vortrefflich Sie aussehen," fuhr sie fort,
indem sie Franziska an beiden Händen festhielt und
ihr in das Gesicht blickte; plötzlich fühlte sie sich gerührt und fiel ihr um den Hals.

„Wenn man seit so langen Jahren miteinander
befreundet ist" — wandte sie sich, ihre übergroße Weichheit entschuldigend an den General; in jedem ihrer
Augenwinkel erschien eine Thräne, und ihre Augen
sahen aus wie Schaufenster, hinter denen nachgemachte
Diamanten liegen. Herr Habermann, der aus jahre-
langer Uebung die Rolle kannte, die er bei solchen
Gelegenheiten zu erfüllen hatte, machte ein feierlich
ernstes Gesicht, verneigte sich vor Franziska, bis daß
sein Körper einen rechten Winkel bildete, und murmelte
einige vollständig unverständliche Worte. Trotz allen
Zwanges, den sie sich anthat, war Franziska's Be-

grüßung eine recht kurze und kühle, und nachdem sie
der redseligen Dame gegenüber am Tische Platz genommen, überließ sie derselben die Zügel der Unterhaltung beinahe völlig. Wenn sie aber geglaubt hatte,
Frau Habermann dadurch zu ermüden, so irrte sie sich,
denn diese Dame haßte, wie sie sich ausdrückte, die
„Stipsvisiten", sie war gekommen um zu sehen, „wie
es stände". Sie blieb daher lange, und zwar so lange,
bis daß die Ablösung in Gestalt einer ihrer vertrauten
Freundinnen erschien. Auch diese überdauerte sie jedoch noch, und erst als Letztere sich empfahl, gab auch
sie ihrem Gemahl, der in seiner Verzweiflung schließlich
darauf verfallen war, dem General einen Vortrag über
die Unzulänglichkeit der Arbeitsräume im Regierungs-
gebäude zu halten, das Signal zum Aufbruch. Beim
Abschiede fürchtete Franziska, daß es noch einmal zu
einer Umarmungsscene kommen würde, und hielt sich
möglichst zurück; Frau Habermann war aber mit solchen
Extramanövern sparsam, und so verlief denn das Adieu
ohne weitere Fährlichkeiten. Innerhalb des Gouvernementshauses behielt ihr Antlitz den wohlwollenden Ausdruck, den es im Salon gezeigt hatte, noch bei; erst
als sie zehn Schritte vom Hause entfernt waren, machte
sie ihrem gepreßten Herzen Luft und schüttete den Inhalt
ihrer Theilnahme und Besorgnisse in den Busen ihrer
Freundin aus, mit der sie zusammen ging.

„Die arme Frau; ist es Ihnen nicht aufgefallen,
wie sie eingepackt hat? Sie sieht ja ganz blaß und elend
aus! Ich bekam einen wahrhaften Schreck!" — Die
Freundin hatte ganz denselben Schreck empfunden.

„Liebenswürdiger ist sie unterdessen übrigens auch

nicht geworden." — Die Freundin war der Ansicht, daß sie sogar recht unliebenswürdig, beinahe ungezogen gewesen sei.

„Sie scheint es für vornehm zu halten, wenn man mit seinen Gästen nicht spricht." — Das Echo bestätigte, daß ihr die Unterhaltungsgabe völlig abginge.

„Mein Gott, Sie wissen ja, wie aufrichtig ich mich für die arme Frau interessire, aber wenn man nur absehen könnte, wo das Alles hinaus soll?" — Das Echo seufzte, und der Händedruck, mit dem man sich jetzt an Frau Habermanns Hause trennte, bedeutete das Bündniß zweier erbitterter Feindinnen, die Franziska sich gewonnen hatte.

„Die Cour ist abgenommen, von nun an wird Niemand mehr angenommen!" sagte endlich Franziska, indem sie sich erschöpft erhob. Sie ging in ihr Zimmer, warf sich in den Armstuhl vor dem Kamin und schloß die Augen. Es war ihr unsäglich schlecht zu Muthe. Welche Masse von nichtssagenden Redensarten hatte sie anhören und mit ebenso nichtssagenden beantworten müssen; welche Fülle von Langeweile hatte sie erlitten. Sie gehörte zu den Naturen, für welche Langeweile gefährlich werden kann. Und bei dem Allen eine Miene bewahren zu müssen, als ob es sich um Hochwichtiges handelte, denn sie mußte ja repräsentiren! Ihr Mann hatte sich schon früher in Geschäften zurückgezogen und es ihr überlassen, die weiteren Besuche zu empfangen; sie hatte ihrer Pflicht genügt, solange sie es aushielt. Das war nun ihr Leben. Die Zukunft zog vor ihrem Geiste vorüber, und sie sah einen Tag nach dem anderen erscheinen, der gleiche Pflicht wie dieser heutige mit sich

brachte, die Pflicht, nichtigem Geschwätz würdevoll zu=
zuhören, trotz ödester Langeweile wohlwollend zu lächeln,
nie zu vergessen, was sie ihrer Stellung als Erste der
Gesellschaft schuldig war. Sie zuckte mit dem Fuße
gegen das Kamingitter, daß es klirrte. Ja, sie war
die Erste; das hatte sie an der bemüthigen Haltung
gesehen, mit welcher grauhaarige Männer und bejahrte
Frauen ihr, der so viel Jüngeren, den ersten Besuch
machten und ihren Respekt bewiesen; das hatte sie
daran erkannt, daß Frauen, von denen sie wußte, daß
sie ihr nicht wohlwollten, mit heuchlerischen Liebesbe=
zeugungen um ihre Gunst buhlten — sie machte ihre
erste Erfahrung an den Menschen, und die war schlimm,
denn sie hieß Verachtung.

In der großen Allabastervase, die auf dem runden
Tisch im Empfangssalon stand, waren die Visitenkarten,
die im Laufe der letzten Tage eingegangen, gesammelt
worden; als die Vase beinah gefüllt war, machte sich
Franziska daran, zu sehen, wer alles bei ihr vorge=
sprochen hatte. Außer einigen Familien, die noch als
Nachzügler erschienen, waren es fast durchgängig die
unverheiratheten Mitglieder der Gesellschaft, haupt=
sächlich die jüngeren Offiziere der Garnison, die nicht
mehr angenommen worden waren. Auf einer der zu
oberst liegenden Karten, ein Zeichen, daß er spät erst
gekommen war, las sie in einfachen schwarzen Lettern
gedruckt „Paul von Gartenhofen“. Sie legte die Karte
zur Seite; er schien also nicht mehr zu zürnen, der
Ritter von der traurigen Gestalt. Indem sie den
Haufen weiter durchblätterte, fand sie auf dem Grunde
der Vase, ein Zeichen, daß er als einer der Ersten ge=

kommen war, auf einer großen dicken Karte mit Schnör=
keln verziert den Namen des Regimentsadjutanten.
Sie erinnerte sich an die Gewandtheit, die er an jenem
Ballabende gezeigt hatte und kam zu der Ueberzeugung,
daß dies der Mann sei, den sie zur Anordnung der
Feste, die sie im Winter geben mußte und geben wollte,
am besten würde gebrauchen können. Ihre Stellung
erforderte, daß sie Feste gab, und diesmal kam die
eigene Neigung ihr bei Erfüllung ihrer Pflicht zu Hülfe,
sie empfand ein Bedürfniß danach, die Räume ihrer
Behausung, die ihr so öde und leer erschienen, mit
fluthendem Licht und wogenden Menschenschaaren er=
füllt zu sehen. Ihr Mann, der sich zu seiner Ueber=
siedelung nach Berlin rüstete, war mit Allem einver=
standen und freute sich, daß seine Frau auch in Bezug
auf die Repräsentation ein so angeborenes Geschick an
den Tag legte. Er begriff mehr und mehr Herrn von
Maienbergs oft gehörtes Wort: „Sie glauben nicht,
was meine Tochter für ein gescheidtes Mädchen ist"
und widmete ihr ein völliges, unbedingtes Vertrauen.

Gleich an einem der ersten Abende, nachdem der
General die Stadt verlassen hatte, fand im Gouverne=
mentshause eine ganz kleine Abendgesellschaft statt,
zu der außer dem Papa von Maienberg nur einige
von den ersten Familien des Militärs und als ein=
ziger Unverheiratheter der Adjutant geladen waren.
Sobald Letzterer die Situation überschaut hatte, be=
trachtete er sich als einen Auserwählten, und in dieser
seiner Meinung wurde er bestärkt, als Franziska ihn
in ihrer Nähe Platz nehmen hieß und sie, die Unnah=
bare, mit ihm auf das Liebenswürdigste zu plaudern

begann. Er kam zu der Ueberzeugung, daß er bisher viel zu bescheiden gewesen war und daß seiner Persönlichkeit eine noch größere Anziehungskraft innewohne, als er bisher geglaubt hatte. Um die günstige Meinung, die man höheren Ortes offenbar von ihm hegte, zu rechtfertigen, stellte er sein Licht, das er allerdings nie unter den Scheffel zu stellen pflegte, heute ganz auf den Scheffel, und Alles, was er im Zeitlaufe mehrerer Monate an gesellschaftsfähigen Anekdoten und Witzen aufgespeichert hatte, ließ er wie ein Brillantfeuerwerk von der geläufigen Zunge rollen. Er hatte die Genugthuung, daß die Excellenz mehrere Male laut lachte; auch die beiden älteren Obersten, die mit ihren Frauen die übrige Gesellschaft bildeten, schmunzelten vergnügt bei seinen Schnurren, und Herr von Maienberg schlug sich von Zeit zu Zeit auf die Kniee, daß es klappte. Jener sprach fast allein und war der Löwe des Abends.

„Ich hoffe Sie bald einmal wieder zu sehen," sagte Franziska, als sie ihm beim Abschiednehmen die Hand reichte, „Sie sollen mir bei Anordnung unserer Feste behülflich sein, wenn Sie sonst nichts vorhaben."

„Excellenz haben nur zu befehlen, und was in meinen schwachen Kräften steht —", der weitere Erguß einer edlen Bescheidenheit verlor sich in einem sanften Gemurmel, währenddessen er Franziska's Hand voll Ehrerbietung und nicht ohne eine gewisse Innigkeit an die Lippen drückte.

„Wirklich ein ganz unterhaltender Mensch," sagte sie, als sie noch einen Augenblick mit ihrem Vater allein geblieben war.

„Ein ganz charmantes Kerlchen, und dabei ein famos schneidiger Offizier," rief Herr von Maienberg, der, sobald seine Tochter Jemand für passabel erklärte, geneigt war, denselben für ein Genie zu halten.

„Na, das war doch einmal ein Abend," fuhr er fort, indem er zum Hute griff, „ein ganz allerliebster Abend; bist Du zufrieden, min Döchting?"

„Es war recht hübsch," sagte sie, indem sie ihn lächelnd zum Abschied küßte. Was hätte sie auch anders sagen können, da sie es dem alten Mann ansah, wie glücklich er in dem Gedanken war, daß sein Kind glücklich sei.

Als sie in ihr Kabinet trat, fiel ihr Blick auf die Staffelei, auf der ein vor langer Zeit begonnenes Bild unfertig stand. Wie lange war es her, daß sie mit keiner Hand daran gerührt, daß sie es kaum an= gesehen hatte. Sie nahm es von der Staffelei herunter; es hätte aussehen können, als ob sie an dem Bilde thätig sei, und das erschien ihr wie eine hohle Un= wahrheit. Es war ihr zu Muthe, als ob sie überhaupt nie wieder malen würde. „Es war recht hübsch," sprach sie, ihre eigenen Worte wiederholend, vor sich hin, während sie ihr Schlafgemach aufsuchte. Wirklich? Dieser Abend wäre hübsch, die seichte Witzelei eines Schwätzers wäre unterhaltend gewesen? Früher würde sie sich von ihm abgewandt haben — und jetzt! — Unter ihrem Seufzer erlosch das Licht.

Was den Adjutanten anbetrifft, so schritt er in imposanter Haltung, sporenklirrend dahin. Sein langer Schatten erschien ihm noch größer als gewöhnlich, er war gewachsen, insofern eine solche Persönlichkeit noch wachsen kann. Unterwegs stellte er bei sich fest, daß an dieser vielgerühmten Franziska gar nichts Außergewöhnliches, und daß, wenn nur der Richtige käme, Eine wie die Andere sei. Wer dieser „Richtige" war, brauchte er sich wohl nicht zu sagen; der General jedenfalls nicht, denn das war ja klar, daß sie sich jetzt schon mit ihm langweilte. Daß sie hübsch, sogar recht hübsch sei, leugnete er nicht, außerdem die Gemahlin des Generals, Excellenz, es war daher ebenso nützlich als angenehm, ihr ein wenig den Hof zu machen, und also wurde beschlossen, ihr den Hof zu machen. Indem er an der Restauration vorüber kam, wo seine Kameraden versammelt saßen, konnte er sich nicht versagen, hinaufzugehen, um auf die Frage, wo er so spät herkäme, in möglichst gleichgültigem Tone zu erwidern, daß er zum Thee bei Excellenz gewesen. Daß so etwas für ihn gar nichts Besonderes sei, das wußte er durch die souveräne Ruhe anzudeuten, mit der er sich eine Cigarette drehte, und indem er, den Tabaksrauch durch die Nase von sich stoßend, einzelne mysteriöse Andeutungen von „ganz engem vertraulichen Cirkel", von „äußerster Liebenswürdigkeit der Excellenz" den lauschenden Hörern hinwarf, legte er sich im Stillen das Selbstbekenntniß ab, daß er wirklich eine ganz imponirende Persönlichkeit sei. Am nächsten Tage wußte die ganze Stadt, daß Franziska, sobald ihr Mann abgereist war, eine Gesellschaft gegeben und als einzigen jüngeren Herrn den Adjutanten eingeladen hatte. Letzterer, der sich von nun an gewissermaßen als Hofmarschall Franziska's betrachtete, sorgte zunächst dafür, ihr eine Art von Hofstaat zu bilden. Da es für ihn feststand, daß es ihr

nur darauf ankäme, sich zu amüsiren, und da er ebenso
überzeugt war, daß man sich mit jüngeren Leuten besser
amüsirte, als mit älteren, so setzte er sich mit mehreren
jung verheiratheten Offizieren und deren Frauen in
Verbindung und ernannte dieselben ganz einfach zu
Hausfreunden Franziska's. Die Bedenken der jungen
Leute schlug er mit der Bemerkung, daß er die Generalin
ganz genau kenne, und daß sie nicht um ein Haar anders
sei als alle anderen Menschen, aus dem Felde, und so
geschah es, daß Franziska sich eines Abends ganz un-
vermuthet von dem Adjutanten und seiner Schaar über-
fallen sah. Den jungen Frauen und ihren Männern
klopfte ein wenig das Herz, als sie sich so ohne Weiteres
bei der gefürchteten Excellenz anmeldeten, aber der
Adjutant, der streng nach seinem Grundsatze „nur nicht
blöde" verfuhr, half ihnen durch seine Unverfrorenheit
über die Verlegenheit hinweg und wußte es andererseits
Franziska klar zu machen, daß sie der Unterstützung
dieser Herren und Damen zu ihren vorhabenden Festlichkeiten ganz dringend benöthigte. Es hieß also gute Miene
zum sonderbaren Spiel machen; man trank zusammen
Thee, die jungen lebenslustigen Frauen wurden immer
heiterer, der Adjutant öffnete das zweite Register seines
Anekdotenschatzes, und schließlich sah sich auch Franziska
in den Strudel von Ausgelassenheit hineingezogen, die
um so übermüthiger ward, je mehr man sich zu Anfang
Zwang angethan hatte. Es fehlte nicht viel, daß der
Adjutant beim Schlusse, als man sich trennte, den Vorschlag machte, in dem großen Saale, in dem es sich so
magnifique tanzen lassen müßte, ein Tänzchen zu probiren, und als dieser Vorschlag denn doch lächelnd ab-

gelehnt wurde, beschloß man, Excellenz am nächsten Tage in das Theater zu begleiten.

„Tausend Dank, Excellenz, und was war es heute reizend," so klang es wie ein zwitschernder Chor, als sich die jungen Frauen in ihre Tücher hüllten und knixend von Franziska verabschiedeten. Eine von ihnen, ein reizendes dunkeläugiges Geschöpf, muthiger und noch heißblütiger als die Anderen, stürzte plötzlich auf Franziska zu, schloß sie in ihre Arme und küßte sie herzhaft auf den Mund. Franziska preßte das liebenswürdige Wesen an sich und erwiderte ihren Kuß, und der ungekünstelte Ausbruch der jungen zärtlichen Natur that ihr merkwürdig wohl.

Am nächsten Abend wurde Franziska zur pünktlichen Stunde abgeholt; sie brauchte nur mitzukommen, der Adjutant hatte für Alles gesorgt. Er hatte eine Orchesterloge genommen, in der gerade so viel Plätze waren, als der ganze Hofstaat brauchte, so daß kein Eindringling sie stören konnte, und daß es die beste Loge im Theater war, versteht sich von selbst. Sobald sie eingetreten war, richteten sich die Augen aller im Theater Anwesenden auf sie und ihr Gefolge, und namentlich eine Loge im ersten Rang war es, aus welcher ein mächtiger Operngucker wie ein auf den Feind gerichtetes Geschütz auf sie hinzielte; der Kanonier, der hinter diesem Geschütze saß, war Frau Regierungs-räthin Habermann, die dort auf ihrem Abonnements-platze thronte.

Frau Habermann war Stammgast im Theater und stand bei der Direktion als Patronin der Kunst in hohem Ansehen. Da sie keine Kinder besaß, so hatte

ihr Gemahl die Verpflichtung, ein für allemal in jeder
Wintersaison auf zwei Logenplätze im ersten Rang zu
abonniren, deren einer für seine Frau, der andere an=
geblich für ihn war; in Wirklichkeit saß aber fast immer
Jemand anders auf seinem Platze, da Herr Habermann
erheblich größere Neigung für eine Partie Whist im
Kasino als für den Theatergenuß besaß und letzterem
nur dann seine Gunst zuwandte, wenn eine neue Posse
oder sonst etwas Tüchtiges „zum Lachen" gegeben
wurde. Um so pünktlicher war seine Frau, die, wenn
nicht anderweitige gesellschaftliche Verpflichtungen sie
abhielten, an keinem Abend fehlte. In gerechter Thei=
lung widmete sie während der Akte ihre Aufmerksam=
keit den Schauspielern auf der Bühne und während
der Zwischenakte dem Publikum vor der Bühne. Was
ihre künstlerische Richtung anbetrifft, so neigte auch sie
eigentlich mehr dem Komischen zu, indem sie von dem
Grundsatze ausging, „daß das Leben ja schon an sich
so ernst sei, daß man nicht noch Trauerspiele im Theater
brauchte." Nichtsdestoweniger entzog sie der ernsten
Muse nicht ganz ihre Gunst und verfehlte nicht, den
Eindruck derselben durch eine anständige Rührung zu
bekunden; in Schiller'schen Stücken hörte man sie des
öfteren „wie entzückend" lispeln, während sie die grau=
same Handlungsweise des bösen Othello mit einem
„wie schrecklich und erschütternd" zu begleiten pflegte.
Während des Zwischenaktes wurde alsdann der weiße
elfenbeinerne Fächer entrollt, der so vortrefflich zu dem
weißen Theater-Shawl und dem blonden Lockenchignon
paßte, und die fleißigen Augen machten sich auf die
Reise, um zunächst die Reihen des ersten Ranges und

dann die Prosceniumslogen, in denen die unbeweibten Mitglieder der Gesellschaft saßen, einer kritischen Schau zu unterziehen. Heute hatte sie an Stelle ihres dem Whist ergebenen Gatten die Freundin mitgenommen, in deren Gesellschaft sie neulich von ihrem Besuche bei Excellenzens nach Hause gegangen war, und dieser vertraute sie nunmehr die Beobachtungen an, die sie in Franziskas Loge machte.

„Wen hat sie sich denn da mitgebracht?" tönte es hinter dem Operngucker vor.

„Wie es scheint, die jüngsten Menschen, die sie auftreiben konnte," schallte es im Tone der Mißbilligung von der Seite der mitgenommenen Freundin zurück.

„Die arme Frau," sagte Frau Habermann, indem sie schmachtend in ihren Sitz zurücksank, „sie will sich über die Abwesenheit ihres Mannes trösten."

„Es scheint ihr ja zu gelingen, Gott sei Dank," fiel pünktlich und schlagfertig die Stimme vom Freiplatze ein.

In Franziskas Loge war man allerdings sehr lustig. Sie selbst zwar saß ernst und schweigsam und mit dem Ausdruck abweisender Kälte, den ihr Gesicht anzunehmen pflegte, wenn sie sich von Anderen prüfend beobachtet sah, an der Brüstung der Loge; ihre jungen Begleiterinnen aber, die sich über die Aufmerksamkeit, welche sie erregten, höchlichst amüsirten, kamen aus dem Lachen und Flüstern nicht heraus.

„Ich sehe ja ihn nicht, wo mag er denn sein?" wandte sich jetzt Frau Habermann an den Resonanzboden zu ihrer Seite.

„Nun der General ist ja in Berlin," sagte die Freundin.

Frau Habermann zuckte leise die Achseln; als ob sie an den gedacht hätte; den Adjutanten hatte sie gemeint, „der, wie man ja allgemein sagte, zum Hausfreund und Günstling erklärt worden war". Er also, der Adjutant, war wirklich noch nicht in der Loge drüben erschienen, sei es, daß kein Platz mehr für ihn war, sei es, daß er aus anderen Gründen sich zurückhielt. Als jedoch der Vorhang nach dem ersten Akte gefallen war und der erste Zwischenakt begonnen hatte, wurde die mitgenommene Freundin durch einen plötzlichen Ellenbogenstoß der Frau Habermann zur Aufmerksamkeit gerufen.

„Da ist Er," raunte es hinter dem Operngucker; und in der That, da war Er. In der vollen Majestät seiner Länge war der Adjutant in die Loge drüben eingetreten, und jetzt beugte er sich, indem er, wie Frau Habermann meinte, förmlich einen Giraffenhals machte, zu Franziska hinüber, der er mit verbindlichem Lächeln Einiges zuzuflüstern schien.

Er hatte seinen Eintritt, wie es schien, sogleich mit einem geistreichen Scherz eröffnet, denn die jungen Frauen führten ihre Tücher zum Munde, die Männer lachten, und auch Franziska drehte sich lächelnd zu ihm und ließ sich in ein Gespräch mit ihm ein. Dieser Anblick erregte bei Frau Habermann die tiefste sittliche Entrüstung. Daß man nicht nur Excellenz sein, sondern sich auch noch amüsiren wollte, erschien ihr wie eine unerhörte Anmaßung, und es stand für sie fest, daß dort drüben in wahrhaft schamloser Weise ein Verhältniß angeknüpft wurde, das man besser that, nicht näher zu bezeichnen. Im Stillen überlegte sie, ob es nicht Pflicht sei, anonym an den General in Berlin zu schreiben.

Die scharfe Kontrole, unter der sie durch den gegenübersitzenden Operngucker gehalten wurde, war Franziska nicht entgangen. Hätte sie jedoch ahnen können, welche düsteren Vermuthungen hinter demselben wach wurden, so würde sie vermuthlich laut gelacht haben; mit dem bitteren Lachen dessen, der da weiß, wie sehr zu Unrecht er beneidet wird. Je mehr die jungen Leute, die ihre augenblickliche Gesellschaft bildeten, sich bemühten, sie zu unterhalten, und je mehr sie dabei zu dem Glauben kamen, daß sie sie wirklich unterhielten, desto tiefer fühlte sie es, wie sie ihr im Grunde so gar nichts waren, wie ihre Gespräche fern an der Oberfläche ihrer Seele hinstreiften, und desto qualvoller empfand sie die dunkel gähnende Leere in ihrem Innern, die auszufüllen ihr Bedürfniß immer düsterer wuchs und die auszufüllen sie kein Mittel sah.

Der Winter schritt vor und drückte seine eisigen Füße immer tiefer in den frosterstarrenden Boden, immer kälter, finsterer und unwirthlicher ward es draußen, immer wärmer, heller und behaglicher drinnen in den Häusern bei den Menschen. Die Gesellschaften begannen, die Lesekränzchen stäubten die für diesen Winter bestimmten Klassiker ab, schon gingen Gerüchte, daß bei dem und bei denen getanzt werden würde, und von fern munkelte man sogar schon von Kasinobällen. Im Gouvernementshause fand eine Generalberathung statt, in welcher der Termin für das erste große Fest bestimmt wurde, und um gleich mit einem Treffer zu beginnen, wurde beschlossen, lebende Bilder zu stellen, denen sich dann ein Abendessen und Tanz anschließen sollten. Franziska neigte sich dem Gedanken zu, und so wurden denn eine ganze Fülle von Albums und Mappen herangeschafft, aus denen man nach langem Suchen und Verwerfen schließlich eine Reihe ziemlich harmloser Bilder, hauptsächlich länblichen Inhalts, zusammenstellte. Die Rollen waren vertheilt, nur für Franziska war keine gefunden; ein Bäuerinnenkostüm würde so gar nicht für sie gewesen sein, das fühlten Alle; übrigens war sie selbst der Ansicht, daß es ihr als Hausfrau gar nicht zukäme, mit im Bilde zu stehen.

Hiergegen erhob sich nun allgemeiner Widerspruch, und während man sich noch den Kopf zerbrach, was man wählen solle, klatschte plötzlich die dunkeläugige kleine Freundin Franziska's vergnügt in die Hände.

„Ich hab's," rief sie, und zeigte auf einen im Vorzimmer hängenden Kupferstich, welcher Tasso am Hofe von Ferrara, Leonoren sein befreites Jerusalem vorlesend, darstellte. Der lange Adjutant holte das Bild sofort zu näherer Prüfung herunter und nach wenigen Augenblicken kamen Alle dahin überein, daß das Bild einen vorzüglichen erhabenen Schluß bilden und Franziska, welche einstimmig für Leonore von Este bestimmt ward, herrlich zur Geltung bringen würde. Lächelnd mußte sie sich fügen. Für den Tasso mußte man freilich noch keinen Vertreter, denn der Adjutant sah einem schmachtenden Dichter gar zu wenig ähnlich, indessen das würde sich schon finden, und gleich für übermorgen ward die erste Probe angesetzt.

Alles was zur Mitwirkung bei den Bildern bestimmt worden war, Herren und Damen, hatten sich pünktlich

eingefunden; als man nun aber mit dem Stellen der
Bilder anfangen wollte, bemerkte man mit Schrecken,
daß es nicht recht ging. Man hatte es für so leicht
gehalten, die Bilder durch lebendige Figuren einfach
abzuschreiben, aber man machte die Erfahrung, daß
das nicht so einfach war. Franziska war die Erste,
die es bemerkte; ihr Auge war malerisch zu sehr ent=
wickelt, um nicht zu sehen, daß die Figuren nicht
lebendig wurden, daß sie in kein Verhältniß zu einander
kamen, kurz, daß aus den zusammengestellten Menschen
keine Bilder wurden. Sie gab sich die größte Mühe,
etwas Erträgliches herauszubringen, aber es wollte ihr
nicht gelingen, und die Uebrigen verstanden es noch
weniger. In dieser allgemeinen Rathlosigkeit hörte
man eine Stimme.

„Hier könnten wir einmal Raphael brauchen.“

„Raphael!“ rief der Adjutant, indem er sich vor
die Stirn schlug, „daß ich auch an den nicht gedacht
habe!“

„Raphael?“ fragte Franziska, „wer ist denn das?“
Man erklärte ihr lachend den Zusammenhang zwischen
Gartenhofen und diesem seinem Spitznamen, und im
nächsten Augenblick rasselte bereits der Adjutant mit
einer Droschke ab, um denjenigen, an den man erst
gedacht hatte, als man ihn brauchte, stehenden Fußes
herbeizuschaffen. Es fiel Franziska ein, daß sie schon
an jenem ersten Ballabende durch den Adjutanten von
Gartenhofens Malerei gehört hatte, und sie erkundigte
sich, während man ihn erwartete, nach seinen Werken,
konnte indessen wenig oder nichts darüber erfahren,

da er keinem seiner Kameraden einen Blick in seine heilig gehaltene Mappe verstattet hatte.

„Lebt er denn so ganz zurückgezogen?" fragte sie.

„Wie ein Einsiedlerkrebs," war die Antwort; übrigens war man leicht bereit, sich über den Verlust, den man durch die Nichtkenntniß seiner Bilder erlitt, zu trösten, da es schwerlich vernünftiges Zeug sein würde.

Im Grunde war es ihr nicht lieb, daß er so gewissermaßen mit Gewalt in ihr Haus geschleppt werden sollte, da er offenbar nicht gerne kam. — Eine seltsame Laune des Zufalles fügte es, daß jedesmal, wenn sie mit diesem ihr so völlig gleichgiltigen Manne zusammentraf, irgend etwas Peinliches zwischen sie treten mußte. Sie fühlte sich durch diese Erwägung ihrer Freiheit belästigt und hätte, wenn es noch möglich gewesen, den Auftrag, Gartenhofen zu berufen, zurückgenommen. Es war aber zu spät, denn in diesem Augenblick öffnete sich die Thür und mit einem lauten „Da bringe ich ihn gebracht" erschien der Adjutant mit seinem Opfer auf der Schwelle. Ein Opfer konnte man Gartenhofen in der That nennen, denn er war dem Adjutanten eigentlich nur gefolgt, weil es seiner weichen Natur beinah unmöglich war, jemals nein zu sagen. Infolge seiner Schüchternheit war er schon an sich kein Freund von größeren Gesellschaften, doppelt ungern aber ging er heute zu Franziska. Er hatte von ihrem Verkehr mit dem Adjutanten gehört, hatte sie neulich im Theater gesehen, wie sie sich mit ihm unterhielt, und bei dem Anblick hatte er sich finster abgewandt. Wenn es möglich war, daß sie an diesem Manne Gefallen fand, dann hatte ihm seine Phantasie wieder einmal einen hämischen Streich gespielt, als sie ihm in Franziska ein Wesen besonderer Art zeigte.

Aergerlich über sich selbst, daß er dennoch gefolgt war, in Verwirrung gesetzt durch die große, elegante Gesellschaft, in die er sich plötzlich versetzt sah, stach seine verlegene Haltung heute doppelt gegen die unzerstörbare Sicherheit des Adjutanten zu seiner Seite ab. Seit jenem Ballabende war er nicht mehr in Franziskas Nähe gelangt — nun stand sie vor ihm, und er fühlte das Leid derer, die in der Phantasie leben, den Unterschied zwischen Traum und Wirklichkeit. Sie war ihm dankbar, daß er so liebenswürdig gewesen sei, zu kommen; sie hoffte, daß er ihnen aus der Noth helfen würde — er machte eine stumme Verbeugung und dann noch eine und erwiderte keine Silbe. Auf jugendlich leidenschaftliche Empfindung wirkt nichts so abschreckend wie kühle, vornehme Eleganz. Franziska, die ihre Bemühungen, ihn zum Sprechen zu bringen, fruchtlos sah betrachtete ihn von der Seite. Wie verlegen er dastand, wie wenig gut die Uniform ihm saß; er war doch wirklich ein Ritter von der traurigen Gestalt — ein Träumer — und Träumer und Träumerei konnte sie ja nicht leiden.

Man machte ihn nun mit seiner Aufgabe bekannt und er setzte sich an den Tisch, um sich in die Bilder, die man zu stellen gedachte, zu vertiefen.

„Steht es fest, daß diese Bilder gewählt werden sollen?" fragte er.

„Ja," sagte der Adjutant, „die Bilder sind sehr hübsch, nicht wahr?"

„Geschmacksache," erwiderte er. Die Damen kicherten

und die Herren sahen sich erstaunt an. Er bemerkte nichts davon, denn er war ganz mit den Bildern be= schäftigt. Das letzte derselben fesselte seine Aufmerk= samkeit am meisten; es schien ihm zu gefallen, denn er nickte wie zustimmend mit dem Kopfe.

„Leonore?" sagte er, indem er einen raschen Blick auf Franziska richtete.

„Ja, Excellenz wird als Leonore sitzen," bestätigte der Adjutant. Gartenhofen hatte die Augen wieder gesenkt; Franziska aber, die seinen Blick gesehen, war es gewesen als hätte es geblitzt.

Er erhob sich und man schritt zur Probe. Nach= dem er die scenischen Einrichtungen, welche der Adjutant getroffen, zum stillen Aerger des Letzteren und zur unverholenen Freude der Uebrigen durchgängig um= geändert hatte, setzte er sich einige Schritte vor die in der Eile aufgeschlagene Bühne und leitete von hier aus die Anordnung der Bilder. Seine Verlegenheit schien ihn gänzlich verlassen zu haben, er ertheilte seine Weisungen kurz und bestimmt, und bevor man sich's versah, war das erste Bild, das durchaus nicht hatte zustande kommen wollen, vortrefflich hergestellt. Die jungen Frauen klatschten in die Hände, und Franziska, die hinter Gartenhofen Platz genommen hatte, sah verwundert zu ihm hinüber. Deutlicher als die Anderen begriff sie, daß ein künstlerischer Blick es war, der hier eingriff und die Sachen richtiger sah als die Anderen, richtiger auch als sie selbst, das mußte sie sich gestehen.

Bild nach Bild gelang, und die Probe schritt rasch zum Schlusse vor. Das letzte Bild, als das figuren= reichste, erforderte die größte Sorgfalt, und nun mußte

auch Franziska die Bühne betreten und ihren Platz
einnehmen. Leonore saß, nach Anordnung des Bildes,
auf einem niedrigen Stuhl, zu Füßen einiger Stufen,
das Haupt zu dem Dichter erhoben, der auf jenen
Stufen stehend sein Gedicht las. Umgeben war sie
von ihren Hofdamen und Kavalieren. Die Gruppirung
der Letzteren war bald hergestellt, jetzt galt es die
Hauptperson richtig zu setzen. Als Gartenhofen sich
an Franziska wandte, schien seine Sicherheit ihn wieder
zu verlassen; eine dunkle Röthe erschien auf seinem
Gesicht, und der Ton seiner Stimme wurde schwankend.
Alles war gut, nur ihre Hände wollten die richtige
Lage nicht finden. Sie hielt dieselben genau nach der
Vorschrift des Bildes, er erklärte jedoch, daß diese Haltung unschön sei und bemühte sich, eine andere zu finden.

„Nun, so zeigen Sie mir, wie Sie es haben wollen,"
rief Franziska endlich ungeduldig lachend, „hier sind
meine Hände." Sie streckte die schlanken Hände aus,
und er trat hinzu, um sie in ihrem Schooße in einander zu legen.

Als er ihre Hände, die sich ihm willenlos ergaben,
in den seinigen fühlte, erfaßte ihn ein Zittern, so stark,
daß Franziska es spürte, und er athmete schwer. Er
beugte sich tief herab und legte die weißen schönen
Finger einen nach dem andern in ihre Lage; als er
das Haupt erhob, blickte er Franziska nicht an.

„So macht es sich allerdings viel besser," war das
einstimmige Urtheil; nun aber fehlte noch der Tasso.
Gartenhofen sah sich um; Keiner der Uebrigen schien
dazu geeignet.

„Aber Herr von Gartenhofen selbst ist ja der aller-

vorzüglichste Tasso," rief plötzlich die kleine Dunkeläugige, und mit einem Schlage waren Allen die Augen
geöffnet. Natürlich, kein Anderer konnte es sein, als
er selbst; und ohne Umstände wurde ihm die Rolle des
Tasso zudiktirt. Franziska hatte geschwiegen; Leonore
mußte den Dichter anschauen, und der Dichter sie;
und so thöricht es war, sie fühlte eine gewisse Befangenheit bei dem Gedanken; dem Beschlusse zu widersprechen,
war aber schon gar nicht möglich, und also mußte es
dabei bleiben. Erst bei der Vorstellung sollte er seinen
Platz einnehmen, da er während der Probe leiten mußte.

Nach Beendigung der Probe blieb man zusammen;
es wurden Erfrischungen gereicht, und der langsame
Strom der Unterhaltung ergoß sich in geschwätzigen
Wellen. Franziska hörte dem Geplauder theilnahmlos
zu. Unwillkürlich, da sie Gartenhofen im Salon nicht
mehr bemerkte, suchte sie ihn mit den Augen. Er war
in ihr Kabinet getreten, dessen Thür geöffnet stand,
und sie sah, wie er mit untergeschlagenen Armen die
Kupferstiche betrachtete, die an den Wänden ihres
Zimmers hingen. Schweigend sah sie ihm zu; die
übrige Gesellschaft war völlig achtlos an den herrlichen
Kunstwerken vorübergegangen; Einer war also doch,
der ihren Werth begriff. Er stand, wie versunken in
tiefen Träumen, weitab von den Menschen, so schien
es, die ihn umgaben. Plötzlich hörte er ein Kleid neben
sich rauschen, er wandte sich und zuckte zusammen;
Franziska war zu ihm herangetreten.

„Die Bilder gefallen Ihnen?" sagte sie, „Sie sind
selbst Maler?" Er sah zur Erde.

„Sie haben davon gehört — Excellenz?" fragte er.

Das klappernde „Excellenz" wollte ihm nicht über die Lippen; dieser Titel steht nur Frauen, bei denen der Reiz der jugendlichen Weiblichkeit entflogen ist; ihn auf eine holde, anmuthige Frau anwenden, heißt einen duftenden Blumenstrauß unter eine geschliffene Glasglocke setzen.

„Allerdings," erwiderte Franziska, „Ihre Kameraden sprachen davon; wäre es nicht möglich, einen Blick in Ihre Zeichnungen zu thun?" Er erröthete bis über die Stirn — wenn sie geahnt hätte, mit wem diese Zeichnungen sich beschäftigten. —

„Unmöglich," sagte er kurz und gepreßt. Sie lächelte und verbarg unter dem Lächeln den heimlichen Aerger, den seine Kurzangebundenheit ihr bereitete.

„Der Stolz des Künstlers," sagte sie; „aber Sie haben ja keinen Thee genommen? wollen Sie sich nicht versorgen?" Damit wandte sie sich in den Salon zurück, und er folgte ihr langsam. Im Tone ihrer ersten Worte war ein Klang gewesen, daß es wie eine heiße Quelle in seinem Herzen aufsprang; ihre letzten Worte schlugen Alles wie der Frost wieder zurück. Er hatte ein Gefühl, als habe er etwas verscherzt, und indem er sie ansah, wie sie sich kühl und vornehm unter die Gesellschaft mischte, dünkte sie ihm ferner und unnahbarer als je zuvor. Wenn sie geahnt hätte, die stolze Frau, welch zügellos leidenschaftliches Spiel seine Phantasie mit ihrer Gestalt zu treiben wagte — er glaubte den Blick staunenden Unwillens in den großen grauen Augen zu sehen — nie sollte sie es erfahren; wie ein Feuer, das in sich selbst zurückschlägt, wollte er die Gluth, die ihn erfüllte, stumm in sich weiter tragen.

Als heute die Gesellschaft sie verlassen hatte, blieb Franziska noch lange wach. Indem sie in ihr Kabinet trat und die Kupferstiche an der Wand sah, kehrten ihre Gedanken zu dem „merkwürdigen Menschen, aus dem man nicht klug wurde", zurück. Sein „Unmöglich" klang ihr in den Ohren nach, und sie fühlte, wie ihr Aerger wieder aufstieg. Er war unhöflich gegen sie als Frau, unbotmäßig gegen sie als Gattin seines Generals gewesen — sie warf den Nacken zurück, wie sie es zu thun pflegte, wenn ihr Stolz ungeduldig wurde — was hatte sie sich mit diesem Menschen zu beschäftigen, der ja nach Aller Urtheil ein Narr war! Aber eben, daß er sie so offenbar zu allen den Uebrigen rechnete und ihr wie allen Anderen den Einblick in seine Zeichnungen verweigerte, das gerade empörte sie. Dieser schüchterne, verlegene Mann — einen Punkt hatte er also, wo er nicht schüchtern war? eine Gegend in seinem Herzen, wo er sich zur Wehr setzte, wenn Unberufene einzudringen versuchten? Es erfaßte sie wie grausames Verlangen, diesen Widerstand zu brechen, in sein Geheimniß einzudringen, und seinen Stolz zu bändigen. — Ohne zu wissen warum, nahm sie das angefangene Bild, das sie kürzlich von der Staffelei gesetzt, und stellte es wieder darauf. Im nächsten Augenblick war es wieder herabgenommen, denn ihr erster Gedanke, als sie davor saß, war gewesen: was würde er dazu sagen? Und sie wollte diesen Gedanken nicht haben! In sich versunken stand sie, die Hände in einander gefaltet, da — plötzlich kam es ihr zurück, wie er ihre Hände in den seinigen gehalten und wie ein Zittern und Beben seinen Körper geschüttelt hatte

— sie erhob das Haupt, ihre Augen erweiterten sich, und schweigend suchte sie ihr Lager.

Noch zwei Proben fanden statt; dann sollte, sobald der General, dessen Rückkehr bevorstand, zurückgekommen, die Aufführung der lebenden Bilder vor sich gehen. Bei der letzten Probe wurde Gartenhofens Künstlerschaft wieder angerufen, denn die Damen, welche im letzten Bilde in Renaissance-Kleidung erscheinen mußten, konnten mit ihrem Kostüme, namentlich mit der Farbenzusammenstellung, nicht fertig werden. Gartenhofen sollte helfen, denn er als Maler mußte das verstehen. Sie setzten sich auf ihre Plätze und machten unter unendlichem Kichern vor ihm Parade. Nachdem er jeder das entsprechende Kostüm angedeutet hatte, erhob sich Franziska.

„Und was bestimmen Sie für mich?" Er hatte nicht gewagt, ihr einen Vorschlag zu machen. Als er sie jetzt vor sich stehen sah, schauerte ein glühendes Lustgefühl durch seine Brust, daß es ihm gestattet sein sollte, die Gestalt der angebeteten Frau so zu kleiden, wie sein Herz sie sich ersehnte.

„Ein Kleid von dunkel-violettem Sammet," sagte er, „eine goldene Schnur um die Taille gelegt, und goldburchwirkte Schuhe," — das kam so schnell heraus, als ob er es nicht jetzt erst fände, sondern seit langem schon überlegt hätte.

„Viel verlangt!" sagte sie mit einem leisen Erröthen.

„O, aber es wird Excellenz herrlich stehen, herrlich!" scholl es von allen Seiten.

„Und das Haar," wollte er fortfahren —

„Noch nicht zu Ende?" rief lächelnd Franziska.

„Also das Haar?" fiel neugierig die kleine Dunkeläugige ein.

„Das Haar," fuhr er stockend fort, „lang aufgelöst."

„O, davon zeigt das Bild nichts," sagte Franziska.

„Es ist im Stil der damaligen Frauentracht," er-
wiberte er.

„Dann kommen wir Alle so? nicht wahr, Herr von
Gartenhofen? wir Alle tragen die Haare aufgelöst?"
interpellirte ihn die kleine Dunkeläugige. Er verbeugte
sich:

„Jawohl, Alle; aber Leonore müßte ein Diadem
im Haar tragen." Franziska trat ans Fenster und
blickte hinaus.

„Das ist ja Alles nicht möglich," sagte sie; „wir
brauchten eine Stunde, um wieder gesellschaftsfähig zu
sein, und müßten die Gäste warten lassen."

„Gestatten Excellenz mir einen Vorschlag," wandte
sich der Adjutant an sie; „wir bleiben ganz einfach im
Kostüm."

„Ja, ja, das ist vortrefflich," rief Alles durcheinander; „ein Kostümball!"

„O Excellenz, Sie müssen ja sagen, es wird zu
reizend werden!" Sie sagte gar nichts, und das hieß
für die Anderen „ja". Unter lautem Jubel trennte
man sich, und Alles eilte, so rasch als möglich nach
Haus zu kommen, um heute noch an die Herstellung
des Kostüms Hand anzulegen. Die Treppe, der Flur
des Hauses waren mit einem fröhlichen Durcheinander
von Stimmen erfüllt; Gartenhofen ging schweigend
hinterdrein. Als er sich von Franziska verabschieden
wollte, hatte diese sich mit dem Adjutanten unterhalten;

es hatte ausgesehen, als wollte sie seinen Gruß ver=
meiden.

Als sie aber allein war, ging sie mit klopfenden
Schläfen und glühenden Wangen im Zimmer auf und
ab. Sie grollte sich, daß sie nicht kurzweg „nein" ge=
sagt hatte; sie fühlte etwas wie Scham — doch wußte
sie nicht warum; und daneben regte sich etwas in
ihrem tiefsten Innern, etwas, was sie nie empfunden,
was sie nicht begriff — es war, als ob etwas in ihr
zu schmelzen anfange, und als stiege der heiße Dunst
wie ein duftendes, berauschendes Gewölk davon empor.
Sie war wie von einer Betäubung befangen, plötzlich stand
sie vor dem hohen Spiegel in ihrem Kabinet und nun,
als hätte eine fremde Hand die ihre geführt, hatte sie
den Kamm, der ihr Haar zusammenhielt, herausgezogen,
und wie eine breite mächtige Welle floß der Schwall
des herrlichen Haares über Schultern und Rücken her=
nieder. Sie stand und blickte ihr Spiegelbild an, zum
ersten Male sich am Anblick ihrer Schönheit berauschend;
es war ihr, als sei sie nicht allein, als sähen zwei
Augen ihr zu, dunkle heiße Augen, die noch besser
wußten, als sie selbst, wie schön sie war; als regten
sich Lippen und flüsterten ihr zu, so leise, daß nur sie
es verstand, in Lauten, die nur sie verstand, und Alles,
was sie vernahm, war ein wildes, leise stammelndes
Loblied ihrer Schönheit — ein Schauer flog über ihre
Glieder, wie Fieberfrost und Hitze; in schweren, dumpfen
Schlägen pochte ihr das Herz — und plötzlich klappte
hinter ihr die Thür, sie stieß einen lauten Schrei aus
und schlug die Hände vor das Gesicht.

„Franziska, was ist denn das?" sagte der General, der erstaunt auf der Schwelle stand.

„O mein Gott," erwiderte sie, indem sie beim Klange seiner Stimme die Hände sinken ließ, „was mußt Du von mir denken?"

Er war früher zurückgekommen, als beabsichtigt gewesen war, und hatte seine Frau überraschen wollen. Das war ihm denn gelungen.

„Erkläre mir nur, was das zu bedeuten hat, und was Dich so erschreckt?" sagte er. Franziska war in der That wie erschöpft; ihr Antlitz war leichenblaß geworden, und schwer athmend setzte sie sich auf das Sopha. Endlich raffte sie ihr niederwallendes Haar zusammen, um es wieder aufzustecken, ihr Mann hielt ihr jedoch die Hand zurück.

„So laß es doch," sagt er, „weißt Du denn nicht, wie schön es Dir steht?"

„Siehst Du, was für eine thörichte Frau Du hast," sagte sie, indem sie wieder zu sich kam und lächelnd aufstand; sie erzählte ihm von den bevorstehenden lebenden Bildern und von der Rolle, die sie dabei übernehmen sollte. Der General lachte laut und herzlich, als er ihre Erzählung gehört hatte.

„Also Probe haben wir stehen wollen? sehen, ob unser Haar seiner Aufgabe gewachsen? nun beruhige Dich, mein Engel, es ist einer kleinen Eitelkeit werth;" und er drückte einen Kuß auf die blonde Fluth, die von ihrem Scheitel niederfloß.

Sie bereitete den Thee, und selten war sie so gesprächig gewesen, wie an diesem Abend. Sie erkundigte sich nach allen Kleinigkeiten seiner Thätigkeit

in Berlin, sie lockte ihn zum Erzählen über Dinge,
von denen sie wußte, daß er gern davon erzählte; als
man den Thee genossen, ruhte sie nicht, bis daß er sich
vor dem Kamin seine Cigarre angezündet hatte —
es war, als wolle sie ihn bei guter Laune erhalten,
wie man mit Menschen thut, gegen die man ein schlechtes
Gewissen hat. Weshalb sollte sie ein schlechtes Ge=
wissen haben, und welche Schuld bedrückte sie? Hatte
sie ihm nicht Alles gesagt? War es nicht Alles genau
der Wahrheit entsprechend, was sie gesagt hatte?
Und doch lag es auf ihrer Brust, als hätte sie ihm
etwas verschwiegen, und als sie ihn so harmlos lachen
hörte, hatte sie innerlich aufgeathmet, wie wenn sie
sich freute, daß er sich von der Wahrheit hatte ableiten
lassen.

Der Abend der Vorstellung war herangekommen;
ein Lichtmeer durchfluthete die Räume des Gouverne=
mentshauses und in seinen warmen Wellen bewegte
sich, wie Blumen in einem Treibhause, eine große
glänzende Gesellschaft. Das Gesumme der Stimmen
drang wie ein fernes Rauschen hinter den Vorhang,
wo die lebenden Bilder sich rüsteten; von Zeit zu Zeit,
der Trompete gleich, die über den Schlachtlärm tönt,
vernahm man Frau Habermann's Stimme, die sich un=
endlich auf den Genuß freute, den man sich bei dem
bekannten künstlerischen Sinne ihrer Excellenz ver=
sprechen durfte.

Endlich nahmen die Zuschauer ihre Plätze vor dem
Vorhange ein, man bemächtigte sich der Programme,
die auf den Stühlen vertheilt lagen, Alles war fertig.
Gartenhofen, der sein Kostüm noch nicht angelegt hatte,

ertheilte hinter dem Vorhange seine letzten Weisungen, dann ergriff er die Klingel und ein allgemeines „Wie reizend!", zu dem Frau Habermann das Signal gegeben, begrüßte das erste Bild. Einiges Wackeln der Figuren abgerechnet, ging Alles gut; der Vorhang mußte noch einmal emporgehen, und nun lief Bild nach Bild an den Zuschauern vorüber. Alles klappte und stimmte genau.

Ein tieferes Athmen, das hörbar durch die Gesellschaft rauschte, verkündete die allgemeine Aufmerksamkeit, mit der man dem letzten Bilde entgegensah.

Aus ihrem Toilettenzimmer war Franziska herausgetreten, und ein allgemeines staunendes „Ah" hatte sie beim Heraustreten empfangen. Nicht Höflichkeit, sondern unwillkürliche Bewunderung hatte diesen Laut hervorgerufen. Ein Kleid von dunkel-violettem Sammet floß um die herrliche Gestalt bis auf die goldburchwirkten Schuhe, eine zarte Goldschnur rankte sich um die schlanken Hüften, und vom Haupte, auf dem es durch ein goldenes Band zusammengehalten wurde, rollte das mächtige Haar in schwerer blonder Welle über Nacken und Rücken hinunter. Ein tiefer Ernst lag auf ihrem blassen Antlitz, und ohne ein Wort zu sprechen, nahm sie ihren Platz ein. Sie legte die Hände ineinander, so wie es ihr gezeigt worden war, die schlanken Finger bebten leise aneinander, und von den Händen zog dieses Beben schauernd durch ihren Körper dahin. Ein scheuer Blick zur Seite hatte ihr gezeigt, daß Tasso's Platz noch leer war.

„Wo bleibt denn Gartenhofen?" hörte sie den Offizier sagen, der jetzt an Stelle des Letzteren die Regieglocke handhabte, „nun da kommt er ja." Sie senkte das Haupt tiefer, die Stufen dicht an ihrer Seite knarrten leise, er hatte seinen Platz eingenommen.

„Wenn Excellenz jetzt gütigst wollten," sagte der regieführende Offizier, und während sich der Vorhang aufrollte, hob sie das Haupt empor. Ihr erstes Ge= fühl war das einer lähmenden Erstarrung; sie glaubte einen Fremden zu sehen.

War das der schüchterne, verlegene Mann? das der eckige Offizier, der jetzt dort über ihr stand im schwarzen Sammetkleid, schlank und mit so freiem Anstand, als hätte er mit der steifen starren Uniform das Kleid abgelegt, das seine Natur in Fesseln schlug, als athmete er heute zum ersten Male die Lebensluft, die die Natur ihm bestimmt und das Schicksal ihm versagt hatte? Sein bleiches Antlitz war zu ihr gesenkt, seine Augen blickten in die ihrigen. Heute ging sein Blick nicht an ihr vorüber, heute tauchten seine Augen in ihre Augen, als wollten sie darin ertrinken, so heiß in dunklem Feuer spielend, daß sie die Gluth dieser Augen körper= lich bis in ihr tiefstes Innere zu fühlen meinte. Hätte sie gewollt, sie hätte nicht hinweg zu sehen vermocht, sie hing wie gebannt an diesem verzehrenden Blicke, der wie eine dunkle geheimnißvolle Welt vor ihr auf= ging und ihre ganze Gestalt wie mit leidenschaftlich bebenden Armen zu umfangen schien. Es war ihr, als ob der Gram, der in diesen Augen wohnte, wie eine tödtlich ansteckende Krankheit auf sie überging; ihre Lippen fingen an zu zittern, und als der Vorhang endlich sank, sank auch ihr Gesicht unwillkürlich in ihre

Hände. Sie fühlte, daß ihre Stirn feucht war, der Schweiß war in kalten Tropfen darauf getreten.

Die Zuschauer hatten in athemlosen Schweigen gesessen, gebannt von der Gewalt des wunderherrlichen Bildes; jetzt brach ein wüthendes fanatisches Bravoklatschen aus, und „Noch einmal" riefen Alle, wie mit einem Munde. Alle wollten es noch einmal sehen, das entzückende Weib, und Alle, namentlich die Frauen, noch einmal diesen Mann, der wie der leibhaftige schwermüthige Dichter vergangener Jahrhunderte mitten in die glatte, lachende Neuzeit hereingetreten war.

Der Vorhang hob sich von Neuem; noch einmal saß Leonore unter der düsteren Gewalt des schweigenden, mächtigen Blickes, und ihr bleiches Antlitz fing leise, aber unaufhaltsam zu erglühen an. Vom Busen auf, unter der durchsichtigen Haut des Halses empor in die Wangen, über die Schläfen bis in die alabasterweiße Stirn floß eine dunkle, purpurrothe Welle, bis daß das ganze schöne Antlitz in tiefer Gluth athmete, einem Alpengletscher vergleichbar, der im Lichte der Sonne zu glühen beginnt, die ihn bis in das kalte, jungfräuliche Herz küßt.

Das Publikum gerieth ganz außer sich vor Entzücken und verlangte stürmisch, das Bild noch ein drittes Mal zu sehen.

„Nein, und wie natürlich," sagte Frau Habermann laut, „man vergißt wirklich ganz, daß es nur ein Schauspiel ist." Mit einem Seufzer, der beinahe wie Stöhnen klang vernahm Franziska das Verlangen des grausamen Publikums, welches zum dritten Male von ihr die Erneuerung ihrer Qual forderte. Als diesmal der Vorhang emporrollte, hob sie das Haupt nicht, sondern es war, als sänke es zurück, hintenübergerissen durch die Last des flatternden Haares. So lag sie in den Sessel dahin gegossen, und mitten in dem flimmernden Lichtschein überkam es sie wie dunkle Traumempfindung, es war ihr, als lösten sich ihr Wille und ihr Bewußt= sein wie körperliche Bestandtheile von ihr, als höbe sie sich, aller Körperschwere entlastet, von der Erde empor, und als schwebte sie durch dunkle, endlose Luft, ohne Lust und ohne Schmerz, ohne Ziel und ohne Wunsch. Erst das erneuerte Beifallgeklatsche des Publikums weckte sie aus ihrer Erstarrung, und zugleich verkündigte ihr das Rücken der Stühle, daß die Vorstellung be= endigt sei und sie nun wieder in die Pflichten der Haus= frau einzutreten habe. Wie schwer ihr heute ihr Amt ankam und wie entsetzlich ihr die Komplimente waren, die sich von allen Seiten an sie herandrängten! Trotz= dem raffte sie sich zusammen; aus diesen höflichen kon= ventionellen Worten vernahm sie eins, was ihr in diesem Augenblicke wie eine Beruhigung erschien: Alles war nur ein Spiel gewesen. Sie preßte die Hände zusammen: ein Spiel, nichts weiter, nichts weiter sollte es jemals sein, und mit einer Art von Verzweiflung stürzte sie sich in die Gesellschaft, deren glatte Förm= lichkeit sie wie einen Wall zwischen sich und der dunklen Macht aufzurichten gedachte, die einen Augenblick Gewalt über sie hatte gewinnen wollen. Nein, er sollte es empfinden, daß jene Sekunden, während deren es ihm vergönnt gewesen war, seine Seele in die ihrige hinüber= zuspielen, ein Spiel gewesen, und daß sie ihn nun, da das Spiel zu Ende, zurückstieß dahin, wo er vorher gestanden, sollte empfinden, daß es ihm nicht gelungen war, die Heiterkeit ihres klaren Gemüthes durch die Schmerzensverworrenheit des seinen zu vergiften, daß ihre Seele über der seinigen dahinzog wie ein nicht zu trübender Stern über dunklem zerrissenem Gewölk. Als träte sie in einen Kampf auf Tod und Leben ein, so war ihr zu Sinne, als sie jetzt Gartenhofen an der Tafel erscheinen sah, die, mit Erfrischungen bedeckt, mitten im großen Saale errichtet war; und sie wußte, daß sie in diesem Kampfe Siegerin bleiben würde, denn sie fühlte, daß sie diesen Menschen haßte. Er hatte sein Kostüm schon wieder abgelegt, und das Phantom aus dem sechzehnten Jahrhundert hatte sich wieder in den einfachen Offizier des neunzehnten Jahrhunderts verwandelt; sie bestätigte es sich mit innerer Genug= thuung, und die Zufriedenheit, die ihr diese Wahr= nehmung verursachte, spiegelte sich auf ihrem lächelnden Gesicht, als sie an den Adjutanten, der dicht neben Gartenhofen stand, herantrat, und ihn zum Zugreifen ermahnte. Eigentlich war es kaum nöthig, da er be= reits mit einer riesigen Portion Hummer beschäftigt war. Er hatte sein Kostüm, in welchem er als Kavalier des sechszehnten Jahrhunderts Bild gestanden, nicht abgelegt, und ergoß sich nun gegen Franziska in einen Strom von Komplimenten über ihr Aussehen und die Vorzüglichkeit ihrer Leistung. Dabei hafteten seine Augen mit immer begehrlicherem Ausbruck auf ihren entblößten Schultern und ihrem entfesselten Haare, und sie hörte ihm lächelnd zu, und ein Blick aus dem Winkel des Auges zeigte ihr, wie der Andere, der für sie nicht da zu sein schien, langsam von seinem Platze wich und Schritt für Schritt sich entfernte. Er räumte das Feld — und der Gedanke, daß sie ihm in diesem Augenblick unendlich oberflächlich und thöricht erscheinen müsse, erfüllte sie mit einer unbegreiflichen, qualvollen Lust.

Die Tische verschwanden, als der erste Ton der Musik den beginnenden Tanz verkündete: die phantastischen Kostüme der Herren und Damen verstärkten die Tanzlust, und so brauste denn ein ausgelassener Schwarm wirbelnd durch den prächtigen Saal. Am wildesten von Allen tanzte Franziska, die von Allen begehrt wurde und nicht Einem den Tanz versagte. Nur Einer kam nicht; und als sie ihn einmal im Vorüberfliegen schweigend an der Thür lehnen sah, hatte sie den Kopf zurückgeworfen, sowie man einen schlimmen Gedanken, einen quälenden Traum von sich schüttelt.

Herr von Maienberg wollte seinen Augen nicht trauen, als er seine Tochter so ausgelassen sah, und ihre Fröhlichkeit machte ihn glückselig.

„Franziska," sagte er, als er sich in einer Tanzpause hinter den Stuhl gestellt hatte, auf dem sie hochathmend saß, „welch ein famoses Fest hast Du zu Stande gebracht, und wie freue ich mich, Dich so vergnügt zu sehen." Sie wandte das Haupt zu ihm empor und als sie sein in Glück schimmerndes Gesicht erblickte, brach sie in ein lautes Lachen aus.

„Nicht wahr, Papachen," sagte sie, „man glaubt nicht, wie der Mensch sich amüsiren kann!" Ihr Lachen, sowie ihre Worte hatten einen sonderbar gellenden Ton. Zum Schlusse des Festes wurde eine

Quadrille im Kostüm improvisirt; Alle, welche bei den Bildern mitgewirkt, sollten sie zusammen tanzen; Franziska war mit dem Adjutanten engagirt. Die meisten Paare hatten ihre Plätze bereits eingenommen, als es lachend „Wo ist denn Tasso?" hieß. Man suchte und fragte, und dann trat ein momentanes peinliches Schweigen ein — er war fort — ohne Gruß und ohne Abschied hatte er den Ball des Generals verlassen. Ueber Franziska's Gesicht flog ein finsterer Schatten, und schweigend hörte sie dem Adjutanten zu, der die Ungeschliffenheit seines Kameraden zu ent= schuldigen versuchte, indem er ihn als „einen ganz tollen, unberechenbaren Kauz" schilderte.

Erst in vorgerücktester Stunde fand die Festfreude ihr Ende, und der dämmernde Morgen blickte in die Fenster des Gouvernementshauses, in welchem die Lichter auf den Kronleuchtern in den letzten Zügen flackerten.

Franziska war allein mit ihrem Manne, und sie hatten sich aus dem veröbeten Saale in ihr Kabinet zurückgezogen.

„Ein allerliebstes Fest," sagte er, indem er im Zimmer auf= und niederging, „nur kann ich Dir mein Bedenken nicht verschweigen, daß diese Kostümfeste den jüngeren Offizieren zu viel kosten." Sie sah ihn über= rascht an.

„Da ist zum Beispiel der junge Mensch, der Garten= hofen," fuhr er fort, „der den Tasso stellte; ich habe sein Kostüm genau beobachtet, es muß aus Berlin bestellt gewesen sein, denn es war vom feinsten Stoffe; wie macht der Mann das, da ich weiß, daß er keinen Pfennig Vermögen besitzt?"

„Es ist nicht zu verlangen,“ erwiderte sie, „daß ich mich zur Vormünderin für die Herren mache, wenn sie selbst nicht vernünftig genug sind, von Unternehmungen zurückzutreten, die für sie zu kostspielig sind.“

„Der, und vernünftig!“ sagte ärgerlich lachend der General; „ein Offizier, der sich weder unter seinen Kameraden, noch in der Gesellschaft eine Stellung zu verschaffen weiß; ein haltloser Mensch — sein Auf- und Davongehen heute Abend war auch nicht gerade geschickt.“

Es war Franziska, als erhöbe sich eine Stimme in ihrem Innern: „Tritt ein für ihn, siehst du nicht, daß alle Welt gegen ihn ist? Mußt du nicht für ihn eintreten, da du besser als Alle weißt, warum er heut ohne Abschied auf- und davonging?“ Aber ein anderer trotziger und finsterer Geist flüsterte dagegen: „Was hast du mit dem Menschen zu schaffen? Jetzt ist der Moment günstig, benutze ihn und du bist von ihm befreit.“

„Ich weiß nicht, warum Du Dir Gedanken machst,“ sagte sie gleichgültig; „Ihr Militärs habt ja ein bequemes Mittel zur Hand, wenn Ihr meint, daß ein Offizier nicht an der rechten Stelle steht, Ihr versetzt ihn.“ Der General blieb stehen und sah sie mit einem beinah lauernden Blick an.

„In der That,“ sagte er, „ein guter Gedanke.“

„Ein sehr naheliegender, wie mir scheint,“ versetzte sie, indem sie gleichmüthig seinen Blick erwiderte.

„Ihn versetzen,“ fuhr er fort, indem er seinen Gang wieder aufnahm, „geht nicht wohl an; aber in — und er nannte den Namen eines entfernten Landstädtchens

— ist die Stelle eines Adjutanten beim Landwehr=
bezirkskommando zu besetzen, ich werde morgen noch
mit dem Kommandeur seines Regiments sprechen."
Sie beobachtete ihn von der Seite; er schien seltsam
interessirt bei dieser an sich doch so gleichgültigen Sache.

„Es ist spät," sagte er, „wir wollen uns zur Ruhe
begeben; habe Dank für den guten Gedanken, den Du
mir gegeben." Sie legte ihre kalte Hand in die seine,
die er ihr entgegenstreckte.

„Du wirst mich noch eitel machen auf meine guten
Gedanken," sagte sie, „schlafe wohl!" Während sie
einsam ihr Schlafzimmer aufsuchte, blieb sie plötzlich
stehen; wie waren doch die Worte der Frau Haber=
mann gewesen, die nach dem ersten Niedergange des
Vorhanges bis hinter denselben geschallt hatten? „Man
vergißt wirklich ganz, daß es nur ein Schauspiel ist"
— ah — sie wandte das Haupt nach der Richtung,
wo ihres Mannes entferntes Schlafzimmer lag —
„zur Eifersucht hat also der Mann immer das Recht,
auch wenn er nichts gethan hat, um seines Weibes
Herz zu gewinnen?" Ein bitteres, verächtliches Lächeln
verzog ihr den Mund, und das Bild des Mannes, das
einst so stolz und groß in ihrer Seele gestanden hatte,
sank plötzlich herab unter die Masse der Uebrigen, farb=
los und gleichgültig geworden gleich diesen. Durch
den niedergelassenen Vorhang ihres Schlafgemaches
drang der graue, öde Wintermorgenschein — und das
war es gewiß, was sie am Einschlafen hinderte: in
der dumpfen Stille, in der trostlosen Beleuchtung kam
ihr der Gedanke, daß so das Leben in einer kleinen,
vom Verkehr der Menschen und des Geistes entlegenen,

im Lande verlorenen Stadt sein müsse, ein langsames
Ersticken, ein Sich-hinaus-sehnen und Nicht-hinaus-
können — dann schlief sie ein, und im Traume sah
sie sich selbst in ihrem roth tapezierten Zimmer in ihres
Vaters Haus, an der Staffelei sitzend, wie vor Zeiten;
sie trat heran und rührte ihre Doppelgängerin an die
Schulter, diese wandte sich um und sah sie an — es
waren nicht ihre Augen, sondern die dunklen, schwermüthigen, die sie seit heute Abend kannte, und dennoch
wunderte sie sich darüber nicht, denn sie wußte in dem
Augenblick ganz klar, daß es eigentlich ihre eigenen
Augen waren. —

„Geh' hinweg,“ sagte die Gestalt, „ich kenne dich
nicht,“ und darauf ging sie hinaus, leise und verzweifelnd, und weinte — und als sie aufwachte, weinte
sie noch — lange, dumpf und bitterlich.

Eine alte Ammenfabel fiel ihr ein, daß es dem
Menschen Unheil bedeute, wenn er sich im Traume selbst
sieht, und sie konnte sich die abergläubische Prophezeihung
nicht aus dem Sinne schlagen, denn schwer und be-
klemmend, wie das Vorgefühl eines düsteren Unheils
lag es auf ihrem Herzen.

Drei Tage später erschien der Adjutant, um sich
zu erkundigen, wie ihr die Anstrengungen des Festes
bekommen seien, und um ihr die Neuigkeit mitzubringen,
daß Gartenhofen auf mehrere Jahre nach einem entlegenen Nest als Adjutant des Bezirkskommandos
beordert sei. Er erzählte lachend, was für ein langes
Gesicht der arme Raphael gemacht hätte, als er den
Befehl erhalten, und daß er seitdem in einer Stimmung
umherginge, daß Niemand sich an ihn herangetraue;

besonders auf ihn, den Adjutanten, sei er fuchswild,
denn er hielte ihn für den Urheber seiner Abkomman-
dirung. Der Erzähler fand heute nicht die günstige
Aufnahme für seine Scherze, wie früher; Franziska
blieb gedankenvoll und schweigsam, und eben wollte er
sich empfehlen, als Gartenhofen angekündigt wurde.
Er hatte sich beim General abgemeldet und wollte
Franziska seinen Abschiedsbesuch machen. Sie hatte
sich jählings erhoben und schien zu schwanken, ob sie
ihn annehmen sollte; da der Adjutant allein bei ihr
war, konnte sie ihn aber nicht abweisen und ließ ihn
hereinbitten.

Sein erster Blick, als er eintrat, fiel auf den
Adjutanten, und es sah aus, als ob er beim Anblick
desselben über die Schwelle zurücktreten wollte. Sein
Gesicht wurde leichenblaß, und die Hand, welche den
Helm hielt, preßte sich krampfhaft um die Helmspitze.
Franziska hatte ein Gefühl, als müßte sie sich zwischen
die beiden Männer stellen, rasch trat sie auf ihn zu.

„Sie wollen uns verlassen, Herr von Gartenhofen?"
sagte sie, indem sie so unbefangen als es ihr möglich
war, Platz nahm und auch ihn zum Sitzen nöthigte.

„Ja, Excellenz," erwiderte er, indem er gesenkten
Hauptes ihr gegenüber saß, „ich bin fortkommandirt."
Es klang, als hätte er sagen wollen, „fortgeschickt".

„Es wird hoffentlich nicht auf lange sein?" sagte
sie, obgleich sie das Gegentheil wußte; er wiegte das
Haupt und erwiderte nichts. — Ein peinliches Schweigen
trat ein.

„Ihre Bilder," sagte der Adjutant, der die ängst-
liche Stille unterbrechen wollte, „wird Excellenz nun

doch nicht zu sehen bekommen." Er erntete schlechten Dank für seine Mühe, denn Gartenhofen zuckte förmlich bei seinen Worten zusammen, er wandte sich zu ihm herum, und seine Augen sprühten von Haß.

„Meine Bilder?" sagte er, „wer braucht sich um meine Bilder zu bekümmern?" Seine Stimme klang heiser, und seine Aufregung war so groß, daß sie im Begriffe schien, die Schranken der gesellschaftlichen Form zu durchbrechen.

„O," sagte Franziska, die sich peinvoll bestrebte, einen harmlosen Ton in die Unterhaltung zu bringen, „Sie wissen recht gut, Herr von Gartenhofen, daß ich Ihre Bilder sehr gern gesehen hätte." Er hob das Gesicht und sah ihr mit einem kurzen, festen Blicke düster in die Augen.

In diesem Augenblick erschien der General, und Franziska athmete auf, als bei seinem Eintritte die Offiziere von den Sitzen sprangen und sich verneigten. Nur wenige Worte wurden noch gewechselt.

„Wann reisen Sie?" fragte der General.

„Heute Nachmittag, Excellenz," erwiderte Garten=hofen; dann trat er auf Franziska zu, um sich zu ver=abschieden. Als er vor ihr stand, zuckte es ihr in der Hand, und sie streckte die Hand halb aus, um sie ihm zum Abschied zu reichen. Er hielt die Arme straff an den Leib gedrückt und verneigte sich tief und förmlich.

„Ich empfehle mich, Excellenz," sagte er; nie hatte sie einen so klanglosen, zerbrochenen Ton gehört, nie einen so öben, todten Blick gesehen, wie diesen letzten, den er auf sie richtete. Schweigend verneigte er sich, und ging; unmittelbar hinter ihm folgte der Adjutant.

„Raphael," sagte der Adjutant, der mit Gartenhofen die Treppe hinunterstieg, „Sie haben mich in falschem Verdacht; ich versichere Ihnen, daß ich Sie nicht zum Adjutanten beim Landwehrbezirkskommando in Vorschlag gebracht habe." Gartenhofen blieb stehen, sah ihm groß ins Gesicht und lächelte finster und ungläubig.

„Sie wollen mir nicht glauben," fuhr der Andere fort, „aber ich gebe Ihnen mein Wort, daß der Oberst ganz Jemand anders zu dem Posten ausersehen hatte; erst vorgestern, nach einem Gespräch mit dem General, hat er seinen Entschluß geändert und Sie kommandirt."

„Der General?" fragte Gartenhofen erstaunt, „der General hat mit dem Oberst gesprochen? über mich?"

„Es sieht beinah so aus," versetzte der Adjutant, „obgleich ich nicht zugehört habe." Schweigend setzten beide ihren Weg fort.

„Wenn Sie erlauben," fing nach einiger Zeit der Adjutant wieder an, „so begleite ich Sie nach Ihrer Wohnung, ich möchte sie mir ansehen, um sie vielleicht nach Ihnen zu miethen."

„Wie kommen Sie auf den Gedanken?" fragte Gartenhofen, indem er den Adjutanten überrascht ansah, „meine Wohnung wird Ihnen doch schwerlich passen."

„Ich denke mir, daß sie billig ist," versetzte der Adjutant lächelnd, „und nach einem theuern Winter kann ein sparsamer Sommer nichts schaden; wenn Sie also nichts dagegen haben, gehe ich mit Ihnen, und Sie stellen mich Ihrer Wirthin vor."

„Bitte," sagte Gartenhofen, „ich kann Niemanden hindern, nach mir einzuziehen" — der Gedanke berührte ihn seltsam unangenehm — „aber ich muß Sie darauf aufmerksam machen, daß ich die Wohnung noch bis zum Anfange des nächsten Quartals habe; bis dahin können Sie nicht hinein."

„Nun natürlich," erwiderte der Adjutant, „anders hatte ich es ja nicht verstanden."

Gartenhofen's Zimmer sah aus, wie Zimmer vor einer Abreise auszusehen pflegen, wüst und öde. In der Ecke sah man einen gepackten Koffer, der seine noth= wendigsten Habseligkeiten enthielt, die übrigen Sachen sollten ihm nachgeschickt werden. Auf dem Boden mitten im Zimmer stand eine große Kiste, in welcher Bücher und Bilder ungeordnet durcheinander lagen; man sah, daß er kein Freund vom regelrechten Ein= packen war.

„Gedulden Sie sich einen Augenblick," sagte Garten= hofen zu dem Adjutanten, nachdem sie eingetreten, „ich werde meine Wirthin rufen." Während er allein war, sah der Adjutant sich um. Auf dem Grunde der Kiste, von Büchern bedeckt, lag eine große braunlederne Mappe, zu groß, um sie in dem Koffer unterzubringen.

„Aha," sagte er bei sich, und von der Neugierde getrieben, hatte er rasch die Bücher entfernt und den Deckel aufgeschlagen. Die Mappe enthielt eine Fülle von losen Blättern. Auf dem ersten derselben erblickte man Franziska's Brustbild. Die Aehnlichkeit war so in die Augen springend, daß der Beschauer beinah er= schreckt zurückfuhr. Eben wollte er das zweite Blatt umschlagen, als er Gartenhofen's Schritte vom Flur her vernahm, und er hatte gerade noch Zeit, die Mappe zuzuklappen, die Bücher wieder darauf zu werfen und an das Fenster zu treten, als Gartenhofen mit der Wirthin eintrat.

„Was Sie für eine famose Aussicht haben," sagte der Adjutant, indem er sich vom Fenster umdrehte, durch welches er anscheinend die ganze Zeit hinausge= schaut hatte.

„Hier, liebe Frau Mainert," sagte Gartenhofen, nachdem er einen raschen prüfenden Blick auf die Kiste geworfen, „ist der Herr, der nach mir einzuziehen wünscht; ich denke, es wird Ihnen lieb sein, daß Sie Ihre Wohnung gleich wieder vermiethen können?" Die Wirthin, eine alte Frau mit feinem blassen Gesicht, dem man ansah, daß sie zur Zeit, als ihr Mann noch lebte, bessere Tage gesehen hatte, blickte ihn stumm an, während ihre Augen sich mit Thränen füllten.

„Ach Herr Lieutenant," sagte sie, „wie soll es mir lieb sein, daß Sie gehen?" Sie wischte sich mit der Schürze die Augen aus, und in diesem schüchternen Ausdrucke eines tiefen Kummers sprach sie vielleicht zum ersten Male die Zuneigung aus, die sie im Laufe der zwei Jahre für den stillen einsamen Mann gefaßt und die sie bescheidener Weise nie zu zeigen gewagt hatte.

„Na lassen Sie nur gut sein, Madamchen," sagte der Adjutant, „ich bin auch kein Menschenfresser, wir werden uns schon vertragen." Er war mit der Alten bald handelseinig, und sie nöthigte ihm, da sie aber= gläubisch war und sich den Miethsmann erst durch solche symbolische Handlung gesichert glaubte, Stuben= schlüssel und Drücker auf.

„Aber es ist ja noch Herrn von Gartenhofen's

Wohnung," sagte er lachend, „und es ist noch ein voller Monat bis zum nächsten Vierteljahr?" Es half ihm aber nichts; Gartenhofen hatte noch seine besonderen Schlüssel für sich.

„Also heute Nachmittag geht es fort?" wandte sich der Adjutant an diesen.

„Ja, in einer Stunde," erwiderte Gartenhofen, „und nicht wahr," wandte er sich an die Wirthin, „Sie sorgen mir dafür, daß ich meine Sachen recht bald bekomme?"

„Morgen Abend geht Alles ab," versicherte sie, „ich weiß ja, daß Sie ohne Ihre Bücher nicht zufrieden sind," und sie warf einen zärtlich traurigen Blick auf die halbgefüllte Kiste.

„Na dann glückliche Reise und auf vergnügtes Wiedersehen," sagte der Adjutant zu Gartenhofen, und damit war er hinaus.

Er schlenderte langsam dem Kasino zu, wo in den Nachmittagsstunden ein kleines Jagddiner stattfinden sollte, zu dem er sich mit mehreren Kameraden behufs Verspeisung einiger selbsterlegten Hasen und zur Vertilgung einer sehr großen Bowle verabredet hatte. Unterwegs kehrten seine Gedanken zu Gartenhofens Mappe zurück, und er ärgerte sich schwer, daß er von dem übrigen Inhalte, auf den er durch das erste Bild doppelt neugierig geworden war, nichts mehr hatte sehen können.

Als die Bowle zu drei Vierteln ausgetrunken und die Hasen vollständig verzehrt waren, beugte der Adjutant seinen vom Trinken roth gewordenen Kopf über die Mitte der Tafel und richtete in flüsterndem Tone die Frage an seine Tischgenossen, ob sie zum Nachtisch etwas Besonderes haben, ob sie Gartenhofen's Bilder sehen wollten? Ein allgemeines „Natürlich! Sind Sie im Besitz davon?" war die Antwort.

„Nicht im Besitz, aber ich weiß, wo sie sind, und könnte sie schaffen."

„Also herschaffen, nicht lange reden!" tönte es im Chor.

Er stand auf, von der Thür aber kam er noch einmal zurück.

„Noch eins," sagte er, „erst das Ehrenwort darauf, daß die Geschichte unter uns bleibt."

„Nanu, das Ehrenwort?" hieß es lachend.

„Ohne dies thue ich's nicht," sagte er, und er machte ein so ernstes Gesicht, daß auch die Anderen ernst wurden und ihm Alle das Wort darauf gaben, von dem, was sie sehen würden, nichts zu verlautbaren.

Er nahm den Mantel um und machte sich auf den Weg; bald darauf stand er vor Gartenhofens Wohnung. Die Fenster waren dunkel, er war fort. Während der Adjutant einen Moment zögernd stand, drehte er sich plötzlich um — er hatte geglaubt, es hätte dicht hinter ihm Jemand gesagt: „Laß es sein" — er merkte, daß er erregt war — es war das Geräusch des Wassers gewesen, das gurgelnd vorüberfloß. Er blickte noch einmal zu den Fenstern hinauf; sie waren völlig dunkel und sahen wie finstere glotzende Augen auf ihn herab. Die Hausthür war noch offen; in raschen Sätzen hatte er die zwei Treppen erstiegen, und nun öffnete ihm der Drücker die Flurthür. Wenn er der Wirthin begegnete, so würde er sagen, daß er heut Nachmittag seine Handschuhe vergessen — sie zeigte sich aber nicht — die ganze Wohnung war dunkel und verlassen. Jetzt befand er sich in Gartenhofens Stube, sein Fuß stieß an die Kiste, und beim schwachen Lichtschimmer, der von draußen in das Zimmer drang, gewahrte er, daß sie noch ebenso stand wie vor einigen Stunden. Er beugte sich nieder, streckte die Hand aus und richtete sich wieder auf — ein unbeschreiblich widerwärtiges Gefühl überkam ihn. Das Blut mußte ihm zu Kopfe gestiegen sein und äffte sein Auge durch thörichte Vorspiegelungen — er glaubte plötzlich, mitten in dem dunklen Zimmer, dunkel wie ein Schatten, Gartenhofen stehen zu sehen, der ihm regungslos, lautlos, aber mit einem schrecklichen Ausdruck in den Augen zusah.

„Abgeschmackheit," murmelte er vor sich hin; aber die Täuschung war so stark, daß er mit der Hand über die Kiste hin in die Luft stieß — natürlich war nichts da. — Was war es denn auch weiter? morgen in aller Frühe würde er die Mappe wieder an ihren Platz legen; keiner von den Kameraden würde verrathen, was darin war; es konnte Niemandem zum Schaden gereichen — ein Scherz wie er unter Kameraden tausend= mal vorkommt, sagte er sich — dennoch fühlte er, wie ihm der Schweiß auf der Stirn stand, und er wäre gern zurückgetreten, wenn er jetzt nicht hätte fürchten müssen, ausgelacht zu werden. Er raffte sich zusammen, streckte die Hand noch einmal in die Kiste, und im nächsten Augenblick verließ er, die Mappe unter den Falten seines Mantels, Gartenhofens Wohnung. Unten angekommen, blickte er unwillkürlich noch einmal zu den Fenster zurück — war ihm doch zu Muthe, als ob sich Jemand dort oben hinausbeugte und ihm nachsähe — die Fenster lagen dunkel und stumm wie vorher. Erst als er wieder in den warm durchleuchteten Speisesaal eintrat und von dem Halloh seiner Tischgenossen begrüßt wurde verließ ihn die dumpfe Erregtheit, die ihn befangen hatte, und triumphirend schwenkte er die eroberte Mappe empor.

Man verließ die Tafel und versammelte sich im nebenanliegenden Rauchzimmer um einen kleineren, runden Tisch, dann wurde die Mappe geöffnet, und unter dem neugierigen Gelächter der Gesellschaft entnahm man ihr ein Blatt nach dem anderen, um es im Kreise herumgehen zu lassen. Schon bei dem ersten Bilde aber wurde das Gelächter leiser, beim zweiten und dritten verstummte es ganz und machte einem erstaunten Flüstern Platz, und schließlich gingen die Bilder lautlos von Mann zu Mann. Man riß sich dieselben förmlich aus den Händen, man sah sich untereinander an, wie wenn man vor etwas Ungeahntem stände, und nur einzelne kurze Ausrufe: „kolossal — fabelhaft — diese Aehnlichkeit" — ließen sich vernehmen.

„Donnerwetter," sagte endlich Einer laut, „was muß der Mensch in sie verliebt gewesen sein."

„Ja, ganz rasend," bestätigte der Chor.

Der Adjutant der den Anfang machte, nahm jetzt das letzte Bild auf.

„Alle Wetter, sehen Sie das, meine Herren!" brach er heraus, „sehen Sie das!" Alle sprangen auf ohne abzuwarten, bis das letzte Bild an sie kam, und steckten gleichzeitig ihre Köpfe über dem Blatte zusammen.

Die Wirkung schien eine noch erstaunlichere zu sein als vorher.

„Das ist großartig," hieß es.

„Aber um Gotteswillen, daß Niemand etwas davon erfährt." Das war die allgemeine unwillkürliche Empfindung, und man nahm sich nochmals gegenseitig die Verpflichtung tiefsten Schweigens ab. Die Verhandlung fand in halblautem Tone statt, alle Gesichter waren sonderbar erregt, über der ganzen Versammlung schien es wie das Bewußtsein eines Unrechts, einer That zu lasten, deren Folgen unheimlich werden konnten. Aus diesem Gefühle heraus mochte es geschehen, daß, nachdem man sich lange an dem letzten Bilde gesättigt und die ganze Bilderfolge noch einmal und dann noch einmal hatte herumgehen lassen, man die Mappe vom Tische fort in eine Ecke legte und Mützen und Handschuhe darauf warf, als wolle man sie verbergen.

Es war tief in der Nacht, als man sich trennte; der Adjutant nahm die Mappe an sich. Am liebsten hätte er sie gleich jetzt zurückgebracht, aber zu dieser Stunde ging es nicht, ohne Aufsehen zu erregen. Am nächsten Morgen ganz früh, noch bevor er in den Dienst gegangen, befand er sich, die Mappe unter dem Mantel, auf dem Wege zu Gartenhofens Wohnung. Als er an die Ecke der nach dem Wasser belegenen Straße gekommen war, begegnete ihm Gartenhofens Wirthin, neben ihr ein Dienstmann, der auf seinem Handwagen eine große verschlossene Kiste dahin schob.

„Teufel," sagte der Adjutant, indem er unwillkürlich erschrocken stehen blieb, „ich dachte, Sie wollten

erst heute Abend —" Mit triumphirender Miene er=
zählte ihm die Alte, daß sie, um ihrem guten Herrn
Lieutenant eine letzte Freude und Ueberraschung zu
bereiten, die Nacht hindurch gepackt hätte und ihm
seine Sachen schon heute Vormittag als Eilfracht zu=
senden wolle; heute Abend hätte er sie bereits, in einer
Stunde ging der Zug. Bevor noch der Adjutant einen
Entschluß hatte fassen können, war sie mit ihrem zwei=
beinigen Packpferde schon wieder unterwegs.

Der Adjutant war momentan völlig rathlos, und
es blieb ihm nichts übrig, als vorläufig mit der ver=
hängnißvollen Mappe nach Hause zu gehen.

„Eine dumme, widerwärtige Geschichte," murmelte
er vor sich hin; hätte er gewußt, was sich im Laufe
dieses Vormittags begab, er wäre vermuthlich noch
ärgerlicher geworden.

Außer denen nämlich, die sich gestern Abend gegen=
seitig zur Verschwiegenheit verpflichteten, hatte noch
Jemand zugesehen, dem Niemand das Gelübde des
Schweigens abgenommen, weil Niemand besonders
auf ihn geachtet hatte — das war Herr Fischmann.
Er hatte bei der Tafel aufgewartet und nachher im
Rauchzimmer Kaffee und Cigarren präsentirt, und da
er die Kunst des sogenannten „Senkblickes", d. h. die
Fähigkeit, mit niedergelassenen Augenlidern Alles zu
sehen, in bedeutendem Maße beherrschte, so war kaum
ein Bild in der ganzen Sammlung, das Herr Fisch=
mann nicht gesehen hätte. Günstig für die Verwerthung
dessen, was er wahrgenommen, traf es sich dann für
ihn, daß er am heutigen Vormittage seine Patronin
Frau Habermann aufsuchen mußte, die am Abend ein

größeres Fest zu geben beabsichtigte, und als es Mittag
schlug, war Frau Regierungsräthin Habermann über
Alles, was sich Abends zuvor im Kasino ereignet hatte,
bis auf die Worte und Ausrufe der Einzelnen unter=
richtet.

Unter den Geladenen der Abendgesellschaft befanden
sich der General und Franziska, und bei geeignet
scheinender Gelegenheit wußte Frau Habermann dem
Ersteren in harmlosem Tone die Frage beizubringen,
ob er schon von den vorzüglichen Portraits gehört
hätte, die Herr von Gartenhofen von ihrer Excellenz
angefertigt haben sollte? Der General war sichtlich
überrascht; er hatte von nichts gehört. Frau Haber=
mann wußte auch nichts Bestimmtes, nicht das Ge=
ringste, hatte selbst nichts gesehen, sondern eben nur
gehört, „wie man so Dinge hört", daß der Adjutant
die Bilder unter den Offizieren herumgezeigt und daß
die Bilder allseitig großen Beifall gefunden hätten.
Sie hatte geglaubt, es ihm erzählen zu sollen, weil sie
der Meinung war, es würde ihn, bei dem allgemein
anerkannten Maltalente des Lieutenants von Garten=
hofen, interessiren, davon zu hören. Sie bemerkte trotz
aller Selbstbeherrschung des Generals, daß es ihm
immer unangenehmer ward, je mehr er von der Sache
hörte, und als sie sich von ihm ab zu einer anderen
Gruppe der Gesellschaft wandte, hatte sie das prickelnde
Gefühl, das ein Brandstifter empfinden mag, wenn er
sieht, daß der Schwefelfaden den er in die Scheuer ge=
legt hat, zu glimmen beginnt. Tief verstimmt und
schweigend fuhr der General mit seiner Frau nach Haus

und früh am nächsten Vormittag ließ er den Adjutanten zu sich bescheiden.

Gleich beim Eintreten bemerkte Letzterer am Gesichte seines Vorgesetzten, daß nicht Alles war, wie es sein sollte und seine schlimmsten Befürchtungen wurden übertroffen, als der General kurz und beinah barsch die Frage an ihn richtete:

„Der Lieutenant von Gartenhofen hat Bilder von meiner Frau gezeichnet und veröffentlicht? Sie wissen davon?" Der Schreck malte sich so deutlich auf des Adjutanten Zügen, daß jede Ableugnung unmöglich wurde.

„Nicht veröffentlicht — Excellenz," war alles, was er vorzubringen vermochte.

„Jedenfalls sind die Bilder öffentlich gezeigt worden, durch Sie selbst," fuhr der General fort, „sind Sie noch im Besitze derselben?" Der Adjutant senkte schweigend das Haupt und verwünschte heimlich sein thörichtes Unternehmen.

„Sie werden mir die Bilder verschaffen und zwar sogleich," sagte der General. Der Adjutant riß die Augen groß auf.

„Excellenz —" stammelte er, „verzeihen Excellenz — es ist eine reine Privatsache."

„Eine Privatsache, die in aller Welt Mund ist," versetzte der General, „ich wiederhole Ihnen, was ich gesagt, und werde Sie hier in einer halben Stunde erwarten."

Der Adjutant verneigte sich und ging; es war ihm entsetzlich zu Muthe, und zu seiner Ehre muß gesagt werden, daß er weniger an sich, als an das Unglück dachte, in das er, ohne es zu wollen, seinen Kameraden gestürzt hatte.

„Ich betrachte es als eine Ehrenverpflichtung," hatte ihm der General nachgerufen, als er die Thür- klinke in der Hand hielt, „daß keins der Bilder, welche an dem betreffen Abend gezeigt und gesehen worden sind, in der Mappe fehlt." Damit war auch der letzte Ausweg abgeschnitten. Dem Befehle mußte Folge geleistet werden, und eine halbe Stunde später ließ sich der Abjutant beim General wieder anmelden.

Im Augenblick, da er, mit der Mappe in der Hand, das Zimmer desselben betrat, fügte es der Zufall, daß durch die gegenüberliegende Thür Franziska hereintrat. Der Abjutant stand mit einer Armensündermiene da und mit einem hastigen „Ich danke Ihnen" nahm ihm der General die Mappe ab und bedeutete ihn, sich zurück- zuziehen.

„Wann kann ich sie wieder abholen?" fragte er leise und schnell.

„Das werde ich Ihnen sagen lassen" — damit winkte ihm der General abieu.

Franziska hatte dem kurzen, seltsamen Auftritt er- staunt zugesehen; als der Offizier das Zimmer ver- lassen, trat sie auf den Tisch zu, auf welchen ihr Mann die Mappe geworfen hatte.

„Was geht vor?" fragte sie, „und was hat er Dir hier gebracht?"

„Nichts von Bedeutung, denk' ich," erwiderte der General, indem er mit einer Hastigkeit, die bei seinem sonst so gemessenen Wesen doppelt auffallen mußte, zwischen sie und den Tisch trat. Franziska blieb stehen und maß erst ihren Gatten, dann die Mappe mit einem langen Blicke.

„Ah so —" sagte sie gedehnt, „etwas, was nicht für mich ist?"

„Vorläufig wenigstens nicht," versetzte er; sie hatte ihn noch nie so kurz und rauh sprechen gehört. Eine fliegende Bläsle ging über ihr Gesicht und dieser folgte eine dunkle Röthe.

„Dann wirst Du vielleicht die Güte haben," sagte sie, „es mich wissen zu lassen, wann Du mich wieder brauchst." Damit verließ sie das Gemach.

Während der nächsten Stunden sah und hörte Franziska von ihrem Manne nichts und erst zur Zeit des Mittagessens, welches spät eingenommen wurde, bekam sie ihn wieder zu Gesicht. Als sie aus ihren Gemächern kommend, den Speisesaal betrat, sand sie ihn daselbst schon vor, gesenkten Hauptes, die Hände auf dem Rücken, auf= und niedergehend; bei ihrem Eintritt wandte er sich nach ihr um — sie glaubte einen verwandelten Menschen zu sehen. Sein Blick hatte wieder den lauernden Ausdruck angenommen, den sie zum ersten Male neulich nach dem Ballfeste an ihm bemerkte und an Stelle seiner heiteren Gesprächigkeit war eine dumpf brütende Schweigsamkeit getreten. Auch sie fühlte sich zu bedrückt, um über gleichgültige Dinge Unterhaltung zu beginnen und so ging ihnen die Mahlzeit, von der sie beide wenig genossen, in pein= voller Stille hin.

Nach Beendigung derselben führte der General Franziska, wie es seine Gewohnheit war, in ihr Kabinet; als sie dasselbe betraten und sein Blick auf

den Spiegel fiel, vor dem er sie damals mit aufge=
löstem Haar getroffen hatte, ließ er so plötzlich ihren
Arm fahren, daß er an ihrer Seite niederfiel.

„Franziska,“ sagte er mit rauh abgebrochenem Ton,
„wie oft hast Du ihm Modell gestanden?“ Sie blieb
wie angewurzelt stehen; es war ihr zu Muthe, als ob
ein Schlag auf ihr Haupt fiele, mit einem Instrumente
geführt, von dem sie nur die Schwere empfand, ohne
daß sie unterscheiden konnte, ob es schneidend oder
stumpf sei.

„Von wem sprichst Du?“ erwiderte sie mit blassen
Lippen.

„Ah —,“ sagte er, indem er ihr ins Gesicht sah,
„Du kannst es Dir nicht denken?“

„Ich weiß weder wen, noch was Du meinst,“ ver=
setzte sie, „und ich weiß nur, daß, wenn man anklagt, man
die Anklage verständlich machen muß.“ Sie hatte sich auf
ihrem gewohnten Platze vor dem Kamin niedergelassen,
während ihr Mann hinter ihr die Stube durchmaß.
Heute schien er kein Bedürfniß zu empfinden, sich
eine Cigarre anzuzünden. Eine Zeitlang wartete sie
schweigend, daß er sprechen würde; da dies nicht ge=
schah, wurde ihr die Lage, in der sie sich befand, un=
erträglich.

„Die Mappe, die in Deinem Zimmer liegt,“ sagte
sie, ohne den Kopf nach ihm umzuwenden, „ist die des
Herrn von Gartenhofen?“ Er stand plötzlich an ihrer
Seite.

„Du weißt ja, denke ich, von nichts?“

„Nein,“ sagte sie stöhnend, „aber ich muß mir einen

Grund für Dein Verhalten suchen, und kann mir keinen anderen denken."

„Wir wollen einmal annehmen, es sei so," fuhr er fort, „dann beantworte mir meine vorige Frage: hast Du ihm zu seinen Bildern gesessen?" Sie lauschte auf — ein plötzliches Licht ging über Dingen auf, die ihr dunkel erschienen waren; sie senkte das Gesicht in die aufgestützte Hand und schwieg.

„Ich muß Dich bitten, meine Frage zu beantworten," hörte sie ihres Gatten Stimme dicht hinter sich; seine Stimme zitterte vor Erregung. Sie erhob das Haupt und sah ihn kopfschüttelnd an; wie kleinlich erschien er ihr mit seiner Frage.

„Ich begreife zwar nicht," sagte sie, „was mich verpflichtet, Dir auf solche Frage zu antworten, aber es sei — natürlich nie!" Er athmete tief auf.

„Verzeih', wenn ich Dich noch eins fragen muß," sagte er; „neulich Abend, Du erinnerst Dich, als ich wiederkam, fand ich Dich mit aufgelöstem Haar vor dem Spiegel — Du hattest ihm nicht —" Eine tiefe Gluth überfloß ihr Gesicht, indem sie jener Stunde gedachte; ein Gefühl wie Schuldbewußtsein quoll ihr empor, und was war denn ihre Schuld? Sie drückte die Hände vor das Gesicht und brach in Thränen aus.

„Franziska," sagte der General mit dem tiefen liebevollen Klange früherer Tage, indem er sich auf den Sessel neben sie setzte und ihre Hände in die seinigen nahm, „glaube mir, ich bitte Dich, daß ich Dich nicht fragte, um Dich zu quälen; aber versetze Dich in meine Lage; Bilder werden in der Gesellschaft herumgezeigt, die Dich und mich kompromittiren müssen —."

„Zeige mir die Bilder," rief sie, indem sie die Hände aus seinen Händen riß. Er sprang auf.

„Das ist nicht möglich," sagte er, „diese Bilder sind unerhört." Ein bitter verächtliches Lächeln kräuselte ihren Mund.

„Man klagt mich an," sagte sie, „und will mir nicht einmal den Gegenstand des Vergehens zeigen?"

„Wer klagt Dich an?" erwiderte er, indem er wieder im Zimmer hin und her ging; „ich thue es nicht, und Niemandem soll es beikommen dürfen, es zu thun; aber niemals werde ich dulden, daß meine Frau mit Augen sieht, wie ein Unverschämter, ein Rasender es gewagt hat, der Welt eine Vertrautheit mit dieser meiner Frau vorzulügen" — er stand mitten im Zimmer, mit zornsprühenden Augen, das Bild eines Mannes, der im Begriffe steht, sich auf einen Todfeind zu stürzen, um ihn zu vernichten. Der Anblick seiner entfesselten Leidenschaft weckte aber auch in ihrer Seele Alles was von Stolz und Muth darin war.

„Erlaube auch mir eine Frage," sagte sie, indem sie sich langsam erhob und die Augen fest, beinahe starr auf ihren Mann richtete, „wie bist Du, wie seid Ihr Alle zu diesen seinen Bildern gelangt?"

„Was hat das hierbei zu thun?" fragte er grollend.

„Weil ich mir nicht denken kann," versetzte sie, „daß der Mann, von dem Du sprichst, Bilder solcher Art aus eigenem Antrieb unter die Menge gebracht haben sollte, und weil es mir für mich selbst darauf ankommt, zu wissen, wie weit seine Verschuldung geht." Der General sah sie an, als verstände er sie nicht.

„Ich weiß nicht," sagte er, „ob die Bilder durch

ihn oder durch einen Anderen unter die Menschen ge=
kommen sind, aber das scheint mir hier ganz gleich=
gültig! daß er sie überhaupt zu machen gewagt hat —"
Franziska richtete sich stolz und hoch auf —

„Verzeih'," sagte sie, „daß ich in diesem Falle sehr
anderer Ansicht bin — wenn ihm nur das zur Last
fällt, so trifft ihn überhaupt keine Schuld."

„Was sagst Du?" fuhr der General auf, indem er
unwillkürlich einen Schritt zurücktrat.

„Ich sage," erwiderte sie kalt und starr, „daß das
Innere des Menschen ihm selbst und ihm allein gehört,
daß man dem Menschen sein Geheimniß lassen muß,
und daß wer ungerufen da hineinblickt, sich nicht wundern
darf, wenn es ihm geht wie dem Lauscher an der Wand,
der vielleicht Dinge erfährt, die ihm nicht lieb sind;"
sie stand aufgerichtet wie eine Statue, alle Farbe war
aus ihrem Angesicht gewichen, und die großen grauen,
in kaltem Feuer strahlenden Augen waren hinaus=
gerichtet — wohin? vielleicht in ihr eigenes Innere,
dessen Geheimnisse auch Niemand erforschen sollte. Der
General schien etwas Derartiges zu empfinden. Er
war ihren Worten mit eigenthümlicher Aufmerksamkeit
gefolgt; als sie geendet, trat er auf sie zu, faßte ihre
herabhängende Hand über dem Handgelenk und indem
er ihr ganz nah in die Augen blickte, sagte er mit
klarer, leidenschaftsloser Stimme:

„Es scheint mir nöthig, Dich zu erinnern, mein
Kind, daß es ein Verhältniß im menschlichen Leben
giebt, wo dem Menschen sein Inneres nicht mehr allein
gehört, wo er einem bestimmten Menschen gegenüber
keine Geheimnisse mehr haben darf, wo er verpflichtet

ist, daran zu denken, daß außer diesem einen Menschen
keinem Dritten das Recht zusteht, sich innerlich mit ihm
zu beschäftigen und daß Du, mein Kind, in diesem
Verhältniß Dich befindest." Seine Hand hatte, während
er sprach, ihr Handgelenk mit immer festerem Druck
umspannt, so daß er ihr das Armband, das sie trug,
in die Haut preßte. Nachdem er sie losgelassen, hob
sie statt aller Antwort langsam die Hand, schob das
Armband zurück und betrachtete den rothen Reif, der
auf ihrer Haut entstanden war.

„Du hättest mir beinahe weh gethan," sagte sie mit
einem Lächeln — es war kein gutes Lächeln.

In diesem Augenblick ertönten Schritte im Vorsaal,
es klopfte heftig an und Herr von Maienberg trat ein.
Er schien rasch gegangen zu sein, denn er wischte sich
den Schweiß von der Stirn, dann wandte er sich auf=
geregt an den General:

„Haben Sie es schon gehört?" fragte er.

„Was?"

„Das mit dem Lieutenant von Gartenhofen?" Der
General biß die Zähne aufeinander und wandte sich ab.

„Seinen Konflikt mit dem Regiments=Adjutanten?"

„Mit dem Regiments=Adjutanten?" fragte der
General, „noch vor seiner Abreise?"

„Nein, er ist ja wieder hier, wußten Sie davon
nichts?" Der General wurde aufmerksam; er wußte
kein Wort.

„Mein Gott, dann hätte ich es Ihnen vielleicht
gar nicht erzählen sollen," sagte Herr von Maienberg,
„aber früher oder später hätten Sie es ja doch er=
fahren — es scheint eine recht fatale Geschichte zu sein."

Er hatte vor dem Kamin Platz genommen und wärmte sich die kalten Hände über dem Feuer.

„Ich begegne eben dem Hauptmann Reusch von seinem Regiment," fuhr er fort, „der die Geschichte mit angesehen und sie mir in allen Details erzählt hat. Heute Vormittag um elf Uhr etwa sitzen also die Offiziere des Regiments, unter ihnen der Adjutant, beim Frühstück in der Ressource, — er soll kurze Zeit vorher bei Ihnen gewesen sein, stimmt das?"

„Allerdings," entgegnete der General.

„Plötzlich öffnet sich geräuschvoll die Thür, und wer tritt herein? Im Mantel, die Mütze auf dem Kopf, so wie er eben von der Eisenbahn gekommen sein mußte, der Lieutenant von Gartenhofen. Alle fahren erstaunt, beinahe erschreckt auf, denn Reusch versicherte mich, er hätte ausgesehen wie ein Irrsinniger. Mitten im Saale bleibt er stehen, sieht sich im Kreise um und, nachdem er den Adjutanten entdeckt hat, schreit er — Reusch versichert mich, er hätte vollständig geschrieen — ‚Wer von diesen Herren ist der Spitzbube gewesen, der mir meine Mappe gestohlen hat?‘ Einige der älteren Offiziere wollen ihn beschwichtigen, aber der sonst so stille und bescheidene Mensch ist wie verwandelt. ‚Wer die Mappe aus meiner Kiste genommen hat, will ich wissen,‘ schreit er noch einmal. Darauf tritt der Adjutant, weiß wie die Wand auf ihn zu. ‚Gartenhofen,‘ sagte er, ‚seien Sie vernünftig. Sie sollen Alles erfahren.‘ Gartenhofen stiert ihn an. — ‚Wo ist die Mappe?‘ fragte er. Der Adjutant scheint einen Augenblick unschlüssig, dann wirft er den Kopf hinten über — ‚Beim General,‘ sagte er. ‚Also haben Sie sie kompromittirt,

Sie Schuft!' brüllte Gartenhofen; im selben Augen=
blick hört man durch den ganzen Saal einen klatschen=
den Schlag, und der Adjutant taumelt drei Schritte
zurück, Gartenhofen hat ihm einen Hieb ins Gesicht ge=
geben!"

„Hölle und Wetter," brach der General aus, der
dem Erzähler athemlos gefolgt war. · Er sprang auf;
Herr von Maienberg trocknete sich die Stirn.

„Was er damit meinte, daß Jener seine Mappe kom=
promittirt haben sollte, verstehe ich nicht recht," fuhr
er fort; „jedenfalls können Sie sich die wüste Aufregung
denken, die nun ausbrach. Die Beleidigung war so
schrecklich und offenkundig, daß die Nothwendigkeit einer
blutigen Sühnung Allen sofort klar war; und noch
auf denselben Nachmittag wurde ein Pistolenduell
zwischen Beiden festgesetzt."

„Auf heute Nachmittag?" fragte der General.

„Auf diesen Nachmittag," erwiderte Herr von Maien=
berg, „es muß bereits stattgefunden haben."

„Und der Ausgang?" kam jetzt eine tonlose Stimme
vom Sopha her, es war Franziska, die so fragte. Bleich
und regungslos wie ein wächsernes Bild, mit weit auf=
gerissenen Augen war sie den Worten des Vaters gefolgt.

„Der Ausgang?" sagte Herr von Maienberg, „ich
ahne ihn nicht; aber wenn sich zwei Menschen nach
solchem Vorfall mit Waffen gegenüberstehen" — er
schlug mit der Hand durch die Luft. Franziska erhob
sich, sie hatte ein Gefühl, als hätten ihre inneren Organe
sich in Eis verwandelt und als würde sie in einen
Starrkrampf verfallen, wenn sie jetzt nicht aufstände
und die Glieder bewegte. Als sie aber aufrecht stand,

knickten ihr die Kniee ein und sie mußte sich an der Lehne des Sessels halten; ein dumpfes Stöhnen drang aus ihrer Brust.

„Mein Gott, Franziska, was ist Dir?" rief Herr von Maienberg, indem er erschrocken aufsprang und sie unterstützte; er fühlte, daß ihre Hände kalt wie die einer Todten waren.

„Sie hat sich erschreckt," sagte der General; „wir werden morgen erfahren, was aus der Sache geworden ist; im Uebrigen scheint mir keine Veranlassung vorzuliegen, sich über den Streit zweier jungen thörichten Leute übermäßig aufzuregen; Du wirst am besten thun, wenn Du Dich ins Bett legst; alles Weitere überlaß mir; Du wirst morgen Auskunft erhalten, soweit es für Dich von Interesse sein kann." Seine Worte klangen scharf und hart, er war nicht einen Schritt herangetreten, um seine Frau zu unterstützen. Franziska hielt die Augen zur Erde gesenkt, sie nickte langsam und schweigend mit dem Kopfe, dann ging sie, von ihrem Vater geführt, ohne sich nach ihrem Manne umzusehen, hinaus. An der Thür ihres Schlafzimmers wurde sie von ihrem Mädchen empfangen. Sobald er in das Zimmer zurückgekehrt, griff Herr von Maienberg zum Hute; die Art und Weise des Generals hatte ihn verletzt.

„Ob es Ihnen nicht lieb wäre," sagte er, „wenn ich weitere Erkundigungen über den Ausgang der Angelegenheit einzöge und Ihnen das Resultat mittheilte?"

„Bitte thun Sie das ja nicht," erwiderte der General, „ich wünsche die Sache rein dienstlich zu behandeln, wie es sich gehört, und bin gewohnt, daß bei Ehrenhändeln meiner Offiziere nicht ich hingehe, um mich über dieselben zu unterrichten, sondern daß man zu mir kommt, um mir darüber zu berichten." Mit kurzem Gruß empfahl sich Herr von Maienberg.

„Excellenz wollen sich noch nicht zur Ruhe begeben?" hatte das Kammermädchen gefragt, als Franziska anstatt zum Auskleiden zu schreiten, sich in dem Armstuhl vor ihrem Toilettentische niederließ und ein Buch ergriff, das auf letzterem lag.

„Ich fühle, daß ich noch nicht schlafen kann," erwiderte sie; „lege mir das Nachtkleid zurecht, und dann kannst Du gehen."

Sobald das Mädchen hinaus war, sank das Buch, in dem sie scheinbar gelesen, in den Schooß, und mit heißen gespannten Augen, den Kopf lauschend erhoben, saß Franziska in ihrem Sessel, wie Jemand, der mit allen Nerven auf etwas wartet. Sie hörte, wie ihr Vater das Haus verließ und wie ihr Mann in seine Gemächer hinüberging; dann dauerte es eine volle Stunde, während deren sie regungslos horchend verharrte. Dann ertönte eine Klingel — der General rief seinen Kammerdiener, um zu Bette zu gehen. Franziska's Schlafzimmer stieß an den Flur; sie hörte, wie der Diener über den Flur ging und in das gegenüberliegende Schlafzimmer ihres Mannes trat; nach einiger Zeit kam er zurück — der General hatte sich zur Ruhe begeben. Sie saß noch eine volle halbe Stunde — im Erdgeschoß hörte man noch hier und da eine Thür gehen — dann lag das ganze weitläufige Haus stumm wie das Grab.

Franziska erhob sich. Die Falten ihres Kleides rauschten leise knisternd aneinander. — „Zu laut," fagte fie in fich hinein; fie legte das Kleid ab und warf den Schlafrock über, den das Mädchen ihr zurecht= gelegt hatte, deffen weiche Wolle fie geräufchlos bis an die Füße umfloß. Ihre Füße waren mit Stiefeln bekleidet; fie zog fie aus und fchlüpfte in die weichen Schuhe, die an ihrem Bette ftanden — dann ergriff fie das Licht und öffnete die Thür der Schlafftube.

Auf der Schwelle blieb fie einen Moment ftehen und laufchte noch einmal wie ein Wild, das fich vor Gefahr fichert, dann, die Hand vor die Flamme des Lichts haltend, ging fie quer durch den großen Tanz= faal in ihr Kabinet, durch den Empfangsfalon in den Speifefaal — ihr Schatten lief dunkel und lautlos an den Wänden mit. Jetzt war fie vor ihres Gatten Arbeitszimmer; mit den Zähnen faßte fie die Unter= lippe, während fie leife, ganz leife die Klinke der Thür herunterbrückte — das Zimmer war dunkel und leer — fie trat ein. Mitten im Zimmer ftehend, ließ fie die Blicke umherwandern — dort, dort auf dem Schreib= tifche des Generals, wo feine wichtigften Papiere fich befanden, lag etwas, was vorher nicht dort gelegen hatte, eine große braunlederne Mappe. Mit einem Griffe hatte fie diefelbe erfaßt. Einen Augenblick überlegte fie — follte fie mit ihrem Raube hinüber in ihr Kabinet gehen? Nein — fie hatte ein Gefühl, als müßte fie unterwegs Jemandem begegnen; alfo hierbleiben! Der Schreibtifch ftand dicht am Fenfter — es war ihr, als fähe Jemand durch das Fenfter hinein, obgleich es ein Stockwerk hoch über der Straße lag — in der entfernteften Ecke des Zimmers ftand ein runder Tifch, dahin trug fie die Mappe und dort fetzte fie fich

vor derselben nieder. Wie im Fieber zitterten ihr die
Hände, als sie die Mappe aufschlug — das Licht warf
seinen rothen Schein über die Blätter — sie zuckte
zusammen, als hätte sie ihre Doppelgängerin gesehen
— aus dem Papiere blickte sie sich selbst entgegen.
So wie sie an jenem ersten Ballabend gewesen war,
mit der Gloire de Dijon im blonden Haar, in Farben
leise angedeutet — so war sie im Brustbilde wieder-
gegeben; in halber Lebensgröße, wunderbar ähnlich und
in himmlischer Schönheit. Sie starrte ihrem Bilde in
die Augen — lange, tief, wie Narciß, der im Quell
sein eigen Bild beschaute, dann schlug sie das folgende
Blatt auf — da war sie wieder. Und so auf dem
dritten, dem vierten Blatte, und so auf allen folgenden.
In wechselnder Kleidung, in wechselnder Stellung —
aber immer nur Eins — immer nur sie und wieder
sie — wie ein Sonnenstrahl, der tausendfältig aus
dem Diamanten widerstrahlt — das Bild des geliebten
Weibes, das in der Seele des Künstlers in Verklärung
wiederaufersteht. Im Zimmer, in dem sie saß, wurde
mit fortschreitender Nacht die Kälte immer empfindlicher
und eisig stieg es von ihren Füßen in ihren Gliedern
empor — aber sie fühlte es nicht, denn aus den wunderbaren Blättern vor ihr quoll es empor wie der heiße
Duft des sommerlichen Waldes, in dem die Blumen
winken und den die süße Melodie der Nachtigallen
durchtönt — jetzt war sie bis zum letzten Bilde gelangt und jetzt mußte sie den Schrei hinunterwürgen,
der sich ihr entringen wollte, als ihre Augen auf
dieses Bild fielen. Sie war nicht mehr allein, auf
diesem Bilde war noch Einer — Er. Und wie war

sie mit ihm vereinigt? In wilder tödtlicher Umarmung und Verschlingung, als Franceska von Rimini, die mit Paolo dem Geliebten dahinflattert in ewiger Nacht, in ewiger todvereinigter Liebe.

Sie war unwillkürlich zurückgefahren und hatte die Augen mit den Händen bedeckt, denn trotz der einsamen Nacht, die sie umgab, überfluthete sie die Scham und drang wie ein glühender Pfeil in ihr schauerndes Herz. Sie hatte die Mappe zusammenwerfen, hatte aufspringen und fliehen wollen, aber sie vermochte es nicht, sie konnte nicht mehr los. Langsam, widerstrebend sanken die Hände von ihrem Gesicht und zitternd und bebend saß sie und schaute auf das furchtbare, wundergewaltige Bild. Ja es war wirklich wahr, das Unerhörte, was sie im ersten Augenblick zu sehen geglaubt hatte: als wenn in der Gluth seiner wilden Phantasie jede Hülle hinweggeschmolzen wäre, die ihre Schönheit von seinem Verlangen trennte, so sah sie sich, die weißen leuchten= den Glieder nur vom zarten Flor umwallt, den Rücken überströmt von der schweren Woge des blonden lang entrollten Haars, in die Arme des Mannes geworfen, der mit ihr emporschwebte in brausendem mächtigen Flug, die Lippen auf ihre Lippen gepreßt in langem lechzendem Kuß. Tief und tiefer neigte sie sich auf das Bild herab; sie sah Paolo's Antlitz auf Franceska niedergebeugt, ganz so wie das seine an jenem Abende zu ihr, und Franceska's Augen zu ihm erhoben wie die ihrigen damals zu ihm. Ein Schwert, dessen Griff zwischen Paolo's Schultern hervorragte, ging durch Beider Brust und heftete sie aneinander wie ein gemeinsames tödtliches Weh, dem sie gemeinsam hatten erliegen müssen. Ueber dem Schmerze der Vernichtung aber dämmerte in beider Antlitz ein Lächeln auf, leise und fern, ein seliges, stilles, triumphirendes Lächeln, wie das Bewußtsein der Liebe von ihrer Unsterblichkeit und Unzerstörbarkeit. Ihre Hände preßten sich ineinander, ihre Lippen bewegten sich unbewußt.

„Ich verstehe Dich," flüsterte sie leise vor sich hin — und wie das schreckliche Bild, als es entstand, das Herz dessen, dem es entsprungen, dereinst vergiftet hatte, so drang es nun, wie ein tödtlich berauschender Gifttrank auch in Franziska's Seele ein. Ein dunkler Mantel umrauschte die beiden Gestalten des Bildes und der Wind, der seine Falten bauschte, schien es zu sein, der sie im Fluge emportrug; und plötzlich war es ihr, als hörte sie die Stimme des brausenden Sturmes, als vernähme sie den stürmenden Lobgesang der schönheitsdurstigen Natur, als fühlte sie den Hauch der lobernden Seele, die sie umarmt gehalten hatte, überall, immerdar zu jeder Zeit, an jedem Orte — und plötzlich begriff sie, was es bedeutet, wenn sich dem Menschen die ganze allmächtige Welt vereinigt und verkörpert in einem einzigen, einem geliebten Menschen — sie rang die Hände ineinander. —

„Paul," sagte sie tonlos vor sich hin, und noch einmal „Paul", und es fiel ihr ein, daß sie ein vermähltes Weib war, die Frau eines alten Mannes. — Von ihrem Sessel sprang sie auf, bis mitten in das Zimmer und reckte die Arme aus, als müßte Einer hineinstürzen und sie umarmen, so wie sie ihn — es war ihr, als ersticke sie, und ohne zu wissen, was sie that, ging sie an das Fenster und riß es auf; die eisige

Winterluft schlug ihr entgegen und im Augenblick, da sie den Fensterflügel geöffnet, sanken ihr die Arme wie leblos nieder — was war das, was sie dort unten sah? Unter der Laterne, die gerade gegenüber dem Hause sich befand, deutlich sich abhebend vom weißen, flimmernden Schnee, stand eine dunkle Gestalt, die zu ihr emporzublicken schien. Jetzt sah sie, wie die Gestalt den Arm erhob und ihr zunickte, und ein gräßlicher Gedanke schauerte ihr durch den Sinn: Gartenhofen war im Duell gefallen und sein Geist kam, Abschied von ihr zu nehmen — aber nein — sie hatte nicht genau gesehen — es war ja die Gestalt einer Frau. Ja, in der That, einer Frau — und jetzt sah sie, wie die Frau beide Arme erhob und nach der verschlossenen Thür zeigte, und ihre Geberde sagte: „Oeffnen! Um Gotteswillen öffnen!"

Jählings war Franziska die Besinnung zurückgekehrt; mit einem Sprunge hatte sie das Licht ergriffen, auf dem Schreibtisch lagen ihres Mannes Schlüssel, und lautlos schoß sie über den Flur, die Treppe hinunter auf die Hausthür zu. In der eindringenden Zugluft erlosch das Licht, sie vermochte daher die dunkle Gestalt, die sich über die Schwelle hineindrängte, nicht zu erkennen, sie vernahm nur dumpfe unverständliche Laute und fühlte, wie zwei Hände krampfhaft ihren Arm umklammerten.

„Still," flüsterte sie, „folgen Sie mir!" Damit ergriff sie die Frau an der Hand und zog sie hinter sich her die Treppe hinauf. Ihre Hand festhaltend, ging sie mit ihr durch Speise- und Empfangssaal bis in ihr Kabinet und dort erst zündete sie das Licht wieder an; sie erhob den Leuchter, um den nächtlichen Eindringling zu erkennen; eine alte Frau mit blassem, verhärmtem Gesicht stand vor ihr; es war Gartenhofens Wirthin. Während Franziska einen Augenblick sprach= los in das fremde Gesicht starrte, sank die Alte, von deren abgetragenem Mantel das Schneewasser hernieder= troff, vor ihr in die Kniee, ihr ganzer Leib flog und zitterte.

„Er stirbt," sagte sie, indem sie die strömenden Augen zu Franziska erhob und die welken Hände rang, „er stirbt noch in dieser Nacht."

„Wer?" fragte Franziska heiser und rauh, „Garten= hofen?"

„Ja, ja, ja — heute Abend haben sie ihn herein= gebracht, mit einer Kugel mitten in der Brust."

Sie beugte das Haupt so tief in die Hände, daß man von ihrem Gesichte nichts mehr sah und das krampfhafte Schluchzen, das sie stoßweise erschütterte, durchzuckte die dürftige Gestalt wie der Pulsschlag des Jammers und der Verzweiflung.

„Entschuldigen Sie doch nur, Excellenz," sagte sie — und das „Excellenz" klang schrecklich drollig unter diesen Verhältnissen — „daß ich komme, aber ich wußte ja gar nicht mehr, was ich thun sollte — er rief ja immerfort nach Ihnen!" Franziska horchte mit weit offenem Munde.

„Und weil er doch Niemanden auf der Welt hat," fuhr die Alte fort, indem sie Franziska's herabhängende Hand mit ihren Händen umfaßte, „nicht Vater noch Mutter mehr — und weil ich nun Licht an Ihren Fenstern sah —"

„Still," sagte Franziska, „warten Sie einen Augen=
blick." Sie war hinaus, und wenige Sekunden später
kam sie angekleidet, mit Hut und Mantel in ihr Kabinet
zurück.

„Steh'n Sie auf," sagte sie zu der Alten, die noch
am Boden kauerte, „Sie führen mich." Frau Mainert
sprang auf.

„Zu ihm?" fragte sie, und ihre Frage klang wie
ein Freudenschrei. Franziska nickte stumm.

„Aber leise," sagte sie, „geben Sie mir die Hand;
ich werde Sie leiten." Das Licht erlosch und in tiefem
Dunkel tasteten sich die beiden Frauen die Treppe hin=
unter, zum Hause hinaus.

Durch den dichten, wirbelnden Schnee, den ein
heulender Nordost in den menschenleeren Gassen umher=
jagte, schritten sie stumm und eilend neben einander
hin. Wo der Wind ihm Ruhe ließ, da sammelte sich
der Schnee in dicken, weißen Haufen; er umklebte die
Fenster der Wohnungen und hing flimmernd an den
Mauern der Häuser — ein weißes Bahrtuch auf dem
Boden, weiße Tücher an Fenstern und Thüren — so
wie es zum Todtenfeste paßt, dachte Franziska.

„Gehe ich auch nicht zu schnell?" fragte die Alte,
als sie sah, wie Franziska's Füße auf dem glatten Boden
schwankten.

„Nein," sagte sie; „ist es noch weit?"

„Wir sind bald da."

Sonst wurde zwischen Beiden kein Wort gewechselt.

Endlich hatten sie die Gasse erreicht, die auf das
Wasser mündete; der Strom ging mächtig mit Eis, die

Schollen leuchteten fahl durch die Nacht und stießen mit dumpfem Krachen an das Bollwerk. —

„Dort ist es," flüsterte Frau Mainert, indem sie nach vorn auf ein erleuchtetes Fenster deutete.

„Ach mein Gott," sagte Franziska — sie blieb stehen, nach Athem ringend und die Hände auf das zuckende Herz gepreßt.

„Wird es Ihnen zu viel?" fragte die Alte voller Angst.

„Nein," erwiderte Franziska, indem sie sich gewaltsam aufraffte, „nur vorwärts!"

Auf der Treppe in ihrem Hause hatte Frau Mainert die Lampe brennen lassen; als jetzt die beiden Frauen das zweite Stockwerk erreicht hatten und die Flurthür öffnen wollten, wurde diese von innen aufgethan; ein Mann erschien auf der Schwelle und prallte, als er Franziska erblickte, zurück, als hätte er einen Geist gesehen — es war der Adjutant. Seine Augen lagen hohl im Kopfe, sein Gesicht sah aus, als wäre er zehn Jahre älter geworden.

„Lebt er noch?" fragte Franziska. Er nickte stumm, dann warf er die Arme gegen die Mauer des Flurs, drückte den Kopf in die Arme und schluchzte dumpf und schwer wie ein Verzweifelnder.

„Ich werde zuerst hineingehen, bitte, warten Sie einen Augenblick," sagte Frau Mainert, und während sie voranging, blieb Franziska auf der Schwelle des Vorzimmers stehen. Aus dem Zimmer nebenan drang ein dämmerndes Licht und sie hörte den unheimlichen Klang, den die Stimme des Menschen annimmt, wenn sie halblaut zu einem Sterbenden redet — dann er=

schien das Gesicht der Alten wieder und im selben Augenblick stand Franziska in der Thür.

Als die herrliche Gestalt, hoch emporgerichtet, auf der Schwelle erschien, vernahm man aus der Ecke des Gemachs einen Laut — wäre er aus einer unversehrten Brust, gekommen so wäre es ein jauchzender Schrei gewesen, so war es nur ein heißes, ächzendes Stammeln. Aber er war laut genug, um ihr zu sagen, wo Er war — quer durch das Zimmer hin, mit zwei stürmenden Schritten war sie an seinem Lager und an seinem Lager sank sie nieder, den Arm über ihn geworfen, der regungslos an sein Bett gefesselt lag, die Brust durchschüttert von einem furchtbaren Schluchzen, das keine Thränen fand, ihre Augen ganz nah den seinigen, tief hineintauchend in die dunklen, schönen Augen, in denen sich von ferne das Bild dessen zu spiegeln begann, der ihn abzurufen kam von seinem verfehlten, qualvollen Leben.

Seine Hände tasteten auf der Decke umher, bis daß sie ihre Hand gefunden hatten, und an ihr hielten sie sich fest.

„Ich konnte — nicht sterben,“ sagte er leise, „ohne Ihnen zu sagen — daß ich nicht schuldig sei.“

„Sei ruhig,“ sagte sie, „sei ruhig, ich weiß Alles.“ Ihre Stimme klang süß und weich und sanft beschwichtigend.

„Ach,“ seufzte er, und ein seliges Lächeln lagerte sich auf seinem bleichen Gesicht; mit letzter Anstrengung zog er ihre Hand, die er in der seinigen hielt, empor, bis daß er sie mit den Lippen berühren konnte. —

„Nein,“ sagte sie, „warum so?“ Und sie neigte

sich über ihn; ihr Haar war im Winde draußen auf=
gegangen, und während die blonde Fluth ihm Brust
und Angesicht wie ein duftendes Gewölk umspielte,
senkten sich ihre Lippen auf die seinigen zum ersten
und letzten vernichtungs=trunkenen Kusse.

„Mein Paul — mein Armer — mein Lieber,“
sagte sie, und ihre Stimme klang so tief, als drängen
diese Worte aus einem Abgrunde von Liebe und Ver=
zweiflung empor, und

„Franziska,“ erwiderte der sterbende Mann, und
noch einmal „Franziska“ sagte er mit erlöschender
Stimme. —

Dann trat in dem dämmernden Gemache eine tiefe
lautlose Stille ein und als Frau Mainert, die leise
weinend im Vorzimmer gesessen, endlich hineinzublicken
wagte, sah sie zu Füßen des Bettes, auf welchem
Gartenhofen verschieden war, den marmorstarren Leib
des ohnmächtigen Weibes dahingestreckt, ihr Antlitz
neben seinem Antlitz, beider Häupter auf einem Kissen
gebettet.

Im Morgengrauen des anderen Tages war am
Hause des Herrn von Maienberg mit stürmischer Hast
geläutet worden und als man öffnete, war wie ein
Verstörter der Adjutant hereingestürzt. Ohne zu fragen,
war er bis an das Schlafzimmer des Regierungsraths
von Maienberg geeilt, und kurze Zeit darauf war
Letzterer, zum Ausgehen angekleidet, mit ihm heraus=
getreten. Beide hatten das Haus verlassen, und der
Köchin fiel es später ein, daß ihr alter Herr dabei aus=
gesehen hatte wie ein Todter.

Nach der Straße am Ufer des Flusses hatten sie

ihre Schritte gewandt, und als die Stadt vom Schlafe
aufstand und die Kunde des nächtlichen Ereignisses in
immer weiter wachsenden Wellenkreisen von Mund zu
Munde getragen um sich griff, war Alles bereits besorgt
und Franziska im Hause ihres Vaters. Und dort, in
dem roth tapezierten Gemache, in welchem einst die
schöne Franziska von Maienberg den Träumen ihres
stolzen, jungfräulichen Herzens gelauscht hatte, dort
lag nun die arme junge Excellenz, niedergeworfen von
verzehrendem Fieber, das von ihrem blühenden Leibe
Besitz genommen hatte, um seinen Raub erst wieder
fahren zu lassen, nachdem es ihn in Asche und Staub
verwandelt.

Nur einmal noch, kurz bevor Alles zu Ende, hatten
die einst so klaren, klugen Augen mit Bewußtsein empor=
geschaut, noch einmal hatte sie den alten Mann erkannt,
der Tag und Nacht vom Bette seines Lieblings nicht
weichen wollte und der sein gramdurchfurchtes Gesicht
zu ihr herabbeugte, und ihr leise lispelndes „mein
lieber, lieber Vater" war das letzte Vermächtniß, der
letzte Trost, den der alte Mann von seinem Kinde in
seine Einsamkeit mit sich nehmen durfte. Aus dem
Hause, wo sie als Kind gespielt, trug man sie hinaus
und in der kalten winterlichen Erde versenkte man das
holde, warme, blühende Leben. —

Die Zeit geht um, der General ist längst versetzt,
und nur wie eine Sage noch lebt der Name Franziska
von Maienberg in der Stadt fort, in der sie gelebt
und gelitten; man spricht nicht mehr von ihr, man
hat ihr vergeben, denn man braucht sie nicht mehr zu
beneiden. —

Nur Einer, ein alter gebeugter Mann mit schnee=
weißem Haar, kommt Tag für Tag hinaus an ihr Grab
und beschaut den Fleck Erde daneben, den er sich der=
einst ausersehen hat. Und zur Zeit, wenn die Rosen
blühen, dann kommt er jedesmal mit zwei herrlichen
Gloire de Dijon, die er in seinem Garten gepflückt;
die eine legt er auf ihr Grab, mit der anderen geht
er hinüber in den fernen Winkel des Kirchhofs und
legt sie dort auf einen stillen bescheidenen Hügel. —
Und in jeder der beiden Rosen glänzt dann ein leuch=
tender Tropfen — es ist kein Thau, auch kein Regen
des Himmels, es ist ein edleres werthvolleres Naß:
eine heiße, zitternde Menschen=Thräne.

Vor den Schranken.

———

Eine dumpfe Spannung hatte den ganzen Tag hindurch über der kleinen Neumärkischen Stadt gelegen. Früh am Morgen waren sämmtliche Mitglieder der Schützengilde auf das Rathhaus geladen worden und der Bürgermeister hatte dort wohl eine Stunde lang mit ihnen verhandelt. Was es war, erfuhr man nicht; jedenfalls aber etwas Wichtiges, denn die Besprechung hatte bei verschlossenen Thüren stattgefunden.

Als die Männer später das Rathhaus verlassen hatten, waren ihre Gesichter geröthet gewesen, nicht vom Trinken, denn zu trinken hatte es nichts gegeben, jedenfalls also von der Aufregung über das, was man verhandelt; mit verständnißvollen Blicken hatten sie sich die Hände geschüttelt und „Auf Wiedersehen also!" gesagt, als sie sich trennten, um Jeder nach seiner Wohnung zu gehen.

Was in aller Welt ging vor? Eine Schützenfestlichkeit? Aber es war ja mitten im Winter, und außerdem, was hätte denn der Staatsanwalt und die

Polizei bei einem Feste der Schützengilde zu suchen ge=
habt? Was der ganzen Angelegenheit nämlich einen
beinah unheimlich geheimnißvollen Charakter verlieh, war
dies, daß man auch den Staatsanwalt und den Polizei=
kommissarius in die Versammlung hatte hineingehen und
später mit den Anderen wieder herauskommen sehen.
Der Staatsanwalt schien sogar eine Hauptrolle dabei
zu spielen, denn auf dem Platze vor dem Rathhause
hatten ihn die Schützen, bevor sie sich trennten, noch eine
Zeitlang in dichtem Kreise umgeben, es hatte ausgesehen,
als empfingen sie von ihm Unterweisungen.

Zu Hause angelangt, waren die Schützen, als wenn
sie nach einer ausgegebenen Losung handelten, mit
ernstem und nachdenklichem Gesicht in die Stube ge=
gangen, wo ein Jeder seine Büchse aufbewahrte; sie
hatten das Gewehr vorgenommen, dasselbe auf seine
Schußfertigkeit gründlich untersucht und sodann ihre
Jagdtaschen mit Munition, mit scharfer Munition ge=
füllt. Auch ihre wärmsten Kleidungsstücke, Mäntel,
wollene Halstücher und hohe Stiefel hatten sie in Stand
setzen lassen, denn „sie müßten heute ins Freie und es
könnte vielleicht lange dauern", hatten sie kurz und ge=
heimnißvoll ihren aufgeregt zuschauenden Hausfrauen
gesagt. Wollten sie auf die Jagd gehen? Aber was
sollte denn das für eine Jagd sein, zu der man mit
Kugeln auszog? Die Sache wurde immer unheimlicher;
und den anfänglich schüchternen, allmählich immer
dringenderen Fragen ihrer Gattinnen setzten sie, auch
wieder wie nach einer gemeinsamen Losung, ein ent=
schlossenes Stillschweigen entgegen.

So thaten sie bis auf Einen. Einer nämlich, und

die allgemeine Stimme bezichtigte später als diesen den Gelbgießermeister Stangelmann, hatte geschwatzt. Er mochte bei den grausigen Vorkehrungen, die er traf, selbst ein gewisses Gruseln empfunden haben und hatte dem energischen Ansturme seiner Alten, die ihm den Mantel und das wollene Halstuch herauszugeben sich weigerte, bis er ihr Alles gesagt, nicht zu widerstehen vermocht. Nachdem er den Lehrjungen und den Gesellen hinausgeschickt, hatte er ihr leise zugeflüstert: „Schomburg ist da, und wir sollen ihn greifen. Aber sag's nicht weiter," hatte er rasch hinzugefügt, als seine Frau mit einem lauten Aufschrei die Hände zusammenschlug und ihn mit großen Augen anstarrte.

Also doch wirklich eine Jagd, um die es sich handelte, und was für eine! Auf den Menschen wurde gespürt. Darum nichts von Hasenschrot und von Rehposten, sondern Kugeln, mit denen man tiefe Löcher schießt und Glieder zerschmettert, die, wenn wir sie nicht lähmen, uns zerschmettern.

Seit Monaten war der Name Schomburg's, des berüchtigten Räubers und Einbrechers, in Aller Munde. Beinah täglich gab es an den Biertischen des Städtchens eine neue Geschichte, wie gestern in der Nacht wieder in dem und dem Dorf, dem und dem Bauernhofe eingebrochen worden sei, wie neulich, als ein Bauer einsam vom Markte nach Hause fuhr, aus der Fichtenhaide ein Mann hervorgetreten war, bewaffnet mit einem gewaltigen Knüppel in der linken und einem Revolver in der rechten Hand, der den Wagen gestellt und ein großes Stück Leinen, das die Bäuerin in der Stadt erhandelt, heruntergenommen hatte. Alles das war Schoinburg; den Revolver, das wußte man auch, hatte er seiner Zeit, als er bei dem Amtmann im Vor= werk eingebrochen war, geraubt. Die Stadt selbst war vor ihm nicht sicher geblieben. Mit unerhörter Kühn= heit war er mehrere Male in Häuser, die draußen an der Landstraße einsam belegen waren, eingedrungen, fast immer, als wenn er von Spionen bedient würde, zu einer Zeit, da der Hausherr abwesend war, und wenn die Polizei athemlos an Ort und Stelle erschien, war er längst auf und davon.

Man erzählte sich diese Niederlagen der Polizei nicht ohne ein gewisses schadenfrohes Behagen; der gefährliche Bursche, der es sich in den Kopf gesetzt hatte, wie ein Raubvogel über der Welt der gesitteten Ordnung zu leben, umkleidete sich mit dem Schimmer der Ro= mantik, der freilich nur so lange vorzuhalten pflegt, bis daß man selbst durch den interessanten Strauchdieb Schaden erlitten hat.

Diese letztere Stimmung war jetzt, seitdem der Un= hold angefangen hatte, die Stadt selbst unsicher zu machen, die allgemeine geworden und die Losung hieß, ihn fangen und unschädlich machen. Wie das aber gemacht werden sollte, darin beruhte die Schwierigkeit, denn unzählige Versuche der Art waren bereits gescheitert.

Es war ganz räthselhaft, wo der Verbrecher seinen Schlupfwinkel hatte; die Waldungen, in denen man ihn bemerkte, waren von Schwärmen von Soldaten abgestreift worden, vergeblich; die Gendarmen durch= stöberten jedes einigermaßen verdächtige Quartier, vergeblich. Im Volke munkelte man, daß er, wie seiner Zeit der furchtbare Masch, der Schrecken der Neumark, in Erdhöhlen hause — aber nichts derartiges war zu entdecken gewesen. Da war plötzlich am gestrigen Abende spät ein von unbekannter Hand herrührender anonymer Brief bei der Staatsanwaltschaft eingelaufen, der nichts als die Worte enthielt: „Schomburg ist seit acht Tagen jede Nacht auf dem Kirchhofe und hält sich in einem Grabgewölbe versteckt."

Auf dem Kirchhofe — daran hatte man freilich noch nicht gedacht. Wer durch die Mark reist, nicht so wie die Meisten, die nachher über das sandige Land absprechen und aburtheilen, indem sie sich in das Eisenbahncoupée setzen und die Augen in eine Zeitung versenken, bis daß sie wieder aus der Mark heraus sind, sondern so, daß er von der großen Heerstraße abseits geht und die verborgenen Städtchen und Dörfer im Lande sucht, dem wird eine eigenthümliche Erscheinung nicht entgehen: bei jedem Flecken und bei jedem Orte, mitten in den Wogen des wüstenartig umgebenden Sandes wird er ein größeres oder kleineres oasenartiges grünes Plätzchen finden, mit mühseliger Liebe erzeugt und erhalten, den Friedhof des Ortes. Die Bewohner dieses Landes, denen die Natur das Stück Erde, auf dem sie leben, so gar nicht festtäglich ausgeschmückt hat, haben dieser kargen Natur mit dem zähen Fleiße, der ihrem Geschlechte zu eigen, so viel wenigstens abgerungen, daß sie ihren Todten und dereinst ihnen selber ein stilles schattiges Ruheplätzchen gewähren muß. Da blüht in dichten Büschen der Flieder und in dem Flieder sitzen die Nachtigallen und unter ihrem Gesange schlafen sie von dem harten Tagewerke aus, das den Menschen das Leben in der Mark auferlegt.

Und diesen Ort, der ihnen Allen heilig, theuer und werth war, zu dem an Sommernachmittagen ihre Kinder hinauszogen, um dort vor Sonnenbrand und Staub geschützt, zu spielen, hatte der Ruchlose zur Raubhöhle erwählt. — Man spricht nicht viel hier zu Lande, wenn man böse wird; aber die Augen nehmen so einen besonderen Ausdruck an und man faßt schweigend Entschlüsse. Das geschah auch hier. Die ehrsamen Handwerksmeister, die zunächst viel geneigter gewesen wären, der hohen Obrigkeit die Besorgung der unangenehmen Sache zu überlassen, hatten sich überzeugt, daß die Polizei nicht zahlreich genug sei, um den weitläufigen Kirchhof abzusperren; Garnison war im Orte augenblicklich nicht vorhanden; bis daß das Bataillon, welches in vierzehn Tagen einrücken sollte, anlangte, war es zu spät — also beschlossen sie, die Sache selbst in die Hand zu nehmen. Soldaten waren sie ja Alle einstmals gewesen; die friedlichen Männer fühlten etwas von kriegerischer Thatenlust.

Der Kirchhof war von einer hohen Mauer eingefaßt und mit einem großen verschließbaren Gitterthor versehen. Die Schlüssel zu diesem, welches den einzigen Zugang bildete, verwahrte der Todtengräber, der dicht am Thore im Innern des Friedhofes wohnte. Man hatte ihn heute Morgen unterrichtet, welch' einen unheimlichen Gast er seit acht Tagen beherbergte, und der arme Mann war töbtlich erschrocken; er erinnerte sich durchaus nicht, im Laufe dieser Zeit irgend eine unbekannte Persönlichkeit bemerkt zu haben, die den Kirchhof betreten hätte. Sofort hatte er sich aufgemacht, die Grabgewölbe zu untersuchen und richtig — an einem derselben. welches seit hundert Jahren nicht mehr benutzt ward, war die eiserne Gitterpforte, als er daran stieß, aufgegangen, indem das Schloß klappernd zur Erde fiel. Es war nur scheinbar verschlossen gewesen.

Hastig war er in das Innere eingedrungen — es war leer. Aber auf einem der alten Särge war der Deckel verschoben, und als er ihn berührte, fiel derselbe polternd auf die Fliesen des Bodens. In dem Sarge bemerkte der Todtengräber eine dichte Streu von Blättern und zwei darauf geworfene wollene Decken — das Lager eines Menschen, der vor Kurzem dort geruht haben mußte, das sah man an dem frischen Eindruck auf dem Blätterhaufen.

An allen Gliedern zitternd stattete der Todtengräber von seiner grausigen Entdeckung Bericht ab und sofort stellte man in einem dem Eingange unmittelbar gegen= über liegenden Hause zwei Polizeibeamte an das Fenster, von dem aus sie jeden Einzelnen, der das Kirchhofsthor betrat, sehen mußten.

Die beiden Männer standen den ganzen Tag, indem sie sich von Stunde zu Stunde ablösten, und keine Maus wäre ihnen entgangen, die an der Kirchhofs= mauer entlang schlüpfte, aber irgend etwas Verdächtiges sahen sie nicht.

Es kamen an dem kalten unwirthlichen November= tage überhaupt nur wenig Besucher und die Wenigen waren alles Bekannte, Leute aus der Stadt. Als es Nachmittag geworden war, kam überhaupt Niemand mehr; nur ganz zuletzt, als die Dämmerung schon zu sinken begann, erschien noch ein junges Mädchen und verschwand im Innern des Kirchhofes.

Auch an dieser war nichts Auffallendes; alle Welt kannte sie, es war Marie Lücke, die Tochter des früheren, jetzt verstorbenen Todtengräbers, die mit ihrer alten schwachsinnigen Mutter jenseits hinter dem Kirchhofe ein kleines Häuschen bewohnte. Das Geld erwarb sie sich in der Stadt durch Wäsche und Näh= arbeit, denn an Beschäftigung ließ man es dem hübschen Mädchen, das Jedermann gern mochte, nicht fehlen.

„Hat denn die Marie eine Liebschaft?" hatte der Polizeibeamte, der gerade die Ausschau besorgte, zu seinem Kollegen gesagt, als er das Mädchen an der Kirchhofsthür stehen sah.

„Warum?" fragte der Andere, indem er herantrat.

„Nu — es sieht doch gerade aus, als warte sie auf Jemanden," versetzte der Erste.

In der That hatte das Mädchen, das in hastigem Gange den Weg daher gekommen war, an der Pforte einen Augenblick Halt gemacht und mit beinahe be= sorgter Aufmerksamkeit die Umgebung geprüft. Als sie Niemanden gesehen, war sie eingetreten und mit schnellen Schritten verschwunden. Auch der Todten= gräber, der im Innern auf der Lauer lag, hatte sie bemerkt und, ob ihm an ihren Bewegungen etwas eigenthümlich erschienen sein mochte, er war aus seiner Behausung herausgetreten und hatte ihr nachgesehen, wie sie den einen der langen Gänge, die den Kirchhof durchschnitten, eilend entlang ging.

Nachdem sie die Hälfte des Ganges hinunter= geschritten war, schwenkte sie links ab — das war ge= rade die Richtung, die auf das Gruftgewölbe zuführte, — und als sie um die Ecke gebogen war, glaubte der

Aufpasser zu bemerken, daß sie zu laufen begann. — Sonderbar, was hatte denn das zu bedeuten?

Während er noch stand und überlegte, drang ein Gewirr gedämpfter Stimmen an sein Ohr, die Schützen, von dem Polizeikommissar geführt, sammelten sich draußen an der Pforte.

Obgleich nach dem, was man von den beiden Beamten, die von ihrem Wachtposten heruntergeholt wurden, erfuhr, der Räuber schwerlich in seinem Schlupfwinkel stecken mochte, beschloß man doch, einen letzten Versuch zu machen und eine umfassende Abspürung des ganzen Kirchhofes zu veranstalten.

Der Polizeikommissar, der früher Feldwebel gewesen, suchte seine Feldbiensterinnerungen wieder zusammen und übernahm die Leitung der Truppe. An der verschlossenen Pforte wurden zwei Mann aufgestellt, die den Verbrecher empfangen sollten, wenn er hier etwa überzuklettern versuchen sollte; um die Außenmauer wurden fünf Mann als Beobachtungsposten herumgeschickt. Mit den übrigen dreizehn ging der Kommissar an die dem Gruftgewölbe gegenüberliegende Mauer, und indem er die Männer durch die ganze Breite des Kirchhofes vertheilte, ordnete er das Treiben so an, daß dasselbe sich gerade auf das Gewölbe zu bewegen mußte. Wenn der Räuber in irgend einem anderen Theile des Friedhofes versteckt saß, so mußte er auf diese Weise auf seine Höhle zu gejagt werden.

Die Dämmerung senkte sich immer tiefer und die Nebel des Novemberabends kamen der Dunkelheit zu Hilfe; wenn man noch etwas sehen wollte, mußte man sich beeilen.

„Haben die Herren alle geladen?" fragte der Kommissar.

„Ja," tönte es halblaut zurück.

„Dann also bitte auf die Posten, und los."

Von der Kirchhofsmauer her rückte die aufgelöste Schützenreihe langsamen Schrittes quer durch den Kirch=hof vor.

Auf den Rainen zwischen den Gräbern ging man entlang; das dürre Laub raschelte unter den Füßen der Männer, sonst vernahm man von ihnen nichts, denn keiner sprach ein Wort.

An jedem Busch, an dem man vorüberkam, blieb man stehen, blickte hinein, stöberte mit dem Gewehr=kolben bis auf den Grund — nichts darin. An den Grabgewölben, die rechts und links dem Innern der Mauer entlang lagen, rüttelte man an jedem Thore, ob es nachgeben würde — alle waren fest geschlossen — nichts darin.

Allmählich näherte man sich dem Gruftgewölbe, wo er hausen sollte, man sah von fern den dunkel gähnenden inneren Raum und unwillkürlich faßten die Schützen ihre Waffen fester. Die finstere Höhle da vorn, die schauerliche Umgebung rings umher, das Alles machte einen unheimlichen Eindruck. Man hatte ein Gefühl, als würde jeden Augenblick eine schreck=liche Gestalt dort drüben heraustreten und, wenn sie sich von allen Seiten umstellt sah, wie ein furchtbares wildes Thier auf die Verfolger stürzen; man hörte schon im Geiste die Schüsse krachen. Aber man war endlich bis an das Gewölbe gelangt und nichts von Allem, was man erwartete, war geschehen.

„Und wo ist denn das Mädchen geblieben?" fragte der Todtengräber, der in der Treiberlinie mitgegangen war. Sie war nirgends erschienen. Hatte die Erde sie verschluckt?

Nun blieb nur noch übrig, daß man in das Gewölbe selbst hineinging. Eine Pechfackel, die der Todtengräber mitgenommen, wurde angezündet, und indem er sie am Eingange emporhob, traten der Kommissar und zwei Schützen in die Gruft ein, während die Uebrigen schußfertig draußen stehen blieben. Die Flamme warf ihr dunkelrothes Licht in einen leeren schweigenden Raum. Der, den man suchte, war nicht da.

„Sind Sie denn auch ganz gewiß —?" wandte sich mit ärgerlich abgebrochener Frage der Kommissar an den Todtengräber.

„Hier ist ja der Sarg," erwiderte dieser, und mit der freigebliebenen Hand stieß er den Deckel herab. Im nämlichen Augenblick fuhr er mit einem Schrei der Ueberraschung zurück, die beiden wollenen Decken, die er heute Morgen darin gesehen, waren fort. Alles drängte herein und ließ sich erzählen. Es war also dennoch im Laufe des Tages Jemand in dem Gewölbe gewesen. Aber wer? Und wie war er hereingekommen?

Während die Männer noch verdutzt standen und sich ansahen, vernahm man in dem Gruftgewölbe ein seltsames Klopfen. Man lauschte — es kam offenbar von der Außenseite der Mauer her, an welche das Gewölbe mit seiner Rückwand anstieß; und sonderbarer Weise klang es, als wenn von draußen auf Holz geschlagen würde. Die Mauer war ja doch aus Feldsteinen gebaut? — Der Kommissar beugte den Kopf nach dem Schalle zu, tastete mit den Händen an der Mauer entlang und jählings fuhr er auf.

„Alle Weter," rief er, „hier ist ja eine Thür!"

„Eine Thür?" sagte der Todtengräber, „davon hab' ich ja mein Lebtage nichts gewußt."

Es war aber in der That so, und indem man genauer zusah, erkannte man auch leicht, weshalb die Thür früher nicht bemerkt worden. Sie war nämlich in marmorirten Quadern übermalt, so genau den Wänden des Gewölbes entsprechend, daß sie von letzteren ohne ganz eingehende Untersuchung nicht zu unter=scheiden war. Irgend ein alter Vorbesitzer der Gruft, vielleicht der Erbauer selbst, mochte sie haben anbringen lassen, um einen besonderen, von Niemandem sonst ge=kannten Eingang zu seinen Verstorbenen zu besitzen.

Die Thür war regelrecht verschlossen, man fand das Schlüsselloch. Aber wer besaß den Schlüssel dazu? Der Todtengräber, der wie erstarrt vor dieser neuen Entdeckung stand, jedenfalls nicht. Die Schläge draußen wurden immer lauter und hastiger; es klang, als wenn man mit einem Gewehrkolben gegen die Thür schmetterte; offenbar waren es die Schützen, die man von außen den Kirchhof hatte beobachten lassen und welche ihrer=seits den ungeahnten Ausgang entdeckt hatten.

Hier galt kein langes Besinnen; die Kolben wurden auch von innen gebraucht, und nach wenigen kraftvollen Schlägen war das mörsche Schloß zertrümmert. Die Pforte ging auf, und wie man vermuthet hatte, stand man den Kameraden gegenüber, die sich hier alle Fünf gesammelt hatten. Um die Täuschung auch von außen vollkommen zu machen, war die Thür auf dieser Seite so angemalt, daß sie einen Theil der Feldstein=mauer zu bilden schien; außerdem war dieselbe aus=gefüllt, so daß sie der Stärke der Mauer entsprach.

„Wie habt Ihr denn die Thür gefunden?" hieß es von innen, sobald die Scheidewand gefallen war.

„Habt Ihr denn die Zweie nicht gesehen, die hier herausgekommen sind?" fragte man zurück.

„Die Zweie? Wer denn? Was denn?" Man wußte von nichts. Nun erfuhr man, daß einer der Schützen, im Augenblick als er um die Ecke der Kirch=hofsmauer gebogen war, plötzlich bemerkt hatte, wie sich scheinbar vor seinen Augen die steinerne Mauer öffnete. Starr vor Staunen war er stehen geblieben; dann hatte er zwei Gestalten wahrgenommen, die herausgetreten waren, sich einen Augenblick nach allen Seiten umgesehen hatten und, da sie nichts sahen, denn er selbst hatte sich instinktmäßig in einen großen Wach=holderbusch gedrückt, eilenden Laufes entflohen waren. Die Thür hatten sie rasch hinter sich verriegelt.

„Zwei Gestalten?" hieß es in wildem Durcheinander, „was für Gestalten?"

„Ein Mann mit einem langen, blauen Mantel, wie ihn die Bauern tragen, und eine Frau."

„Eine Frau?"

„Ja!" Der Schütze hatte genau gesehen, die eine war eine Frau gewesen.

„So wahr ich lebe," schrie jetzt der Todtengräber, „das ist die Marie Lücke gewesen!"

Eine gewaltige Aufregung bemächtigte sich Aller.

„Ob der Schütze gesehen hätte, wo sie hingelaufen
wären?"

„Jawohl, er hatte genau Acht gegeben; an der Mauer
hatten sie sich entlang geduckt und dann waren sie in
das Haus da — er zeigte auf ein kleines einstöckiges
Hüttchen, das etwa zwanzig Schritte von der Kirchhofs=
mauer entfernt lag, hinübergehuscht."

„Das ist das Lücke'sche Haus," fiel der Todten=
gräber wieder ein.

„In das Haus waren sie hinein? und waren noch
nicht wieder herausgekommen?"

„Nein, er hatte das Haus nicht einen Augenblick
aus den Augen gelassen, sie waren noch nicht wieder
herausgekommen."

„Meine Herren," rief der Polizeikommissar, „der
Fuchs sitzt im Loch, mir nach, wir haben ihn?"

Er wandte sich dem Hause zu, und quer über Feld
gingen die zwanzig Männer in gestrecktem Lauf hin=
über; im nächsten Augenblick war das kleine Gebäude
von allen Seiten umstellt.

Dunkel, ohne Laut und Regung lag es da, wie ein
böses, verstocktes Gewissen. Der Polizeikommissar
klinkte an der Thür, sie war verriegelt; die Fenster=
läden dicht geschlossen, kein Lichtstrahl fiel durch die
Spalten.

Man trommelte mit den Fäusten an den Fenster=
läden, man griff mit den Fingern in die Lichtöffnungen,
die sich in halber Höhe derselben befanden, und versuchte
sie aufzureißen — aber die Läden waren von innen
verriegelt und hingen in festen Angeln, sie widerstanden.

„Wir müssen die Thür aufbrechen," entschied der

Kommissar, „ist Herr Schlossermeister Jegor da?"
Schlossermeister Jegor war da, denn er gehörte zur
Schützengilde, und als vorsorglicher Mann hatte er
Handwerkszeug mitgenommen.

Das Thürschloß knirschte unter dem Nachschlüssel
und leistete keinen Widerstand; die Thür aber war
darum noch nicht geöffnet, ein Riegel war von innen
vorgeschoben.

„Alle Mann 'ran, die Thür sprengen," hieß es.

Im Augenblick aber, da die Männer sich gegen die
Pforte zu stemmen begannen, um sie nach innen ein=
zudrücken, hörte man wie der eiserne Riegel hastig zurück=
geschoben ward, die Thür ging plötzlich auf, und
während die Vordersten durch das unerwartete Nach=
geben des Widerstandes beinahe in den Hausflur hinein=
fielen, erschien auf der Schwelle eine dunkle Gestalt,
die mit einem Satze, gewandt wie ein Aal, zwischen
den Männern hindurch schlüpfte und das Weite zu ge=
winnen suchte.

Ein wüthendes Geschrei: „Haltet ihn! haltet ihn!"
brach aus, und Alles stürzte wie toll hinter dem Flücht=
ling her.

Im selben Moment aber fielen auf der anderen
Seite des Hauses, wo sich ein kleines, mit einem
Bretterzaun umgebenes Gärtchen an die Rückwand
desselben anschloß, rasch hintereinander zwei Schüsse
und ein Gebrüll: „Hier ist er! hier ist er! zu Hülfe!"
schallte gellend von dort herüber.

„Ist der Teufel doppelt?" schrie der Polizei=
kommissar der sich zur Verfolgung der ersten Gestalt
angeschickt hatte. Er drehte kurz um und war mit

wenigen Sprüngen am Gartenzaune, und es war höchste Zeit, daß er kam.

Ein einziger Schütze hatte hier seinen Stand ge=habt, und dieser befand sich bereits in einem ver=zweifelten Kampfe mit einem Manne, der durch die Gitterpforte des Zaunes hinauszubringen versuchte, während Jener sie mit Leibeskräften zusperrte. Es war schon beinahe ganz finster geworden und man hörte im Dunkeln das Aechzen des Schützen, den der Andere, der ihn beinah um Kopfeslänge überragte, mit wüthen=dem Griffe am Halse gepackt hatte. Jetzt war der Kommissar heran und mit einem Sprunge rannte er den Kerl, der sich mit halbem Leibe schon aus der Pforte gedrängt hatte, an, so daß derselbe an den Zaun taumelte.

„Verfluchter Hund!" knirschte Letzterer in heißer, schäumender Wuth und mit dem Kolben seines Revolvers that er einen grimmigen Hieb nach dem Kommissar, den dieser mit dem Laufe seines Gewehrs auffing. In demselben Augenblick saß dem Räuber die Hand des Kommissars wie eine Geierklaue an der Gurgel, und zwischen beiden Männern entwickelte sich ein Kampf wie zwischen zwei wilden Thieren. Alles das aber währte nur Sekunden lang, denn die übrigen Schützen, die mit dem Kommissar umgekehrt, waren gleichfalls angelangt und einige Momente später lag der Schrecken der Gegend, Schomburg, der Räuber, an Händen und Füßen gefesselt, hülflos wie ein Scheit Holz am Boden.

„Aber nun der Andere," sagte der Polizeikommissar, indem er sich die schweißbedeckte Stirn abwischte, während der Todtengräber dem gefesselten Räuber in das Gesicht leuchtete, „was ist denn aus dem Anderen geworden?"

„Ich glaube, da kommen sie schon mit ihm an," hieß es, und in der That hörte man durch den Dunkel das Geräusch herannahender Schritte und laut durch= einander redender Stimmen. Als sie in den Bereich des Fackellichtes gelangt waren, bemerkte man, daß die Männer eine wankende, schwankende Gestalt in ihrer Mitte führten, welche Zwei von ihnen an den Schultern und an den Händen gepackt hielten.

„Das ist ja ein Frauenzimmer," sagte einer der Männer, die den Nahenden gespannt entgegensahen, und im nächsten Augenblicke ging es wie ein rauschender Laut der staunenden Ueberraschung, die vorläufig noch stärker war als die Entrüstung, von Mund zu Munde: „Marie Lücke."

Als das Mädchen, welches mit gesenktem Haupte herankam, und dem das Kleid halb von den entblößten Schultern herabgerissen war, seinen Namen nennen hörte, sah man, wie es eine krampfhafte Bewegung machte, um die Hände vor das Gesicht zu bringen. Die Männer, welche sie gepackt hielten, drückten ihr jedoch die Hände herunter, und da sie sich so außer Stande sah, ihr Gesicht zu verbergen, ließ sie sich mit dem ganzen Körper zur Erde niedergleiten, indem sie das Gesicht in den feuchten schmutzigen Erdboden drückte. Im düstern Lichte der Fackel sah man, wie ihr Leib von einem krampfhaften Schluchzen geschüttelt wurde, und die Männer standen schweigend und selbst ganz benommen um das von der Scham wie von einer körperlichen Last erdrückte Mädchen her.

„Das kann jetzt Alles zu nichts helfen," sagte der Polizeikommissar, „nun nur vorwärts."

Man riß sie empor, bis daß sie wieder auf den Füßen stand. Dem Räuber wurden die Fesseln so weit gelockert, daß er gehen konnte, und mit einem Kolben=stoße wurde er bedeutet, aufzustehen. Die beiden Gefangenen in der Mitte, setzte sich der Zug nach der Stadt zu in Bewegung, und eine halbe Stunde darauf befanden sich Schomburg der Räuber und Marie Lücke hinter Schloß und Riegel in den Räumen des Gerichts=gefängnisses.

Eine weitere halbe Stunde darauf entstand in dem großen Saale beim Wirth „Zum gespaltenen Hufeisen" ein gewaltiges Rumoren von zusammengeschobenen Tischen und Stühlen, die gesammte Schützengilde trat an, um bei Kalbsbraten und Bier die Ereignisse des heutigen Tages noch einmal in Gemüthsruhe zu be=sprechen, und den errungenen Sieg zu feiern.

Der Polizeikommissar mit seinen Leuten war auch mitgekommen; die beiden Beamten, die Wache gestanden hatten, wurden freigehalten.

Einige Wochen später saß in seinem im Gerichts=gebäude belegenen Arbeitszimmer der Präsident des Gerichts vor seinem Schreibtische, ein dickleibiger Akten=band lag vor ihm; es waren die Untersuchungsakten wider Schomburg und Genossen. Die Untersuchung war abgeschlossen, das Schwurgericht stand nahe bevor, und vor den Geschworenen sollte Schomburg wegen Straßenraubes und Einbruchs, neben ihm Marie Lücke als seine Hehlerin und Begünstigerin erscheinen.

Die Mutter des Mädchens war an dem Abende,

als die Verhaftung ihrer Tochter und des Räubers erfolgte, in dem Hause nicht vorgefunden worden. Einige Tage später war sie wieder aufgetaucht und sogleich gefänglich eingezogen worden; man hatte sie indessen wieder entlassen müssen, denn die Aussagen der beiden Anderen hatten nichts ergeben, was sie belastete; außerdem war durch ihre Vernehmung zur Gewißheit geworden, was schon vorher in der Stadt als notorisch galt, sie war schwachsinnig und völlig unzurechnungs= fähig.

Der Präsident schlug das Aktenheft, in dem er geblättert hatte, zu und wandte sich an den alten Gerichtsrath, der hinter ihm auf dem Sopha saß.

„Sie haben recht," sagte er, „es gehört nun einmal zum vorgeschriebenen Ausbildungsgange unserer Re= ferendare, daß sie vor den Geschworenen eine Ver= theidigung geführt haben, und es wird nicht anders gehen, als daß wir auch Ihren Schützling zum Anwalt machen."

„Mein Schützling?" fragte der Rath, während ein Lächeln über sein wohlwollendes Gesicht glitt.

„Warum wollen Sie leugnen, daß Sie ihm das Wort reden," versetzte der Präsident, indem er aufstand, und mit den Händen auf dem Rücken im Zimmer auf= und niederging; „vielleicht, weil Sie der Einzige sind, der seine Partei ergreift? Wahr ist es, außer Ihnen will Niemand viel Vernünftiges von ihm wissen, und wenn Sie mich fragen, so glaube ich auch nicht, daß etwas Gescheidtes aus ihm wird."

„Er ist noch jung," wandte der Rath ein, „ist es

nicht hart, jetzt schon ein abschließendes Urtheil über ihn fällen zu wollen?"

„Ich spreche nur die Vermuthungen aus," erwiderte der Präsident, „die sich mir im Laufe der zwei Jahre, die er nun unter meiner Leitung gearbeitet, gebildet haben. Sehen Sie die jungen Leute, die gleichen Alters mit ihm zur selben Zeit wie er bei uns zu arbeiten angefangen haben. Welche Tüchtigkeit, welche Klarheit bei ihnen allen; man weiß, was sie wollen, denn sie wissen es selbst; tüchtige, brauchbare Richter wollen sie werden und werden sie dereinst sein — und nun sehen Sie dagegen diesen Menschen an. Ich glaube, die Juristerei ist ihm überhaupt zuwider; die Richter wissen nichts mit ihm anzufangen."

„Hat sich einer von ihnen über Mangel an Pflichttreue bei ihm beklagt?" fragte der Gerichtsrath.

„I nein, fleißig ist er ja," sagte der Präsident, „aber was kann mir der größte Fleiß helfen, wenn Hand in Hand damit eine Ungeschicklichkeit in allen praktischen Fragen geht, die ihn Alles verkehrt anfassen läßt? Er hält sich allein, er ist ein Träumer und ein Sonderling. Ein Sonderling mit zweiundzwanzig Jahren — ist so etwas schon dagewesen?"

„Eben, daß er noch nicht so fertig mit sich wie seine Altersgenossen ist, macht ihn mir vielleicht lieb," sagte der alte Rath, indem er das Gesicht sinnend niederbeugte; „wer mit seiner eigenen Natur nie zu ringen gehabt hat, ist wohl selbst nur eine dürftige Natur, und es scheint mir ein sehr zweifelhaftes Lob für unsere Jugend zu sein, wenn man ihr nachrühmt, daß sie auf dem Wege zu Amt und Brot nie rechts noch links vom Wege geschwankt sei."

„Wir kommen wieder auf das Thema," meinte der Präsident, „über das wir uns nun einmal nicht einigen können."

Er trat an den Tisch und blätterte in den Akten.

„Ich habe eine Sache ausgewählt," fuhr er fort, „in der er, denke ich, nicht viel Unheil anrichten kann; die Person ist so gut wie verurtheilt, und wir laufen nicht Gefahr, daß er uns durch eine verfehlte Vertheidigung einen Unschuldigen an das Messer liefert."

„Was ist es, wenn man fragen darf?" sagte der Gerichtsrath.

„Die Sache wider Schomburg und Genossen," versetzte der Präsident, „er soll die unverehelichte Lücke vertheidigen."

Der alte Rath lächelte.

„Ja, dann wird er freilich keine Lorbeern als Vertheidiger pflücken," sagte er, „denn die Geschworenen sprechen sie schuldig, so gewiß dies nun das fünfzigste Schwurgericht ist, dem ich beisitze."

„Eben deshalb," sagte der Präsident, „es ist die reine Form."

Er klingelte, und gleich darauf erschien ein Gerichtsdiener.

„Rufen Sie den Referendar Heidenstein," gebot er.

Wenige Augenblicke später ertönte ein schüchternes Klopfen an der Thür, und auf das kurze „Herein" des Präsidenten erschien ein schmächtiger junger Mann, der mit linkischer Verbeugung unmittelbar an der Thür, die er hinter sich schloß, stehen blieb.

Seine äußere Erscheinung bestätigte die Worte des Präsidenten; die Kleidung war ziemlich verwahrlost, in Miene und Haltung sprach sich eine große Unbehülflichkeit aus.

Der alte Rath mochte etwas Derartiges empfinden, denn er senkte beinahe verlegen die Augen zur Erde.

„Sie sollen vor den Geschworenen vertheidigen,“ sagte der Präsident, der sich vor seinen Schreibtisch gesetzt hatte, „werden Sie denn das fertig bringen?“

Der Angeredete machte eine stumme Verbeugung und zeigte einen schwachen Ansatz zu einem verlegenen Lächeln.

Der Präsident, der sich gar nicht nach ihm umgesehen hatte, bemerkte nichts davon.

„Wenn Sie jetzt schon so ängstlich sind,“ sagte er, „dann werden Sie vor den Geschworenen keine glänzende Rolle spielen.“

Ein verworrenes Gemurmel von der Thür her klang ungefähr so wie „daß er sein Bestes thun würde“.

Der Präsident zuckte die Achseln, als wollte das nicht viel sagen.

„Sie wissen,“ sagte er, „daß die Sitzungen in nächster Zeit beginnen, Sie werden in der Schomburger Sache die Lücke vertheidigen; die Sache ist Ihnen bekannt?“

„Oberflächlich,“ gab er zur Antwort; „ich arbeitete, als die Sache anfing, gerade bei der Staatsanwaltschaft.“

„Nun, hier sind die Akten,“ versetzte der Präsident, indem er das Aktenheft nachlässig auf einen Tisch zur Seite warf, „informiren Sie sich, und nicht blos ober-

flächlich, denn wenn die Sache auch ganz einfach ist,
so soll damit nicht gesagt sein, daß Sie sich dieselbe
noch leichter machen, als sie ist.“

Heidenstein trat an den Tisch heran und nahm die
Akten auf; während dessen erschienen auf seinen blassen
Wangen zwei brennend rothe Flecke, und seine Blicke,
die bisher scheu am Boden gehaftet, hoben sich zu dem
Sprecher empor. Die Augenlider schoben sich schwer
und langsam zurück, und der Präsident sah in zwei
große, dunkle, erstaunte Augen. Es war etwas Merk=
würdiges: es war, als wenn man von einer Brunnen=
öffnung, die mitten in der Straße liegt und auf die
man deshalb nicht mehr geachtet hat, den Deckel abhebt.
Hundertmal ist man über die Planke gegangen und hat
sich schließlich daran gewöhnt, anzunehmen, daß nichts
Besonderes darunter sein könne — und plötzlich schaut
man in eine dunkle, geheimnißvolle Tiefe hinab.

„Wünschen Sie noch etwas?“ fragte der Präsident
beinahe verlegen.

„Ich beklage, Herr Präsident,“ versetzte der Gefragte,
und seine Stimme hatte einen heiseren Klang, „daß
Sie zu so ungünstiger Meinung von mir gelangt sind.“

„Wieso?“ fragte Jener verdutzt.

„Weil Sie annehmen, daß ich die Sache leicht
nehmen würde, wenn ich einen Angeklagten zu ver=
theidigen habe.“

„Nun mein Gott,“ sagte der Präsident, „Sie müssen
die Worte nicht immer gleich auf die Goldwage legen.“

Heidenstein machte ihm eine tiefe und respektvolle
Verbeugung, wandte sich in gleicher Weise gegen den
Gerichtsrath und verließ, die Akten unter dem Arm,

langsamen Schritts das Zimmer. An der Thür drehte er sich noch einmal um und verneigte sich nochmals.

„Nun sagen Sie noch," rief der Präsident, sobald er hinaus war, „daß er kein toller Heiliger sei. Das Gegentheil von Allem, was man einen praktischen, vernünftigen Menschen nennt."

„Er nimmt die Sachen ernst," wandte der Gerichts= rath ein.

„Aber immer am falschen Orte," sagte ärgerlich der Präsident. „In welch' einer Welt lebt dieser Mensch denn eigentlich? Er weiß doch so gut wie jeder Andere, daß die Vertheidigungen der Referendare die reine For= malität sind, und dabei macht er eine Miene, als wäre ihm das Wohl und Wehe der halben Welt anvertraut."

„Haben Sie etwas Geduld mit ihm," sagte be= schwichtigend der alte Rath.

„Geduld?" versetzte der Präsident, „ich will froh sein, wenn die Schwurgerichtssitzung ohne Blamage abgeht."

Die ganze Stadt stimmte mit dem Gerichtspräsidenten darin überein, daß der Referendar Heidenstein ein Sonder= ling sei. Wer anders als ein solcher hätte ein nach Ansicht aller Vernünftigen so schrullenhaftes Dasein führen können.

Die Gesellschaft behandelte er mit Nichtachtung. Das verdroß und war um so unverzeihlicher, als er unter seinen Kollegen so vortreffliche Beispiele zur Nach= achtung besaß. Die Mitglieder des Gerichtes waren fast durchgängig verheirathet, und ihre Frauen be= trachteten es als eine von Seiten der Referendare bei Ableistung des Diensteides stillschweigend mitüber=

nommene Verpflichtung, daß sie in ihrem Hause Besuch machten. Frauen haben es gern, wenn ihre Männer recht viele Untergebene haben, und man möchte sie auch zeigen können. Außerdem waren Töchter vorhanden.

Auch im Kreise seiner Kollegen verkehrte er wenig; selten sah man ihn an der gemeinsamen Speisetafel, und während sie nach beendigter Mahlzeit bei dem an der Promenade belegenen Konditor einfielen, um von hier aus die jungen Damen des Städtchens Revue passiren zu lassen, schweifte er weit draußen auf ein= samen Spaziergängen durch Wald und Feld.

Er war nach einstimmigem Urtheil ein unzugänglicher Mensch, der nur eine Passion besaß, Einsamkeit. Eine verrückte Passion!

Ein einziges Haus war es, in welchem er von Zeit zu Zeit des Abends auftauchte, das des Gerichtsraths Hainsberg, welcher heute beim Präsidenten das Wort für ihn geführt hatte. Der alte Herr lebte allein mit seiner Tochter, und Fräulein Lieschen Hainsberg mußte im Kreise ihrer Freundinnen manche Stichelei darüber erdulden, daß sie die Einzige sei, die den einsamen Vogel anzulocken verstände.

Man wollte durchaus von ihr heraus bekommen, womit der stumme Referendar, der nicht drei zusammen= hängende Worte zu sprechen vermochte, wenn er ein= mal mit Damen zusammenkam, sie und ihren Vater eigentlich unterhielt. Aber Fräulein Lieschen, sonst das nachgiebigste Geschöpfchen auf der Welt, war in diesem Punkte fest wie Cato und setzte allen solchen Versuchen hartnäckig schweigenden Widerstand entgegen. Und doch mußte man annehmen, daß sich die Drei, wenn sie zusammen waren, sehr gut unterhielten, denn man wußte, daß er stets mehrere Stunden und oft bis in die Nacht hinein bei Hainsbergs blieb. Was aber Niemand wußte und Niemand sah, das war das tiefe Erröthen, das über Fräulein Lieschens Antlitz huschte, wenn sie, an ihrer Arbeit sitzend, draußen im Flur den leisen, wohlbekannten Klingelschlag vernahm. Es klang so schüchtern, beinahe wie eine Frage: „Darf ich herein?" Ach, ob er herein durfte! Wie sie dann von ihrem Nähtisch auffuhr, daß ihr nur ja das Dienst= mädchen beim Oeffnen der Thür nicht zuvorkäme, und wie sie dann als echter kleiner weiblicher Diplomat so kühl erstaunt, wie es einer wohlerzogenen jungen Dame einem jungen Herrn gegenüber sich ziemt, ihr „Ah, der Herr Referendar!" hervorbrachte.

Aber wenn er dann vom Fuße der Treppe her — Hainsbergs wohnten zu ebener Erde und nur wenige Stufen führten zu ihrer Wohnung empor — sein regel= mäßiges „Ich störe doch hoffentlich nicht?" ertönen ließ, dann klang Fräulein Lieschens ebenso regelmäßiges „O ganz und gar nicht, Herr Referendar!" eigentlich nicht mehr so recht diplomatisch.

Und so spielte sich, so oft er kam, beinah mit den= selben Worten und Bewegungen jedesmal dieselbe kleine Komödie ab. Oben an der Treppe stand Fräulein Lieschen, die Flurlampe hoch erhoben, daß er auf den dunklen Stufen nicht fiele, und von unten herauf kam der stolpernde Gast, den Hut in der Hand, ein Zucken um den Mund, das beinah wie ein ver= gnügliches Lächeln aussah. Eckig, hölzern und gar nicht hübsch, aber in den Augen so etwas, das Einen zwang, immer wieder hineinzuschauen, das Einem die Empfindung gab, daß man immerfort hineinschauen könne und immerfort etwas finden würde und daß, wenn man je bis auf den Grund hinunterdränge, es dort unten am allerschönsten sein würde.

Mit einer respektvollen Verbeugung wurde Fräulein Lieschen alsdann begrüßt, und mit einem sittsamen Kniy wurde die Verbeugung erwidert, und als Begleitung hierzu durften die Worte „Der Herr Papa und das gnädige Fräulein befinden sich doch hoffentlich wohl?" niemals fehlen, was unverbrüchlich mit: „Danke sehr, Herr Referendar, Sie doch hoffentlich auch?" erwidert werden mußte. Alsdann trat regelmäßig ein Moment der Verlegenheit ein, da er den Ueberzieher ablegen wollte und hierbei ein Buch zum Vorschein zu kommen pflegte, das er mitgebracht und von dem er augenblicklich nie wußte, wo er damit bleiben sollte. Es half dann schon nichts, Fräulein Lieschen mußte es ihm halten, bis daß er die Hände frei hatte, und während sie es mit einer scheinbar so recht gleichmüthigen Miene aus seinen Händen nahm, jauchzte ihr kleines Herz vor stiller Wonne, denn heute gab es wieder einen herrlichen Abend; es waren ja immer so schöne, o so schöne Sachen, die er dem Papa und ihr zum Vorlesen mitbrachte!

Nachdem sie dann die Stube, in der der Papa Gerichtsrath saß, aufgethan und dem Letzteren, der noch über die Akten gebeugt saß, hastig „Der Herr Referendar ist gekommen" ins Ohr geflüstert hatte, wobei der Alte mit unfehlbarer Gewißheit einen Kuß zu gewärtigen hatte, verschwand Fräulein Lieschen, um

in dem Hinterzimmer den Thee und Alles in Ordnung
zu bringen, was zu solch' einem Abende bei Hainsbergs
gehörte. Wie sich dann Paulinchen, das Dienstmädchen,
tummeln mußte. Am liebsten freilich hätte Fräulein
Lieschen Alles ganz allein besorgt. Sie selbst zündete
die Flamme unter dem Theekessel an, sie selbst sprang,
und zwar mit einer Eile, daß ihr manchmal die kleinen
Pantöffelchen von den noch kleineren Füßen abflogen,
auf den Stuhl mitten im Zimmer und steckte die Hängelampe in Brand. Und wenn nun der Theekessel summte,
das Rouleau herabgelassen war und das kleine Gemach
in ein trauliches, vor der ganzen übrigen Welt ver=
schlossenes Stückchen Welt verwandelt war, dann öffnete
sich die Pforte, die das Theezimmer von dem des Papas
trennte, und Fräulein Lieschen erschien auf der Schwelle,
mit der weißen Schürze des Hausmütterchens geschmückt,
wie eine kleine reizende Fee der Gastlichkeit und guten
Laune.

Ob es nur Einbildung war, daß jedes Mal, wenn
sie dort erschien, die Blicke Heidenstein's sich in schweigender
Bewunderung auf sie richteten, als wollten sie jede Linie
der reizenden Gestalt auswendig lernen? Nein, es war
keine Selbsttäuschung, und das Herz schlug ihr an die
Brust, wenn sie die stumme Huldigung gewahrte, die
aus den großen dunklen Augen zu ihr sprach.

Und am Theetisch in dem warmen, schönen be=
haglichen Zimmer saßen sie dann zusammen, die Drei;
„wie gute Gedanken in einem freundlichen Herzen“,
dachte der Referendar Heidenstein für sich; und während
er so dachte, lächelte er still vor sich hin in seine
Theetasse.

Wie Fräulein Lieschen das so gern mochte, wenn er so still vor sich hinlächelte! Er hatte dann gewiß so schöne Gedanken und sah dabei so klug und so gut aus! und wie sie ihn — Fräulein Lieschen bekam einen großen Schreck und biß sich innerlich auf die Lippen — „ein wohlerzogenes junges Mädchen und ein junger Mann!"

Endlich aber war der Thee getrunken, und was die Küche des Papa Gerichtsraths sonst noch herge= geben hatte, aufgegessen; und nun kam eine leise, harm= lose Frage, „ob der Herr Referendar vielleicht etwas zum Lesen mitgebracht hätte?" Als ob sie es nicht recht gut schon ohnedem gewußt hätte — aber sie wußte ja aus Erfahrung, daß er von selbst nicht anfing.

„O — wenn es dem Herrn Gerichtsrath nicht langweilig wäre, dann hätte er vielleicht eine Kleinig= keit" — und da es dem Herrn Gerichtsrath keineswegs langweilig war, so ging er hinaus, das Buch zu holen, das er in Fräulein Lieschens Zimmer hatte liegen lassen, und während er draußen war, verschwanden Teller, Tassen und alles Uebrige vom Tische, und wenn er zurückkam, stand Fräulein Lieschen schon vor dem Papa Gerichtsrath und zündete ihm mit einem langen brennenden Fidibus die Abendpfeife an.

Langsam nahm der Referendar Platz und langsam schlug er das Buch auf; langsam, denn er wußte, daß Fräulein Lieschen unterdessen noch ihr Fußbänkchen heranzurücken und der Hängelampe einen letzten Ruck zu geben hatte, so daß sie mitten über dem Tische schwebte. Dann noch ein letztes Räuspern und ein Blick, ob sie fertig sei — und sie war fertig, und selig wie ein Kind vor dem geschlossenen Theatervorhang saß sie und wartete der Dinge, die da kommen sollten.

Dann begann er zu lesen, und wunderbar war es zu sehen und zu hören, welche Veränderung in dem Augenblick mit ihm vorging: die schüchtern gesenkten Augen hoben sich empor und blickten stolz und wild umher, die Stimme, die gewöhnlich mit einem heiseren Klange tönte, ging wie ein rauschender Strom des Wohllauts von seinen Lippen. Dann sank dem lauschenden Mädchen die Arbeit in den Schooß, und es war ihr, als thäten die Wände des kleinen Zimmers sich auf, als blickte sie hinaus in ein unendliches herrliches Land, von Strömen durchleuchtet und von himmelragenden Bergen umkränzt, und mitten in dem herrlichen Lande stand Er, sanft, freundlich und groß, und reichte ihr die Hand, Er, über den die thörichten Menschen in der thörichten Stadt die Köpfe schüttelten, und den von Allen nur Eine verstand. — „Ach, wenn diese Eine nur nicht ein solch kleines, unbedeutendes Ding wäre," dachte Lieschen seufzend für sich. Das liebe, kleine, unbedeutende Lieschen! Dann aber, wenn sie des Nachts in ihrem Bette lag und die Ereignisse des Abends noch einmal in Gedanken wiederholte, dann regte sich etwas wie Ahnung künftiger, unermeßlicher Glückseligkeit.

Ob es nur Einbildung war, daß von einem zum anderen Male der Händedruck, mit dem er sich spät von ihr verabschiedete, länger, wärmer und beredter ward? Nein, wenn sie ihn auf seinem Nachhausewege hätte belauschen können, so würde sie gehört haben, wie seine Lippen im Selbstgespräch einen Namen flüsterten, den sie gar wohl kannte, würde gesehen haben, wie er noch lange sinnend und träumend in seinem Zimmer auf und nieder schritt, und wenn sie hätte in sein Herz schauen können, so würde ihr aus demselben wie aus einem Spiegel ein Bild entgegengeblickt haben — ob sie es kannte dies Bild? Ja, sie würde die Hände zusammengeschlagen haben in stiller innerlicher Wonne und geflüstert haben: „Er liebt mich, er liebt mich."

Ihm also, dem Referendar Heidenstein war die Vertheidigung der Marie Lücke anvertraut.

Man hatte ihn mit den Akten aus dem Zimmer des Präsidenten herauskommen sehen und vom Gericht aus, wo er im Munde seiner Kollegen entstanden war, hatte der Witz sich durch die Stadt verbreitet, daß Marie Lücke zur Strafe für ihre Sünden durch ihn vertheidigt werden sollte. Ihr Urtheil war damit ge= wissermaßen schon gesprochen.

Uebrigens wäre sie auch ohnedem verloren gewesen, denn in der Stadt hatte sich ein ungeheurer Groll gegen sie angesammelt, und das Geschworenengericht wurde hauptsächlich aus Bürgern der Stadt gebildet. Man war erbitterter auf Marie Lücke, als auf Schomburg selbst. Letzterer war wenigstens ein offenkundiger, ge= wissermaßen ehrlicher Räuber; sie dagegen war eine spitzbübische Schleicherin, die der Stadt, durch deren Wohlwollen sie ihr Leben gefristet, mit Verrath und schändlichem Undank gelohnt hatte. Und wenn es die Männer an gerechter Entrüstung hätten fehlen lassen, so würden ihre Frauen dafür gesorgt haben, sie wach zu erhalten, denn sie vor Allem waren vom äußersten Zorne erfüllt.

„Wer das von dem Mädchen gedacht hätte, dem man so gern Arbeit gab, weil es immer so hübsch und sauber und ordentlich aussah!" Freilich fiel es ihnen jetzt ein, daß die Marie in den letzten Wochen nicht mehr so heiter und nett ausgesehen hatte, wie früher; damals hatte man keinen Grund dafür gefunden, jetzt wußte man, daß es von ihrem schlechten Gewissen herrührte.

Im Grunde konnte man es den Bewohnern des Städtchens nicht verdenken, wenn sie „der Schlange" einen gehörigen Denkzettel anzuheften gedachten, und als der Referendar Heidenstein am Mittage jenes Tages das Gerichtsgebäude verließ, war er sich darüber klar, daß er für eine verlorene Sache eintrat.

Das hinderte ihn jedoch nicht, am Nachmittag zurückzukommen und die Akten, die nur im Gerichts= gebäude eingesehen werden durften, bis in den sinkenden Abend hinein zu studiren. Ebenso machte er es am nächstfolgenden Tage. Er nahm die Sache ernst, und gerade dieser, beinahe feierliche Ernst erweckte bei seinen Bekannten kopfschüttelnde Heiterkeit. In eine Sache, an der kein vernünftiger Mensch besondere Mühe und Kraft mehr verschwendet haben würde, ging er mit Zehn=Pferdekraft hinein — ein maßlos unpraktischer Mensch!

In öder entlegener Gegend der Stadt lag ein ödes, unheimliches Haus, das Gefängniß.

Eine zwanzig Fuß hohe Mauer trennte es von der Straße, hinter der Mauer erhoben sich die grauen, nur von wenigen Fenstern durchbrochenen Wände des Ge= bäudes. Die Mauern waren dick, die Fenster schmal;

die letzteren außerdem durch hölzerne Blenden nach
außen zu verdeckt. Das ganze Haus sah aus wie ein
düsteres, augenloses Gesicht.

Zu diesem Gebäude schritt am Nachmittage des
dritten Tages der Referendar Heidenstein: er wollte
mit seiner Klientin vor dem Beginn der Verhandlung
noch über einige Punkte Rücksprache nehmen. Den
Glockenzug, der an der Gefängnißpforte draußen hing,
zog er an, und der laut hallende Ton der Glocke schien
den todten Gebäudeklotz aus seiner stummen Lethargie
zu wecken. Ein Schlüssel drehte sich von innen im
Schloß, und die Pforte sprang wie der Kiefer eines
schnappenden Ungethüms auf, um gleich hinter dem
Eingetretenen wieder zuzuklappen.

Auf dem Hofe des Gefängnisses waren einige
Sträflinge mit Holzspalten beschäftigt. Sie blickten
von ihrer Arbeit auf und sahen dem Vorüberschreitenden
mit glanzlosen Blicken einen Augenblick nach; als er
im Innern verschwunden war, wandten sie sich dumpf
und stumpf zu ihrer Arbeit zurück.

Heidenstein ging auf das Zimmer zu, welches im
Innern des Gefängnisses für den Untersuchungsrichter
bestimmt war. Er hatte, als er bei letzterem arbeitete,
diese Räume oftmals betreten, nie waren sie ihm so
gräulich erschienen, wie heut. In den langen Gängen,
die sich zur Rechten und Linken öffneten, lag bereits
ein dickes, unheimliches Dunkel, und aus denselben er=
scholl das schwere Rasseln der Zellenthüren, die der
Wärter öffnete und schloß. Aus der nahe gelegenen
Waschküche quoll ein widriger Brodem hervor und
schlug in rieselnden schmutzigen Tropfen an den roh

getünchten Wänden nieder. — Er athmete auf, als er in das für den Richter bestimmte Zimmer gelangt war. Es war ein gänzlich schmuckloser Geschäftsraum und die dicken Eisengitter vor den Fenstern nahmen ihm jede Spur von Freundlichkeit; dennoch war es, als wenn man aus einem Raubthierhause in menschliche Behausung träte. Mitten durch das Gemach war ein hölzernes Geländer gezogen; auf der einen Seite standen die Angeschuldigten, die vom Richter verhört wurden, auf der anderen befand sich der mit grünem Tuche bezogene Tisch, an welchem der Richter saß. Es war wie die verkörperte Schranke, welche die Welt des Verbrechens von der des Rechts und der gesitteten Ordnung trennt.

Heidenstein trat hinter den grünen Tisch und zog die Pforte, die in dem Geländer angebracht war, hinter sich zu; er fühlte das egoistische Behagen dessen, der da weiß, daß er für die andere, glücklichere Hälfte der Menschheit geboren ist. Alsdann klingelte er und gebot dem eintretenden Gefangenwärter, die Marie Lücke vorzuführen.

Bis daß sie erschien, setzte er sich hinter den Tisch und vertiefte sich in den Auszug, den er sich aus den Untersuchungsakten über die Punkte gemacht hatte, derentwegen er mit dem Mädchen sprechen wollte. Er blieb auch über das Papier gebeugt und hob den Kopf nicht, als er jetzt die Thür gehen hörte und gleich darauf das klappernde Geräusch der hölzernen Pantoffel vernahm, wie die Gefangenen solche zu tragen pflegen.

Der Wärter zog sich zurück, und die Beiden waren allein. Eine lautlose Stille erfolgte zunächst. Das

Mädchen war an das Geländer getreten und hatte die Arme darauf gelehnt; ihre Augen hafteten unruhig auf dem unbekannten Manne, der am Tische vor ihr saß, den Kopf in die Hände gestützt, die Augen auf das Papier gesenkt, ohne sie anzusehen. Wer war es? Der Untersuchungsrichter nicht, den kannte sie aus so und so viel Vernehmungen. Jetzt sanken seine Hände herab, im nämlichen Augenblick nahmen die Augen des Mädchens einen gleichgültigen Ausdruck an, sie wandte das Haupt, und als Heidenstein die Augen zu ihr erhob, sah es aus, als hätte sie die ganze Zeit zum Fenster hinausgesehen.

Heidenstein glaubte so und betrachtete sie seinerseits eine Zeitlang nicht ohne Staunen. Er hatte sich die Hehlerin und Helfershelferin des Einbrechers und Räubers anders gedacht. Eine zierliche, jugendliche Gestalt, deren liebliche Formen sich blühend unter dem groben Gefangenenkleide abzeichneten, stand vor ihm, eine Gestalt, die so gar nicht dahin zu gehören schien, wo sie stand. Die groben Pantoffeln waren viel zu groß für die kleinen Füße, das rauhe Tuch des Kleides stach so häßlich gegen den zarten Hals ab, der weiß und schlank, wie ein Blüthenstengel, daraus emporwuchs — auf diesem Halse welch' ein schönes junges Haupt, von dicken blonden Flechten umrahmt, und in diesem Antlitz welch' ein Paar schöner Augen! Groß und blau, und mit einem Ausdruck tiefer, leidensvoller Unschuld, so blickten sie an ihm vorbei zum Fenster hinaus, als suchten sie die süße Luft der Freiheit.

Er räusperte sich, wie er zu thun pflegte, wenn er zu ernsten Worten ausholte.

„Sie sind Marie Lücke?“ fragte er. Das Mädchen nickte stumm zur Antwort, ohne ihre Stellung zu verändern.

„Sie wissen, daß Sie wegen Hehlerei angeklagt sind und nächstens vor den Geschworenen erscheinen sollen?“ fuhr er fort. Sie nickte abermals, ohne einen Laut von sich zu geben; ihre Hände, die auf dem Geländer lagen, schoben sich ineinander.

Er rückte den Stuhl zurück.

„Ich werde Sie vertheidigen,“ sagte er.

In dem Augenblick ging es wie ein zuckender Schlag durch die Gestalt des Mädchens; jählings warf sie das Haupt zu ihm herum, in ihren Augen flackerte ein heißer, gieriger Strahl auf — es war wie ein Schrei, wie der Schrei des Ertrinkenden, bevor das Wasser ihm die Kehle erstickt.

Sie hatte nicht gewußt, wer und was er sei, aber als sie einen Mann in guter Kleidung, in feinem Rock vor sich sah, hatte sie gewußt, daß sie einem Feinde gegenüberstand — und nun war es kein Feind, es war ihr Vertheidiger, ihr Verbündeter. Ihre Hände waren auseinandergefahren und hatten krampfhaft das Geländer gefaßt, und sie preßte sich mit dem Leibe so dicht an letzteres an, daß es unter den wogenden Schlägen, mit denen ihr Busen auf und nieder stieg, erzitterte.

Heidenstein war in schweigender Ueberraschung an die Lehne seines Stuhles zurückgesunken und blickte sie wortlos an. Es war, als wenn das Weib die Schranken durchbrechen wollte, um zu ihm zu gelangen, und er sah die großen blauen Augen mit leidenschaftlicher Gewalt auf sich gerichtet.

Er war in ruhiger Stimmung hergekommen, denn er hatte die Angelegenheit auch mehr oder weniger als eine Formalität angesehen, nun bemerkte er, daß sie die Sache ganz anders, ganz ernst nahm, aus ihren Augen las er, was er in diesem Augenblick für sie war: in der ganzen gesammten Welt, die da draußen voll Haß und Wuth auf sie lauerte, der Einzige, der nicht zu ihrem Verderben mithelfen wollte, der Einzige, der auf ihre Seite trat.

Sie hatte die Hände über die Brüstung des Ge=länders gestreckt und ineinander gepreßt; ihre Lippen zitterten — es war wie eine stumme Anrufung, wie eine Aufforderung, ihre Sache zu der seinigen zu machen. Ob sie sich vielleicht wirklich noch retten ließe? Er hatte diese Möglichkeit bisher gar nicht ins Auge gefaßt. Nachdem er die Akten gelesen, war er gleich allen Uebrigen zu der Ueberzeugung gelangt, daß sie eine Hehlerin, eines gemeinen Verbrechens schuldig sei, und der Jurist in ihm sagte das auch jetzt — aber er sah ihr in das Gesicht und beinahe scheu ließ er die Augen wieder sinken; er fühlte wie ihm das Herz im Leibe schwoll, er stand auf und ging schweigend im Zimmer auf und ab.

Zwischen Tisch und Geländer, dicht vor ihr blieb er stehen.

„Sie haben in der Untersuchung Alles geleugnet,“ sagte er, „Sie haben bestritten, daß Sie die geraubten Sachen untergebracht und verkauft haben — haben Sie das wirklich nicht gethan?“ Er hatte die Augen auf ihre Augen gerichtet, sein Blick war nicht der des Inquirenten, den das Auge des Verbrechers erträgt, weil es sich dagegen verhärtet, es war der tiefdringende Blick der Menschenfreundlichkeit. Sie hielt den Blick eine Zeitlang aus, dann senkte sie das Haupt.

„Nein," sagte sie leise, „ich habe es nicht gethan." Es waren die ersten Worte, die er von ihr vernahm; ihre Stimme hatte einen einschmeichelnden Klang.

Heidenstein wandte sich zum Tisch zurück und blickte auf sein Papier.

„Ein Hehler, der von Ihnen die Sachen gekauft, ist allerdings nicht ermittelt, ein bestimmter Beweis ist nicht dafür geliefert," sagte er vor sich hin.

„Nicht wahr?" rief das Mädchen hastig und laut, „es ist kein Beweis? Nein gewiß, ich habe es nicht gethan!" Er hatte den Kopf gesenkt, so daß er den spähenden, beinahe listigen Ausdruck nicht bemerkte, den ihre Augen dabei annahmen.

Er richtete das Haupt empor, ohne sie anzusehen.

„Wenn ich Sie vertheidigen soll," sagte er, „muß ich an Ihre Unschuld glauben können; Sie müssen mir die Wahrheit sagen."

„Ja, lieber Herr, ich sage die Wahrheit," erwiderte sie angstvoll; er schien erzürnt, denn seine Brauen hatten sich zusammengezogen, und seine Stimme klang rauher als vorher.

Es war auch so; er zürnte, denn er war in diesem Augenblick überzeugt, daß sie log, und sonderbarer Weise empfand er das wie ein Unrecht, daß sie an ihm that.

„Wenn Sie Alles abstreiten," fuhr er fort, „werden

Sie Ihre Lage nicht verbessern; Sie können doch nicht leugnen, daß Sie — daß Sie mit ihm zusammen gelebt haben?" Er hatte unwillkürlich gestockt, indem er das sagte, und auch das Mädchen war tief erröthet.

„Daß Sie ihm behülflich gewesen sind," sagte er, da sie schwieg, „können Sie auch nicht in Abrede stellen; und wer einem Verbrecher Beihülfe leistet, wird auch bestraft — wußten Sie das nicht?"

Sie schwieg und nur ihre Augen nahmen einen schmerzlich flehenden Ausdruck an.

„Den Schlüssel zum Kirchhofe kann er doch nur von Ihnen gehabt haben? Nicht wahr, Sie haben ihn ihm gegeben?"

„Ja," erwiderte sie; „ich hatte ihn von meinem Vater her; außer uns wußte Niemand etwas von der Thür."

„Sehen Sie wohl," sagte er.

„Damit er sich verstecken könnte, habe ich ihm den Schlüssel gegeben, hätte ich ihn denn anzeigen müssen?"

„Es ist ein großer Unterschied," antwortete er, „ob man einen Menschen, von dem man weiß, daß er geraubt und gestohlen hat, anzeigt, oder ob man ihm ein Versteck giebt, von wo aus er immer neue Räubereien unternehmen kann. Uebrigens müssen Sie doch recht gut gewußt haben, daß Sie etwas Unrechtes thaten, denn als man vor Ihr Haus kam, hatten Sie ja ein so schlechtes Gewissen, daß Sie entfliehen wollten?"

Sie hatte die Ellenbogen auf das Geländer gestützt und das Gesicht mit den Händen bedeckt und erwiderte nichts.

„Es ist doch richtig, wie man mir gesagt hat?"

fragte er weiter, „Sie haben die Thür Ihres Hauses aufgerissen und zu entfliehen versucht?"

Das Mädchen ließ langsam die Arme niedersinken und sah mit einem dumpfen, trostlosen Blick vor sich hin.

„Ja," sagte sie, „ich bin nach vorne hinausgelaufen, weil ich dachte, daß er —" sie stockte —

„Weil Sie dachten, daß er — was?" fragte er ungeduldig.

Es stieg etwas schwer in ihrer Brust empor — „daß er," fuhr sie endlich fort, „unterdessen — nach hinten hinaus — davonkommen würde."

Heidenstein reckte sich lang empor und blieb starr vor ihr stehen.

„Ich dachte ja," fuhr sie fort, indem jedes Wort sich durch ein Schluchzen hindurchrang, das tief in ihrer Kehle wühlte, „daß, wenn sie mich bekämen, es mir — so schlimm nicht gehen könnte — aber, wenn sie ihn fingen — und nun — haben sie ihn doch gekriegt — und nun — sperren sie ihn ins Zuchthaus — vielleicht zwanzig Jahre lang — und mich auch — und nun ist Alles aus — Alles — Alles!" Ihre Arme fielen über das Geländer, ihr Gesicht sank auf die Brüstung, und ein so krampfhaftes Weinen durch= schüttelte sie vom Kopf bis zu Füßen, daß Heidenstein hörte, wie ihre Stirn auf die hölzerne Brüstung schlug.

Mit weit offenen Augen stand er vor diesem Aus= bruch von Verzweiflung und Schmerz; es brauste ihm vor den Ohren, und er hörte nur ein Wort heraus: sie liebt ihn! Wenn er den Namen Schomburg's hatte nennen hören, so war ihm zu Muthe gewesen, als spräche man von einer wilden Bestie — und sie liebte ihn! Die ganze Welt war hinter ihm her wie hinter dem räuberischen Wolf — und sie gab ihm ein Versteck, sie warf sich für ihn unter die Verfolger, opferte sich für ihn! Er hatte die Vorgänge, die sich bei der Ergreifung des Räubers abgespielt, im Laufe der vergangenen Wochen wohl hundertmal erzählen hören, leibhaftig standen sie jetzt vor seiner Seele. Er sah das Mädchen mit dem Schweiße der Todesangst bedeckt durch die Gänge des Kirchhofs dahinjagen, um ihn vor den nahenden Verfolgern zu warnen, sah sie, wie sie sich zitternd mit ihm an der Mauer des Kirchhofs entlang duckte, hörte ihr angstvolles Geflüster im dunklen Flur ihres Hauses, während die Kolben der Verfolger draußen an die Pforte donnerten — für Alles, was ihm unerklärlich erschienen war, wenn man es nicht durch schnöden Eigennutz erklären wollte, eine ganz andere, ganz neue Erklärung: Liebe!

„Und wenn es noch ein wüstes, verkommenes und verlobbertes Weibstück gewesen wäre, aber ein junges liebliches Geschöpf, mit Allem ausgestattet, was ihr die Liebe braver Männer hätte erringen müssen! War es denn möglich? War es eine schreckliche Verirrung des Herzens und der Seele, oder aber — es zuckte ihm schneidend durch's Gemüth —

„Sehen Sie mich an,“ sagte er, indem er dicht vor sie hintrat und ihre Hände, die über das Geländer herabhingen, mit seiner Hand ergriff. Seine Stimme klang rauh, der Griff, mit dem er ihre Hände erfaßte, war beinahe wild.

„Mir ins Auge sollen Sie sehen,“ sagte er. Vielleicht wußte er selbst nicht, wie krampfhaft er die kleinen,

von der Arbeit hart gewordenen Hände des Mädchens
drückte, und wahrscheinlich wußte sie nicht, was er von
ihr wollte. Sie hob die Augen empor, die Angst, die
sich darin spiegelte, verlieh denselben einen unendlich
rührenden Zauber, und wie zwei düster glühende
Flammen, die bis in ihr Innerstes hinableuchteten,
um ihr Herz und Nieren zu prüfen, senkten sich die
dunklen Augen Heidenstein's in die ihrigen. Er war
einer von denjenigen Menschen, die am zornigsten aussehen, wenn ihr Herz am weichsten ist, und als er daher
fühlte, wie ihre Hände in seiner Hand zitterten, ergriff
ihn plötzlich eine so tiefe Rührung, daß er sich schnell
abwandte. Nein — diese klagenden, thränenerfüllten
Augen logen nicht. — Man konnte also auch einen
Räuber und Dieb lieben? Es war ihm zu Muthe,
als sähe er plötzlich in eine andere Welt, von der er
nicht wußte, ob sie abscheulich oder großartig sei.

Er schritt in der Stube auf und ab; der Athem
ging in schweren Stößen aus seiner Brust, und während
die Arme eckig am Leibe niederhingen, griffen seine
Hände, indem sie sich öffneten und schlossen, in die Luft.

Das Mädchen hatte zu weinen aufgehört und verfolgte seine Bewegungen lautlos, mit fieberhaft ge-
spannter Aufmerksamkeit. Sie sah den Sturm, der
den ganzen Menschen durchwühlte, und der Instinkt,
den die Todesangst auf das Aeußerste steigerte, sagte
ihr, daß der Wind zu ihren Gunsten zu wehen beginne.

Er trat an das Bücherregal, das hinter dem Tische
an der Wand angebracht war, und nahm von demselben
ein Buch, das er aufgeschlagen vor sich auf den Tisch
warf. Des Mädchens Augen, scharf wie die einer

wilden Katze, hatten im Augenblick, da er das Buch ergriff, auf dem Rücken desselben in Golddruck den Titel „Strafgesetzbuch" gelesen. Er las, blätterte einige Seiten zurück, las wieder und blieb dann mit unter=geschlagenen Armen vor dem Buche stehen, so in Ge=danken versunken, daß er in seiner Regungslosigkeit aussah, als nagelte sein Gedanke ihn an den Fuß=boden an.

Marie Lücke gab keinen Laut von sich; sie verhielt beinahe den Athem, denn sie fühlte und wußte, daß ihr Schicksal es war, welches in diesem krampfhaft ar=beitenden Gehirn den Kampf um Sein und Nichtsein rang. Der Blick, den sie dabei auf ihn richtete, war ungefähr wie der eines Passagiers auf sinkendem Schiff, der im Gesicht des Kapitäns lesen will, ob noch die Möglichkeit der Rettung darin geschrieben steht.

Plötzlich ging es in seinen Augen wie ein Licht auf, ein tiefer Seufzer hob seine Brust, und mit hastiger Bewegung trat er einen Schritt auf sie zu.

„Sagen Sie mir," fragte er, „sind Sie mit ihm verlobt?"

Dem Mädchen mußte die Frage ganz unerwartet gekommen sein; sie wandte schweigend das Haupt zur Seite.

„Antworten Sie mir," fuhr er dringend fort, indem er in der Erregung eine ihrer Hände ergriff, „es ist wichtig — sind Sie mit ihm verlobt?"

Sie schien unfähig, zu antworten und drückte den Kopf von ihm hinweg auf den freigebliebenen Arm, der auf der Brüstung auflag. Heidenstein stand dicht vor ihr, und indem er auf sie herabblickte, sah er, wie

eine Blutwelle nach der anderen den Nacken des scham=
glühenden Weibes überfluthete und sich unter ihrem
Gewande verlor.

„Verlobt,“ sagte sie endlich, indem sie sich aufrichtete
und seinem Blicke auswich, „eigentlich verlobt nicht —
aber —“ sie konnte nicht zu Ende sprechen, sondern
drückte die Hand vor die Augen, und Heidenstein hörte,
wie das Schluchzen wieder in ihrer Brust emporstieg.

„Lassen Sie gut sein,“ sagte er, „lassen Sie gut
sein.“ Was brauchte er noch mehr zu fragen. Dies
halb erstickte „aber“, diese flammende Schrift auf
Nacken, Wangen und Gesicht, sagten sie nicht genug?
Nicht verlobt nach der Formel der Sitte, nach dem
Buchstaben des Gesetzes, aber zu einander geführt an
der dunklen Hand der Natur, die sich jetzt wieder auf
dieses Weib niedersenkte und das versöhnende Kleid
der Scham über ihre Verschuldung breitete. An der
Farbe, mit der der Mensch erröthet, erkennt man, ob
sein Blut noch rein, an der Gelegenheit, bei welcher
er erröthet, ob seine Seele noch gesund ist. Und dieses
Alles las Heidenstein von dem glühenden Nacken des
Mädchens ab.

„Erzählen Sie mir, wie Sie mit ihm bekannt ge=
worden sind,“ sagte er, „fürchten Sie sich nicht, er=
zählen Sie mir Alles.“ Er setzte sich an den Tisch
und stützte das gesenkte Haupt in die Hand, damit sein
Blick sie nicht verwirre.

„In diesem Sommer ist es gewesen,“ hub sie an,
um wieder zu verstummen.

„Nur weiter,“ sagte er, „also in diesem Sommer —“

„Ja, ich hatte in“ — und sie nannte ein Dorf,

das eine Stunde Wegs von der Stadt entfernt lag —
„Wäsche abzugeben gehabt. Wie ich nun nach Hause
gehe, es war schon spät und wurde schon dunkel, höre
ich es neben mir im Walde, als wenn Jemand im
Holze neben mir herging. Ich kriegte es mit der Angst,
denn ich hatte das Geld in meinem Korb und ich hatte
schon viel von ihm gehört."

„Von Schomburg?" fragte Heidenstein.

„Ja. Wie ich nun so beinahe bis an die Ecke gekommen
bin, wo die Chaussee nach der Stadt umbiegt, höre ich
ein lautes Singen, das von der Stadt herkommt. Ich
freue mich schon, denn es sind doch Menschen, denke
ich bei mir, aber da sehe ich, wie ich um die Ecke biegen
will, daß es drei betrunkene Handwerksburschen sind.
In meiner Angst bleibe ich stehen und will mich hinter
einer Pappel verstecken, denn die sind auch nicht viel
besser wie er, denk' ich so bei mir, aber da hat mich
schon Einer gesehen, und nun kommen sie alle Drei über
mich her. Ich in meinem Schreck weiß nun gar nicht
mehr, was ich thun soll und will zurücklaufen, aber
da haben sie mir schon den Weg verstellt, und Einer
kriegt mich um den Leib zu fassen. Ich fange an zu
weinen, aber da lachen sie mich aus, und wie ich schreien
will, halten sie mir den Mund zu. Und nun mit
einem Male, sehen Sie, da kommt Einer aus dem Walde
herausgesprungen, ich konnte gar nicht gleich sehen, wer
es war, aber da hat er schon dem, der mich hielt, eins
über den Kopf gegeben, daß er gleich an der Erde
kollerte, und wie die zwei Anderen nach ihren Stöcken
faßten, ruft er: ,Was? Ihr wollt's mit dem Schom=
burg probiren? Na, kommt mal ,ran' — und wie die

Dreie das hören, sehen Sie, da laufen sie Ihnen, Du mein Gott, ich habe noch nie Jemanden so laufen gesehen.“

„Das war also Schomburg?“ fragte er.

„Ja,“ erwiderte sie; „und nun wurde mir ganz eiskalt vor Angst, denn nun denk’ ich natürlich, daß er mir mein Geld wegnehmen wird; aber da sagt er so recht freundlich zu mir: ‚Na,‘ sagt er, ‚fürchte Dich man nicht, Mariechen, ich thue Dir nichts und will Dir auch Dein bischen Geld nicht wegnehmen, was Dir die Bauern für Deine Wäsche gegeben haben; die reichen Geizkragen geben Dir ja auch schon so wie so wenig genug, Du armes Mädchen Du. Und nun will ich Dich nach Haus bringen, sagt er, denn siehst Du, Mariechen, ich habe Dich schon manchmal gesehen und habe schon immer mal mit Dir reden wollen, und wenn ich Dich begleite, siehst Du, dann bist Du sicherer, als wenn zwei Polizisten rechts und links neben Dir gingen; denn vor dem Schomburg, siehst Du, da fürchten sie sich Alle, aber er fürchtet sich vor Niemand! auch nicht vor dem Teufel, denn er ist selber der Teufel.‘ Und dazu hat er gelacht und den Stock geschwungen, und so sind wir nebeneinander her die Chaussee gegangen, und da habe ich ihn so von der Seite angesehen, und nun hatte ich mir doch immer eingebildet, er müßte so recht gräßlich aussehen — und nun — und nun —“ sie seufzte. „Und wie wir nun schon die Laternen von der Stadt sehen konnten, da bleibt er stehen und sagt: ‚Jetzt muß ich zurück,‘ sagt er, ‚denn hier wird’s mir zu hell.‘ Und darauf legt er mir die Hand auf die Schulter und sieht mir so ins

Gesicht und sagt: ‚Siehst Du Mariechen, wenn Du nun willst, dann kannst Du jetzt gleich auf die Polizei gehen und sagen, daß Du Schomburg getroffen hast und daß er hier im Wald draußen steckt; ob Du das wohl thätest, Mariechen?‘ Und da hab' ich gesagt: ‚Nein, Herr Schomburg, ich will Sie nicht verrathen.‘ Darauf da hat er mich umgefaßt und hat gesagt: ‚Das hab' ich auch nicht anders von Dir gedacht, Mariechen, und ich bin Dir gut; und ich weiß, Du wohnst da hinterm Kirchhof, und da werde ich Dich nächstens mal besuchen kommen, und Dir auch was Schönes mit= bringen — wirst Du es aber auch Niemanden weiter= sagen, wenn ich mal komme?‘ Und nun war ich doch so in der Angst, daß ich gar nichts habe sagen können, sondern nur den Kopf habe ich geschüttelt. Und da hat er mich noch einmal so recht merkwürdig angesehen und gesagt: ‚Du kleines Ding Du, Dir könnt' ich doch nichts zu Leide thun, jetzt aber mußt Du mir noch Handgeld geben.‘"

„Er hat Ihnen also doch etwas genommen?" fragte Heidenstein.

„Nein," erwiderte sie leise, „einen — einen Kuß hat er mir gegeben. Darauf, wie ich nun weggegangen bin, ist er noch stehen geblieben und hat mir nachge= sehen, und darauf hat er mir noch einmal nachgerufen, und wie ich stehen geblieben bin, ist er zu mir 'rüber= gekommen und hat mir ins Ohr gesagt: ‚Uebrigens,‘ sagte er, ‚ich habe noch Keinen auf dem Gewissen, darum brauchst Du Dich nicht vor mir zu fürchten; und nun mußt Du mich nicht mehr Schomburg nennen, hörst Du wohl? denn das ist ein Räuber, aber wenn ich mit Dir bin, dann bin ich blos Franz. Und nun sag' einmal: gut' Nacht, Franz.' Und dabei da hat er mir die Hand gedrückt, und da — da hab' ich doch nicht anders gekonnt und da hab' ich gesagt: ‚gut' Nacht, Franz!'"

„Von da ab," fuhr Marie Lücke in ihrer Beichte fort, „ist nun Alles so gekommen, wie es gekommen ist. Die ersten Tage darauf habe ich keine ruhige Stunde gehabt, weil ich immer gedacht habe, daß er kommen würde, und wie ich nun so einmal des Abends nach Haus komme, da riecht es in der Küche und in der ganzen Wohnung nach Braten, und wie ich in die Küche gehe, steht meine Mutter am Ofen und hat eine große Gans in der Bratpfanne. So sag' ich: ‚aber Mutter,' sag' ich, ‚was machst Du denn da?' Darauf da dreht sie sich um und sagt: ‚Sei doch stille,' und zeigt hinter sich, und wie ich mich umdrehe, steht er in der Thür und lacht. ‚Guten Tag, Mariechen,' sagte er, ‚und jetzt hat das schlechte Leben ein Ende, heut essen wir Gänsebraten.' Nun hat mir doch zu=erst kein Bissen heruntergewollt und wie er das gesehen hat, sagt er: ‚Na, schmeckt Dir die Gans nicht?' ‚Wo ist sie denn aber her?' frage ich, und dadrauf hat er gelacht und gesagt: ‚Wo wird sie her sein, geschenkt hab' ich sie bekommen.' Da hat nun meine Mutter gelacht, daß sie sich ausschütten wollte, und da hab' ich auch lachen müssen, und habe auch von der Gans gegessen. Und von da an ist er nun jeden dritten Tag gekommen, und erst hab' ich mich gar nicht mehr gefürchtet, wenn er kam, und nachher —" sie stockte —

Heidenstein nickte stumm.

„Nachher habe ich mich gefreut, wenn er da war. Und dann ist er immer öfter gekommen, beinahe alle Tage, und wie es von da an wieder vierzehn Tage weiter gewesen ist, hat er einmal etwas mitgebracht, das war in Papier eingewickelt, und wie er's aufgemacht hat, waren's zwei gold'ne Ohrringe und ein gold'nes Halsband. Da habe ich einen Todesschreck bekommen und gesagt, daß ich die Sachen nicht wollte, und daß es unrecht wäre. Und darauf aber hat er mich angesehen, so schrecklich, ich kann's gar nicht sagen wie, und hat gesprochen: ‚Was, Du willst nicht? Weißt Du auch, daß ich mein Leben dabei riskirt habe?‘ Und darauf hat er sich auf einen Stuhl gesetzt, und eh' ich's gewußt habe, habe ich ihm auf den Knieen gesessen; und da hat er mir selber die Ohrringe eingehängt und das Halsband umgethan und dann hat er mir den Spiegel vorgehalten und gefragt: ‚Willst Du auch jetzt noch nicht, Du kleines Ding Du?‘ Und nun hatte ich doch so etwas noch nie am Leibe gehabt, und es gefiel mir so gut; da hat er wieder gelacht und gesagt: ‚Siehst Du, Mariechen, die schönen Sachen darfst Du draußen nicht anthun, denn sonst würden Dich die Leute fragen, und dann käme Alles 'raus, denn Du bist auch nur ein armes Mädchen, und die Goldsachen sind nur für die Reichen, aber wenn ich zu Dir komme, sollst Du sie immer anthun, und ich bringe Dir noch mehr, denn ich bin Dir gut und will, daß Du immer hübsch aussehen sollst, so wie jetzt.‘ Und da hat er mich geküßt und ist wie wild gewesen und hat mich immerfort geküßt, und hat zu mir gesagt, daß wir uns heirathen wollen, und weil er nicht in die

Stadt könnte zum Prediger oder zum Standesbeamten, da wollten wir es so machen, wie wir da wären, und hat mich gefragt, ob ich auch wollte?"

Sie verstummte, und auch er sagte kein Wort. Als ihr Schweigen aber länger wurde, ließ er die Hand sinken und sah sie an. Sein Auge traf das ihrige, und sein Blick war so sanft und groß, daß sie Muth faßte, weiter zu erzählen.

„Als er mir das sagte, habe ich zuerst gar nichts antworten können. Da hat er mir ins Ohr gesagt: ‚Siehst Du, Mariechen,‘ sagte er, ‚wenn ich die Sachen da verkaufen wollte, kriegte ich schweres Geld dafür, aber ich will sie nicht verkaufen, denn sie sollen Dein sein, denn ich habe Dich lieb; und nun sollst Du mir sagen, ob Du mir auch gut bist.‘ Da habe ich nicht anders gekonnt, und habe Alles vergessen, was ich von ihm gehört hatte, und habe gesagt: ‚Ja, Franz, es ist gewiß mein Unglück, aber ich bin Dir von Herzen gut.‘ Und ich habe ihn geküßt, so wie er mich. Und von da ab, was sollte ich nun machen, da habe ich Alles thun müssen, was er wollte. Anfangs ist auch Alles gut gegangen, aber wie es gegen den Winter kam, und wie sie immer mehr hinter ihm drein gewesen sind, da ist er schlimmer geworden von Tag zu Tag, und manchmal habe ich mich vor ihm gefürchtet, ich kann's nicht sagen wie. Aber nun durfte ich ihn doch nicht mehr verlassen, und wie er dann gar nicht mehr aus noch ein gewußt hat, da ist es mir eingefallen, daß ich den Kirchhofschlüssel von meinem Vater her besaß, und weil ich dachte, daß man ihn da nicht suchen würde, habe ich ihm den Schlüssel gegeben, und wenn es dunkel geworden ist, da ist er dann immer von unserm Haus nach dem Kirchhof hinübergegangen und hat da gewohnt unter den Todten. Er hat aber gesagt, das thäte ihm nichts, denn sein Leben wäre nun doch Gras."

Sein Leben Gras. — Es war, als wenn ihr letztes Wort mit ödem Schall in dem Zimmer nachtönte, in welchem die dämmernden Schatten des Winternach=mittags sich immer schwerer zur Dunkelheit verdickten.

Sie hatte zu sprechen aufgehört, Heidenstein saß schweigend hinter dem Tisch, und in die dumpfe Stille tönte von fern das Rasseln der Zellenthüren herein, die draußen geöffnet und geschlossen wurden. Die Schlüssel klapperten und klirrten am Schlüsselbunde des Gefangen=wärters — es war wie das Klirren der Sense, die man wetzt, wenn das Gras geschnitten werden soll.

Die Hand, die Heidenstein's Haupt gestützt und seine Augen verdeckt hatte, senkte sich, und während sie über die Augen hinwegglitt, verweilte sie eine Zeit, als hätte sie dort etwas hinwegzuwischen, was Niemand sehen sollte. Dann erhob er sich langsam und schwer, wie Jemand, den ein lastender Gedanke an den Sitz ge=drückt hat, und trat auf Marie Lücke zu. In dem dämmernden Schatten erschien ihr seine Gestalt noch länger als zuvor, und es sah aus, als ob er schwankte. Er stand vor ihr, sein bleiches Gesicht erschien in der Dämmerung ganz weiß, beinahe als ob es leuchtete.

„Es ist gut," sagte er, indem er seine Hand auf die ihre legte, „vielleicht gelingt es mir und ich bringe Sie durch." Er streichelte ganz leise ihre Hand.

Das Mädchen stieß einen unbeschreibbaren, halb unterdrückten Schrei aus; mit einer plötzlichen Be=

wegung hatte sie mit beiden Händen seine Hand erfaßt
und versuchte, indem sie sich über die Brüstung beugte,
dieselbe an die Lippen zu bringen.

„Nicht doch," sagte er abwehrend, „nicht doch,"
und wollte sich ihr entziehen. Sie ließ aber nicht los,
und indem er zurücktrat, ging die Schrankenthür, an
der sie gerade standen und auf deren Riegel der Körper
des Mädchens mit seiner ganzen Schwere lastete, auf
und es war keine Schranke mehr zwischen ihnen. Mit
einem Schritte war sie herein und im nächsten Augenblick lag sie zu seinen Füßen und umklammerte ihn mit
ihren Armen.

„Stehen Sie auf," sagte er in Verwirrung; aber
sie hörte nicht auf seine Worte, und er fühlte die
leidenschaftliche Gewalt, mit der die Arme des Weibes
ihn umschlungen hielten, und empfand an seinen Knieen
das stürmische Wogen ihres Busens, der sich daran
preßte.

„Retten Sie mich," stammelte sie, indem sie seine
Hände ergriff und ihr Gesicht hineindrückte, „retten
Sie mich, lieber Herr, ich halte es nicht aus, wenn
sie mich einsperren! Nein, nein, nicht einsperren! nicht
ins Gefängniß!" Sie schüttelte in bitterlicher Verzweiflung das Haupt, und Heidenstein fühlte zwischen
seinen Händen ihre glühenden Wangen, während ihre
Thränen feucht und kühl zwischen seinen Fingern hin-
durchrannen.

Das Blut stieg ihm vom Herzen zum Kopf empor
und schnürte ihm die Kehle zu.

„Ich kann Ihnen nicht sagen, wie es ausgehen
wird," sagte er, „ich kann Ihnen nur versprechen, daß

ich mein Möglichstes thun will, daß ich thun will, was ich kann — was ich kann," wiederholte er.

„Aber stehen Sie jetzt auf," fuhr er fort, „es wird spät und für heute müssen Sie zurück." Er vermochte nicht zu sagen: „ins Gefängniß", denn er sah, wie sie vom Kopf bis zu den Füßen bei dem Worte „zurück" schauderte.

Sie nickte schweigend, und indem sie sich auf seine Hände stützte, erhob sie sich vom Boden. Dann schlüpfte sie wieder in die groben Pantoffeln, die im Augenblick, als sie in die Schranken trat, von den kleinen Füßen geglitten waren, und indem sie sich die Augen auswischte, wandte sie sich zum Ausgange.

Noch einmal aber kam sie zurück, faßte seine Rechte mit ihren Händen und blickte ihm mit einem großen stumm flehenden Blick in die Augen. Dann ging sie hinaus. Unmittelbar nach ihr verließ Heidenstein das Zimmer.

Der Wärter nahm sie draußen in Empfang, und Heidenstein blieb stehen und sah ihr nach, wie sie den langen Gang hinunter schritt, den eine qualmige Lampe mit schwankendem Licht erfüllte.

Eine Zelle wurde geöffnet, und während der Wärter die Riegel von der Thür schob, blieb sie hinter ihm stehen, gesenkten Hauptes, die Hände im Schooße gefaltet. Mit einer barschen Handbewegung wies der Schließer in das dunkle Loch, sie schritt an ihm vorüber und im nächsten Augenblick war es, als ob die Mauer sie verschlungen hätte. Die Thür ging dröhnend ins Schloß, und Heidenstein hatte ein Gefühl, als fiele eine Last auf seine Brust; er meinte sie dort drinnen zu sehen, wie sie zusammenbrach in hoffnungsloser Einsamkeit, die sehnsüchtigen Augen zum Fenster gewandt, um Licht und Freiheit zu suchen und Nacht und Kerkerhaft zu finden.

Sein Weg, als er das Gefängniß verließ, führte ihn durch den elendesten Theil der Stadt; es war das Quartier, wo die Arbeiter und armen Leute wohnten. Er kam selten in diese Gegend, denn es ging ihm, wie so manchem ästhetisch feinfühligen Menschen, es schauderte ihm vor der Atmosphäre der Armuth. Nur einige wenige Laternen erleuchteten die klägliche Gasse, und das, was man in dem spärlichen Lichte sah, war nicht schön. Jämmerliche Häuser, aus Fachwerk gebaut, standen zu beiden Seiten des Dammes, meistens nur aus einem Erdgeschoß bestehend, und da, wo noch ein Stockwerk aufgesetzt war, hing letzteres, vom Alter ausgebaucht, so müde und hinfällig nach vorn zur Straße über, daß es aussah, als würde es sich demnächst sammt all seinem Inhalt auf das kothige Pflaster herabstürzen. Es war die Zeit, da die Männer von der Arbeit heimkamen, und der Tag, an dem sie den Wochenlohn empfangen hatten. Dunkle Gestalten, denen man es an ihrem taumelnden Gange ansah, wie leer ihr Magen und wie voll ihr Kopf war, kamen dicht an Heidenstein vorüber; er hörte, wie sie sich mit lallender Zunge unterhielten und sah, wie sie an ihren Hausthüren stehen blieben, als wenn sie sich besinnen müßten, ob sie zu Hause wären; und freilich sahen die dunklen Hausflure, die auf die Straßen hinausgähnten, in ihrer Oede und Verkommenheit so ziemlich einer wie der andere aus.

Hinter den triefenden Fensterscheiben sah er Licht, dunstiges, flackerndes Licht, in die Fenster vermochte er nicht hineinzublicken, denn sie waren fast durchgängig durch Vorhänge verdeckt, als scheute sich das Elend da drinnen vor neugierigen Augen. Diese Vorhänge selbst aber, alte Kattunfetzen, geflickte Sackleinwand und andere Lumpen machten in ihrem Schmutze und ihrer Abgerissenheit einen unsäglich widerwärtigen Eindruck. Der jahrelange Gebrauch stand in fettigen Flecken, die in dem durchscheinenden Lichte deutlich hervortraten, darauf geschrieben.

Heidenstein ging langsam an den Häusern entlang; von Zeit zu Zeit, wenn eine der Thüren sich auf die dunklen Hausflure öffneten, blieb er stehen und lauschte. Er vernahm alsdann das blecherne Gelärm, welches entsteht, wenn zu viel Menschen in engem Raum zusammengepfercht sind, Geschrei und Gewinsel von Kindern, scheltende Weiber- und rauh-polternde Männerstimmen. Dazwischen noch andere, schlimmere Töne: das Rücken von Tischen und Klirren von Flaschen und Gläsern, dadurch hervorgerufen, daß Jemand zur Erde taumelt und sich im Fallen am Tische halten will; wüstes Gejohle und Gekreisch, und das schwirrende Geräusch von Prügeln, dem dann ein Zetergeschrei folgte.

Er beschleunigte seinen Schritt, er mußte sich besinnen, daß diese Gasse in derselben Stadt lag, in welcher sich jeden Nachmittag eine Schaar von elegant gekleideten Herren und Damen auf der Promenade bewegte. Ob sie jemals durch diese schreckliche Gasse gegangen sein mochten? Und er selbst — hatte er sie nicht auch bisher ängstlich gemieden? Ein namenloses, mit Grauen gemischtes Jammergefühl durchschnitt seine Seele, und indem er den Hut tief ins Gesicht drückte, schritt er weiter und weiter, über die Brücke hinüber, die hier die Ufer des Flusses verband, bis daß er ganz außerhalb der Stadt war und den kalten Athem der weiten, freien Natur einsog.

Er befand sich auf der Chaussee, und indem er daran dachte, daß hier die trostlose Liebesgeschichte entstanden war, deren Erzählung er vorhin vernommen, überkam ihn eine sonderbare, unwiderstehliche Lust, den Weg zu gehen, den Marie Lücke an dem verhängnißvollen Sommertage gegangen war.

Rüstig schritt er aus, die Lichter der Stadt blieben weit und weiter hinter ihm, und endlich befand er sich an der Stelle, wo seiner Rechnung nach der Kampf des Mädchens mit den Handwerksburschen stattgefunden haben mußte und der Räuber aus dem Dickicht herausgesprungen war. Er lehnte sich an die Pappel, hinter welcher sie damals Schutz gesucht haben mochte und rastete von seinem schnellen Gange.

Tiefe Einsamkeit war um ihn her, die Winternacht prangte in ihrer schweigenden Erhabenheit über seinem Haupte. Der beinah volle Mond stand wie ein Eisgebirge in der dünnen kalten Luft, und die hohen Pappeln, die die Chaussee auf beiden Seiten umsäumten, flimmerten und glitzerten von der Wurzel bis zum Wipfel in dem schimmernden Glanze, mit dem der Rauhreif die Bäume bekleidet. Kein Lufthauch regte ihre erstarrten Zweige, und sie standen wie riesige, silberne Säulen eines unermeßlichen feierlichen Doms. Vor seiner Seele erschien das Bild des geängstigten

Weibes — er sah die zornigen Gesichter der Frauen dort drüben in der Stadt, die sich über das hinterlistige Geschöpf entrüsteten, das mit dem Spitzbuben unter einer Decke steckte. Hatten sie auch, um sich das tägliche Brot zu verdienen, über Land gehen müssen, einsam, ohne Begleiter, ohne Schutz? zitternd für ihre Sicherheit, sorgend um die kleine Baarschaft, die sie im Korbe mit sich trug?

„Armes Mädchen!" — Er sagte es laut vor sich hin, indem er die Hand an den Baum legte, an dem er stand; und wie der Ton unserer Stimme eine beinah gespenstige Macht gewinnt, wenn man laut in einsame Nacht hinaus spricht, so erging es auch ihm. Seine erregte Phantasie verlieh seinem Worte ein wunderbares Echo, und plötzlich war es ihm, als vernähme er, hoch über seinem Haupte, durch die Unermeßlichkeit des Himmels dahinrollend wie einen heiligen Donner die Worte:

„Kommet her zu mir Alle, die ihr mühselig und beladen seid."

Es zuckte ihm etwas wie Krampf durch das Herz — war es Wonne? war es Schmerz? Es war beides, es war das unerklärliche Gefühl, das den Menschen vernichtet und gleichzeitig neu geboren werden läßt, wenn ein neuer, großer Gedanke wie eine Offenbarung in ihm aufgeht.

Ja er hatte sich vor der Armuth gefürchtet; sie war ihm widrig gewesen in ihren Lumpen, ihrem Schmutz — heute zum ersten Male hatte er ihr wahres Antlitz gesehen, in Marie Lücke's schönem, traurigem Gesicht, heute hatte er ihre Lebensgeschichte gehört aus dem Munde des unglücklichen Mädchens, die Lebens-

geschichte der Armuth, die da heißt: aus der Noth
errettet werden durch größere Noth, umlagert sein auf
ihrem Wege von Gefahren, die der Reichthum nicht
kennt, von Anfechtungen, die der Reichthum nicht versteht, und schließlich zermalmt werden von Strafen,
deren Wundmale, wenn sie überstanden sind, nie
wieder vernarben.

In seinen Ohren klang der Schrei des Weibes,
als sie ihn verzweifelnd umklammert hielt, „retten
Sie mich!" und der furchtbare Schrei wuchs und wuchs,
bis daß es ihm war, als heulten Millionen ihm nach,
„hilf uns, rette uns!"

Er glaubte, die Ohren sich zuhalten zu müssen, so
körperlich hörte er den schrecklichen Ton, aber der
Schrei war überall, auch in seiner eigenen Brust.
„Verschließe dich nicht, entziehe dich nicht, fürchte dich
nicht," rief es, „dein Schauder, dein Ekel und deine
Furcht sie sind es gewesen, die unser Elend groß
werden ließen, unsere Noth hört darum nicht auf,
weil du sie nicht sehen, weil du sie nicht hören willst!"
Trotz der winterlichen Kälte brach ihm der Schweiß
hervor, und wie in einem Zustande von halbem Wahnsinn krampften seine Hände sich ineinander.

Er hob die Augen zu den Sternen empor, als suchte
er einen Helfer dort oben.

„Gieb mir Kraft," sagte er mit emporgewandtem
Haupte, „gieb mir Gewalt, hilf mir, daß ich sie rette!"

Ein leiser Windhauch regte die Wipfel der Bäume
über seinem Haupte und ließ die flimmernden Aeste
aneinanderklirren — in der tiefen Erregtheit seines
Herzens und seiner Sinne erschien ihm dieses Rauschen

wie eine Antwort auf seine Anrufung, als neigte sich ein Haupt von oben, und als blickte ein wunderbar mildes, erhabenes Angesicht auf ihn hernieder. Ein tiefer Seufzer erleichterte sein klopfendes Herz, und er wandte sich zum Rückweg.

Heidenstein suchte sofort seine Wohnung, er ging nicht mehr aus und ließ sich von seiner Wirthin Thee kochen, so wie er ihn zum Entsetzen der guten Frau liebte, unsinnig stark, beinah ganz schwarz.

„Sie können ja die ganze Nacht kein Auge zuthun," sagte sie kopfschüttelnd, indem sie die erste Tasse selbst eingoß.

Er lachte in sich hinein — vielleicht war das gerade seine Absicht. Im Augenblick, als er den ersten Schluck getrunken und das Strafgesetzbuch wieder aufgeschlagen hatte, fiel ihm ein, daß er heute Abend bei Hainsbergs erwartet wurde, er hatte eine kürzlich erschienene Dichtung zum Vorlesen mitbringen wollen. Unmöglich, was waren ihm von heute an noch Verse. „Hier ist Tragödie," sagte er, indem er mit der Faust auf das Gesetzbuch schlug; seine ganze Persönlichkeit hatte sich in ein einziges Verlangen versteinert, sie zu retten, sein Denken war zu einem einzigen Gedanken zusammengeballt, ihre Freisprechung zu erzwingen. Stunde nach Stunde ging dahin, während deren er die Paragraphen des Strafgesetzbuches, die er zu seiner Vertheidigung brauchte, nebst allen Noten, die der Kommentar des berühmten Rechtslehrers dazu lieferte, wohl zwanzigmal las, obschon er sie längst auswendig konnte. Das belebende Getränk ließ sein Blut wie flüssiges Gold durch seine Adern strömen, in seinem

Herzen erwachte eine Siegesfreudigkeit, daß er hätte laut aufjauchzen mögen, und als er endlich auf sein Bett sank, führte ihm die Phantasie wie als Schluß des seltsamen Tages ein wundersames Traumbild vor: Er sah vor dem Throne Gottes zwei Frauen stehen, die eine ein üppiges, blühendes Weib, in goldenen Schuhen und köstlichen Gewändern, die andere abge= zehrt, mit dürftigem Kleide bedeckt, mit nackten Füßen. Sie stritten sich, welche von ihnen der Liebling ihres Vaters sei, und während das schöne, reiche Weib den Nacken stolz emporwarf, senkte ihre arme Schwester das blonde Haupt schamvoll zur Erde. Da hörte er eine Stimme: „Du sollst wählen und entscheiden, welche von Beiden mir die liebste sei." Und er trat herzu und blickte in Beider Gesicht und „Du bist es," rief er, „Du heilige dulbende Armuth!" und die zitternde Gestalt lag in seinen Armen, und Marie schaute ihn an mit weinenden, dankenden, glückseligen Augen.

Während Heidenstein sich auf diese Weise in seinen Träumen und Gedanken verpuppte, erschien am nächsten Tage eine alte, stumpfsinnig aussehende Frau am Ge= fängniß. Es war Marie Lücke's Mutter, die ihre Tochter zu sprechen verlangte. Man würde ihrem Wunsche nicht so leicht Folge gegeben haben, wenn die Unter= suchung nicht abgeschlossen gewesen wäre, und die Alte nicht allgemein für blödsinnig gegolten hätte. Daß letzteres der Fall sein mußte, bestätigte sich in der That auf das Augenscheinlichste, als die beiden Frauen in dem Zimmer des Untersuchungsrichters, wo die Ge= fangenen unter Aufsicht Besuche empfangen durften, zusammengeführt waren. Ein Aktuar, der mit Schreibe=

reien in dem Zimmer beschäftigt war, sollte die Be=
sprechung überwachen; er hörte aber von einer Be=
sprechung nichts, denn die Alte stand wie vor den Kopf
geschlagen da, indem sie die Augen in einfältiger Neu=
gierde rings umherwandern ließ.

„Na, nun beeilen Sie sich ein bißchen,“ sagte der
Aktuar, der eine Stimme hatte wie ein Reibeisen, „fünf
Minuten haben Sie Zeit, dann ist der Zauber zu
Ende.“

Er stand auf, um in einem Aktenrepositorium etwas
zu suchen, und als er das Gesuchte nicht fand, ging
er in das nebenan belegene Zimmer, in dem sich die
Aktenschränke befanden. Sobald er den Frauen den
Rücken gekehrt hatte, sank es wie ein dicker, grauer
Schleier von den Augen des alten Weibes, sie fuhr
wie ein Stoßvogel auf ihre Tochter zu.

„Wie steht es?“ flüsterte sie, „Dein Vertheidiger
hat mit Dir gesprochen, was hat er gesagt?“

„Er hat gesagt, daß er mich vielleicht durchbringen
wird,“ erwiderte das Mädchen.

„Hast Du ihm gesagt, daß Du die Leinwand ver=
kauft hast?“

„Nein, ich habe ihm gesagt, daß ich es nicht gethan
habe.“

„Na, und hat er das geglaubt?“ fragte die Alte.

Marie senkte das Haupt und zupfte an ihrem Kleide.

„Ja,“ erwiderte sie leise, „er hat's mir geglaubt.“

Ein abscheuliches Lächeln verzog das verwelkte Ge=
sicht der Greisin, so daß die Falten in demselben wie
Spinnenbeine durcheinandergingen.

„Es ist wohl ein Dummer?“ fragte sie.

Marie Lücke wandte sich ab und wurde blutroth — es war das erste Mal, daß sie vor ihrer Mutter erröthete.

„Er hat gemeint, daß kein bestimmter Beweis da ist, daß ich die Sachen verkauft hätte."

„Ist richtig," sagte die Alte, „Winkler hat nichts gesagt; Winkler ist bei mir gewesen," und sie flüsterte so hastig, daß ihre Lippen wie alte, schmutzige Karten= blätter zitterten, „Winkler hat mir gesagt, daß Schom= burg wenigstens zehn Jahre bekommt, und daß, wenn er sprechen wollte, Du auch drei Jahre mindestens kriegst, und daß er nicht sprechen wird, wenn Du thust, was er haben will, und daß, wenn Du Deinen Kopf auf= setzest wie bisher, er ins Schwurgericht kommen will und beschwören, daß er die Leinwand von Dir gekauft hat."

„Dann kommt er ja aber selbst ins Zuchthaus," sagte das Mädchen, indem es angstvoll zur Decke emporsah.

„Der schlaue Fuchs der," versetzte die Alte, „wer's ihm beweisen will, hat er gesagt, daß er gewußt hätte, daß die Leinwand gestohlen gewesen ist?"

Marie Lücke rang stöhnend die Hände.

„Ach Mutter, Mutter," sagte sie, „warum hast Du mir zugeredet, daß ich die Sachen verkaufen sollte, und an den Menschen! Erst hat er den Brief geschrieben und Franz verrathen — und jetzt —"

„Du Dumme," zischte die Alte, welche wüthend ward, da sie den Aktuar zurückkommen hörte, „thust Du nun, was er sagt? Ich soll Winkler Bescheid bringen; Du kommst mit nach Berlin? Wenn Schomburg wieder 'raus kommt, ist er ein alter Mann, und in Berlin findet er uns nicht. Na? ich sage also an Winkler, daß Du's thust?"

In stummer Bedrängniß ließ Marie das Haupt sinken — es konnte so aussehen, als nickte sie „ja".

In diesem Augenblicke trat der Aktuar mit einem dicken Aktenhefte wieder ein und gleichzeitig wanderten wieder die Augen der Alten stumpfsinnig wie zuvor in der Stube umher.

„Die Zeit ist um," schnauzte der Aktuar, „nun marsch hinaus!" Er klingelte und befahl dem eintretenden Wärter, Marie Lücke wieder abzuführen.

In dem friedseligen Dasein kleiner Städte Norddeutschlands, welches sich geruhsam unter den Augen einer hohen Obrigkeit abwickelt, giebt es nur ein öffentliches, aufregendes Schauspiel: Schwurgerichtsverhandlungen mit berühmten und berüchtigten Verbrechern. Alles geht dabei nach Gesetz und Ordnung zu, und das erhöht für den Norddeutschen den Reiz. Man kommt möglichst früh, um sich einen Platz zu sichern, von dem aus man Alles recht genau sehen und hören kann. Nachdem man sich in vorderster Reihe niedergelassen, sieht man sich um und sieht zunächst noch gar nichts. Man ist eben so früh gekommen, daß man beinahe der einzigste Mensch im Schwurgerichtssaale ist; nur der Gerichtsdiener in seinem blauen Rock geht mit gewichtigen Schritten und mit Unheil verkündender Amtsmiene im Saale auf und ab. Das schadet aber nichts; im Gegentheil, es gewährt eine besondere Lust, einen erschütternden Vorgang sich langsam vorbereiten zu sehen; man schlürft den Schauer Zug für Zug mit der

Seele ein. Zunächst wird der Saal gemustert und genau besehen; er ist hoch, durch zwei Stockwerke gebaut, mit großen Bogenfenstern hüben und drüben. Dort gegenüber auf der Erhöhung der lange grüne Tisch, auf welchem große, schwarze, hölzerne Tintenfässer stehen, an dem werden nachher die Richter sitzen, dort zur Rechten sind die Bänke für die Geschworenen, und ihnen gegenüber die Anklagebank mit den Sitzen der Vertheidiger davor — ob das Gitter vor der Anklagebank auch fest genug ist? Unwillkürlich wird es darauf hin geprüft. — Und nun die Thür da links, dicht neben der Anklagebank, wenn man die Thür ansieht, läuft Einem ein wohlthätiges Gruseln den Rücken hinunter, durch diese Thür wird Er nachher eintreten, Er, der Schreckliche, der Interessante, von dem man bisher immer nur den Namen gehört hat und den man nun wirklich ganz nahe leibhaftig sehen soll. Wie er aussehen mag? Gewiß gräßlich; und ganz in der Nähe eines solchen fürchterlichen Menschen wird man nun ganz sicher und ruhig sitzen können, so ruhig, daß man sogar sein Frühstück verzehren kann, wenn man welches mitgebracht hat — es ist doch noch viel aufregender und schöner, als wenn man in der Menagerie vor dem Käfig eines Königstigers steht.

Allmählich füllt sich der Saal, die Geschworenen kommen einer nach dem andern, auch die Richter erscheinen und unterhalten sich leise — wie feierlich und ernst sie aussehen — der Aktuar, der als Gerichtsschreiber fungirt, packt seine Papiere auf dem Tisch aus und legt sich die Feder zurecht, reibt sich die Hände, räuspert sich und sieht mit überlegenen Blicken auf das Publikum — ja, ja, der versteht die Sache, das sieht man ihm an.

So war die Stimmung und so sah es in dem Schwurgerichtssaale aus, wo heute Schomburg, der Räuber, und Marie Lücke, seine Helfershelferin, ihr Urtheil von den Geschworenen empfangen sollten. Von früher Stunde an hatten sich die Bänke des Zuhörerraumes gefüllt und es waren hauptsächlich die Mitglieder der Gesellschaft, welche man auf den vordersten Plätzen bemerkte. Zu dem Grusel und Schauer, den man von dem Anblicke des Räubers erwartete, gesellte sich noch eine andere Anziehungskraft, die schadenfrohe Neugierde: Heidenstein, der Sonderling, der hölzerne Referendar, sollte ja als Vertheidiger reden, und man durfte sich neben dem Erschütternden auch etwas Belustigendes versprechen.

Auch im Hause des Gerichtsraths Hainsberg waren für heute Vormittag die Haushaltungssorgen Paulinchen anvertraut, denn Fräulein Lieschen saß mit ihren Freundinnen auf der zweiten Bank mitten unter den übrigen Zuhörern. Sie hatte lange mit sich gekämpft, ob sie gehen sollte, denn der Gedanke, daß er sich lächerlich machen könnte und wahrscheinlich machen würde, schnürte ihr das Herz zusammen.

Aber die Neugierde hatte schließlich doch den Sieg davongetragen, und nun mußte sie den Dingen ihren Lauf lassen.

Heidenstein war noch nicht anwesend, als Lieschen Hainsberg erschien, und jedesmal, wenn die Thür ging, wandte sie zagend das Haupt dahin, befürchtend, daß sie ihn eintreten sehen würde, und immer wieder war

ihre Sorge unnöthig gewesen, er kam noch immer nicht.
Richter und Geschworene waren vollzählig versammelt
— ob er auch nicht die Zeit verpassen würde? ihr
Herz schlug voll Angst und Sorge, als ob sie selbst vor
die Geschworenen hintreten und vor ihnen sprechen
sollte.

Da ertönte ein Geflüster und Gekicher hinter ihr
und neben ihr, und in dem Augenblick ging er auch
bereits an dem Geländer, welches den Zuhörerraum
vom Saale trennte, wie ein lautloser Schatten vorüber.
Sein Gang war noch steifer als gewöhnlich, seine
Arme hingen so eckig in den Schultern, als ob sie mit
hölzernen Stiften darin befestigt wären, und sein Kopf
senkte sich nach vorn über, als wäre er zu schwer für
den Hals. Ob er wohl bemerken würde, daß Fräulein
Lieschen da war? Nein, er schien kaum zu sehen, daß
überhaupt Menschen im Zuhörerraum vorhanden waren.
Auf seinem Platze vor der Anklagebank setzte er sich
nieder und legte ein Pack Bücher und Papiere, die
er mitgebracht hatte, auf den Tisch vor sich, dann
stützte er die Hände auf die Kniee und saß steif und
ohne Regung da. Er sah nicht rechts, nicht links, er
sah nur geradeaus vor sich hin; aber auch die Geschworenen, die ihm gegenüber Platz nahmen, blickte er
nicht an, sondern auf einer Stelle des Fußbodens
hafteten seine Augen. Was er nur suchte? Fräulein
Lieschen folgte unwillkürlich der Richtung seines Blicks
— es war nichts zu sehen.

„Das Haar hätte er sich wenigstens ordentlich machen
können," hörte Fräulein Lieschen die Stimme einer
ihrer Freundinnen neben sich — und in der That hing

ihm die schwarze Mähne ziemlich wirr und wüst über die Stirn.

„Und den Rock ordentlich abbürsten lassen," fügte eine Zweite hinzu.

„Na überhaupt, die Sache wird gut," sagte hinter ihr einer von Heidenstein's Kollegen, und das Gelächter, welches dem Worte folgte, schnitt dem armen Lieschen bitter ins Herz. Wenn doch sein äußerer Mensch dem inneren nur etwas mehr ähnlich gesehen hätte, und wenn sie doch nur gar nicht hergekommen wäre!

Ein Rauschen und Klappen ging durch den Saal — der Präsident des Schwurgerichtes hatte das Zeichen zum Beginn der Verhandlung gegeben, Alles suchte seine Plätze.

„Führen Sie die Angeklagten vor" — die Augen aller im Saale Anwesenden richteten sich auf die ver= hängnißvolle Thür links neben der Anklagebank — es war wie eine auf Kommando abgegebene Salve von Blicken. Gravitätisch öffnete der Gerichtsdiener die Pforte — und über die Schwelle des Saales trat die herkulische Gestalt eines Mannes von etwa 25 Jahren — Schomburg. Niemand sprach es aus, aber da es Alle dachten, war es beinahe, als wäre der Name sum= mend durch die Versammlung gegangen.

Wenn man ihn ansah, überkam einen der Jammer um das prachtvolle Menschenmaterial, das hier auf unheilvollem Irrwege sich verrannt und zu Grunde gerichtet hatte. Es war ein Kerl, aus dem man drei Menschen des gewöhnlichen Mittelmäßigkeitskalibers hätte schnitzen können. Alles an dem mächtig auf= gebauten Leibe war stählerne Kraft, an dem kühn

geschnittenen Gesicht Alles unternehmungsbedürftige
Energie und Intelligenz. Nur die Augen taugten nichts,
sie zeigten einen verschlagenen Ausdruck und flatterten
unstet umher. Indem sie jetzt über die Versammelten
hinhuschten, ging eine Art von Lächeln über sein vom
Wetter gehärtetes, von einem dunklen Bart umdüstertes
Gesicht — aus der Menge Derer, die gekommen waren,
ihn zu sehen, aus der Gespanntheit, mit der sie Alle
auf ihn blickten, erkannte er, was für ein Kerl er sei.
— Auch die Verbrecher haben ihre Eitelkeit, und der
Tag der Schwurgerichtsverhandlung ist in dem düstern
Drama ihres Lebens gewissermaßen der letzte, glänzende
Akt. Noch einmal stehen sie in voller Beleuchtung vor
einem gespannten, schauernden Publikum, dann ver=
schwinden sie hinter dem eisernen Vorhange, viele für
lange Zeit, manche für immer.

Nun richteten sich von Neuem alle Augen auf die
Thür des Verbrecherzwingers und hinter Schomburg
kam eine zweite, eine weibliche Gestalt über die Schwelle
herein, Marie Lücke. So hoch und frech der Räuber
sein Haupt emporgetragen hatte, so tief hielt sie das
ihre gesenkt; ihr Gesicht war von einer solchen Blässe
bedeckt, daß die Farbe der Haut an den Schläfen bei=
nahe ins Bläuliche überging, und nur beim Eintreten
zuckte eine krampfhafte Gluth rasch und scharf wie eine
Stichflamme über ihre Züge, um ebenso rasch wieder
zu verschwinden. Sie empfand mehr, als daß sie es
sah, wie alle Köpfe, namentlich die der Frauen, sich
flüsternd bei ihrem Eintritt zusammensteckten. Als sie
auf der Anklagebank Platz genommen, hob sie den Kopf
so weit, daß sie einen Mann in schwarzem Rocke gerade

vor sich stehen sah, sie erkannte Heidenstein. Er hatte sich zu ihr umgewandt, Marie Lücke hob die Augen bis zu den seinigen empor, und als sein Blick sie traf, hatte sie ein Gefühl, als griffe eine Hand ihr mitten in die Brust bis an das Herz, aber es that nicht weh, und ihre Augen klammerten sich an seinem Blick fest.

Die Vorbereitungen, welche einer Schwurgerichts=verhandlung vorangehen, nahmen ihren regelmäßigen Verlauf, die Namen der Geschworenen wurden aus der Urne gezogen und verlesen. Während dessen sah Schomburg im Saale umher. Die unruhigen Augen tasteten wie Fühlhörner an den Wänden und Thüren entlang, als suchten sie einen Weg zum Entspringen, dann huschten sie über die Gesichter der Geschworenen hinweg und dann hinüber zu den Zuhörern. Als sie hier angelangt waren, wurden sie plötzlich starr und bohrten sich auf einen Punkt. Auf der letzten, etwas erhöhten Bank saß ein Mann, der den dunkelfarbigen, schäbigen Rock, mit dem er bekleidet war, möglichst weit zugeknöpft hatte. Sein aufgedunsenes, bartloses Gesicht zeigte das gelbliche Blaß, welches sich den Menschen ansetzt, die wenig in freier Luft und viel in dumpfigen, mit altem Tröbel gefüllten Räumen leben; zwei kleine, hinterlistige Augen gaben dem Gesichte einen widerwärtigen Ausdruck. Er hatte sich genau hinter den Schultern des vor ihm Sitzenden gehalten; es schien ihm wenig daran zu liegen, daß man ihn sah. Durch eine Bewegung seines Vordermannes aber war er frei geworden, und in dem Augenblick hatte Schomburg ihn mit den Augen erfaßt. Wer den Räuber beobachtet hätte, würde die schauerliche Ver=

änderung wahrgenommen haben, die in seinem bisher
so gleichgültigen Wesen vor sich ging. Sein Oberleib
bog sich vorn über in Folge der plötzlichen krampfhaften Zusammenziehung aller Muskeln, seine rechte
Hand, die auf der Brüstung des Gitters lag, packte
das Holz mit so eisernem Griffe, daß die Knöchel derselben ganz weiß wurden, und seine Augen unterliefen
roth, wie die einer reißenden Bestie. Der ganze
mächtige Organismus war wie geladen mit Wuth, und
der äußere Zwang, der den Ausbruch verhinderte, verstärkte, indem er sie zurückdämmte, die dämonische
Macht, die ihn beherrschte und die sich in den tiefen,
schnaubenden Athemzügen seiner Brust bekundete.

Kaum zwei Sekunden dauerte die stumme, furchtbare Unterredung, die er mit dem da drüben auf der
Zuhörerbank führte, dann ließen seine Augen ihn los
und auf dem Rückweg glitten sie über das Mädchen,
das an seiner Seite saß, fort. Auf seinem Antlitz
erschien ein unbeschreibbarer Zug, beinahe sah es aus
wie ein Lächeln, jenes schreckliche Lächeln der Wuth,
welches verräth, daß der Herzmuskel eisern geworden
ist. Noch einmal flirrte sein Blick hinüber, und fast
unmerklich nickte er mit dem buschigen Haupte. Hätte
man dieser Geberde Worte geben sollen, so würde sie
geklungen haben: „Warte!" Was das war, worauf er
warten sollte, schien der da drüben wohl zu ahnen,
denn sein Gesicht nahm eine ganz käsige Farbe an, und
die Augen zogen sich hinter die Backenknochen, wie
Spinnen, die sich in ihren Höhlen verkriechen.

Der Gerichtsschreiber erhob sich von seinem Platze
und verlas die Anklage. Gegen Schomburg lautete

dieselbe auf Diebstahl in allen Gestalten, einfachen, schweren Diebstahl mit Einschleichen bei Nacht und mit gewaltsamem Einbruch, Einbruch in Gutshöfen, Bauerhäusern und Kirchen, endlich auf Raub und Straßenraub. Alle diese Thaten verübt im so und soviel Mal wiederholten Falle — es war ein förmliches Wettrennen verbrecherischer Handlungen, und die horchenden Frauen auf der Zuhörerbank kreuzten und segneten sich innerlich; was es doch für Menschen auf der Welt giebt! Nachdem Schomburg's Sündenregister verlesen war, drehte sich der eherne Spieß der Anklage gegen Marie Lücke. Sie war der strafbaren Begünstigung beschuldigt, das heißt, es wurde ihr zur Last gelegt, daß sie dem Räuber Beistand geleistet habe, um ihn der Bestrafung zu entziehen und um demselben die Vortheile seiner Verbrechen zu sichern, es wurde ihr ferner schuldgegeben, daß sie den Räuber ihres eigenen Vortheils wegen begünstigt habe, indem sie die geraubten Sachen verkauft, und wenn letzteres bewiesen wurde, dann stand ihre Sache schlimm; sie wurde dann als Hehlerin bestraft, und da es Hehlerei bei schwerem Diebstahl und Raub war, so drohte ihr Zuchthausstrafe bis zu fünf Jahren.

Während die Anklage verlesen wurde, saß das Mädchen regungs- und bewegungslos da, dumpf vor sich hin auf den Boden starrend: jedes Wort, das der Gerichtsschreiber mit eintöniger Gleichgültigkeit herunterlas, fiel wie ein brennender Tropfen in ihr Gehirn, und als der schreckliche Mann zu lesen aufgehört, war ihr zu Sinne, als hätte man einen Eisblock von hundert Centnerlast auf sie geworfen, unter dem sie zermalmt und erstarrt läge. Sie hatte es sich schlimm gedacht, aber die Wirklichkeit war noch schlimmer, und ihre Hoffnung erlosch wie ein qualmender Lichtstumpf.

Noch zwei Ohren aber waren in dem Saale, die mit fieberhafter Aufmerksamkeit jedem Worte der Anklage folgten, das waren die von Fräulein Lieschen Hainsberg; ihre Augen kümmerten sich nicht um den Räuber, auch nicht um Marie Lücke, sie hingen an einem Anderen, an dem Vertheidiger der Letzteren, an Heidenstein. In seinen Zügen versuchte sie zu erspähen, was die Anklage auf ihn für einen Eindruck machte, ob er sich ihr gewachsen fühlte, ob er Hoffnung hätte, mit seiner Vertheidigung dagegen aufzukommen, oder ob er den Muth verlöre und unterliegen würde — aber ihre Mühe war vergebens, aus seinem Gesichte war nichts zu erkennen. Es war wie aus Blei gegossen, ein schwerer Druck schien darauf zu lasten, mit verschränkten Armen hörte er zu; wenn er nur wenigstens einmal mit dem Kopf geschüttelt hätte, um anzudeuten, daß etwas nicht richtig sei in der Anklage — nichts von alledem. Es war offenbar, er sah einer Niederlage entgegen, und je weiter die Anklage in ihren Schlußfolgerungen vorwärts schritt, um so tiefer sank auch Fräulein Lieschens Muth, sie fühlte, wie unmöglich es sei, gegen so viel logische Grausamkeit ein Wort der Vertheidigung zu sagen.

Nachdem die Anklage verlesen war, rief der Präsident die Angeklagten auf, sich zu erheben, und legte ihnen die Frage vor, ob sie sich schuldig bekennten, oder nicht. Schomburg erhob sich strack und steif.

„Im Allgemeinen stimmt es," sagte er laut, und

die unverschämte Antwort rief ein allgemeines Gelächter hervor. Nun kam die Reihe an Marie Lücke
Die Kniee zitterten unter ihr, während sie aufrecht hinter
dem Gitter stand, ihre blassen Lippen bewegten sich,
aber so leise, daß man nicht vernahm, was sie sagte.

„Sprechen Sie deutlich," sagte der Präsident, „bekennen Sie sich schuldig? ja oder nein?"

Ein leises Wort wehte zitternd durch den Saal:
„Nein."

Nein? Das leise Wort rief ein Echo auf den Sitzen
der Zuhörer, besonders der Zuhörerinnen wach? Nein?
Sie will noch leugnen, daß sie schuldig sei? Das freche
Geschöpf! Die Köpfe bogen sich zu einander, flüsternd
und voll Entrüstung kichernd. Bei dieser Gelegenheit
bemerkte Fräulein Lieschen das erste Lebenszeichen an
Heidenstein: auf seinen Wangen erschienen zwei rothe
Flecke, er drehte langsam das Haupt nach der Seite
der Zuhörer und blickte die Kichernden und Flüsternden
schweigend an, dann wandte er sich wieder zurück und
saß wie vorher.

Zur Begründung der Anklage erhielt der Staatsanwalt das Wort; er faßte sich kurz, denn Schomburg hatte
ja ziemlich Alles gestanden, gegen Marie Lücke, die geleugnet hatte, sprachen die Thatsachen zu überzeugend; er
forderte die Geschworenen auf, Beide zu verurtheilen.

Nach dem Staatsanwalt sprachen die Vertheidiger,
und zuerst der Rechtsanwalt, welcher Schomburg ver-
trat. Auch er entledigte sich seiner undankbaren Aufgabe, einen halb geständigen Verbrecher in Schutz zu
nehmen, möglichst rasch, und als er sich niedersetzte,
blickten die Geschworenen einander an.

„Heute dauert es nicht lange,“ sagten ihre Augen.

Jetzt kam die Reihe an Heidenstein, und ein leises Raunen ging durch die Zuhörerschaft, denn jetzt „wurde die Sache fidel“; Fräulein Lieschen wäre am liebsten in die Erde geschlüpft.

Langsam erhob sich die hagere, eckige Gestalt von ihrem Sitze, und während er aufstand, gingen Marie Lücke's Augen mit ihm in die Höhe. Sie hatte bis dahin wie befangen von einem dumpfen, lastenden Traume gesessen, die Reden, und Gegenreden waren wie das Gebrause des Meeres, in dem sie bereits ertrunken, unverständlich an ihr Ohr gedrungen — Alles um sie her war Feindschaft und Verderben — Alles gegen sie — jetzt erhob sich der Erste, der Einzige, der für sie war; unter alle diese Gebildeten, gegen deren Gründe und Worte sie sich machtlos fühlte, trat ein Gebildeter, um ihre Sache zu führen — das arme, unwissende Mädchen fühlte zum ersten Male, ohne zu verstehen, was sie fühlte, die heilige Macht der Gerechtigkeit, die dem Angeklagten einen Vertheidiger, dem Unmündigen einen Mund verleiht.

Der Eingang von Heidenstein's Vertheidigung versprach nicht viel Gutes, denn zuerst ließ er die schweren Augen stumm über Richter und Geschworene hinrollen, und als er endlich zu sprechen begann, kamen die ersten Worte mühevoll, abgerissen und mit heiserem Klange aus seiner Brust. Aber der Inhalt dieser Worte war besser als ihr Klang; es steckten Gedanken dahinter, diese Gedanken hingen aneinander ohne Riß, ohne Zwischenraum, sie blieben nicht stehen, sie gingen vorwärts, geschlossen wie eine stürmende Kolonne auf ein Ziel los — und plötzlich hatten sie das Ziel gepackt und mitten in die Anklage des Staatsanwalts brachen sie hinein und rissen ein klaffendes Loch hinein, und plötzlich ward es den Geschworenen klar, daß diese scheinbar unanfechtbare Anklage sehr wohl anfechtbar war, und daß kein einziger stichhaltiger Beweis dafür vorhanden war, daß Marie Lücke die Sachen, welche Schomburg gestohlen und geraubt, verkauft hatte. Schomburg hatte es während der ganzen Untersuchung in Abrede gestellt, ein Hehler, bei dem sie die Sachen untergebracht, war nicht entdeckt worden.

Der Staatsanwalt, der sich im Stuhle zurückgelehnt hatte, weil er sein heutiges Tagewerk für abgeschlossen hielt, richtete sich wieder auf, und sein Gesicht zeigte deutlich die Ueberraschung über den unerwarteten Angriff; die Richter blickten auf den Präsidenten, die Geschworenen sahen den Referendar, den sie bisher wie eine Art von Marionette betrachtet hatten, mit Augen an, als sähen sie ihn jetzt zum ersten Male, Einige von ihnen, welche Brillen trugen, putzten sich die Gläser, um ihn deutlicher zu sehen, und im Zuhörerraum war es ganz still geworden. Die „fidele Geschichte" fing an ernst zu werden.

Je länger er sprach, um so reicher gingen ihm die Worte vom Munde, und gerade die Abgerissenheit, mit der sie eins nach dem andern wie Stücke verkörperten Denkens hervorbrachen, gab ihnen eine rauhe, unbezwingliche Energie. Heidenstein hatte seine erste Stellung erobert. Daß Marie Lücke zu eigenem Vortheile den Räuber begünstigt hätte, war nicht erwiesen — auf

seinem bis dahin so blassen Gesicht erschien eine leise,
durchsichtige Röthe — er schwieg.

„Um Gotteswillen, er wird verlegen, er bleibt
stecken," sagte sich zitternd Fräulein Lieschen. Sie
hatte sich getäuscht; die Röthe auf seinem Antlitz war
nicht die der Befangenheit, sondern der erste dämmernde
Wiederschein der Hoffnung, daß es ihm gelingen würde,
seine Schutzbefohlene zu retten, sein Zögern bedeutete
den schweigenden Anlauf, den er zum letzten ent=
scheidenden Stoß nahm.

Erwiesen war es durch die Umstände, welche sich
bei der Ergreifung des Räubers und des Mädchens
zugetragen hatten, erwiesen durch ihr eigenes Geständniß,
daß sie Schomburg ein Versteck vor den suchenden
Augen der Gerechtigkeit gezeigt, daß sie ihm nach dem
Ausdruck des Strafgesetzbuches wissentlich Beistand ge=
leistet hatte, sich der Bestrafung zu entziehen, und
darauf stand Gefängniß. Derselbe Paragraph, der
dieses aussprach, enthielt aber noch einen Satz, an den
weder der Staatsanwalt, noch die Richter bisher ge=
dacht, durch welchen die Begünstigung für straflos er=
klärt wird, wenn dieselbe dem Verbrecher durch einen
Angehörigen gewährt wird. Zu den Angehörigen aber
rechnen auch Verlobte.

Es ließ sich darüber streiten, ob Marie Lücke und
Schomburg im Sinne des Gesetzes als Verlobte gelten
konnten, und den Geschworenen zu beweisen, daß das
zwischen diesen Menschen bestehende Verhältniß wirklich
als ein solches aufzufassen sei, wie es zwischen Braut
und Bräutigam besteht, darauf ging der zweite Theil
von Heidensteins Rede.

Eine lautlose Stille hatte sich, während er schwieg, über dem ganzen Saal gelagert; alle Augen blickten ihn an. Ungesucht und ungeahnt hatte der Instinkt ihm den mächtigen Kunstgriff des Redners in die Hand gegeben, der darin besteht, vor der letzten Entfaltung der Redegewalt eine Pause eintreten zu lassen, während deren sich das Gemüth des Hörers mit athemloser Spannung füllt.

Er reckte sich auf, mit unwillkürlicher, mächtiger Bewegung. Während für gewöhnlich der Blick eines einzigen Menschen genügte, seine Augen schüchtern zur Seite zu lenken, überkam ihn plötzlich, als die Aufmerksamkeit von allen Seiten auf ihn eindrang, ein Gefühl, als würde etwas ganz Neues, ganz Merkwürdiges in ihm geboren, etwas wie eine zweite Natur, die er ahnungslos in sich getragen hatte, wie eine schwellende Kraft, die er nicht verstand, von der er nur fühlte, daß sie wie ein Riese in ihm aufstand. Er wußte, daß er etwas zu sagen hatte, etwas Unermeßliches, Wundervolles, fühlte, wie Gedanken, Worte und Bilder plötzlich, er wußte nicht woher, auf ihn zuströmten, als drängten sie sich in seinen Dienst, und so begann er zu reden. Nach den ersten zehn Worten drehte sich der Präsident kurz nach dem alten Rath Hainsberg um, der mit ihm am Richtertische saß, und beide Männer wechselten einen schweigenden Blick. Was Heidenstein nicht gewußt hatte, Richter und Geschworene wußten es jetzt, daß ein Mann vor ihnen stand, den die Natur zum Redner geboren hatte.

Keinen Menschen sah er an, während er sprach; in die Ecke des Saales, zwischen Geschworenenbank und

Richtertisch, wo Niemand saß, da hinein bohrten sich
seine Augen. Die Augenlider waren zurückgerissen;
weit, groß und wie in einem verzückten Selbstgespräch
mit sich selbst, so starrten die dunkel glühenden Augen
unabläſſig auf einen Punkt, als wäre dort ein Buch
aufgeschlagen gewesen, aus dem er las, was wie ein
unaufhaltsamer, unwiderstehlicher Strom von seinen
Lippen rauschte. Und in der That, er sah dort etwas,
was Niemand sah; vor dem schaffenden Blick seiner
Phantasie erschien das düstere Verhörszimmer und er
vernahm Marie Lücke's stockende Erzählung von der
trostlosen Geschichte ihres trostlosen Lebens; er sah
des Mädchens schönes, trauriges Gesicht und ein Lächeln
ging in seinem finsteren Gesicht auf, ein geheimnißvolles,
süßes Lächeln, und all' die magische Gewalt, die der
Anblick eines dämonisch von einem Gedanken beseelten
Menschen auf die übrigen Menschenseelen übt, strömte
von ihm auf seine Hörer über. In dieser Stimmung
vernahmen sie aus seinem Munde die Geschichte von
Marie Lücke's Liebe und Verderben; aber diese Geschichte,
die er stückweis vernommen, war durch seinen gedanken-
klaren Kopf gegangen und in demselben zusammen-
geschmiedet worden zu einer Kette von Ursachen und
Folgen, daß Glied nach Glied derselben wie ein
Hammerschlag auf die Herzen der lauschenden Hörer
fiel; diese Geschichte des Elends und der Armuth hatte
in seinem Herzen geruht und stieg nun daraus hervor,
angethan mit allem Reize, den dieses schöne, milde
Herz ihr zu schenken vermochte, wie das Bettelkind des
Märchens, das man in goldener Schale badete, und
das als Königskind daraus hervorging.

War das eine juristische Rede? Niemand fragte danach; es war eine Rede, wie sie an dieser Stätte noch nie gehört worden war, hinreißend und über= wältigend, das wußten Alle, das fühlte auch das Weib, welches hinter dem redenden Manne saß, die Angeklagte, der dieses Alles galt und die sich immer wieder darauf besinnen mußte, daß sie es wirklich war, der es galt, Marie Lücke.

Ihre Augen hingen an dem Manne, der dort auf= gerichtet vor ihr stand, und während sie an ihm hafteten wurden sie größer und immer größer; ihre Hände hatten sich mechanisch zusammengeschoben und lagen gefaltet in ihrem Schooße, ihr ward zu Muthe so wunderbar, so feierlich, als wäre sie in der Kirche — nein, noch anders — als stände sie als Kind in ihres alten Vaters ärmlicher Stube, wo unter dem Spiegel ein Bild hing, auf dem ein Mann abgebildet war, der die Hände ausbreitete, unter welchem geschrieben stand: „Kommet her zu mir Alle, die ihr mühselig und be= laden seid."

„Das ist der Heiland," hatte der Vater gesagt, „der die Menschen so geliebt hat, daß er sich für sie todt machen ließ" — sie hatte es nicht verstanden, hatte es ihr Leben lang nicht verstanden, denn ihr Leben hatte sie gelehrt, daß es Niemanden gab, der für den Anderen etwas that, ohne etwas von ihm dafür zu verlangen — und jetzt —. Sie starrte den fremden, wunderbaren Mann an, der für sie eintrat, für sie redete, Worte, die ihr das Blut der Scham in die Wangen drängten, weil sie fühlte, daß sie ihrer unwürdig war, der sich zwischen sie und die gähnende Pforte des Zuchthauses

stellte, um sie zu retten vor Schande und Verzweiflung
— was hatte sie ihm gegeben? nichts; was hatte er
von ihr verlangt? nichts. „Das ist der Heiland,“ hatte
ihr Vater gesagt — wie in ahnungsvollem Traume
flüsterte ihr Herz nach: „Es ist der Heiland.“

Und noch ein anderes weibliches Wesen war in
dem Saale, vor dessen Seele, während Heidenstein sprach,
gleichfalls das Zimmer des väterlichen Hauses empor=
stieg, das kleine trauliche Zimmer mit dem runden
Tische und der hängenden Lampe darüber — das war
jene, die dort unter den Zuhörern in stiller, andächtiger,
schauernder Wonne saß, Fräulein Lieschen Hainsberg.
Wie sie emporwuchs in seinem Triumph, wie sie von
Zeit zu Zeit heimlich nach den Freundinnen sich umsah,
glückselig, da sie sie alle mit offenem Munde auf ihn
hinblicken sah! Sie konnte von seinem Gesicht fast
gar nichts sehen, denn er wandte den Zuhörern bei=
nahe gänzlich den Rücken — aber sie wußte ja, wie
er aussah, sie hörte ja den Wohllaut der rollenden
Stimme, die ihr so vertraut und doch so wunderbar
neu erklang. Ja, das war er, den sie, sie allein gekannt
hatte, und den nun die Anderen auch kennen lernten,
er war es, und doch war er anders, so viel größer,
so viel herrlicher als sonst, so voller Klugheit und
so voller Güte. Leise füllten sich ihre Augen, demüthig
neigte sie das liebliche Haupt; wie so unbedeutend sie
sich ihm gegenüber fühlte und wie es sie trotz alledem
drängte, ihr Gesicht an seinem Herzen zu bergen und
mit zitternden Lippen ihm zu sagen, wie sie es liebte,
dieses edle, dieses theure Herz!

Heidenstein hatte den Antrag gestellt, Schomburg zu fragen, ob er sich mit Marie Lücke verlobt habe.

Der Präsident kam diesem Antrage nach und legte dem Räuber die Frage vor; die Wirkung war eine erstaunliche, überraschende.

Schomburg hatte während der Rede Heidensteins finster in sich zusammengedrückt gesessen und nur ab und zu einen düster lauernden Blick auf das Mädchen an seiner Seite gerichtet; als jetzt die Frage des Präsidenten ihn traf, sprang er, wie von einer stählernen Feder geschnellt, auf und stemmte die beiden Hände wie die Tatzen eines Bären auf das Geländer der Anklagebank.

„So wahr ein Gott im Himmel ist," rief er, und seine Stimme nahm einen brüllenden Ton an, „wir Beide, wir sind miteinander verlobt! So ist es und so bleibt es!" Der Präsident wollte ihn unterbrechen, aber der Räuber hörte nicht darauf hin.

„Und wenn ich heut ins Zuchthaus komme," fuhr er fort, „fünfzehn Jahre, zwanzig Jahre, ich komme wieder 'raus — und dann" — er schüttelte die geballte Faust wie ein Wüthender, und seine Zähne knirschten. Einen Blick voll satanischen Hasses warf er hinüber nach der Zuhörerbank, wo der mit dem käsefarbigen Gesicht saß, dann rollten seine glühenden Augen mit düster drohendem Ausdruck über Heidenstein, der sich halb zu ihm herumgedreht hatte.

„Setzen Sie sich," rief der Präsident, so laut er konnte, und langsam, noch zuckend von dem Wuth= anfall, der ihn geschüttelt hatte, nahm Schomburg seinen Platz wieder ein.

Der räthselhafte Vorfall hatte einen tiefen Eindruck gemacht, aber die Wirkung war für Marie Lücke günstig; man erkannte, unter welch' einem brutalen Willen sie gestanden hatte.

Heidenstein hatte seine Rede beendigt und beantragt, das Mädchen für nichtschuldig zu erklären. Während des tiefen Aufathmens, das dem Schlusse seiner Worte gefolgt war, hatte der Präsident den Geschworenen die Fragen vorgelegt, die sie zu beantworten hatten; eine Unzahl von Fragen bezog sich auf Schomburg den Räuber, drei Fragen auf Marie Lücke; ob sie schuldig sei, den Räuber zu ihrem eigenen Vortheile begünstigt zu haben; ob sie schuldig sei, dem Räuber wissentlich Beistand geleistet zu haben, um ihn der Bestrafung zu entziehen, und endlich, ob sie dem Räuber diese Begünstigung als Angehörige habe angedeihen lassen.

Die Geschworenen zogen sich zur Berathung zurück, vor der Thür des Zimmers, in welchem sie sich besprachen, stellte sich der Gerichtsdiener mit einer Bullenbeißermiene als Posten auf; während die Berathung stattfand, wurden die Angeklagten abgeführt. Es entstand eine Pause der Erleichterung, ungefähr wie vor dem Aufgange des Vorhangs zum letzten Akte eines großen, erschütternden Schauspiels. Die Richter erhoben sich hinter dem grünen Tisch und traten in plaudernden Gruppen zusammen — man durfte sich unterhalten; nicht laut, das hätte der Würde des Saals widersprochen, aber flüsternd, und von diesem Recht ward auf den Bänken der Zuhörer, namentlich der Zuhörerinnen, nach so langem Schweigen energischer Gebrauch gemacht.

„Glauben Sie, daß sie frei gesprochen wird?"

„Man wird wirklich ganz schwankend."

„Hätten Sie gedacht, daß er so sprechen könnte?"

„Im Leben nicht."

Diese Fragen und Antworten untermengten sich mit dem leisen Rauschen des Papiers, so wie mit dem knisternden Geräusch von Weißbrötchen, die von kauenden Zähnen zermalmt wurden. Die verborgenen Frühstücks=schätze entstiegen den Taschen, und die Damen er=probten die beruhigende Wirkung, welche Buttersemmeln mit Kalbsbraten auf erregte Nerven üben.

Fräulein Lieschen war ohne Frühstück, aber auch ohne Hunger, sie blickte auf Heidenstein, der mit dem Rücken an der Anklagebank lehnte. Ob er nicht einmal die Augen dahin richten würde, wo zwei Augen so sehnlich seiner warteten? Nein — er schien kaum zu ahnen, daß sie überhaupt anwesend war.

Quer durch den Saal kam jetzt der alte Rath Hainsberg auf Heidenstein zu, dem er mit ernstem Lächeln die Hand reichte, während er leise einige Worte mit ihm wechselte. Fräulein Lieschen war sehr zufrieden mit ihrem Papa; es war ihr zu Muthe, als sei die Hand des Vaters, welche Heidenstein's Hand festhielt, ihre eigene und unwillkürlich preßte sie die Rechte zu=sammen, als wollte sie den Händedruck verstärken.

Früher, als man erwartet hatte, ertönte aus dem Zimmer der Geschworenen das Zeichen, daß sie mit Berathen fertig seien. Ein abermaliges Klappen und

Rauschen durch den ganzen Saal; der letzte bedeutungs-
volle Akt begann.

Die Angeklagten wurden wieder hereingeführt, und
während das geschah, erschienen die Geschworenen in
langsam feierlichen Zuge. Nachdem sie Platz genommen,
erhob sich der Obmann, um mit nachdrüclicher Stimme
den Wahrspruch der Geschworenen zu verkünden.
Schomburg eröffnete den Reigen; alle Fragen, die ihn
betrafen, waren mit „ja" beantwortet; schuldig, schuldig
und abermals schuldig aller ihm zur Last gelegten
Thaten.

Von den drei Fragen, die sich auf Marie Lücke
bezogen, hieß die Antwort auf die erste „nein" mit
mehr als sieben Stimmen — nicht schuldig der Begünstigung des Räubers zu eigenem Vortheil —, auf
die zweite „ja" mit allen zwölf Stimmen — schuldig
der Begünstigung des Räubers, um ihn der Bestrafung
zu entziehen —, auf die dritte „ja" mit allen zwölf
Stimmen — sie hatte ihm die Beihilfe als Angehörige
angedeihen lassen.

Als dieses dritte und letzte „ja" ertönte, zuckte
eine flammende Röthe über Heidensteins Gesicht, mit
einem Ruck warf er das Haupt herum und sah dem
Mädchen voll in das Gesicht. An dem strahlenden
Ausdruck des Glückes in seinen Zügen erkannte sie, daß
ihre Sache gut stand, und wie betäubt starrten ihre
Augen eine Sekunde lang in die seinigen.

Der Staatsanwalt erhob sich und stellte seine An-
träge. Die Richter verschwanden im Nebenzimmer, um
sich über das Urtheil schlüssig zu machen; wenige
Augenblicke darauf erschienen sie wieder im Saale.

Zwölf Jahre Zuchthaus für Schomburg, Freisprechung für Marie Lücke, so lautete das Urtheil, das der Präsident mit tönender Stimme verkündete.

Als das Mädchen dies vernahm, begriff sie, daß sie gerettet sei; sie sank an die Rücklehne der Anklagebank zurück und bedeckte das Gesicht mit den Händen; zwischen den gespreizten Fingern sah man die dunkle Gluth, die ihre Wangen bedeckte und sich bis in die Stirn hinaufzog.

Noch einmal erhob sich Heidenstein von seinem Sitze, diesmal nicht langsam und eckig, sondern wie mit einem Sprunge. Er stellte den Antrag, Marie Lücke sofort der Haft zu entlassen. Der Präsident sah die Richter einen nach dem andern an, einer nach dem andern nickte ihm schweigend zu; er stand auf:

„Die Angeklagte wird, dem Antrage des Vertheidigers gemäß, sofort in Freiheit gesetzt." Die Schwurgerichtsverhandlung war beendet.

· Als Marie Lücke die Anklagebank verließ, um noch einmal in das Zimmer, aus welchen sie vorhin gekommen war, zurückzukehren, glaubte Heidenstein, der sich mit dem ganzen Leibe zu ihr herumgedreht hatte, daß sie ihn ansehen würde — es geschah nicht. Ihr Haupt war so tief gesenkt, als wollte sie seinen Blick vermeiden, ihre Füße bewegten sich so langsam und schwer, als wäre Blei darin gewesen. Nachdem sie hinaus war, erschienen zwei Gefangenwärter mit Handschellen, um Schomburg zu fesseln und abzuführen. Der Räuber leistete keinen Widerstand; er hatte das Urtheil vernommen, ohne einen Laut von sich zu geben, ohne mit einer Wimper zu zucken. Als aber jetzt die Fesseln an seinen Händen klirrten, warf er plötzlich die Arme in die Höhe, sein Haupt sank rücklings in den Nacken und seine zum Himmel gerichteten Augen verdrehten sich — eine unverständliche, schauerliche Bewegung. Dann folgte er den Wärtern, die ihn von beiden Seiten an den Schultern packten und hinausführten.

Richter und Geschworene drängten herzu, Heidenstein die Hand zu drücken; er hatte sich alle Herzen mit Gewalt erobert; auch der Präsident trat heran und sprach ihm sein Erstaunen über seine unerwartete Leistung aus. Heidenstein hörte wenig von allem, was ihm gesagt wurde, und sah auch nicht, wie die Augen der Zuhörer und Zuhörerinnen, welche den Saal verließen, sich noch einmal auf ihn richteten, als wollten sie sich genau einprägen, wie er aussähe — seine Gedanken waren bei dem Weibe, dessen Gesicht er bisher nur voll Kummer gesehen hatte, und welches er nun zum ersten Male in Glück und Freude zu erblicken hoffte.

Eine tiefe drängende Ungeduld erfaßte ihn, sie wiederzusehen, und sobald er sich allein sah, eilte er nach dem Zimmer, in welches sie aus dem Saale eingetreten war.

Im Augenblick, da er die Thür öffnete, sah er, wie durch die gegenüberliegende Pforte ein altes, widerwärtig aussehendes Weib und ein bis an den Hals zugeknöpfter Mann mit einem käsefarbigen Gesichte verschwanden. Marie Lücke war allein. Sie lehnte am Fenster, die Stirn an die Scheibe gedrückt, so daß das winterlich vereiste Glas unter dem warmen Hauche ihres Mundes und Gesichtes aufzuthauen begann; das

Schnupftuch hielt sie zusammengedrückt in der Hand, es sah aus wie ein feuchter Klumpen — sie hatte geweint. Ueberrascht blieb Heidenstein stehen, so hatte er sie nicht zu finden gedacht. Als er eintrat, hatte sie ihm mit einer jähen Bewegung den Rücken zugedreht und die Hände vor das Gesicht geworfen; es sah aus, als fühlte sie vor ihm eine unüberwindliche Angst. Er trat einen Schritt auf sie zu.

„Marie," sagte er mit seiner milden, tiefen Stimme. Als sie ihren Namen von seinen Lippen hörte, zuckte sie zusammen, sie ließ die Hände sinken, wandte sich zu ihm, so daß er ihre roth verweinten Augen sah, und warf sich ihm zu Füßen, indem sie seine Hände mit wüthenden Küssen bedeckte.

„O — Sie — Sie — sind so gut," sagte sie stammelnd, „und ich — so schlecht, so schlecht" — er wollte etwas sagen, aber sie schüttelte, ohne die Augen zu ihm zu erheben, wie verzweifelnd den Kopf — „Sie — haben gesagt — daß ich unschuldig wäre — und ich — habe die Sachen verkauft." Unwillkürlich riß er seine Hände von ihr los und trat einen Schritt zurück — also hatte er eine Verbrecherin freisprechen helfen! An seiner Bewegung spürte sie, was in seinem Innern vorging, und als sie das fühlte, brach sie völlig zusammen. Sie drückte das Haupt so tief nieder, als wollte sie mit der Stirn die Dielen des Bodens berühren, dann richtete sie es zu ihm auf streckte die gerungenen Hände zu ihm empor, und indem die dichten Thränen von ihren Wangen strömten, sagte sie mit lallender Zunge:

„Nicht böse sein, lieber Herr, bitte, bitte nicht böse sein."

Der kindlich hülflose Ton dieser Worte, die flehende Geberde griffen Heidenstein so mächtig ans Herz, daß ihm die Thränen in die Augen traten und er mit einer plötzlichen Bewegung ihre Hände faßte.

„Ich habe Sie vertheidigt," sagte er, „vor mir brauchen Sie sich nicht zu fürchten." Sie drückte das Gesicht gegen seine Kniee.

„Verlassen Sie mich nicht," rief sie, „verlassen Sie mich nicht, lieber Herr, ich möchte gut sein, aber wenn Sie mich verlassen, bin ich hin und verloren!"

Er verstand nicht, was sie meinte, aber er dachte an die beiden abscheulichen Gestalten, die bei seinem Eintritt das Zimmer verlassen hatten.

„War das Ihre Mutter, die da vorhin aus der Stube ging?" fragte er. Sie nickte stumm.

„Und der Andere?" Ein Schauder ging über ihren Leib.

„Winkler aus Berlin," erwiderte sie leise.

„Wer ist das?" fragte er erstaunt. Sie beugte wieder den Kopf zur Erde —

„Bei dem ich —" sagte sie qualvoll stockend — „bei dem ich — die Sachen — verkauft habe."

„Der Hehler?" rief Heidenstein, „was will der von Ihnen?"

„Er will, wir sollen mit ihm nach Berlin ziehen — und dann — kann er mit mir machen — was er will." — Ein schaudernder Ekel schüttelte sie vom Kopf bis zu den Füßen, und während sie die Hände wieder vor das Gesicht schlug, drang ein Aechzen aus ihrer Brust.

„Und Ihre Mutter giebt das zu?" fragte Heiden=

stein. Sie hob die Augen wieder zu ihm auf, und statt aller Antwort ging ein schwaches, aber schreckliches Lächeln über ihr Gesicht.

„Wovon sollen wir denn auch leben?" sprach sie tonlos vor sich hin, „hier in der Stadt bekomme ich bei Niemandem Arbeit mehr."

In sich zusammengesunken, wie in dumpfer Resignation kauerte sie am Boden. Heidenstein blickte auf sie herab, und indem ihm der Sinn ihrer Worte und die Lage des Mädchens plötzlich klar ward, überkam ihn ein Grausen vor dem, was er sah. Er hatte geglaubt, die Armuth und das Elend kennen gelernt zu haben — jetzt kam er sich vor wie ein Kind, das einen Teich für die See gehalten hat. Er hatte gewähnt, dieses Weib gerettet zu haben, indem er sie vor dem Zuchthause bewahrte — jetzt erkannte er, daß sie trotz alledem verloren war, jetzt sah er die Armuth, vom Verbrechen umgarnt, wie von den Ringen einer Riesenschlange, die sich nicht abschütteln läßt, in deren Umklafterung es nur Eines giebt: Ersticken.

Er ging im Zimmer auf und nieder, stöhnend vor innerlichem Drange, denn das Bewußtsein der Verpflichtung, dieses Weib dem Verderben zu entreißen, wälzte sich mit Centnerlast auf seine Brust. Wenn er von Haus zu Haus ging, wenn es ihm wirklich gelang, die Herzen der Menschen zu bewegen, daß sie dem Mädchen Arbeit gaben, wenn sie wirklich ordentlich, brav und gut ward — dann kam dereinst, spät freilich, nach zwölf Jahren erst, aber doch einmal der Tag, der den Unhold aus dem Zuchthause befreite — und dann — was dann? Aber das waren Sorgen für

spätere Zeiten; zunächst mußte sie gerettet werden vor
dem Scheusal, das seine Arme wie ein Polyp nach
dem unseligen Geschöpf ausstreckte.

Er trat auf sie zu, legte die Hand auf ihr Haupt
und drückte es sanft hintenüber, so daß sie ihm ins
Gesicht sehen mußte.

„Marie,“ sagte er, „wenn man Ihnen Arbeit hier
am Orte verschaffte, würden Sie also nicht mit Winkler
gehen?“

„Nein,“ sagte sie hastig, „nicht einen Schritt will
ich mit ihm gehen.“

„Ich will versuchen, Ihnen Arbeit zu verschaffen,“
fuhr er fort, „ich will Alles thun, Alles versuchen,
Marie, warten Sie ein paar Tage.“

„Wenn das meine Mutter erführe“ — sagte das
Mädchen.

„Ich will es selber Ihrer Mutter sagen.“

„O ja, lieber Herr, sagen Sie ihr das! Sagen Sie
ihr das,“ flüsterte sie voll Eifer und Hast.

„Ich werde selber zu Ihnen kommen,“ fuhr er fort,
„und mit ihr sprechen, treffe ich Sie und Ihre Mutter
heute Nachmittag in Ihrer Wohnung?“

„Ja!“ sagte sie.

„Gut, heute Nachmittag — wenn es dunkel geworden
ist,“ fügte er hinzu.

Marie erhob sich erröthend von den Knieen — sie
verstand das „Wenn es dunkel geworden ist.“

Während sie ihre Kleidung ordnete, blickte sie zum
Fenster hinaus — es konnte bis zum Dunkelwerden
nicht mehr allzulange dauern, der Nachmittag war

vorgeschritten. Mit gesenkten Augen blieb sie vor ihm stehen.

„Es ist Ihnen gewiß recht unlieb, gnädiger Herr," sagte sie leise, „daß Sie zu uns kommen sollen?"

Er bemerkte, daß sie in seinem Herzen gelesen hatte. Es schwebte ihm die Frage auf den Lippen, warum sie ihn plötzlich und zum ersten Male „gnädiger Herr" nenne, aber er sagte nichts und blickte sie stumm prüfend an.

Demüthig, geneigten Hauptes, als ergäbe sie sich seinem Willen auf Gnade und Ungnade, so stand sie dort — und jählings schoß eine glühende Blutwelle in seinem Herzen empor. Er fühlte, daß er ein junger Mann war und daß zu allen Gefahren, die dieses schöne Geschöpf umlagerten, noch eine treten konnte, von einer Seite, an die er bisher nicht gedacht, obschon sie ihm die nächste war.

„Gehen Sie jetzt," sagte er, „heute Nachmittag komme ich" — und während sie zu einer Thür hinausging, verließ er das Zimmer durch die andere.

So hastig war die Nadel in Fräulein Lieschen Hainsberg's Hand noch niemals auf und nieder gegangen, und so langsam war die Stickerei, an der sie arbeitete, trotzdem noch nie vom Flecke gegangen, wie an diesem Abende. Es war kein Wunder, denn nach jedem zehnten Stiche ließ sie Hände und Arbeit sinken und lehnte sich zurück, als könnte sie nicht mehr. Nachdem sie dies ein paar Mal so getrieben, stand sie endlich ganz von dem Nähtisch auf und ging zweimal im Zimmer auf und ab. Sie schlug das Klavier auf und steckte die Lichter an demselben in Brand, als ob

sie spielen wollte, denn sie spielte sehr hübsch — dann
blies sie die Lichter wieder aus, klappte das Klavier
wieder zu und spielte nicht. — Es war kein Zweifel,
sie war unruhig, sehr unruhig. — Ob auch Paulinchen
für das Abendessen gesorgt hatte? Ob die Hängelampe auch in gehörigem Stande war? Es galt, sich
davon zu überzeugen. Alles war in schönster Ordnung
— leider — denn irgend etwas zu thun zu haben,
wäre ja eine Wohlthat gewesen — Paulinchen hatte
für Drei gekocht und gebraten; für Drei, aber wo
blieb er denn, dieser Dritte? Wenn je ein Abend gewesen war, an dem es gar keine Möglichkeit gab, daß
er nicht kam, so war es doch der heutige — und immer
noch wartete sie vergeblich auf den leisen wohlbekannten
Klingelschlag. Einmal war sie schon bis an die Thür
gesprungen, denn sie hatte ganz deutlich seinen Schritt
im Hausflur gehört — aber er war es doch nicht gewesen — und er kam nicht; und als sie nachher mit
dem Papa einsam am Theetisch saß, und als der alte
Rath Hainsberg gesagt hatte, „das wundert mich,
daß heute der Heidenstein nicht kommt,“ hatte sie
rasch aufstehen und sich am Nebentische etwas zu
schaffen machen müssen, denn zwei schwere Thränen
waren ihr lautlos über die Wangen geflossen. So
lange sie mit dem Vater zusammen war, kämpfte sie
ihr Herz nieder und sprach von gleichgültigen Dingen,
aber die Thränen blieben ihr nicht erspart, und als
sie im Bette lag, denn sie hatte sich heute früh zur
Ruhe begeben, und als sie dachte, wie öde dieser Abend
gewesen war, den sie sich so selig geträumt hatte, da
kamen sie wieder, in langem, bitterlichem Strom und

feuchteten das Kiſſen, auf dem ihr Haupt lag. Zum
erſten Male fiel es ihr ein, daß Marie Lücke auch ein
Weib war, und dazu ein ſchönes, zum erſten Male fiel
es ihr ſchwer auf die Seele, wie er ſich, als das „nicht=
ſchuldig" ertönte, glückſtrahlend zu Jener umgewandt
hatte, während er für ſie nicht einen Blick gehabt, und
in ihrem unſchuldigen Herzen wachte zum erſten Male
ein bitteres, brennendes Weh auf, vor dem ſie erſchrak
Was ſie noch nie gethan, heute fühlte ſie, daß ſie
einem Menſchen Böſes wünſchte, daß ſie einen Menſchen
haßte — und das war Jene, für die er ſo ſchön
geſprochen. Wie ſchlecht und niedrig ſie ſich vorkam
— wenn er jetzt in ihr Herz hätte blicken können —
ſie fühlte ſich ſeiner unwürdig, und ſo, an ſich und
der Welt verzweifelnd, ſchlief ſie endlich ein, wie ein
verſchüchterter, kleiner Vogel, dem der Regen das
Gefieder durchnäßt hat.

Er war nicht gekommen. Weit ab von dem Hauſe,
in welchem die Lichter vergeblich für ihn brannten,
führte ihn ſein Weg zu dem entgegengeſetzten Thore
der Stadt hinaus, und ebenſo weit, vielleicht noch
weiter waren ſeine Gedanken von dem Herzen entfernt,
das in Schmerzen ſeiner wartete.

Es war ein dunkler, ſchlimmer Weg, den er zu
ſeinem Ziel zu machen hatte. Die ſtarre Kälte, die
den Tag über geherrſcht hatte, war plötzlich gebrochen,
der Wind war nach Südweſten umgeſprungen und
fegte in ſchweren, heulenden Athemſtößen über die Erde.

Von den Dächern der Häuſer leckte er mit heißer
Zunge den Schnee und das Eis hinweg, und indem
das Waſſer ſtromweis niederging, entſtand in Dach=

traufen und Rinnen jenes klappernde, tröpfelnde
Geräusch, das so einförmig und öde durch die dunklen,
menschenleeren Gassen kleiner Städte tönt.

Heidenstein hatte sich in den Mantel gewickelt und
den Hut tief ins Gesicht gedrückt; es wäre ihm nicht
lieb gewesen, wenn Jemand ihn erkannt und be-
fragt hätte, wohin er ginge. Innerhalb der Stadt
verbreiteten einige spärlich vertheilte Laternen ein
jämmerliches Licht, als er aber jetzt in die Gasse ein-
bog, welche aus der Stadt hinaus zum Kirchhofe
führte, hörten auch diese Lichter auf, und dicke schwarze
Nacht war um ihn her.

„Wenn Schomburg nicht hinter Schloß und Riegel
säße, so wäre das ein Abend für ihn," dachte er bei
sich, während er tappend seinen Weg suchte; unwillkürlich blieb er stehen, in der Hecke, welche zur Rechten
auf einem hohen Erdwalle entlang laufend, den Weg
begleitete, hatte er ein Knacken zu hören geglaubt, das
er sich nicht zu erklären vermochte. Seine Nerven
waren durch die Dunkelheit erregt.

Wenn Jemand von dort oben herunter und auf
ihn los käme, überlegte er, indem er seinen Weg fortsetzte, so wäre es für ihn eine häßliche Lage; das Gesicht des Räubers trat vor seine Erinnerung, wie sich
dasselbe während der heutigen Gerichtsverhandlung mit
unheimlich drohendem Ausdruck auf ihn gerichtet hatte.
Was wollte er von ihm? Woher dieser Groll? Woher? Mußte er auch fragen, wo der heiße Schauer
herkam, der jetzt, indem er an Marie Lücke dachte, trotz
Sturm und Nacht durch sein Herz rieselte? Zu wissen,
daß dieses Weib seines Kommens wartete, bereit wie

eine Sklavin sich Allem zu fügen, was er verlangen würde! Allem! Er sah ihre knieende, demüthig hin=gebende Geberde, die ihm zu sagen schien: „Hier bin ich.“ Was hemmte ihn, daß er den Lohn für seine Mühe heischte?

Den Lohn — das also war der Nachklang des großen, reinen Gefühls, das sein Herz erfüllt hatte, als er vor den Geschworenen sprach?

Es war ihm, als ob eine schmutzige Hand in seine Seele griff, und ein Widerwille überkam ihn vor sich selbst. Er war also nicht besser, als der gemeine wucherische Gläubiger, der seine Macht gegenüber der hülflosen Armuth mißbraucht, um ihr das letzte, theuerste Gut abzupressen?

„O pfui, pfui, pfui!“

Kopfschüttelnd sprach er es in sich hinein, als er zu seiner Linken die Mauerecke des Kirchhofes aus der Finsterniß hervortreten sah. Das Haus, welches er suchte, konnte nicht mehr ferne sein; und in der That, da seine Augen sich allmählich an die Dunkelheit gewöhnt hatten, erblickte er rechts vom Wege, der hier an der Kirchhofsmauer entlang lief, die Umrisse einer öden, einstöckigen Hütte. Er ging einige Schritte darauf zu und blieb wieder stehen. Wie ein Haufe schwärzlichen Unraths lag die klägliche Behausung ein=sam im dunklen Feld. Sollte er wirklich hineingehen? Er zauderte; ein unheimlich schauderndes Bangen über=kam ihn, während er das Haus betrachtete, das wie eine Falle vor ihm lag. Wenn man ihm einen Hinter=halt stellte? War es undenkbar? Eine dumpfe, schwere Stille lag über der ganzen Landschaft; aus der Stadt drang kein Laut des Lebens bis hier heraus, in den kahlen Bäumen des Kirchhofs rüttelte und raschelte der Südweststurm. Aber er überlegte, daß gerade diese Umgebung es war, aus der er sie erretten wollte, und er wiederholte sich, daß, wer der Armuth helfen will, damit anfangen muß, daß er sich vor der Armuth nicht fürchtet. Entschlossen ging er auf die Hausthür zu; durch die Schlitzen der Fensterläden schimmerte röthliches Licht; an der Pforte hing ein alter Glockenzug, den er in Bewegung setzte.

Obgleich er kräftig gezogen, hörte Heidenstein von einer Klingel oder Glocke nichts. Es schien aber, daß Jemand in dem Hause war, der so gespannt seines Kommens gewartet hatte, daß er trotzdem seine Ankunft bemerkte; denn sobald der rostige Draht sich knirschend in dem eisernen Ringe, der ihn hielt, herunter und wieder herauf bewegt hatte, klappte im Innern des Hauses eine Thür, und gleich darauf wurde das Hausthor von innen geöffnet.

Im Rahmen der Pforte stand Marie Lücke, überfluthet vom Lichte der Lampe, die sie in der Rechten hoch emporhielt.

Als sie Heidenstein erkannte, fuhr sie einen Schritt zurück, und es war, als ob sie einen Schrei hinunterkämpfen müßte.

„Ach, Sie sind wirklich gekommen?" sagte sie halblaut mit gepreßter Stimme; Scham, Bangigkeit und tiefinnerliche Freude vereinigten sich in ihrem Antlitz zu einem wunderbar lieblichen Ausdruck.

Heidenstein war eingetreten und betrachtete das Mädchen, das gesenkten Hauptes vor ihm stand, so demuths-

voll und schön in der widrigen Umgebung des rauchge=
schwärzten Flurs, wie ein Engel, der sich aus dem
Himmel in die Hölle verirrt hat.

„Ich hatte Ihnen ja versprochen, daß ich kommen
wollte," sagte er, indem er nach ihrer herabhängenden
Hand griff. Sie gab ihm die Hand nicht, er mußte
sie fassen und emporheben; als sie aber in der seinigen
lag, fühlte er, wie sie zitterte, wie dann ihre Finger
sich um seine Hand spannten, erst mit schüchternem,
dann mit stärker und immer stärker werdendem Druck;
ein Seufzer hob ihre Brust, und ihre Augen huschten
über sein Gesicht und seine Gestalt dahin, um dann
wieder am Boden haften zu bleiben.

Es war ein kurzer taumelnder Blick, wie der Aus=
druck einer Seele, die willenlos geworden ist und mit
dem Strome eines dunklen Gefühls dahinzutreiben
beginnt.

„Ist Ihre Mutter zu Hause?" fragte er.

„Ja, bitte hier," erwiderte sie, indem sie die Thür
des anstoßenden Zimmers öffnete.

Die Lampe, welche Marie mit sich hinausgenommen,
war die einzige Leuchte dieses Raumes gewesen, welcher
inzwischen im Dunkel gelegen hatte. Bei dem ein=
strömenden Lichte gewahrte Heidenstein die Insassen
des Zimmers, einen Mann und eine Frau, welche zu
beiden Seiten eines Tisches saßen, der zwischen den
beiden Fenstern des Gemaches an die Wand gerückt
stand. Er erkannte die Alte und den Käsefarbigen,
die er heute schon einmal gesehen; wie zwei Fleder=
mäuse, die ins Licht blinzeln, saßen sie stumm an die

Wand gedrückt und wandten ihre Augen dem Eintretenden entgegen.

„Guten Abend," sagte Heidenstein mit erzwungener Gleichgültigkeit. Es folgte keine Antwort.

Marie hatte die Lampe auf den Tisch gestellt und rückte in einiger Entfernung von letzterem einen Stuhl für Heidenstein hin.

„Wollen Sie nicht Platz nehmen?" fragte sie, „und wollen Sie nicht Ihren Mantel ablegen?"

„Nein, ich danke," entgegnete er, während er sich niederließ. Unwillkürlich ließ er die Augen umhergehen, um sich zu vergewissern, wo und wie man aus diesem Zimmer wieder hinaus könnte. Außer der Pforte, durch welche er eingetreten war, befand sich an dem entgegengesetzten Ende des Raumes, an der Rückwand desselben, noch eine mit Glasscheiben versehene Thür; sie stand halb geöffnet. Er überlegte, daß man auf diesem Wege vermuthlich in die Küche und von da nach der Hinterseite des Hauses ins Freie gelangte.

Unterdessen herrschte ein tiefes Schweigen. Die Alte hatte wieder ihre blödsinnige Maske angenommen und stierte theilnahmlos vor sich hin, der Käsefarbige hielt die Augen auf Heidenstein gerichtet und musterte ihn von der Seite mit einer spitzbübischen Gespanntheit. Offenbar wollte man Heidenstein mit seinen Vorschlägen „kommen lassen"; es war für Letzteren eine unbehagliche Lage.

„Der Herr wollte mit Dir sprechen, Mutter, wegen der Arbeit hier am Ort — Du weißt ja" — unterbrach endlich Marie, die aufrecht inmitten der stummen Gruppe stand, das Schweigen.

Die Alte sah erst die Tochter und dann Heidenstein mit einem so täuschend nachgeahmten Ausdrucke blöder Dummheit an, daß man wirklich zweifelhaft werden konnte, ob sie verstände, um was es sich handelte.

„Das ist allerdings der Grund meines Kommens," sagte Heidenstein, indem er geflissentlich über den Hehler hinweg zu der Alten sprach, „ich denke, Sie haben gehört, was ich Ihnen vorschlagen will, und haben es sich bereits überlegt?"

Abermals erfolgte keine Antwort.

Ungeduldig knöpfte Heidenstein den Mantel auf und warf ihn, da es ihm zu heiß ward, über die Lehne des Stuhls, von dem er aufsprang.

„Ich will versuchen, Ihrer Tochter hier am Orte Arbeit zu verschaffen; was sagen Sie dazu?" wandte er sich noch einmal ärgerlich an die Alte.

Jetzt kam von der Seite des Käsefarbigen ein Geräusch wie ein leises Gekicher her. Heidenstein blickte nach ihm um und sah, wie der Hehler vornübergebeugt saß, mit beiden Händen seine Kniee reibend.

„Wollten Sie etwas sagen?" fragte er.

„Das Haus ist ja schon verkauft," sagte der Hehler, „wo soll sie denn unterdeß wohnen?"

„Das Haus ist verkauft? Wußten Sie davon?" wandte Heidenstein sich an Marie Lücke.

„Nein," entgegnete sie kurz, indem sie die brennenden Augen auf den Hehler richtete.

Dieser zuckte mit den Achseln.

„Die neuen Besitzer ziehen morgen schon ein; Alles ist abgemacht."

Er zog ein baumwollenes Taschentuch hervor und

indem er sich darin schneuzte, vergrub er das Gesicht darin, als ob er sich vor den Augen Heidenstein's und des Mädchens, die beide auf ihn gerichtet waren ver= stecken wollte.

Von Neuem entstand ein peinliches Schweigen. Heidenstein hatte sich wieder niedergesetzt; er mußte sich mit der neuen Sachlage zurechtfinden; der Käsefarbige lehnte sich an die Wand zurück und weidete sich mit Ruhe an der Verlegenheit der Gegner.

Plötzlich aber geschah etwas, das die Haltung Aller mit einem Schlage veränderte. Von der Hinterseite des Hauses her vernahm man ein Geräusch, wie wenn die Gitterpforte des Gartens leise knarrend geöffnet wurde.

„Da kommt Jemand," sagte der Hehler, indem er sich, steif wie eine Stange, auf seinem Sitze empor= richtete. Von dem Gesicht des alten Weibes glitt es wie ein Schleier herab, und während sie sich lauschend vornüber neigte, nahmen ihre Augen den Ausdruck eines Raubvogels an, der Gefahr wittert.

Marie Lücke hatte einen Augenblick wie angewurzelt gestanden und den Kopf horchend niedergebeugt, jetzt war sie mit einem Husch nach der Glasthür und durch letztere hinaus, gleich darauf vernahm man aus dem dunklen Raume dahinter den halb unterdrückten Schrei des Mädchens, und in derselben Sekunde erschien eine furchtbare Gestalt auf der Schwelle der Thür: Schomburg.

So wie er aus dem Gefängnisse entsprungen war, in der Sträflingskleidung, ohne Kopfbedeckung, das wüste Haar bis in die Augen herabhängend, ein Messer, das er vom Küchenheerde aufgerafft hatte, in der Faust, so stand er, wie der verkörperte Mord, im Rahmen der engen Thür.

Ohne Wort und ohne Laut, mit Blitzesgeschwindigkeit war der Hehler von seinem Sitze geglitten und zur entgegengesetzten Thür hinausgeschossen, mit einem brüllenden, unartikulirten Schrei aber war Schomburg hinter ihm drein, und im nächsten Augenblick vernahm man, wie die Körper der beiden Männer gegen die Hausthür prallten, die der Hehler nicht mehr Zeit gefunden hatte, aufzureißen. Dem dumpfen Schlage folgte das wüthende Geschnauf zweier auf Tod und Leben ringenden Männer und dann ein gellendes, allmählich herabsinkendes und hinsterbendes Geheul.

Entsetzt von dem furchtbaren Schauspiel war Heidenstein von seinem Stuhle emporgetaumelt; das betäubende Gefühl der Rathlosigkeit legte sich ihm wie eine eiserne Haube auf den Kopf und erdrückte ihm jeglichen Gedanken. Da fühlte er seinen Arm von Maries beiden Händen gefaßt.

„Hier entlang, kommen Sie hier entlang," keuchte sie und riß ihn nach der Glasthür zu. Mechanisch folgte er und ließ sich von ihr durch die dunkle Küche nach der Pforte ziehen, die aus der Küche ins Freie ging. Das Mädchen warf sich auf die Klinke — klinkte noch einmal — tastete mit fiebernden Händen am Schloß herum und drückte mit aller Kraft des Leibes gegen die Thür — vergeblich, sie widerstand.

„Er hat den Schlüssel abgezogen," sagte sie mit einem trockenen Schluchzen. Heidensteins Lage ward entsetzlich, denn er erkannte, daß der Räuber mit allem Fremden aufräumen wollte, was er in seiner Höhle fand.

In der Seitenmauer der Küche war ein Luftloch angebracht, zu eng, um einem Menschen Durchlaß zu gewähren, der einzige Ausweg blieb durch den Vorderraum.

„Sie müssen vorn durch's Fenster hinaus," sagte Marie Lücke mit dumpfer Entschlossenheit, indem sie ihn wieder an der Hand ergriff und in das Vorderzimmer zog. Im Augenblick jedoch, da er letzteres betrat, fühlte Heidenstein, wie sich das Mädchen auf ihn zurückwarf und ihn in die Ecke neben der Glasthür drängte.

Mitten im Zimmer stand Schomburg, mit Blut besprengt, das Messer in der Hand, die blutlechzenden Augen mit starrer Wuth auf ihn gerichtet.

Es entstand eine momentane, fürchterliche Pause.

„Franz," sagte das Mädchen mit heiserer Stimme, indem es einen Schritt vor Heidenstein, zwischen diesen und den Räuber trat, „laß den Herrn gehen, er hat Dir nichts gethan."

Die Zähne des Räubers preßten sich so gewaltsam aufeinander, daß man die Kinnbacken hervortreten sah.

„Gehst Du weg von ihm?" sagte er, indem er einen halben Schritt zur Seite that, als ob er um Marie herum Heidenstein an den Hals wollte.

Das Mädchen wich noch näher auf Letzteren zurück, so nahe, daß dieser sich ganz von ihrem Leibe bedeckt fühlte.

„Franz —" sagte sie mit fliegender Hast, indem ihre Stimme in der Todesangst gellend emporstieg, „Franz, der Herr ist gut zu mir gewesen und hat nichts dafür von mir verlangt, nichts, ich schwöre es Dir bei Allem was mir heilig ist — Franz —"

Ihre Worte brachen kurz ab, denn mit einem Sprunge war Schomburg heran, das Messer zum Stoß gezückt.

Marie Lücke umklammerte mit einem Arme Heidenstein's Schultern, und indem sie jede Miene des Räubers im Auge behielt, warf sie, geschmeidig wie eine Katze, ihren Körper jeder Bewegung desselben entgegen. Plötzlich gab Schomburg einen dumpfen Laut von sich und gleichzeitig fühlte Heidenstein, wie der Körper des Mädchens von einem furchtbaren Stoß durchschüttert wurde. Ihre Brust zuckte in einem erstickten Schrei auf, ihr Leib bäumte sich an seinem Leibe empor und indem sie sich mit beiden Händen um Heidenstein klammerte, fühlte dieser, wie ihre Finger im Krampfe des tödtlichen Schmerzes sich krallend in seine Haut gruben. Dann wurde sie schwer, lastend und schwer wie ein Körper, den die Gelenke nicht mehr tragen. Ihr Haupt sank plötzlich auf die Brust herab, ihr Gesicht wurde ganz weiß, und es blieb Heidenstein nichts übrig, als sie langsam zur Erde niederzulegen. Indem er dabei die Arme um sie schlang, fühlte er, wie es heiß und feucht aus ihrem zerschlitzten Kleide über seine Hände tropfte.

Schomburg stand wie eine steinerne Säule; als jetzt Marie Lücke auf der Diele lag, und ein langer rother Streifen von ihrem Leibe aus über die Diele dahinfloß, schleuderte er das Messer mit einem Fluche in die Ecke, warf sich, das Gesicht nach unten, auf den Boden und schlug wie ein Wahnsinniger mit der geballten Faust auf die Diele.

Heidenstein kniete neben dem sterbenden Mädchen, das mit geschlossenen Augen vor ihm lag.

„Arme Marie," sagte er leise, „liebe Marie," indem er ihr Haupt in seinem Arme emporhielt und ihre Hände in seiner Hand vereinigte.

Als er das sprach, fühlte er, wie die erkaltenden Hände des Mädchens seine Hand leise drückten, und ein wunderbar süßes, liebliches Lächeln ging in dem todtenbleichen Antlitze auf.

„O — das noch einmal sagen," flüsterte sie mit geschlossenen Augen, „bitte das noch einmal sagen."

„Liebe, liebe Marie," sagte er laut, indem er sich tiefer zu ihr herabbeugte und ihre Lippen mit den seinigen berührte.

Da schlug sie die Augen groß auf und sah ihn mit einem langen, glückseligen Blick an.

Sie schmiegte das Haupt tiefer in seinen umfangenden Arm, mit der Geberde eines Kindes, welches einschlafend ein geliebtes Antlitz auf sich herabgeneigt sieht, und mit einem Ausdruck als ob ihr unendlich wohl wäre; ihre Augen blieben an den seinigen hangen, als wollte sie sein Bild hinübernehmen in alle Ewigkeit, und ihre zitternden Lippen brachten noch einen letzten Laut hervor, der so klang, wie wenn sie sagen wollte: „Sie Lieber —" aber es war kein deutliches Wort mehr.

Ein Seufzer hob ihre Brust, und das schöne unglückliche Wesen, welches Marie Lücke geheißen hatte, lag in seinen Armen, eine leere, todte Hülle.

Das Rasseln der Thür, der Lärm von Stimmen und Schritten weckte Heidenstein aus der dumpfen

Betäubung, in der er neben der Entseelten kniete. Polizeidiener drangen ein.

Wie ein Stier, den man vor den Kopf geschlagen, ließ Schomburg sich vom Boden emporreißen und die Fesseln anlegen. Er wandte die Augen nicht mehr nach dem ermordeten Mädchen zurück, und als man ihn abführte, taumelte er wie ein Betrunkener.

Heidenstein achtete auf nichts, was sich um ihn her begab; ein Herzweh, wie er es nie empfunden, hielt alle seine Geisteskräfte in schwerem Drucke darnieder. Darum bemerkte er auch die zweideutigen Blicke nicht, welche zwischen den Polizeibeamten gewechselt wurden, als sie ihn in dieser Umgebung gewahrten.

Am folgenden Tage wurde Schomburg verhört und Heidenstein als Zeuge dazu geladen.

Er sah den Räuber, dessen einst so kraftvolle Glieder schlotternd herabhingen und welcher mit erloschenen Augen vor dem die Untersuchung führenden Richter stand. Ohne Umschweif räumte er ein, was er gethan; Heidenstein's Vernehmung war kaum mehr erforderlich. Als er sich erhob, um das Richterzimmer zu verlassen, gerieth er in den Bann einer schaurigen Wahnvorstellung. Marie Lücke hing wieder an seinem Halse. Ihre Arme umklammerten ihn, immer enger und erstickender, ihr Leib ward immer starrer und schwerer, seine Kniee wankten unter der lastenden Bürde, und als er die Schwelle des Zimmers überschreiten wollte, brach er ohnmächtig zusammen. Besinnungslos ward er nach Hause geschafft, ein schweres Nervenfieber war zum Ausbruch gekommen.

Das Erste, dessen er sich bewußt ward, als er aus

dem lebendigen Tode zu sich kam, war ein wohlthuender Duft, den er voller Genuß einathmete. „Veilchen," sagte er sich, und als er die Augen aufschlug, sah er seine Wirthin, die soeben aus der am Kopfende seines Bettes befindlichen Glasschale einen halbvertrockneten Strauß dieser Blumen entfernte und einen frischen hineinsetzte.

„Von wem kommen die Blumen?"

„Ich weiß nicht," war die Antwort; „jeden Morgen, seit es Veilchen giebt, kommt ein Dienstmann und giebt einen Strauß ab."

„Seit wann giebt es denn Veilchen?" fragte er.

„Seit Ostern."

„Und wann war Ostern?"

„Vor acht Tagen."

Er merkte, daß er lange krank gewesen war.

„Hat Jemand nach mir gefragt in dieser Zeit?" forschte er weiter.

„Der Dienstmann, sonst Niemand," und damit war sie hinaus.

Der Dienstmann, sonst Niemand — das war ein trauriger Bescheid für Jemanden, der aus mehrwöchent=licher Krankheit zum Leben erwachte und der Ton, in dem er gegeben ward, trug nicht dazu bei, ihn erfreu=licher zu machen. Sonderbar — die Frau, welche früher willfährig und freundlich gewesen war, zeigte ein ganz verändertes Wesen, ihre Antworten waren kurz und trocken, beinahe schroff, und hatten jenen unange=nehmen Ton, welcher verräth, daß zwischen dem Fragenden und dem Antwortenden ein Gegenstand liegt, der nicht berührt werden soll. Was das war, erfuhr Heiden=

stein bald darauf bei eigenthümlicher Gelegenheit. Er
hatte sich soweit erholt, daß er zum ersten Male das
Zimmer verlassen konnte. Die Wirthin öffnete den
Schrank, um ihm den Rock, den er zum Ausgehen anlegen
wollte, abzubürsten; es war derselbe, den er an jenem
verhängnißvollen Abend getragen hatte. Als sie sich
mit dem Kleidungsstück entfernen wollte, gewahrte er
auf dem linken Aermel desselben ein langes blondes
Haar, das sich in welliger Linie eng an das Tuch ge=
schmiegt hatte. Er wußte, von wo es herrührte!

„Erlauben Sie noch einen Augenblick," sagte er,
indem er den Rock aus ihren Händen nahm und das
Haar behutsam entfernte. Wehmüthig blickte er auf
dasselbe herab.

Die Frau hatte ihm von der Seite zugesehen; als
er ihr jetzt den Rock wieder einhändigte, warf sie den=
selben mit unwilliger Geberde über die Lehne des Stuhls
und verließ, ohne ein Wort zu sagen, das Zimmer.

Die Lösung des Räthsels war gefunden, Heidenstein
wußte, woran er war; die Röthe des Unwillens und
der Scham war die erste, die sein Gesicht wieder färbte.
Sorgfältig wickelte er die verlorene Locke in ein Stück
Seidenpapier, barg dasselbe in seiner Brusttasche, und
nachdem er eigenhändig den Rock gesäubert hatte, ging
er aus.

Eine Stunde später kam er zurück, das Herz voll
Groll und Bitterkeit. Der Auftritt mit seiner Wirthin
war das Vorspiel zu dem gewesen, was er draußen
erleben und erfahren sollte.

Mit Windeseile hatte sich die Kunde verbreitet, wo
und wie er an jenem Abende getroffen war, und die

einzige zulässige Deutung war sehr bald zur Hand: Zwischen ihm und dem Mädchen hatte ein schandbares Verhältniß bestanden. Ein Verhältniß mit der Zuhälterin des Räubers und Mörders — es war einfach skandalös. Im weiblichen Theile der Gesellschaft, welcher sich besonders erbittert zeigte, war die Parole ausgegeben worden, und bald war dieselbe allgemein angenommen. An den tausend Zeichen, aus denen ein so Verfehmter seine Verdammung liest, die einzeln wie Nadelstiche, in ihrer Gesammtheit vernichtend wirken, hatte Heidenstein sein Schicksal erkannt; die Gesellschaft stieß ihn aus.

Wie alle zur Einsamkeit neigenden und der Einsamkeit sich ergebenden Menschen war er stolz und leicht verletzbar, und der Aerger fraß ihm ins Herz, wenn er wahrnehmen mußte, wie Bekannte, die ihn von ferne kommen sahen, sich plötzlich in ein angelegentliches Gespräch vertieften und im Eifer der Unterhaltung völlig übersahen, daß er Arm an Arm bei ihnen vorüberging. Er hatte Gelegenheit zu erfahren, daß man der Gesellschaft noch nicht entkommt, weil man sich der Geselligkeit entzieht, und daß dieser körperlos unfaßbare Begriff plötzlich zu einem handgreiflichen, unheimlichen Wesen wird, sobald sie sich einmüthig gegen uns erhebt.

Als er um die Ecke des Marktes bog, gewahrte er Fräulein Lieschen Hainsberg, welche sich in Gesellschaft zweier Freundinnen des schönen Frühlingswetters erfreute. Die Damen kamen gerade auf ihn zu, und er sah, wie dieselben bei seinem Anblick sich haslig anstießen und dann voll Eifer die Schaufenster zur Seite in Augenschein zu nehmen begannen. Er grüßte, aber die beiden Damen blickten zur Seite, und Fräulein Lieschen, das Gesicht wie mit Blut übergossen, schaute zur Erde — sein Gruß blieb unerwidert.

Dieser Auftritt übte eine so vernichtende Wirkung auf ihn, daß er um die nächste Ecke zurückbog und auf dem kürzesten Wege seine Wohnung wieder aufsuchte.

Nachdem er hier einige Stunden gesessen hatte, klopfte es an seine Thür und ein Dienstmann erschien, welcher einen Veilchenstrauß überbrachte, doppelt so groß wie die bisherigen.

„Von wem kommt das?" fragte Heidenstein.

„Von einer Dame," erwiderte der Dienstmann, der entweder nicht mehr wußte, oder nicht mehr sagen sollte.

„Von derselben, welche bisher jeden Morgen einen solchen Strauß geschickt hat?"

Der Dienstmann schmunzelte pfiffig.

„Sagen Sie der Dame, daß hier von morgen an dergleichen nicht mehr angenommen wird," sagte Heiden=stein unwirsch. „Haben Sie mich verstanden?" fuhr er fort, als der Mann erstaunt aufblickte.

„Jawohl, ja," versetzte der Letztere, indem er langen Gesichtes seinen Abgang nahm.

Tief in Gedanken stand Heidenstein und betrachtete den Strauß in seiner Hand. Sah er ihn nicht an wie ein sanftes, flehendes Auge? war es nicht, als spräche er zu ihm, als sagte er ihm leise und süß alles das, was sie ihm heute, da sie an ihm vorüberging, nicht hatte sagen können, nicht hatte sagen dürfen? Aber in seinem Herzen war in diesem Augenblick kein Gehör für diese sanfte bittende Stimme; „hinter dem Rücken

der Anderen kommt sie zu mir, aber in ihrer Gegen=
wart wagt sie es nicht und verleugnet mich!" Ein
böser, bitterer Groll kochte in ihm empor, er drückte
die Blumen in der geschlossenen Faust zusammen und
mit einem Ruck schleuderte er den Strauß durch das
geöffnete Fenster hinaus, auf die Straße hinunter.

Unwillkürlich trat er an die Fensterbrüstung, um
zu sehen, was dort unten aus ihm ward. Wie ein
blauer Edelstein lag das kleine Ding im staubigen
Straßenpflaster; ein schwerer, mit Fässern beladener
Wagen rasselte heran, das eine der Räder ging über
den Strauß hinweg, und die zerquetschten Blumen
waren ein Haufen Straßenkoth neben anderem Kothe
— wenn sie das gesehen hätte. — Von dem Wasser,
mit dem der Strauß besprengt gewesen, waren einige
Tropfen an seinen Fingern geblieben; es war ihm,
als wären es ihre Thränen. Wer in der ganzen Stadt
hatte ein Recht gehabt, ihm zu zürnen, als nur sie,
und wer in der ganzen Stadt hatte seiner gedacht in
der Zeit seiner Krankheit? Und er hatte ihr das gethan.

Hatte er es denn nicht gesehen, wie sie zusammen=
schrak, als sie heute seiner ansichtig geworden war?
wie sie nicht Theil genommen hatte an dem Gezischel
ihrer Freundinnen, wie die stummen Lippen in dem
zuckenden Gesichte gebebt hatten, als sie an ihm vor=
überschritt? Und dieses liebeerfüllte Herz hatte er auf
die Straße geworfen, unter die Räder eines gemeinen
schweren Lastwagens.

„Sie wird es nicht erfahren," beschwichtigte er sich
selbst, „nie, niemals — „aber da fielen ihm die Worte
ein, die er dem Dienstmann für sie aufgetragen hatte

und die ihr ganz sicher morgen bestellt wurden, die
bösen, harten, häßlichen Worte — ein namenloses Weh
überkam ihn, er wußte, daß er von morgen ab kein
einziges Herz mehr besitzen würde, das liebend seiner
gedachte, und in düsteren Gedanken saß er am Fenster,
bis daß die Nacht kam und wie ein großes, todtes
Auge in sein verödetes Herz blickte.

Seines Bleibens, das fühlte er, konnte in dieser
Stadt nicht mehr sein, und schon am nächsten Tage
reichte er den Antrag ein, in welchem er um Versetzung
an ein anderes Gericht bat. Seinem Gesuche ward
ohne Weiteres gewillfahrt, und einige Tage später
hielt er das Schreiben in der Hand, welches ihm seine
Beschäftigung am Gerichte eines weit entlegenen Ortes
verkündigte.

Heidenstein brauchte Niemandem Lebewohl zu sagen,
Niemand erwartete seinen Abschiedsbesuch, er konnte
gehen, er war frei, frei wie der Wolf auf der Haide,
dem Niemand nachfragt, wohin er sich wendet.

Pünktlich wie sie früher an jedem Morgen ge=
kommen, so pünktlich waren die Veilchen seit dem
Morgen, welcher auf jenen bösen Nachmittag folgte,
ausgeblieben; seine Bestellung war ausgerichtet worden
und sie hatte gewirkt. Er brauchte auch dort nicht
mehr Abschied zu nehmen, es war Alles aus.

Nur das Haus wollte er noch einmal sehen, zu
dem ihn früher so oft und so gern sein Schritt ge=
leitet, und am Nachmittage des letzten Tages vor
seiner Abreise war es, als er unter den alten Linden=
bäumen dahinwandelte, welche die Wohnung des Rathes
Hainsberg beschatteten. Deutlich erinnerte er sich der

Stunde, als er dies Haus zum ersten Male gesehen hatte: es war ein Tag gewesen, gerade so wie der heutige. Die Sonne hatte darüber gestanden, wie heute, die Vorhänge der Fenster waren niedergelassen gewesen, als wollte das Haus seinen Inhalt wie ein liebliches Geheimniß vor den Augen der Welt verbergen — das Herz schwoll ihm in der Brust, langsam durchmaß er den Lindengang bis an das Ende. Auf seinen Schritten kehrte er um und ging noch einmal an dem Hause vorbei, dann machte er auf Seitengassen einen Umweg und kehrte zum dritten Male zurück, und nun konnte er nicht mehr davon, ohne wenigstens den Flur und die Treppe noch einmal gesehen zu haben, wo er so manches Mal von ihr empfangen worden war.

Da war das alte Porzellanschild, auf dem mit großen Buchstaben der Name „Hainsberg" zu lesen stand, und daneben die Klingel — und ehe er sich's versehen, hatte er den Klingelzug in der Hand und die Glocke schlug leise an.

Er erschrak, nachdem er es gethan, aber es war geschehen; eine Thür klappte, und Paulinchen erschien mit erstauntem Gesicht auf der Schwelle der geöffneten Pforte.

„Ist der Herr Rath zu Hause?" fragte er verlegen.

„Nein, aber das Fräulein."

Ein Schauer ging über sein Herz; ein Schauer der Angst und doch von süßer heimlicher Freude.

„Ob — das Fräulein zu sprechen ist?" fragte er stockend.

„Ich werde zusehen," versetzte sie und verschwand.

Wenige Augenblicke später öffnete sie von innen

die Thür, es war die, welche zu dem Hinterzimmer führte, zu dem alten vertrauten Raum, mit dem runden Tische in der Mitte und der Hängelampe, die über letzterem schwebte.

Heidenstein trat ein.

Am Fenster, an dem sie, wie es schien, nähend gesessen hatte, stand Fräulein Lieschen; ihr Haupt war gesenkt, sie sah den Eintretenden nicht an. Auf dem Nähtische vor ihr gewahrte er in einem Glase ein kleines Veilchensträußchen.

Der Hof, auf welchen das Fenster ging, lag schon im Schatten des Nachmittags, und da das Zimmer nur durch dieses eine Fenster Licht erhielt, so begann die Dämmerung ihr geheimnißvolles Spiel in demselben zu treiben, aus Decke und Wänden tauchte die Erinnerung einstiger, glücklicher Stunden lautlos mit großen Augen hervor.

„Sie haben vielleicht schon gehört," sagte Heidenstein zögernd und leise, „daß ich von hier fort gehe — darum wollte ich noch einmal zu Ihnen kommen —"

Sie nickte schweigend und hastig mit dem Kopfe, als wollte sie ihm den Schluß seines Satzes „um Abschied von Ihnen zu nehmen" ersparen. Er trat einen Schritt näher auf sie zu und als er das that, bemerkte er, wie ihre Hand, in der sie die Näharbeit hielt, leise zitterte; sie erröthete nicht, sie wurde blaß.

„Ich fürchte, Sie sind böse auf mich," fuhr er fort, „weil ich — weil ich —"

Da drehte sie sich jählings von ihm ab, nach dem Fenster zu; er sah, wie die ganze zarte Gestalt von dem Krampfe erbebte, der ihre Brust erschütterte; die

Arbeit fiel zu Boden und plötzlich bedeckte sie mit beiden Händen das Gesicht.

„Fräulein Lieschen," sagte er mit bebender Stimme, „habe ich Ihnen so wehe gethan? Ach mein Gott, wenn Sie wüßten, wie unglücklich ich war!"

„Das hatte ich mir ja gedacht," sagte sie schluchzend, ohne das Haupt zu ihm zurückzuwenden, „und darum hatte ich geglaubt, es würde Ihnen vielleicht Freude machen —"

„Es hat mir Freude gemacht," rief er, „es hat mir Trost gebracht, und ich danke Ihnen, daß Sie mir die Blumen schickten. Und wenn es möglich ist, daß Sie mir verzeihen können, so bitte und beschwöre ich Sie, geben Sie mir ein Zeichen, Fräulein Lieschen, und schenken Sie mir den Strauß, der hier auf Ihrem Tische steht."

Sie zog das Taschentuch hervor und trocknete sich die Augen, dann, ohne zu zögern, nahm sie die Veilchen aus dem Glase.

„Sie sind noch ganz naß," sagte sie, als Heidenstein danach griff. Er hatte das Sträußchen aber schon in den Händen — und dabei sah er ihr ins Gesicht, das sie ihm jetzt zugewandt hatte, und er gewahrte, daß er nicht allein unglücklich gewesen war in dieser Zeit. Eine ganze Geschichte von Kummer, Sorge und tief= innerlicher Noth las er aus dem holden verhärmten Antlitz, und indem er des Straußes gedachte, den der Wagen zermalmt hatte, fiel er vor ihr nieder und be= deckte die kleine gütige Hand mit heißen, strömenden Thränen.

„O nicht doch," flüsterte sie voller Angst, „o nicht

doch, nicht doch" — aber nun gab es kein Halten mehr.

Er hatte den Arm um ihre Hüfte geworfen und zog ihre zitternde Gestalt immer näher, immer leidenschaftlicher an sich; sein Gesicht war zu ihr erhoben, und als sie in dasselbe hinunterschaute, war es ihr plötzlich, als drehten sich Welt und Erde rund um sie um, daß der Himmel ihr zu Füßen stand, mit Wolken und Sternen und dem unendlichen Licht, und sie sank und sank, bis daß ihre Brust auf seiner Brust, ihr Mund auf seinem Munde zu ruhen kam, und die beiden Menschen, die so lange schon zu einander gehört, hatten sich gefunden in langem, erstem, selig trunkenem Kuß.

Schulter an Schulter gelehnt, so saßen sie nebeneinander auf dem Sopha, welches im Hintergrunde des Zimmers stand. Der Abend sank tiefer und füllte mit seinem Schatten das Gemach, und in die sinkende Finsterniß hinein erzählte er ihr mit leiser Stimme Marie Lücke's trostlose Geschichte vom ersten bis zum letzten Augenblick.

Er erzählte schlicht und ohne Prunk und sagte nichts von dem, was er gefühlt, aber das Mädchen an seiner Seite, das mit der Phantasie des liebenden Herzens andachtsvoll seinen Worten lauschte, ergänzte schweigend, was er verschwieg, und während unter seinen Worten sein Herz vor ihr aufging wie ein Heiligthum von Menschenliebe und Milde und Güte, gedachte sie der schmählichen Ausbrücke, die sie im Kreise der Bekannten über ihn und sein Verhältniß zu Marie Lücke hatte hören müssen. Da erschienen ihr diese Menschen elend

und jammervoll, und vor ihre Seele trat das Bewußt=
sein vom Erbfluche der Menschenheit, daß das Große
und Gute sich immer nur in das Herz eines Einzelnen
flüchtet, während die Menge mit plumpen Füßen dar=
über hinwegstampft.

Als er geendet hatte, beugte sie sich an ihm nieder,
bis daß ihr Haupt da zu liegen kam, wo das Herz
des Menschen ist, und an der Stelle drückte sie die
Lippen an seine Brust.

„Was thust Du, Lieschen?" fragte er.

„Ich küsse Dein Herz," erwiderte sie, „und bitte
ihm ab, denn ich that unrecht an ihm. Es gab einen
Augenblick, da ich bereit war, in das Urtheil der
Uebrigen einzustimmein, und in der Nacht, da sie für
Dich starb, habe ich sie gehaßt und ihr Böses gewünscht."

„Nein," sagte er, „klage Dich nicht gegen mich an,
mir gegenüber bist Du ohne Schuld — aber wenn Du
fühlst, daß Du ihr Unrecht gethan hast, so sieh dieses
hier." Er griff in die Brusttasche und nahm das
Seidenpapier hervor, das er sorgsam öffnete.

„Weißt Du, von wem das herstammt?" fragte er,
indem er das blonde Haar gegen das Fenster hielt,
so daß es im letzten Schimmer des Lichtes wie eine
feine dunkle Linie erschien.

„Ich errathe es," flüsterte sie leise.

„Du weißt, daß ich morgen abreise," sagte er, „es
könnte mir verloren gehen, und es wäre mir leid,
wenn es geschähe."

„So will ich es Dir bewahren," versetzte sie leise,
„gieb her; und wenn Du wiederkommst, sollst Du es
unversehrt finden, ich verspreche es Dir." Sie nahm

die Locke aus seiner Hand, wickelte sie sorgfältig wieder in das Papier, dann fielen sie sich um den Hals und küßten sich.

In diesem Augenblick hörten sie, wie in die Außenthür ein Schlüssel geschoben ward.

„Der Papa," sagte Lieschen, indem sie vom Sopha glitt, und nun fiel es Heidenstein auf das Herz, daß der zweite, und vielleicht schwierigere Akt begann.

Im Nu war Lieschen auf den Stuhl gesprungen und hatte die Hängelampe in Brand gesteckt.

„Und nun komm," sagte sie, indem sie ihn an der Hand ergriff. Der Rath Hainsberg war in sein nach vorn belegenes Zimmer getreten und auf der Schwelle desselben erschienen jetzt Hand in Hand Heidenstein und Lieschen, seine Tochter.

Der alte Mann blickte von seinem Schreibtisch auf und rückte unwillkürlich überrascht, den Stuhl einen Schritt vom Tische ab.

Heidenstein wollte den Mund öffnen, aber der Rath unterbrach ihn.

„Sprechen Sie nicht," sagte er, „kommen Sie her, sehen Sie mir in die Augen."

Heidenstein trat zu ihm, der Alte faßte ihn an beiden Händen und blickte schweigend in sein Gesicht.

„Heidenstein," fragte er, „wissen Sie, was die Leute von Ihnen reden?"

„Ja entgegnete er, und die großen dunklen Augen, die er auf den Rath wandte, sahen aus wie an jenem Tage, da er vor dem Präsidenten des Gerichts gestanden hatte.

„Heidenstein — ist es wahr, was die Leute reden?"
die Hände des alten Mannes griffen fester.

„Nein, Herr Rath, es ist nicht wahr," sagte er laut
und ruhig. Der Rath Hainsberg erhob sich von seinem
Stuhl, legte die Hände auf Heidensteins Schultern und
plötzlich nahm er den Kopf desselben zärtlich zwischen
beide Hände.

„Heidenstein," sagte er, indem er sich zu seinem
Ohre niederbeugte, „ich habe es auch nie geglaubt, ich
habe Sie lieber als all' das klatschende Volk."

Mit einem schalkhaften Aufblitzen der grauen Augen
wandte er sich zur Seite, wo Lieschen wartend stand.

„Na, und was will Sie denn, Mamsell?" fragte er.

Das war das Signal zum stürmenden Ueberfall —
mit einem Satze stürzte Lieschen auf den Papa zu
und kletterte förmlich, wie ein Eichhörnchen, an seiner
Gestalt hinauf, indem sie jede Stelle seines Gesichts
mit unzähligen Küssen bedeckte.

„So hilf mir doch von dem Kobold," rief der Alte
lachend Heidenstein zu; Letzterer trat mit ausgebreiteten
Armen hinter sie, und indem sie den Hals des Vaters
losließ, flog sie, indem sie sich im Schwunge umwandte,
an die Brust des Geliebten.

Dann, nachdem sie das Werk des Küssens an ihm
fortgesetzt hatte, segte sie wie ein Wirbelwind zur
Thür hinaus, im Hinterzimmer entstand ein Rumoren,
Klappern und Klirren, als wären die Heinzelmännchen
eingebrochen, und als sie bald darauf mit einer Schürze,
weiß wie frischgefallener Schnee, Goldkäfer=Schuhe an
den zierlichen Füßen, auf der Schwelle wieder erschien,
da war es wieder das Fräulein Lieschen einstiger

Tage, aufgeblüht in der Lebensluft des Glücks wie eine Rose, an der die Menschen sich entzücken, Glück athmend und Freude verbreitend.

An dem runden Tisch saßen sie wieder, die Drei; heute wurde nicht gelesen, heute gab es zu viel zu reden, theils in vernünftiger Sprache zwischen dem Rath Hainsberg und seinem künftigen Schwiegersohne, theils in einer ganz unvernünftigen, welche zwischen Letzterem und Fräulein Lieschen theils mit Augen= zwinkern über dem Tische, theils mit Händebrücken unter dem Tische geführt ward.

Und über dem Haupte der Drei schwebte der alte Hausgeist, die hängende Lampe; heut ward sie nicht herabgezogen, Niemand achtete weiter auf sie, aber wer es gethan hätte, der würde gehört haben, wie ihre Flamme mit leisem Rauschen die Luft verzehrte und wie sie dabei einen Ton von sich gab, einförmig und friedlich, wie das einförmige, süße Glück des häuslichen Friedens.

* * *

Drei Jahre später — ein Sprung in der Zeit, ein noch größerer im Raum. Es ist fern von hier, in einer großen Stadt, in einem kleinen, hinter dem Wohnhause belegenen Garten. Das grüne Stück Erde liegt so prangend in sommerlichem Schmucke, als wollte es den Händen danken, die es mit solcher Aufmerksamkeit hegen und pflegen. Im hintersten Winkel dieses Gartens, in

einer grünumrankten Laube, sitzen zwei Leute in eifrigem
Gespräch bei einander — ein alter Herr, dem man es
auf den ersten Blick ansieht, daß er ein zur Ruhe ge=
setzter richterlicher Beamter sein muß, und ein junger
Mann mit sprossendem Bart. Der junge Rechtsanwalt
soll heute vor den Geschworenen vertheidigen, denn er
ist der gesuchteste Vertheidiger der Stadt, und seine
Praxis mächtig gewachsen.

Der junge Mann entwickelt, wie es scheint, dem
Alten den Gedankengang seiner Vertheidigungsrede,
und der Alte scheint zufrieden, wenigstens nickt er von
Zeit zu Zeit mit dem Haupte.

Nur um den Kopf sieht der Herr Rechtsanwalt
wenig gepflegt und sogar ein wenig unordentlich aus;
außerdem wird er wahrscheinlich die Zeit versäumen,
denn er ist so vertieft in seine Auseinandersetzungen,
daß er der Stunde gar nicht achtet, er trägt nicht
einmal eine Uhr bei sich.

Aber jetzt erscheint in der Thür des Gartens eine
weibliche Gestalt. In der hocherhobenen Linken trägt
sie eine Taschenuhr und in der Rechten einen Kamm
und eine Bürste.

„Ist es Zeit, Lieschen?" fragte der Herr Rechts=
anwalt, da er sie erblickt.

„Allerhöchste Zeit," erwidert sie, und er will auf=
springen.

„Nein," sagte sie, „Du mußt erst Deinen Rock noch
ausziehen und einen Augenblick still halten.

Und während er nun in Hemdsärmeln vor ihr sitzt,
ordnet und glättet sie ihm das verworrene Haar. Da=
bei lacht sie über das ganze Gesicht, und er blickt

von unten zu ihr herauf und lächelt dem niedlichen
Friseur zu.

„So,“ sagt sie, „nun kannst Du unter Menschen
gehen.“

Er stürzt sich in den Rock, stülpt den Hut auf und
will fort. Noch einmal aber kehrt er um, faßt sie in
beide Arme und küßt sie ganz wild.

„Gott, Lieschen, wenn ich Dich nicht hätte,“ ruft er.

„Aber die Uhr nicht vergessen,“ sagt sie, und steckt
ihm die Taschenuhr in die Weste; und nun ist er frei,
und hastig sieht man ihn durch das Haus verschwinden.

Die Uhr hängt an einer goldenen Kette, und an
der Kette gewahrt man als einzigen Schmuck eine kleine
goldene Kapsel. Wenn man sie öffnete, würde man ein
einzelnes blondes, künstlich verflochtenes Haar darin
finden — das war das Hochzeitsgeschenk gewesen, das
er von Lieschen empfing, am Tage, da sie sein Weib
wurde.

Brunhilde.

Auf einer Reise nach Kopenhagen war es, als ich in Kiel einen Freund aufsuchte, der dort, in seiner Heimath, studirte.

Wir waren in Leipzig, wo er sich der Medizin befleißigte, bekannt geworden, und die kurze Bekanntschaft war schnell zu engerer Freundschaft erwachsen, denn das Wesen des jungen Holsteiners übte einen seltsamen Zauber auf mich aus. In einem Kreise von Studiengenossen, der sich allwöchentlich einmal versammelte, um sich wechselseitig dichterische Erzeugnisse vorzulesen, hatte ich ihn zum ersten Male gesehen, und die eigenthümliche Erscheinung hatte sogleich meine Aufmerksamkeit gefesselt. Den schlanken Oberleib gerade emporgereckt, so daß sein Rücken die Stuhllehne kaum berührte, die Arme über der Brust gekreuzt, sah ich in der Mitte der langen Tafel einen jungen, etwa zwanzig Jahre alten Mann sitzen, der träumerisch, aber nicht finster, vor sich hinblickte und den Versen einer Ballade, die

soeben von einem der dichtenden Musensöhne vor=
getragen wurde, andachtsvoll zu lauschen schien.

Er trug langes, blondes, in der Mitte gescheiteltes
Haar, und zweierlei war es, was seinem noch bart=
losen Gesichte einen ganz besonderen Ausdruck verlieh,
einmal die fast mädchenhafte Zartheit der Hautfarbe,
und dann — was ich erst bei genauerem Hinschauen
erkannte, die vollen blonden Augenbraunen, die über
der Nasenwurzel zusammenstießen. Wären die Haare,
die auf diese Weise die Stirn wie durch einen Strich
vom unteren Theile des Gesichtes trennten, dunkel
gewesen, so hätten sie unbedingt einen finsteren
Charakter auf sein Antlitz gezeichnet, aber das blonde
Haar ist sanfter, und so erschien mir Benno Rother
der Holsteiner — beides wurde mir auf mein Befragen
leise ins Ohr geflüstert — wie einer seiner Altvorderen,
einer jener angelsächsischen Jünglinge, die, als sie zum
ersten Male in das päpstliche Rom kamen, durch die
Mädchenhaftigkeit ihrer weißen Haut und die Männlich=
keit ihrer Glieder, durch die Sanftmuth ihrer blauen
Augen und die Insichgekehrtheit ihrer Gesichtszüge das
Staunen der Romanen erweckten.

Durch die Gesetze, welche unsere abendliche Ver=
einigung regirten, war es einem jeden Theilnehmer zur
Pflicht gemacht, mit irgend einem dichterischen Erzeug=
nisse eigener oder fremder Herkunft, laut zu werden,
und nachdem im Laufe der Stunden Alle ihren Tribut
gezahlt hatten, wurde als Letzter Benno Rother auf=
gerufen, der bis dahin schweigend, ohne zu rauchen und
ohne seine Haltung zu verändern, an seinem Platze ge=
sessen hatte. Er schien von der Verpflichtung, die ihm

oblag, nichts gewußt zu haben, wenigstens schaute er, als die Aufforderung zum Vortrag an ihn erging, einen Augenblick mit befangenem Lächeln umher; dann erhob er sich indessen, und indem er, leise vornübergebeugt, am Tische stand, mußte ich mir, der ich ihn von der Seite betrachtete, sagen, daß ich nie ein solches Bild sanftmüthiger Ergebung gesehen hatte. Ich weiß noch jetzt nicht, woher es kam, daß ich den geringfügigen Anlaß vollständig vergaß, um den es sich handelte, und daß es mir plötzlich war, als senkte sich ein großes, ernstes Geschick auf ihn hernieder, dem er geduldig den jugendlichen Nacken beugte.

Benno Rother sprach ein Gedicht von Klaus Groth, ein tief inniges, wundervolles Gedicht. Er trug es auswendig in plattdeutscher Mundart vor, und es klang, als spräche das holde Gedicht mit seinem eigenen süßen Naturlaute aus seiner Brust heraus. Mir war, als athmete ich den Duft des Bodens, aus welchem es erwachsen war, und mein Herz fühlte sich zu dem Jünglinge hingerissen, der die Seele seines Heimath= landes wie ein keusches Geheimniß mit sich trug und dessen Lippen diesen Schatz so schön und weihevoll be= handelten. Seit jener Stunde war ich sein Freund, und da wir noch in der Zeit des Lebens standen, wo die Stimmung unserer Seele nach sofortiger äußerer Bethätigung verlangt, so waren wir auf „Du" und „Du", als ich ihm spät in der Nacht vor der Thür seines in enger, entlegener Gasse befindlichen Hauses Lebewohl sagte.

Wir standen noch einen Augenblick vor der Pforte,

und ich sah an dem finsteren, schmalen, mehrere Stock=
werke hohen Gebäude empor.

„Eine übermäßig freundliche Wohnstätte hast Du
Dir nicht ausgesucht," sagte ich.

„Nein," sagte er, „und von innen ist es noch
böser; aber was hilft's? fügte er hinzu, „man streckt
sich nach der Decke." Er hatte das Haupt ein wenig
gesenkt und ich mußte an das Bild von vorhin denken,
als er am Tische stehend das Gedicht vortrug.

„Nun gute Nacht," sagte er, indem er den Haus=
schlüssel aus der Tasche zog. Dabei brach er in ein
lautes Gelächter aus.

„Sieh' dieses Monstrum," rief er, indem er mir
einen ungeheuren Schlüssel vor die Augen hielt, der
im Lichte des abnehmenden Mondes wie eine stählerne
Keule leuchtete.

„Wenn ich einmal angefallen werden sollte, habe
ich wenigstens eine Waffe." Sein Lachen hatte einen
liebenswürdig sympathischen Klang. —

Er schob den Schlüssel in das Thürschloß und legte,
Abschied nehmend, seine Hand in die meine. Ich sage,
er legte, denn es fühlte sich sonderbar an, wie die
schmale weiche Hand in der meinigen lag, den Druck
der meinen ohne Gegendruck hinnehmend, wartend, bis
daß ich sie losließ; eine Hand, die nicht selber führen,
die geführt sein wollte. —

Das machte sich denn auch ganz von selbst, denn
ich war einige Jahre älter als er, und seine anschmieg=
same Natur machte ihn noch jünger, als er an Jahren
war. Dabei war er in hervorragendem Maße zur
Empfänglichkeit angelegt, und ihm etwas zu geben war

ein Genuß, da man fühlte, wie es in lauterer, schöner Tiefe bewahrt blieb.

Jemehr sich daher die Blätter dieser Seelenknospe unter meinen Augen entfalteten, und je tiefer ich in ihren unberührten Kelch hinab sah, um so lieber blickte ich hinein und von Tag zu Tage mehr fühlte ich mich in den Bannkreis dieser keuschen, beinah spröden Persönlichkeit hineingezaubert, die Alles an sich heran= kommen ließ, ohne selbst zu kommen und die anzog, indem sie sich zurückhielt.

Wir kamen fast allabendlich beim Glase Wein oder Bier zusammen und gewöhnlich, wenn ich eintrat, saß er bereits an seinem Platze. Eines Abends jedoch fand ich ihn nicht und erwartete ihn vergeblich während mehrerer Stunden; er kam nicht. Ebenso den zweiten Abend und den nächstfolgenden.

Ich machte mich auf, um zu sehen, ob er auf seiner Stube säße; als ich jedoch vor seinem Hause stand und zu seinen Fenstern hinaufblickte, gewahrte ich kein Licht. Die Hausthür war bereits geschlossen, ich mußte die weiteren Versuche, ihn zu finden, aufgeben.

Gerade in diese Zeit fiel eine Reise, die mich auf mehrere Wochen von Leipzig hinwegrief. Spät am Abende noch setzte ich mich nieder und forderte ihn brieflich, unter einigen Vorwürfen über sein plötzliches Fernbleiben auf, mir unter der Adresse, die ich ihm bezeichnete, Nachricht von seinem Thun und Treiben zukommen zu lassen. Ich wartete vergebens; nichts verlautete von seiner Seite. Nun wurde ich stutzig. — Kaum nach Leipzig zurückgekehrt, machte ich mich auf, um ihn in seiner Wohnung aufzusuchen. Wie es unter jungen Leuten manchmal geschieht, die Tags über arbeiten und nur Abends an diesem oder jenem dritten Orte zusammentreffen, so erging es mir; ich war noch nie in Benno Rother's Behausung gewesen.

Als ich in den roh gepflasterten Thorweg eintrat, gewahrte ich nicht ohne Staunen, daß das Haus, welches ein so schäbiges Gesicht nach der Straße zeigte, nach hinten hinaus viel weitläufiger und geräumiger war. Unmittelbar an den Thorweg schloß sich ein langer, winkliger Hof, der zu beiden Seiten von Quergebäuden, wie von rußgeschwärzten Armen umklammert war; große Haufen schmutzigen verbrauchten Strohs lagen regellos umher; das ganze Bild war unsäglich wüst und abstoßend.

Indem ich einige Schritte weiter hinein ging, bemerkte ich, daß der Hof in einem stumpfen Winkel umbog und mit den Hintergebäuden eines großen Hauses zusammenhing, welches nach einer anderen, Benno Rother's Gasse quer durchschneidenden Straße hinausging, und meiner Berechnung nach konnte dieses Haus kein anderes sein als das, in welchem sich ein wohlbekannter, von durchreisenden Akrobaten, Taschenspielern und Thierbändigern vielfach benutzter geräumiger Saal befand.

Ich fühlte einen förmlichen Widerwillen gegen das hinterhaltige Haus, in dem Benno Rother wohnte, und nachdem ich meine Rekognoszirung hier unten beendet, stieg ich die Treppe hinauf, die zu seiner, im zweiten Stock belegenen Wohnung führte.

Die Treppe vermehrte meinen Groll, denn sie war abscheulich. Hohe, ausgetretene hölzerne Stufen, ein abgegriffenes hölzernes Geländer, in dem, wie in einem lückenhaften Gebiß, mehrfach die Geländerstäbe fehlten, und dabei so eng, daß man, ein arabisches Sprüchwort umkehrend, welches von der Wüste gilt, sagen konnte, jeder Begegnende war ein Feind.

Die Wohnung war endlich gefunden, der, den ich darin suchte, war es nicht, denn „Herr Rother ist fort" lautete der überraschende Bescheid, den seine Wirthin mir auf mein Befragen ertheilte.

„Ist fort?" fragte ich, „von Leipzig fort?"

„Ja, ganz plötzlich und in aller Eile abgereist."

„Aber es ist ja mitten im Semester?" wandte ich ein.

Die Wirthin zuckte die Achseln, als wollte sie andeuten, daß Herrn Rother's Studienpläne nicht in den Bereich ihrer kontraktmäßigen Interessen gehörten.

„Ob sie wisse, wohin er gereist sei? ob nach Hause?" forschte ich weiter.

Die Frau zuckte abermals mit den Achseln; sie glaubte so.

„Ob er vielleicht dringende Nachrichten von Kiel erhalten hätte?"

Sie wußte es nicht, glaubte jedoch, nein.

Nicht ergiebiger lauteten die Nachrichten, die mir seitens der Mitglieder unserer literarischen Runde, bei denen ich Erkundigungen einzog, zu Theil wurden. Benno Rother war zuletzt in Gesellschaft eines Freundes gesehen worden, mit dem er den Schaustellungen einer Akrobatengesellschaft beigewohnt hatte; seit jenem Abende war er in der bewußten Vereinigung nicht mehr erschienen.

Ich erkundigte mich nach der Oertlichkeit, wo jene

Vorstellung stattgefunden hatte, und erfuhr, daß es der Saal in dem oben erwähnten Hause gewesen war, dessen Hintergebäude mit dem Hofe von Benno Rother's Hause in Verbindung standen.

Sollte ich diesen Umstand mit seinem räthselhaften Verschwinden in Zusammenhang bringen? Ich überlegte hin und her; da ich aber keine Möglichkeit fand, aus dem äußerlichen Zusammentreffen der Räumlichkeiten einen Schluß auf irgend eine innere Verbindung zu ziehen, die zu einer Erklärung seiner Handlungsweise führte, so gab ich schließlich Grübeln und Sinnen auf, indem ich es der Zeit überließ, das Dunkel aufzuklären und das Unverständliche begreiflich zu machen.

Seit jenen Vorgängen war nun mehr als ein Jahr verflossen. Ob er in dieser Zeit an mich gedacht, ich weiß es nicht; geschrieben hatte er nicht. Ich hatte ihn nicht vergessen, und deshalb beschloß ich, da mein Weg mich über seine Vaterstadt führte, ihn in letzterer aufzusuchen und zu prüfen, ob der verschwundene Freund mir auch ein verlorener sei. —

Ich fand ihn in Kiel im elterlichen Hause, welches am Düsternbrook in jener entzückenden Straße belegen war, die an buchenbewaldeten Abhängen wie ein Perlenbesatz an einem schönen Gewande die Meeresbucht entlang zieht.

Unangemeldet und überraschend trat ich bei ihm ein und ich werde nie die sonderbare Mischung von Freude und Schreck in seinem Antlitz vergessen, als er bei meinem Anblicke von seinen Büchern emporfuhr. Der Schreck aber war das Ueberwiegende, und das, was ich auf seinem Gesichte bemerkte, war nicht nur

Schreck, es sah aus wie Entsetzen. Sein Blick glitt
an mir vorüber, als fürchtete er, daß noch Jemand
außer mir käme, dann stand er, ohne ein Glied zu
rühren, mitten in der Stube, als wäre mit meinem
Eintritt eine geheimnißvolle Gewalt über ihn gekommen,
die ihn regungslos an die Stelle bannte.

Meinerseits betroffen, blieb ich einen Augenblick
stehen. War ich es selbst, der ihn so versteinerte, oder war
es die Erinnerung an Etwas, das ich nicht kannte, und
das mit meiner Erscheinung wieder vor seine Seele trat?

„Benno, Du Bösewicht," sagte ich, indem ich einen
möglichst heiteren Ton anschlug, „ich bemerke mit Vergnügen, wie sich bei meinem Anblick Dein Gewissen
regt. Wo hast Du gesteckt? Warum bist Du aus
Leipzig entflohen? Warum —"

Als ich den Namen Leipzig nannte, schüttelte er
hastig den Kopf, was so aussah, als wollte er etwas
von sich werfen, oder als sollte ich nicht weiter sprechen.

Ich streckte ihm die Hand entgegen, und nun kam
er plötzlich auf mich zu, fiel mir um den Hals, und
ich spürte etwas Feuchtes an meiner Wange; er weinte.

Die abweisende Geberde von vorhin, die stumme
Leidenschaftlichkeit, mit der er mich umschlang, das
Alles sagte mir, daß in der Zwischenzeit etwas geschehen sein mußte, was tief in diese Seele hinein-
gegriffen und sie zum Schwanken gebracht hatte, das
Zittern seiner Brust, die sich gegen die meinige preßte,
und die Thränen, die aus seinen Augen quollen, ver-
riethen mir, daß ich es mit einem leicht zerstörbaren
Menschen zu thun hatte. Seelenorganismen dieser Art
wollen ihrer Natur entsprechend zart und mit Vorsicht

behandelt sein. Sie bedürfen des Freundesauges, welches theilnahms= und verständnißvoll in sie hineinblickt, sie verlangen nach der Hand, die sanft und fest die ver= schlungenen Fäden ihres Gewebes zurechtschiebt — aber das Auge darf nicht aufdringlich nahe kommen, die Hand darf nicht täppisch mit einem Griffe Alles ordnen und schlichten wollen — sonst schließen diese Seelen sich zu und verschwelen in ihrer stummen Qual. Ich fühlte und wußte, daß ich Benno Rother jetzt und vielleicht noch lange nicht fragen durfte und ich beschloß zu schweigen, bis daß er selber reden würde.

Vorläufig gab ich mich dem Genusse der entzückenden Aussicht hin, die sich aus seinem Fenster auf den schiffs= bevölkerten Hafen bot. Er nannte und beschrieb mir jedes einzelne der gewaltigen Kriegsfahrzeuge, welche die eiserne Brust in den Wellen badeten, und aus dem freudigen Eifer, mit dem er mich, den Binnenländer, in die Seewelt einweihte, erkannte ich, daß jener un= bekannte Vorgang, der ihn aus Leipzig vertrieben, zwischen uns keinen Schatten geworfen hatte.

Ich mußte seinem Drängen nachgeben und mich bei seinen Eltern einführen lassen. Benno Rother war das einzige Kind; und dieser Umstand erklärte mir zum Theil die überaus große Weichheit und Zartheit seines Wesens, denn ich bemerkte, welch' unablässige Fülle liebevoll sorgender Gedanken, einem elektrischen Strome gleich, diesen jungen Mann umkreiste und umhüllte. Sein Vater, das fühlte ich, wußte sehr wohl, welch' ein zerbrechliches Gut er in diesem Sohne besaß, und hielt ihn daher, ohne daß Letzterer es zu gewahren schien, in beständiger sanft regierender Obhut.

Ob seine Eltern wußten, was es war, was den Sohn so plötzlich aus der Ferne zu ihnen zurückgeführt hatte? Ich hatte im Stillen gehofft, von ihrer Seite eine Andeutung irgend welcher Art darüber zu erhalten, aber es erfolgte nichts, und es blieb mir daher nichts übrig, als auch hier mit Fragen zurückzuhalten.

Im Laufe der Unterhaltung that ich meine Absicht kund, Kopenhagen, für das ich eine besondere Neigung bewahrt hatte, seitdem ich es zum ersten Male gesehen, zu besuchen.

„Es sind Ferien," wandte ich mich an Benno Rother, „Du könntest mich eigentlich begleiten."

Er schwieg auf meinen Vorschlag, und es entging mir nicht, wie er einen beinah scheuen Blick über den Tisch auf seinen Vater richtete.

„Natürlich," sagte der Letztere, „der Vorschlag ist vortrefflich; Du hast fleißig genug gearbeitet, und eine Zerstreuung wird Dir wohlthun; dazu ist Kopenhagen gerade recht; es ist eine fröhliche Stadt."

Er hatte nun auch nichts mehr einzuwenden und in vergnügter Hast packte er seinen Koffer, da wir noch an dem nämlichen Abende mit dem Postdampfer nach Korsör abfahren wollten.

Die Poesie der herrlichen Augustnacht, durch die wir dahin steuerten, der erquickende Seewind, der uns umspielte, da wir noch lange, Arm in Arm auf dem Verdeck standen, Alles das übte sichtlich die günstigste Wirkung auf meinen Freund.

Die See war mäßig bewegt, immerhin so stark, daß, als wir aus der Bucht in das offene Meer hinaus=fuhren, ein unabsehbarer Schwall von weißen, im

Mondlicht flimmernden Wellenkämmen uns entgegen=
rollte.

„Sieh'," sagte ich zu ihm, von der Größe des Schau=
spiels ergriffen, „es sieht aus wie der Rachen eines Löwen,
der sich aufthut, uns sammt unserem Schiffe zu ver=
schlingen."

Ich hatte das Wort noch kaum beendet, als ich
fühlte, wie sein Arm in dem meinigen zuckte; er sagte
nichts, aber sein Athem ging aus beklommener Brust;
dabei starrte er auf die Planken des Verdecks nieder.

War in dem Bilde, das ich gebrauchte, irgend etwas
gewesen, das ihn hätte aufregen können? Ich schaute
ihn von der Seite an und sah, wie er immer tiefer in
schweigendes Träumen versank. Es schien mir an der
Zeit, ihn loszureißen, deshalb stieg ich mit ihm in die
Kajüte hinunter, wo ich in einer guten Koje eine schlechte
Nacht verbrachte.

Am andern Morgen trafen wir in dem Augenblicke
wieder auf dem Verdeck zusammen, als das Schiff in
die stahlgraue Bucht des Hafens von Korsör einlief.
Er hatte offenbar vortrefflich geschlafen und spottete
über mein Aussehen, welches nur zu deutlich verrieth,
wie schlecht die Späße gewesen waren, die Neptun sich
mit mir erlaubt hatte.

„Wirst Du nicht seekrank?" fragte ich.

„Niemals," gab er zur Antwort.

„Das ist unnatürlich," versetzte ich in halbem Aerger,
und im Stillen dachte ich daran, daß Menschen, die an
der Seele kranken, vor manchen körperlichen Leiden
bewahrt bleiben, die Andere treffen. Aber es giebt für
derartige Zustände keinen besseren Arzt, als das Lachen,

darum ließ ich mich gern von ihm auslachen, und in gesprächigster Stimmung langten wir um die Mittags= zeit in Kopenhagen, der fröhlichen Stadt, an.

Der Tag verging, wie ein erster Tag in einer fremden Stadt zu vergehen pflegt, unter tausend wechselnden, neuen Eindrücken. Der Abend fand uns im Tivoli, jenem eigenartigen, reizenden Gartenlokale, wo der erfinderische Sinn eines heiteren Volkes eine ganze Fülle harmloser Vergnügungen für billiges Geld zum Genusse darbietet.

Nachdem wir von Allem gekostet hatten, gelangten wir, Arm in Arm durch die Gänge des Gartens dahin= schlendernd, an einen großen runden Holzschuppen, an dessen Eingang mächtige Plakate prangten. Es war ein Cirkus, und der Beginn der Vorstellungen mußte nah' bevorstehen, da man aus dem Innern bereits Musik hörte. Das Publikum drängte sich an die Kasse und zog uns, da wir nicht widerstanden, in seinem Strome nach. Schnell griff ich in die Tasche, um das Geld für zwei Billets hervorzuholen, als ich fühlte, wie Benno Rother an meinem Arme ruckte. Ich wandte mich zu ihm um und erschrak bei seinem Anblick. Sein Gesicht war tobtenblaß und völlig verändert; alle Heiter= keit war baraus entschwunden, und ich bemerkte auf demselben jenen Ausbruck bumpfen Entsetzens, der mich erschreckt hatte, als ich zu Kiel in seine Stube trat.

„Willst Du durchaus hineingehen?" fragte er mit tonloser Stimme; seine Lippen bewegten sich, als wären sie bleiern gewesen, sein Blick schwankte.

Ich löste mich aus dem drängenden Menschenhaufen los und trat mit ihm zur Seite.

„Wenn Du keine Lust hast," sagte ich, „bleiben wir draußen." Er senkte das Haupt und erwiderte nichts.

„Benno," sagte ich, indem ich seinen Arm losließ und seine Hand ergriff, „Dich quält etwas; sage mir endlich, was es ist?"

Er stand noch immer dumpf gesenkten Hauptes; ich sah, wie er zum Sprechen ansetzte, aber es kam kein Wort heraus. Dann schüttelte er wieder den Kopf, als wollte er einen fremden quälenden Körper aus seinem Gehirn hinauswerfen, und stampfte, wie in verzweifeltem Entschluß mit dem Fuße auf den Boden.

„Es ist Unsinn, es ist Unsinn, es ist Unsinn!" sagte er dreimal rasch hintereinander vor sich hin. „Komm, wir wollen hinein."

Er hatte seinen Arm wieder in den meinigen geschoben; jetzt war er es, der mich nach der Kasse zog, und ich leistete ihm Widerstand.

„Nein," sagte ich, „wir wollen nicht hinein, denn ich sehe ganz deutlich, daß es Dir nicht lieb ist."

„Es ist mir lieb, verlaß Dich darauf," erwiderte er mit heiserer Stimme, „ich weiß, daß ich Dir unbegreiflich erscheinen muß, aber ich werde Dir nachher Alles erklären, und Du wirst sehen, daß es das Beste ist, wenn wir hineingehen."

Er war, wie es schien, so plötzlich zu einem festen Entschluß gelangt, daß ich allen Widerstand aufgab. Wir traten vor den Billetschalter.

Der Kassirer, höflich wie alle Dänen, suchte lange nach möglichst guten Plätzen und händigte uns endlich zwei Billets ein.

„Auf der zweiten Bank von der Barriere," sagte

er mit verbindlichem Lächeln, „ausgezeichnet schöne Sitze.‟

Es war, wie er versprochen hatte; die ganze Reihe vor uns war unbesetzt; zu unserer Rechten und Linken hatten wir gleichfalls Spielraum, da der Cirkus nicht überfüllt war. Die erste Nummer des Abendprogramms war bereits in der Ausführung begriffen, während wir unsere Plätze suchten. Ein uralter Cirkusschimmel machte seine einförmige Galopprunde, mit einem Ausdruck im Gesicht, als ob er sich wunderte, daß die Menschen immer noch Gefallen an den ewig wiederkehrenden Mätzchen fanden, die auf seinem Rücken von einer Kunstreiterin vollführt wurden, welche vielleicht einmal jung, aber gewiß niemals schön gewesen war. Sie hüpfte über die üblichen Tücher, sprang durch die üblichen Reifen und sank alsbann mit dem üblichen Lächeln auf dem breiten Rücken ihres Schimmels zur Rast nieder. Wenn es einen Anblick gab, um ein erregtes Gemüth zu beruhigen, so war es dieser.

Mit einem schnellen Blick überflog ich das Programm, um zu sehen, ob die ferneren Genüsse des Abends sich alle auf der Höhe dieser ersten Leistung halten würden; die einzige Nummer, die meine Aufmerksamkeit fesselte, war die letzte, in welcher die Vorführung wilder Thiere durch eine Signora Carlotta in Aussicht gestellt war. Ein zweiter Blick belehrte mich, daß Signora Carlotta bereits am Schlusse der ersten Abtheilung in Kraft-produktionen auftreten sollte.

Ich legte den Zettel über die Lehne des Sessels vor uns, zwischen mich und Benno Rother; der Letztere schenkte demselben nicht die geringste Aufmerksamkeit,

Er saß schweigend neben mir, und es war mir un=
möglich, aus seinem Gesichte zu erkennen, was augen=
blicklich seine Seele bewegte. Nur, indem ich leise mit
meiner Hand seine herabhängende Hand suchte und er=
griff, fühlte ich, daß die seinige kalt und schlaff
herabhing.

Die Programmrolle haspelte sich Stück nach Stück
ab, und im Stillen begann ich mich der Hoffnung
hinzugeben, daß die Wirkung bei meinem Freunde
dieselbe sein würde, wie bei mir, nämlich die der ein=
schläferndsten Langeweile.

So war die letzte Nummer der ersten Abtheilung
herangekommen, nach welcher eine Pause eintreten sollte.
Aus den Stallräumen des Cirkus erschien ein hünen=
haft gebauter Mann, dessen Aeußeres um so grotesker
aussah, als die riesigen Glieder in einem engen clown=
artigen Trikotgewande steckten.

Er trug schwarzgewichstes Haar und einen Schnurr=
und Knebelbart von derselben, falsch leuchtenden Farbe.
Offenbar wollte er durch sein präparirtes Gesicht die
Meinung erwecken, daß er ein Italiener sei.

Mochte er aber angehören welcher Nation er wollte,
jedenfalls mißfiel er mir auf das Aeußerste, denn ich
hatte noch nie ein Gesicht gesehen, auf welchem die
brutale Rohheit mit so faustdicken Zügen aufgetragen
war. Dieser Mann trug nun mit Hülfe der Stall=
knechte eine Anzahl von Holzklötzen herein, welche er
in der Arena im Viereck aufstellte und über die er eine
Lage von starken Brettern breitete, so daß in der Mitte
des Cirkus eine Art von niedriger Tribüne entstand,
an deren Fuß er sodann einen tuchüberdeckten Korb

heranschob. Der Inhalt des Korbes schien äußerst
gewichtig, denn ich sah, wie sich die Muskeln an den
Armen des Mannes spannten, während er ihn heran-
zerrte.

Nachdem diese Vorbereitungen getroffen waren, trat
der schwarzgewichste Riese wieder in die Stallräume
zurück und gleich darauf kam er aus denselben in Begleitung einer anderen, weiblichen Gestalt wieder hervor.

Daß es eine Frau war, erkannte ich zubörderst nur
an ihrer Kleidung, denn die Maße und Verhältnisse
ihres Körpers waren so kolossal, daß der hünenhafte
Mann an ihrer Seite sie nur um wenige Zoll überragte.
Bekleidet war sie in der Art der Schauspielerinnen bei
Darstellung antiker Rollen, mit einem langen griechischen
Gewande, welches den Hals frei ließ, auf den Schultern
mit Spangen geschlossen war, und aus dem die Arme
nackt hervorkamen. Dieser Hals, die Schultern und
die Arme, welche letztere von ganz erstaunlicher Kraft
zeugten, waren übrigens so weiß, daß ich starke Zweifel
gegen die italienische Abkunft der „Signora Carlotta"
zu hegen begann.

Wie Alles an dieser Gestalt mächtig war, so war
es auch das dunkelbraune, ins Schwarz spielende Haar,
welches sie auf dem Hinterkopfe in einem hohen Knoten
zusammengebunden trug, während rechts und links vom
Scheitel zwei dicke Flechten, wie Guirlanden, in die
Schläfen herabhingen.

Diese eigenthümliche Haartracht vermehrte das Ab-
sonderliche der Erscheinung, welche jetzt mit schweren,
langsamen Schritten, das Haupt so tief gesenkt, daß

ich ihr Gesicht kaum sehen konnte, neben dem Manne in
die Arena hereintrat.

Ich war so benommen von dem merkwürdigen An=
blick, daß ich zunächst alles Andere, auch meinen Freund
Benno Rother, völlig darüber vergaß, und wie mir,
so schien es dem gesammten Publikum zu ergehen,
welches in tiefem staunenden Schweigen verharrte.

Der Riese, welcher neben der Frau herging, flüsterte
ihr etwas ins Ohr, worauf sie stehen blieb, die eine
Hand auf die Brust legte und das Publikum mit einer
Verbeugung begrüßte. Der Begleiter hatte sie erst
darauf aufmerksam machen müssen, wie es schien.

Auch in dieser Bewegung lag etwas Schweres,
Dumpfes, was in seltsamer Weise von der beifall=
buhlenden Schmiegsamkeit anderer Cirkuskünstler ab=
stach; sie hatte das Haupt für einen Augenblick erhoben, aber nicht das leiseste Lächeln, nicht eine Spur
von Heiterkeit war auf ihrem Antlitz erschienen. So=
weit ich erkennen konnte, war dasselbe wie übergossen
von einem tiefen, steinernen Ernste.

Das Weib bestieg die in der Mitte des Cirkus er=
richtete Tribüne, und während der Begleiter die Decke
von dem Korbe nahm, stand sie auf derselben so
regungslos, daß sie in ihrem antiken Gewande wie eine
Kolossalstatue der alten Welt aussah. Ihre Stellung
war so gewählt, daß sie uns drei Viertel ihres Profils
zuwendete, und ich hatte Zeit, die Züge ihres Gesichtes
zu prüfen, in denen ein einziges charakteristisches Merk=
mal, Größe, so in den Vordergrund trat, daß man
darüber zu fragen vergaß, ob sie schön oder häßlich
waren.

Nur Eines fiel mir sofort auf, was dem Gesicht einen düsteren, beinahe unheimlichen Ausdruck verlieh, das waren die dunklen, über der Nasenwurzel dicht ineinander verwachsenen Augenbrauen. Und dazu kam der räthselhafte Ausdruck der großen rundgeschnittenen Augen, die scheinbar in völliger Geistesabwesenheit starrend vor sich hinblickten, wie Augen, die vom schwarzen Staar befallen sind und denen man ansieht, daß ihre Netzhaut nichts mehr von den Erscheinungen der umgebenden Welt weiß. Bei keinem lebenden Menschen, nur einmal auf einem Bilde hatte ich in einen solchen völlig öden Blick gesehen, auf einem Gemälde Böklin's, wo der Wassermann aus der tiefen See emporsteigt und mit Augen um sich schaut, in denen der stille Wahnsinn ewiger Hoffnungslosigkeit wie ein die lebendige Welt verschlingendes Ungethüm brütet.

Der schnauzbärtige Riese griff nun in den Korb, faßte ein an einem Ringe befestigtes eisernes Gewicht und schleuderte dasselbe dem Weibe zu, welches den wuchtigen Eisenklotz mit beiden Händen auffing. An der unwillkürlichen Beugung, welche ihr Oberkörper dabei machte, erkannte ich, wie furchtbar schwer die Last sein mußte. Sie griff mit der rechten Hand in den Ring und hielt das Gewicht mit wageregt gestrecktem Arme zwanzig Sekunden lang in der Schwebe, wechselte dann mit den Händen und vollführte dasselbe Kraftstück mit dem linken Arme. Darauf warf sie den Eisenblock auf die Bretter der Tribüne, daß es prasselte und krachte.

Dies schien den Wünschen des Riesen zu widersprechen, denn ich sah, wie ein böse funkelnder Blick die lächelnde Maske seines grinsenden Gesichtes durchbrach und wie seine Lippen sich kurz und schnell bewegten. Er flüsterte, wie es schien, der Frau irgend ein zorniges Wort zu, ohne daß ich auf deren Gesicht irgend eine Wirkung seiner Aeußerung wahrzunehmen vermochte. Mit derselben Leblosigkeit wie vorher blickte sie über den Mann hinweg, und mit mechanischer Gleichgültigkeit fing sie das zweite Eisenstück auf, das Jener aus dem Korb gerissen und ihr zugeworfen hatte.

In dieser Weise ging es fort, und die Beiden sahen wie Giganten aus, die mit Felsblöcken Fangeball spielten; allerdings ein grausames Spiel, denn wenn die Eisenklötze, die von einem zum andern Male an Gewicht zunahmen, dem Weibe aus den Händen glitten, so bedeutete es für sie einen zerschmetterten Fuß.

Sie arbeitete aber mit der Regelmäßigkeit und Genauigkeit einer Maschine, und dadurch eben bekam das Schauspiel etwas unbeschreiblich Einförmiges und Todtes. Wenn überhaupt eine Seele in diesem Leibe wohnte, so war sie offenbar weit, weit von dem Körper entfernt, dessen Glieder sich wie die eines Automaten sinnlos in einer brutalen Thätigkeit abmühcten.

Ich athmete daher erleichtert auf, als endlich das letzte und hauptsächlichste Kraftstück an die Reihe kam: auf einem Blockwagen wurde ein eisernes Kanonenrohr hereingeschoben, welches der Riese vor den Augen des Publikums mit einer gewaltigen Pulvermasse lud. Das Weib stieg von der Tribüne herab und stellte sich, mit gespreizten Beinen, den Oberleib nach vorn übergebeugt, und das Haupt zur Seite gedreht, im Sande

der Arena auf. Der Riese, von sämmtlichen Bediensteten
des Cirkus unterstützt, hob das wuchtige Kanonenrohr
vom Wagen empor und wälzte es auf ihre Schulter.
Er hielt die brennende Lunte und erwartete das Kom=
mando, welches sie zu geben hatte. „Feuer!" schrie
das Weib mit einer Stimme, die wie ein Posaunenstoß
durch den weiten Raum hallte; in demselben Augenblick
entlud sich die Kanone mit betäubendem Knall, und
während das Rohr zur Erde rollte und ein dichter
Pulverqualm sich wirbelnd erhob, stand sie, ruhig auf=
gerichtet, als wenn nichts vorgefallen sei, mit unter=
geschlagenen Armen da.

Eine Beifallssalve rauschte von den Galerien herab,
und während die Männer sich daran machten, die
Tribüne abzubrechen und das Kanonenrohr wieder
auf den Wagen zu laden, ergriff die Frau, welche den
Beifall des Publikums mit derselben Neigung des
Oberleibes und derselben steinernen Gleichgültigkeit
aufgenommen hatte, mit welcher sie vorher ihren Gruß
dargebracht, eins der eisernen Gewichte, um mit dem=
selben an die Bänke der Zuschauer heranzutreten.
Durch eigenes Anschauen und Betasten sollten sich die
Letzteren überzeugen, daß keine Spiegelfechterei vorlag,
und daß sie mit wirklichen Lasten und Gewichten ge=
arbeitet hatte.

Sie ging zunächst auf einige Herren zu, welche
rechts von uns auf der untersten Bank, dicht an der
Barriere saßen, und nachdem diese eine Zeitlang sich
mit dem Gewichte beschäftigt und flüsternd ihr Er=
staunen ausgetauscht hatten, wandte sie sich zu uns.
Um zu unseren Plätzen zu gelangen, mußte sie die

Barriere übersteigen, und in dem Augenblick, da dies
geschah, hörte ich einen erstickten Laut neben mir, der
halb wie ein dumpfes Aechzen, halb wie ein „Herrgott
im Himmel" klang.

Es kam von Benno Rother her, und als ich mich
erschreckt nach ihm umwandte, sah ich, wie er sich von
seinem Sitze erhoben hatte, als wenn er fliehen wollte
und wie er dann, scheinbar gebrochen und fahlen Gesichtes
auf den Sessel zurücksank.

Bevor ich noch ein Wort an ihn richten konnte,
war das Weib heran. Sie blieb vor uns stehen, ihr
bis dahin gesenktes Haupt hob sich empor und ihre
Augen richteten sich auf uns.

Sie stand so dicht, daß ihr Kleid mich fast berührte,
daher konnte ich aus nächster Nähe die unerhörte Veränderung wahrnehmen, die plötzlich, als sie Benno
Rother's Gesicht erblickte, mit ihr vorging:

Die kraftvollen Hände, welche vorhin so sicher gearbeitet hatten, sanken, wie von plötzlicher Schwäche
befallen, nieder, so daß der Eisenklotz, den sie hielten,
mit dumpfem Schalle auf der Lehne des Sessels aufschlug, vor dem sie stand; der ganze Leib erstarrte zur
Regungslosigkeit eines steinernen Bildes, aber in den
Augen, die zuvor so gleichgültig starr geblickt hatten,
erwachte ein stummes, leidenschaftliches, rasendes Leben.
Es war, als wenn im Innern des Weibes eine Flamme
emporloderte; ich sah, wie der Schweiß ihr hervortrat,
so daß der obere Saum ihres Gewandes, der sich eng
an die Brust schmiegte, davon durchfeuchtet ward, und
nie in meinem Leben hatte ich in Menschenaugen einen

Ausdruck bemerkt, wie der war, mit dem ihre Blicke auf Benno Rother's Antlitz hafteten.

Es war in diesen Augen etwas Lechzendes, Wildes, beinah Thierisches, eine unbeschreibbare Mischung von zürnender Drohung und selbstvernichtender Hingebung, eine wüthende Freude über ein plötzlich gefundenes Glück, und eine schauerliche Verzweiflung an Allem, was nach diesem Augenblick noch kommen konnte.

Mit verschlingender Gluth wühlten ihre Augen sich in des Jünglings blasses Gesicht, und ich hatte ein Gefühl, als müßte er wie Schnee in der Nähe einer feurigen Esse zerschmilzen und vergehen.

„Hier also bist Du?" sagte sie, und indem diese wenigen Worte langsam mit tiefer schwerer Stimme Silbe für Silbe von ihren Lippen rollten, klangen sie wie die Athemstöße eines im tiefsten Innern gährenden Vulkans, wie eine Mahnung an einen düstern geheimnißvollen Vorgang, der zwischen diesen beiden Menschen gespielt hatte.

Benno Rother starrte sie, keines Wortes mächtig, an, seine Brust bewegte sich in kurzen, fieberhaften Athemzügen, er befand sich offenbar vollständig im Banne des räthselhaften Weibes. Ob das Publikum, welches mittlerweile seine Plätze zu verlassen begann, von diesem beinah lautlosen Vorgange etwas bemerkte, kann ich nicht sagen, da ich selbst für nichts Anderes Augen und Ohren hatte. Der Begleiter der Frau jedoch, der die Geduld verlor, kam heran um sie zum Verlassen des Cirkus aufzufordern.

„Vorwärts, wie lange dauert's?" sagte er, indem

er an die Barriere trat, mit gedämpfter aber eindring=
licher Stimme.

Das Weib warf den Kopf mit einem jähen Ruck
zu ihm herum.

„So lange ich will!" antwortete sie; ihre rechte
Hand ballte sich zur Faust, und über ihr Gesicht zuckte
ein Strahl, der ihre Züge wie ein zackiger Blitz zerriß
und entstellte.

Der Riese erwiderte nichts, sie wandte sich noch
einmal zu Benno Rother zurück, und ihr Gesicht nahm
jetzt einen ganz anderen, tief sehnsüchtigen Ausdruck
flehender Bitte an.

Es war nichts Sanftes, nichts Weiches in diesem
Ausbrucke, es war die Lebensäußerung einer über=
mächtigen gewaltsamen Natur, die in ihrem Wollen
und Wünschen unersättlich, den Gegenstand, den sie
einmal erfaßt hat in sich hineinziehen und verschlingen
muß, wie das Meer, das sein Opfer im Wellensturze
an sich reißt, oder durch das sehnsüchtige Auge seiner
Tiefe an sich lockt.

Und der Gegenstand dieses dämonischen Verlangens,
das merkte ich nun wohl, war Benno Rother.

Meine Nähe schien sie gar nicht zu bemerken; die
Anwesenheit so vieler Menschen in dem Cirkus schien
ihr völlig gleichgültig zu sein; nur er war für sie da.
Wie mechanisch streckte sie den rechten Arm nach ihm
aus, als wollte sie ihn ergreifen, aber sie berührte ihn
nicht. In der Mitte ihres Unterarmes gewahrte ich
eine rothe, narbenartige Vertiefung, deren Entstehung
ich mir nicht zu erklären vermochte: von einer Kugel=
verwundung konnte sie nicht herrühren, dazu war die

Narbe zu schmal, von einer Messerklinge auch nicht, dazu war der Riß zu unregelmäßig.

Das Weib legte die Finger der linken Hand auf diese Narbe, dann sagte sie mit demselben schwerfälligen Tone, der ihre ersten Worte so merkwürdig gemacht hatte:

„Vergiß nicht — ich halte Dich.“

Benno Rother erwiderte keinen Laut; sie raffte das Gewicht, das ihren Händen entschlüpft war, auf und wandte sich zur Rückkehr. An der Barriere drehte sie das Haupt noch einmal um, bohrte die Augen noch einmal in sein Gesicht und wiederholte mit laut erhobener, tief vibrirender Stimme: „Ich halte Dich.“ Dann verließ sie in Begleitung des Riesen, dem sie wie einem Knechte das Gewicht zuwarf, raschen Schrittes die Arena.

Athemlos blickte ich ihr nach, bis daß sie in den Stallräumen verschwand, dann stürzte ich mich auf meinen Freund, der noch immer wie gelähmt an seinem Platze saß.

Ich faßte ihn an der Schulter und schüttelte ihn.

„Komm fort,“ sagte ich, „komm augenblicklich fort.“

Schwankend erhob er sich von seinem Sitze und beinah willenlos ließ er sich von mir fortführen.

Als wir am Ausgange des Tivoligartens angelangt waren, machte er Halt.

„Wollen wir hinweggehen?“ fragte er.

„Ich denke doch,“ versetzte ich, „oder hättest Du Lust, eine ähnliche Scene zu erleben, wenn sie nachher mit den wilden Thieren erscheint?“

„Nein," sagte er wie im plötzlichen Erschrecken, „Du hast recht, komm fort."

Wir kehrten nach dem Gasthofe zurück und suchten sogleich unser Zimmer. Dort angelangt, warf Benno Rother sich in das Sopha und blieb auf demselben, die Hände vor das Gesicht gedrückt, in brütenden Gedanken sitzen.

Ich ließ ihm Zeit, sich zu fassen, als jedoch kein Laut von seiner Seite erfolgte und nur ein fortdauerndes, stöhnendes Athemholen den Kampf verrieth, der sein Innerstes bewegte, beschloß ich, dem heillosen Zustande ein Ende zu machen und ihn zum Aussprechen zu nöthigen.

„Benno," sagte ich, indem ich seine Hände gewaltsam von seinem Gesichte entfernte und in den meinigen festhielt, „hast Du das sichere Gefühl, daß ich Dein Freund bin?"

Er sah mich an und nickte stumm.

„Gut," sagte ich, „damit ein Freund uns helfen könne, muß er wissen, was uns fehlt. Du hättest mir vor Jahr und Tag schon sagen sollen, was Dir zugestoßen war; Du hast es damals nicht gethan, also thu' es heute, jetzt. Es scheint mir höchste Zeit, daß Du es mir sagst," fuhr ich dringend fort, da ich sah, wie er wieder das Haupt sinken ließ; „hörst Du wohl? höchste Zeit."

Ich betonte diese letzten Worte absichtlich so stark, daß er daraus entnehmen mußte, was ich für ihn und seinen geistigen Zustand fürchtete. Er schien mich zu verstehen, denn eine zuckende Röthe ging über sein Gesicht, und mit jener Plötzlichkeit der Entschließung, die mir heute schon einmal an ihm aufgefallen war, sprang er vom Sopha auf.

„Es ist wahr," sagte er, indem er im Zimmer auf- und niederging, „es muß endlich einmal heraus, sonst, fühle ich, macht es mich toll."

„Wohlan," sagte ich, „sammle Dich einen Augenblick, wir wollen die Sache mit voller Gemüthsruhe verhandeln und wollen denken, wir säßen wieder, wie in der lustigen Leipziger Zeit, in der Weinstube zusammen, wo wir uns gegenseitig so manche Schnurren zum Besten gaben."

Ich klingelte und bestellte bei dem eintretenden Kellner ein paar Flaschen Wein. Nachdem dieselben erschienen waren, füllte ich jedem von uns ein Glas.

„Trink," sagte ich, indem ich an sein Glas anstieß, „Du weißt, daß wir beiderseits in manchem Gespräche die homerischen Helden bewundert haben, weil sie in jeder Gemüthsverfassung essen und trinken konnten." Während er sein Glas austrank, zündete ich mir eine Cigarre an, indem ich eine Gemüthsruhe heuchelte, von der ich in Wirklichkeit sehr weit entfernt war.

„Wenige Tage vor Deiner damaligen Abreise aus Leipzig," hob Benno Rother an, „hatte mich ein Freund aufgefordert, den Vorstellungen einer Akrobatengesellschaft beizuwohnen, welche ihre Künste in einem Saale vorführten, der nicht weit von meiner Wohnung belegen war —"

„Und dessen Hintergebäude," unterbrach ich ihn, „mit dem Hofe Deines Hauses in Verbindung stand."

Er sah mich überrascht an.

„Du weißt das?" fragte er.

„Ja," sagte ich, „ich habe mir die Oertlichkeit an=
gesehen."

„Die Schaustellung," fuhr er fort, „geschah auf
einer kleinen Bühne, deren Podium nur etwa zwei
Fuß über dem Boden des Saales erhöht war. Wir
saßen Beide in der vordersten Stuhlreihe, ganz dicht
an der Bühne.

Nachdem die Akrobaten eine Reihe von halsbrechenden
Kunststücken ausgeführt hatten, wurde ein hohes, festes
Gitter von Eisendraht um die Bühne gezogen, und
hinter demselben erschien ein Mann, in feuerfarbenes
Trikot gekleidet, mit einem Ochsenziemer in der Hand,
dem man auf den ersten Blick den Thierbändiger ansah."

„Derselbe," fragte ich, „den wir heute Abend im
Cirkus gesehen haben?"

„Derselbe," versetzte er. „Sobald dieser Mann dem
Publikum seinen Diener gemacht hatte, öffnete sich die
Pforte der Bühne von Neuem, und ein mächtiger brauner
Bär kam hereingetrottet, dem die Schnauze mit einem
starken Lederriemen zugeschnürt war. Die Bestie er=
hob sich auf den Hinterbeinen, machte einige Tanz=
bewegungen, legte dann ihre Tatzen auf die Schultern
des Bändigers und ließ sich von diesem, der seinerseits
mit beiden Händen in das zottige Fell des Ungethüms
griff, rücklings über den Haufen werfen. Mensch und
Thier wälzten sich einen Augenblick in einem Knäuel,
dann sprang der Bändiger auf, gab dem Bären einen
Schlag, und der letztere trottete ebenso wieder hinaus,
wie er gekommen war.

Wiederum öffnete sich nun die Pforte, und ein
Rudel Wölfe kam auf die Bühne geschwärmt.

Während ich denselben meine Aufmerksamkeit schenkte, stieß mein Begleiter mich von der Seite an.

„Um des Himmels willen," sagte er leise kichernd, „sieh das an, ist das ein Mann oder eine Frau?"

Hinter den Wölfen war eine Gestalt erschienen, die in der That das Unerhörteste war, was ich je gesehen hatte. Stelle Dir die Erscheinung vom heutigen Abende vor, vom Kopf bis zu den Füßen in eng anschließendem lilafarbenem Trikot, die Füße mit rothen Stiefeletten bekleidet, welche um die Knöchel schlossen, die Arme nackt von den Schultern an. Sie trug einen Eisenstab in den Händen und führte gewissermaßen die Aufsicht über die Wölfe, welche in der Zeit, während deren der Bändiger mit einem einzelnen Kunststücke machte, sich selbst überlassen waren. Kleidung und Gestalt befanden sich in wahrhaft schreiendem Mißverhätnisse, und diese Geschmacklosigkeit in kolossalem Maßstabe übte eine so belustigende Wirkung auf die Zuschauer, daß ich trotz des Spektakels, den der Bändiger mit seinen Wölfen vollführte, das Kichern der Leute. rings um mich her vernahm.

Mein Begleiter war wie außer sich vor Vergnügen, er hielt sich das Taschentuch vor den Mund, stieß mich fortwährend in die Seite, und endlich konnte auch ich mich nicht länger der allgemeinen Heiterkeit entziehen, ich senkte das Haupt und lachte vor mich hin.

Als ich das Gesicht wieder zu der Bühne erhob, sah ich, wie die Frau, die ihre Stellung während der ganzen Zeit nicht um eine Linie verändert hatte, ihre Augen starr auf mich gerichtet hielt, und in dem Augenblick hatte ich ein Gefühl —"

Benno Rother, der bis dahin im Zimmer auf- und abgegangen war, blieb plötzlich stehen und griff sich an die Brust.

„Mein Gott," sagte er leise vor sich hin, „da steht sie wieder."

Ich schenkte ihm schweigend ein neues Glas ein, er nahm seine Wanderung durch das Zimmer wieder auf.

„In dem Augenblick," fuhr er fort, „hatte ich ein Gefühl, als bekäme ich einen Schuß mitten in die Brust. Ich wußte nicht, ob sie mich hatte lachen sehen, aber jedenfalls hatte sie das Gekicher des Publikums bemerkt und verstanden. Von der Stirn bis hinunter in die Brust sah ich sie von einer tiefen, glühenden Röthe bedeckt, in den dunklen Augen gewahrte ich einen Ausdruck —

Wenn ich Dir nur beschreiben könnte," unterbrach er sich, „wie dieser Ausdruck war; wenn man sich einen Menschen aus der Steinzeit denken könnte, ein Wesen, das den Namen unserer Art führt und doch nicht zu unserer Art gehört, welcher plötzlich unter die Menschen des neunzehnten Jahrhunderts tritt, nichts von Allem begreifend, was ihn umgiebt, und von Allen unbegriffen — so hätte sein Gesicht aussehen müssen, wie das der Frau in jenem Augenblick. Die Qual des Selbstbewußtseins lag wie eine dumpfe Last auf ihren Zügen, aus ihren Augen sprach eine finster grollende Traurigkeit, und ihre Mundwinkel waren herabgezogen, so daß es aussah, als würde sie zu weinen beginnen.

Ich blickte von ihr hinweg und suchte meine Aufmerksamkeit auf die Wölfe zu richten, ich sah nach links, nach rechts, ich wollte es vermeiden, sie anzusehen —

endlich kehrten meine Blicke doch wieder zu ihr zurück, und ich sah ihre Augen mit demselben furchtbaren Ausdruck auf mich gerichtet, wie vorher.

Es war kein Zweifel mehr, sie suchte mich, und indem der stumme Blick sich inmitten der höhnenden, spottenden Menschenmenge an mich, den Einen, wandte und mir den leidvollen Abgrund ihrer Seele enthüllte, erfaßte mich ein unbeschreibliches, aus Mitleid und Widerwillen gemischtes Gefühl. Ich zürnte mir, daß ich mit den Anderen über sie gelacht und dazu beigetragen hatte, dem wehrlosen Weibe die Schamröthe in das Gesicht zu treiben, andererseits schämte ich mich vor dem Publikum, dessen Aufmerksamkeit ich zu erwecken fürchtete, und ich fragte mich vergeblich, wodurch es geschah, daß sie gerade mich mit ihren Blicken und Gedanken verfolgte.

Erst mit dem Augenblick, da die Wölfe den Schauplatz ihrer Thätigkeit verließen, endigte dieser für mich unerträgliche Zustand; sie ging von der Bühne ab, und nur der Bändiger blieb noch auf letzterer zurück, um dem Publikum zu verkündigen, daß morgen die Vorführung von „noch reißenderen Thieren" als heute stattfinden würde. Was für Thiere das sein sollten, wurde nicht verrathen.

So rasch ich konnte, verließ ich den Saal; den Freund, in dessen Gesellschaft ich gekommen war, ließ ich allein davon gehen, denn er war mir durch sein beständiges Lachen ebenso unangenehm geworden, wie das übrige Publikum.

Spät in der Nacht kam ich nach Haus — und da geschah etwas —" die letzten Worte verklangen tonlos auf seinen Lippen, Benno Rother war an das Fenster getreten und drückte die Stirn an die Scheiben.

„Nur Ruhe, mein Junge," sagte ich beschwichtigend, da ich sah, wie er unter der Erinnerung an etwas Schreckliches litt.

Benno Rother kam vom Fenster zurück.

„Du hast die Treppe gesehen," fragte er, „die zu meiner Wohnung hinauf führte?"

„Ja," erwiderte ich, „sie ist mir unvergeßlich geblieben, denn es war die abscheulichste, die ich je kennen gelernt habe."

„Als ich in den Hausflur trat," nahm er seine Erzählung wieder auf, „umgab mich eine so vollständige Finsterniß, daß ich, wie man zu sagen pflegt, nicht die Hand vor Augen sah. Nur aus dem Hofe, dessen Thor wie gewöhnlich weit geöffnet stand, drang ein fahler Lichtschimmer herein. Mit tastenden Füßen gelangte ich an die Treppe.

So oft ich die Treppe in der Dunkelheit erklommen hatte, war ich ein widriges unheimliches Gefühl nie los geworden: auf dem weitläufigen Hofe meines Hauses hatte ich nämlich Katzen in großer Zahl bemerkt, und nun mußt Du wissen, daß ich gegen diese Thiere einen unüberwindlichen Abscheu hege. Jedesmal verfolgte mich daher die Vorstellung, daß eine derselben in das Innere des Hauses geschlüpft sein möchte, daß ich mit ihr auf der engen, dunklen Treppe zusammen= treffen, vielleicht gar auf sie treten würde, und meine Phantasie malte mir die Folgen auf das Widerwärtigste aus.

Bisher war mir noch nichts Derartiges begegnet.

Als ich an jenem Abende indessen die Hand auf das Treppengeländer gelegt und die untersten drei Stufen erstiegen hatte, vernahm ich, wie auf dem ersten Absatze sich etwas erhob und mit raschen Sprüngen zur nächsten Biegung der Treppe hinauf entfloh.

Es war ganz unverkennbar das weiche elastische Geräusch, welches ein schnell dahinhuschender katzenartiger Körper auf Holzstufen hervorbringt.

Ich blieb wie angewurzelt stehen, und ein eisiger Schauer, ich bekenne es, ging mir über den Rücken.

Was war zu thun? Ich beschloß, den ersten Treppenabsatz zu ersteigen und dann Licht zu schlagen. Sobald ich jedoch eine Stufe weiter gegangen war, sprang das Thier wieder auf und ging im Galopp vor mir her bis in den zweiten Stock. Dabei fiel es mir auf, daß die Schläge, mit welchen der springende Körper die Holzstufen berührte, trotz ihrer Weichheit auffallend dumpf und schwer waren — es mußte eine ganz ungewöhnlich große Katze sein.

Dort oben, so überlegte ich mir, nahm die Treppe ein Ende, das Thier konnte nicht weiter. Wollte ich daher nicht aus meiner Wohnung ausgesperrt bleiben, so mußte ich der Katze Gelegenheit geben, an mir vorüber nach unten zu entkommen. Vielleicht, dachte ich, ließe sich das auf dem Flur vor meiner Zimmerthür oben bewerkstelligen, der eng genug, aber immerhin geräumiger als die Treppe war.

So vorsichtig und leise als möglich, setzte ich meinen Weg fort, und als ich bis zur Mitte des obersten Treppengliedes gelangt war, zog ich mein Feuerzeug aus der Tasche und setzte ein Zündholz in Brand.

Im Augenblick jedoch, als die Flamme emporloderte, schlug ein so furchtbarer Laut an mein Ohr, daß ich, wie gelähmt, an das Geländer taumelte und das brennende Holz auf den Boden fallen ließ. Es war ein fauchender Stoß, dem ein lang anhaltendes rasselndes Schnarren folgte, und es hörte sich an, wie das kochende Brodeln einer Hölle von Wuth.

Ich weiß nicht, ob Du jemals in der Lage gewesen bist, einer töbtlichen Gefahr plötzlich gegenübergestellt zu sein. Der Athem gerinnt uns in der Brust, unsere Glieder sinken nieder, und während eine völlige Machtlosigkeit auf unserem Körper lastet, macht unser Geist, zu schrecklicher Klarheit angespannt, im Zeitraume einer Sekunde ganze Reihen von Kombinationen durch. Ich wußte, daß das Thier, dem ich mich, durch keine Schranke getrennt, in unmittelbarer Nähe gegenüber befand, etwas ganz anderes und viel entsetzlicheres als eine gewöhnliche Katze war, ich sagte mir, daß es zur Wuth gereizt war und daß diese Wuth ihm ebensoviel an Kräften zulegte, als mir der Schrecken an Kräften raubte, und ich hatte ein deutliches, fürchterliches Gefühl, daß ich im nächsten Momente eine gräßliche, haarige Masse an meinem Gesichte, und den Griff von Raubthierkrallen an meinem Leibe empfinden würde.

Nicht sehen können, ist in solchen Augenblicken das schlimmste, und instinktiv, obgleich es vielleicht nicht zweckmäßig war, riß ich wieder das Feuerzeug hervor und schlug abermals Licht. Dasselbe höllische Fauchen ließ sich von oben vernehmen, und obschon mir die Hände zitterten, hielt ich das Zündholz fest und leuchtete mit der Flamme zum Flur hinauf.

Es bot sich mir ein Anblick, der mir das Haar sträuben machte:

In die Mauerecke des Flurs gedrückt, zusammengeballt wie ein unförmlicher Klumpen lag etwas, das im ersten Momente wie eine riesige schwarze Katze aussah. Der Rücken war zum Buckel gekrümmt, die Rückenhaare standen borstig aufgerichtet, und aus dem Kopfe, der wie eine runde Kugel auf die mächtigen Vorderpranken niedergedrückt war, stierten mich zwei grünlich schillernde Augen voll teuflischer Wuth an."

„Es war ein schwarzer Panther?" unterbrach ich seine Erzählung, der ich in athemloser Spannung gefolgt war.

„Ja," sagte er, „ein schwarzer Panther, eins jener Geschöpfe, die die Natur in einer Stunde wildester Phantasie hervorgebracht zu haben scheint. Ich stand an das Geländer gepreßt, regungslos wie ein Stück Holz, denn der Instinkt sagte mir, daß jede Bewegung vorwärts oder rückwärts der zur Raserei gebrachten Bestie das Signal zum Sprunge geben würde; das einzige, was ich zu thun vermochte, war, daß ich ein Streichholz nach dem andern verbrannte, nur um meinen schrecklichen Gegner im Auge behalten zu können.

In diesem Augenblick drang vom Hausflur unten ein Lichtschein empor und ich vernahm eine menschliche Stimme, voll und gewaltig wie eine Glocke.

„Ist Jemand dort oben?" rief sie, „bleiben Sie stehen, rühren Sie sich nicht, ich komme."

Gleichzeitig hörte ich, wie Jemand die Treppe heraufkam, in weit ausholenden Sätzen, immer zwei Stufen mit einem Schritte überspringend, schwer auftretend

wie ein Mann, und doch so weichen Fußes, daß es
klang, als wären die Füße unbekleidet.

Erst als der Unbekannte auf dem letzten Treppen-
absatze angelangt war, drehte ich das Haupt nach ihm
zu, und vor mir stand das Weib, welches ich heute auf
der Bühne unter den Wölfen gesehen hatte.

Trotz der schaudervollen Lage, in der ich mich befand, ist mir das Bild unvergeßlich geblieben, das sich
mir darbot: die Frau war offenbar so wie sie vom
Lager und aus dem Schlafe aufgefahren war, herbei-
gestürzt; ihre Kleidung bestand einzig und allein aus
einem langen, weißen Hemde, das vom Halse bis zu
den nackten Füßen herabfloß und welches die mächtigen
Glieder wie das Gewand einer antiken Statue umhüllte.
Das dunkle Haar, zur nächtlichen Ruhe aufgelöst, wogte
wie eine schwarze Mähne über den Nacken bis tief in
den Rücken hinab.

Die ganze Erscheinung war so überwältigend, so
jedes Maß der Alltagserscheinungen überschreitend, daß
ich sie offenen Mundes anstarrte; ich hatte ein Gefühl
als ob sie es wirklich mit dem schwarzen Panther aufnehmen könnte.

„Er ist ausgebrochen," sagte das Weib, welches mich
mit einem raschen Blicke gestreift hatte, indem es auf
die Stufe trat, auf welcher ich stand.

„Nehmen Sie das Licht — warten Sie," fuhr sie
fort; an der kleinen Laterne, die sie trug, rückte sie
einen Schieber so vor die Flamme, daß sich ein schmaler
Lichtstreif, scharf wie eine Klinge, aus dem Lichtbehälter
ergoß, dann händigte sie mir dieselbe ein.

„Sehen Sie sein Auge?" fragte sie; „richten Sie

das Licht gerade darauf." Sie ertheilte mir diese An= weisungen mit wunderbarer Ruhe, mit gedämpfter Stimme, nur das heiße Vibriren im Klange ihrer Worte ließ errathen, welch' eine gewaltsame Aufregung sie mit Leib und Seele beherrschte.

Ich richtete die Laterne in der Weise, wie sie mir angegeben hatte, und der Strahl der Flamme traf wie eine Messerspitze in das Auge des Thieres. Sogleich erkannte ich die Zweckmäßigkeit ihrer Anweisung, denn das geblendete Auge kniff sich zu, und der Panther drückte den Kopf an die Wand, indem sein bisheriges Fauchen sich in dumpfes Knurren verwandelte.

Nun kauerte sich die Frau auf den Boden nieder, und indem sie den Oberleib flach an die Stufen drückte, schob sie sich vorsichtig und gleitend wie eine Schlange auf den Panther zu. In ihrer linken Hand bemerkte ich ein Stück rohen Fleisches, das sie weit vor sich hin= streckte, in ihrer rechten ein Ding, das wie eine Schlinge aus Leder und Draht aussah.

Alle diese Bewegungen begleitete sie mit einem sonder= baren, gurgelnden Ton, der unaufhörlich wie das ein= tönige Gemurmel eines blasenwerfenden Quells aus ihrer Kehle stieg.

„Fangen Sie an, ganz langsam hinunter zu steigen," flüsterte sie mir zu, sobald ihr Gesicht in der Höhe des Flurbodens war; „aber so, daß Licht hier oben bleibt — und nehmen Sie sich nachher in Acht, wenn ich mit ihm komme."

Sie hatte, während sie das sprach, kein Auge von dem Thiere verwandt; ich begann, Schritt für Schritt, die Treppe hinabzugehen: auf dem Absatze blieb ich

stehen und hob die Leuchte hochempor. Hier war so viel
Raum, daß sie an mir vorbeigelangen konnte.

Von dem Panther hörte ich nichts mehr; das Einzige was ich vernahm, war das ewig sich gleichbleibende,
tiefe Summen aus dem Munde des Weibes. Es hörte
sich an wie ein dumpfes Wiegenlied, welches die Bestie
in Schlaf singen sollte.

Soviel ich erkennen konnte, hatte der schwarze Unhold das Fleisch gewittert, das sie ihm entgegenhielt;
ich sah, wie er sich aus der Ecke herauswickelte und vorsichtig schnobernd den Hals lang machte, gleichzeitig
bemerkte ich, wie die rechte Hand der Frau unhörbar
und unmerklich näher und näher auf dem Boden entlang an das Thier heranrückte. Jetzt berührte ihre
Hand seinen Kopf, im nächsten Augenblick schlug wieder
das Wuthgeheul, das ich vorhin vernommen, an mein
Ohr, um gleich darauf jedoch in ein ersticktes Röcheln
überzugehen, und zugleich sprang das Weib in voller
Größe vom Boden empor, indem sie mit dem weit aus-
gereckten rechten Arm einen lastenden Gegenstand empor-
riß und denselben so weit von ihrem Leibe entfernt hielt
als möglich. Es war der Panther, dem sie die Schlinge
um den Hals geworfen hatte und der jetzt, mit Vorder-
und Hintertatzen um sich hauend, halberwürgt in der
Schlinge baumelte.

Und so, die entsetzliche, in wüthenden Zuckungen
sich windende Last vor sich hertragend, mit keuchender
Brust und mit weit aufgerissenen lobernden Augen
sah ich das Weib von droben herabsteigen, wie eine
Göttin, die den Satanas überwunden und geknebelt hat.

„Gehen Sie voraus — mit dem Licht," rief sie

mir zu, „und immer drei Schritte davon — er schlägt
noch —." Ich that wie sie mir sagte, indem ich rück=
lings hinunterstieg und das Licht der Laterne voll auf
sie und ihren Weg fallen ließ.

Als die Bewegungen des Thieres zu erlahmen be=
gannen, sah ich, wie sie mit der linken Hand die Hinter=
pranken desselben packte und zusammendrückte, indem
sie dieselben so weit als irgend möglich nach hinten
ausreckte. Jedenfalls wurde ihr die Last zu schwer
für den einen Arm, und vielleicht wollte sie das Thier,
die kostbare Habe ihrer Menagerie, nicht völlig er=
würgen.

Im Augenblick aber, da sie den Panther in dieser
Weise faßte, schlug derselbe mit der rechten Vorder=
tatze noch einmal um sich, und gleich darauf stieß das
Weib einen Schmerzensschrei aus, der um so herz=
zerreißender klang, als man ihm anhörte, mit welcher
Gewalt er in die Brust hinunter gewürgt ward. Der
Panther hatte sie in den rechten Unterarm geschlagen;
ihr Gesicht wurde tobtenblaß.

„Um Gotteswillen," sagte ich, „er hat Sie ver=
wundet!"

„Gehen Sie weiter," sagte sie mit heiserem Flüstern,
„nur schnell, nur schnell!"

Wir hatten den Hausflur erreicht, wir gelangten
auf den Hof; sie lenkte, indem sie hinter mir dreinschritt,
meinen Weg. Aus einer geöffneten Stallpforte drang
Lichtschimmer; da ging es hinein, und die heiße
Witterung von Raubthieren schlug mir wie ein dicker
Qualm entgegen. Wir befanden uns inmitten einer
Menagerie.

Ein Mann kam auf uns zu, ganz schlaftrunken wie es
schien, und rieb sich die Augen. Es war der Mensch,
der heute mit dem Bären gerungen hatte.

„Donnerwetter," sagte er, „hast Du ihn wieder?
Eben sehe ich, daß er 'rausgekommen ist."

Er schob die Pforte an einem der Käfige auf.

„Soll er wieder entspringen?" fragte das Weib,
dessen Lippen bleich wie Marmor geworden waren.
„Ich habe Dir gestern schon gesagt, daß die Planke
locker geworden ist, aber Du natürlich, Du hast wieder
an nichts gedacht."

Brummend öffnete der Mann den nebenanliegenden
Käfig, der gleichfalls leer war, dann faßte er das Thier,
das jetzt ganz leblos schien, mit seinen Fäusten an.

„Du hast ihn wohl ganz und gar erwürgt?" sagte
er; dabei riß er die Pranke des Panthers, die immer
noch an dem Arm des Weibes haftete, so roh und un=
geschickt an sich, daß das Blut aus der Wunde hervor=
brach und das Weib mit einem abermaligen Schmerzens=
laute zurücktaumelte.

„Sie müssen sich verbinden lassen," rief ich, indem
ich auf sie zutrat. „Haben Sie Verbandzeug? ich bin
selbst Mediziner, ich kann es besorgen."

„Ja, das habe ich, und es ist sehr gut, daß Sie
das können," erwiderte sie, indem ihre Zähne wie im
Froste aneinander schlugen. „Bitte kommen Sie mit."
Sie warf einen weiten Mantel, der an einem Pflocke
hing, über ihr Nachtgewand, schlüpfte mit den nackten
Füßen in ein Paar bereit stehende Schuhe und trat
mit mir auf den Hof hinaus. In der Thür wandte
sie sich noch einmal zu dem Manne zurück, der dem

Panther die Schlinge vom Halse genommen hatte und finster auf das Geschöpf niederblickte, das unbeweglich im Käfig lag.

„Gieb ihm Wasser," sagte sie, „er ist nicht todt, ich hab's gefühlt. Gieb ihm Wasser in den Käfig hinein."

Während wir über den Hof gingen, sah ich Lichter an den Fenstern des Hauses entlang und die Treppe herabhuschen. Die Hausbewohner waren durch den Lärm geweckt worden und sammelten sich auf dem Flure unten, um zu erfahren, was vorgefallen war. Wir überließen es dem Manne, ihre Wißbegierde zu befriedigen und traten in das Zimmer des Weibes ein, welches zu ebener Erde auf der gegenüberliegenden Seite des Hofes sich befand.

Es war ein kahler, unwirthlicher Raum, ein schlechtes Sopha an der einen Seite, einige Stühle, ein Schrank und ein Bett, das sich noch in dem Zustande befand, in welchem sie es verlassen hatte, das war die ganze Ausstattung.

Das erste, was das Weib that, als wir eingetreten, war, daß sie auf das Bett zuging und dasselbe zudeckte. In ihrem blassen Antlitz gewahrte ich eine leise Röthe. Alsdann öffnete sie den Schrank und nahm aus demselben einen Ballen linnener Streifen hervor, die sich zum Verbinden eigneten.

„Wenn Sie nun so gut sein wollen? sagte sie. „Ich werde mich setzen, dann wird es leichter geh'n."

Sie nahm auf dem Sopha Platz, warf den Mantel von der rechten Schulter und streckte den verwundeten Arm über die Lehne. Mit dem übrigen Theile des Mantels verhüllte sie sich so eng und dicht als möglich.

Es schien, daß sie erst jetzt ihre Blöße bemerkte, und in ihrer Bewegung lag ein Ausdruck schamhafter Weiblichkeit und Keuschheit.

„Sie haben immer Verbandzeug bei sich?“ fragte ich, während ich die Wunde mit einem feuchten Lappen auswusch.

„Bei einem solchen Beruf“ — erwiderte sie mit tonloser Stimme — „muß man es da nicht?“

Sie hatte das bleiche Haupt zurückgelehnt, ihre Augen waren geschlossen, und aus den Zügen des Gesichtes sprach körperlicher Schmerz, verbunden mit noch tieferem Seelenleid.

Nach allen Regeln der Kunst, soweit ich dieselbe bisher gelernt, legte ich den Verband an; sie äußerte nichts, hielt die Augen geschlossen, und nur von Zeit zu Zeit seufzte sie schwer und tief.

„Fühlen Sie starke Schmerzen?“ fragte ich.

„Ach ja,“ gab sie zur Antwort, „es thut weh.“

Das Wort klang so bescheiden, so ergeben in einen qualvollen, unabwendbaren Zustand, daß mich ein tiefes Mitleiden ergriff.

Der Verband saß fest; ich machte eine Schlinge, um das verletzte Glied in der Schwebe zu erhalten und bettete den Arm sanft und vorsichtig hinein. Während ich damit beschäftigt war, schlug sie die Augen auf und blickte mich schweigend an. Ich mußte die Schlinge um ihren Nacken legen; sie beugte das Haupt vor, so daß ihr Gesicht das meinige fast berührte, dann, als meine Hand zwischen ihrem Nacken und der Rücklehne des Sophas sich befand, drückte sie plötzlich den Nacken zurück, so daß meine Hand gefangen war.

Ich stand halb über sie gebeugt, und aus allernächster Nähe senkten sich die großen dunklen Augen des Weibes in die meinigen.

„Und Sie haben heute Abend auch über mich gelacht," sagte sie mit starrem Blicke, indem die Lippen das einzige waren, was sich an ihr bewegte.

Das Wort kam mir so unerwartet, daß ich nicht wußte, was ich sagen sollte; die blutige Röthe der Verwirrung trat mir in das Gesicht.

„Sie — Sie meinen?" fragte ich stockend.

Sie senkte das Haupt, so daß meine Hand frei wurde.

„Ich hab' es wohl gesehen," sagte sie, „ich habe einen Blick dafür, ich bin an so etwas gewöhnt."

Ein dunkler grollender Schatten lagerte sich auf ihrer Stirn.

„Es hat mir sehr leid gethan," erwiderte ich, „aber nur das Kleid war schuld, welches Sie trugen."

„Das Kleid," murrte sie halblaut vor sich hin, „das verfluchte Kleid." Mit einem jähen Ruck sprang sie vom Sopha auf.

„Ich hab' es ihm gesagt," rief sie, indem sie das Zimmer durchmaß, „daß ich in der verfluchten Jacke nicht mehr auftreten wollte — aber er hat wieder nicht brauf gehört! Aber heute war es das letzte Mal, nie soll er mich wieder hineinbringen! niemals! nie! ich schwöre es!"

Den linken Arm emporgereckt, so stand sie mitten in der Stube; ich sah sie von der Seite an und sagte mir im Stillen, daß, wenn sie heute Abend in dieser Gestalt vor dem Publikum erschienen wäre, Niemand

daran gedacht haben würde, über sie den Mund zu
verziehen.

„Sie werden sehr recht daran thun," sagte ich,
„wenn Sie in Ihren Mann dringen —"

Sie warf das Haupt zu mir herum.

„Mein Mann?" fragte sie.

„Nun Jener," versetzte ich, „der heute Abend mit
Ihnen auftrat und den wir in der Menagerie fanden,
war das nicht Ihr Mann?"

Ein Zug verächtlichen Hohnes glitt über ihr Gesicht.

„Der und mein Mann!" sagte sie. „Nein," rief sie,
indem sie den Nacken schüttelte, so daß das dunkle Haar
nach rechts und links flog, „er ist mein Mann nicht!
Niemand ist mein Mann, ich will keinen Mann, ich
brauche keinen, ich hasse die Männer, alle miteinander,
denn sie sind alle einer wie der andere!"

Ich stand sprachlos; mit weiten Schritten ging sie
im Zimmer auf und nieder, so daß sie selbst wie ein
im Käfig umherwüthender Tiger erschien, dann kam
sie plötzlich auf mich zu, und aus ihren Augen, die
sich in mein Antlitz bohrten, brach der Grimm wie ein
breiter Strom hervor.

„Nein, Keiner ist anders," rief sie, „Keiner! denn
auch Sie haben über mich gelacht heute Abend, und
ich konnte nichts dawider thun!" Die mächtige Gestalt
blieb dicht vor mir stehen, und die ganze Erscheinung
sah so gefährlich aus, daß ich unwillkürlich erschrocken
einen Schritt zurückwich.

Als sie das bemerkte, erlosch plötzlich das Feuer in
ihren Augen, ihre Züge nahmen einen angstvoll flehenden
Ausdruck an, und ihr Gesicht verzog sich, wie es heute

bei der Vorstellung ausgesehen hatte, als wollte sie zu weinen beginnen.

„Bin ich denn auch Ihnen so gräßlich?" fragte sie.

Ich vermochte nicht zu antworten, denn in der That empfand ich ein Grausen vor dem unheimlichen Wesen, das mir gegenüberstand.

Sie ließ den Kopf auf die Brust sinken und stand wie vernichtet da.

„Ich merke schon," sagte sie, „es ist Ihnen schrecklich, hier mit mir zusammen sein zu müssen — ich danke Ihnen, daß Sie mich verbunden haben, gehen Sie nur."

„Was haben Sie mir zu danken?" rief ich; „meinen Sie denn, daß ich vergessen hätte, oder je vergessen könnte, daß Sie mir heute das Leben gerettet haben?"

Als ich das sagte, erzitterte sie, als ob das Fieber sie schüttelte, sie richtete das Haupt auf, und es traf mich ein Blick voll glühenden, lechzenden Verlangens. „Mein Gott — wäre es möglich" — dachte ich bei mir, und es widerstrebte mir, den Gedanken zu Ende zu denken, den dieser Blick in mir erzeugte.

„Das ist wahr," sagte sie mit dumpfer, schwerer Stimme, „ich habe Ihnen das Leben gerettet, und wissen Sie, ich will Ihnen noch etwas sagen, etwas Sonderbares —"

Sie verstummte einen Augenblick, als müßte sie sich besinnen; während dessen ließen ihre Augen mich nicht los.

„Ich weiß nicht, was es war," fuhr sie langsam fort, „daß ich plötzlich aus dem Bette springen mußte, weil ich eine Ahnung hatte, daß der Panther ausgebrochen sei. Und als ich sah, das es wirklich so war, und als

ich auf den Hof trat und den Lärm auf der Treppe
hörte — da wußte ich mit einem Male, daß Sie da
oben sein müßten — und ich hatte doch noch gar nicht
erfahren, daß Sie dort wohnten. Und wissen Sie —
wenn er Ihnen etwas zu Leide gethan hätte — mit
meinen Händen hätte ich ihn erwürgt und mit meinen
Zähnen ihn zerrissen — und ich hätte ihn unterge=
kriegt — wahrhaftig, ich weiß es."

Ihre Worte waren stockend hervorgequollen, als
schnürte ein Krampf ihr die Kehle zu; sie wiegte das
Haupt, und ein unbeschreibliches, an Wahnsinn er=
innerndes Lächeln zeigte sich auf ihrem Gesicht. Ent=
setzt starrte ich sie an.

„Nein," sagte sie flüsternd, „Du mußt Dich nicht
vor mir fürchten, Du nicht — denn Dich, siehst Du —"

Ihre Stimme brach plötzlich ab, sie lehnte sich an
meine Schulter und drängte sich an mich, daß ich ihren
Leib an meinem Körper fühlte.

„Wirst Du morgen wiederkommen?" fragte sie;
„ja, nicht wahr, Du mußt kommen und nach meiner
Wunde sehen? Denn Du weißt ja, daß ich sie für Dich
empfangen habe?"

Ich war wie betäubt.

„Wäre es nicht besser," fragte ich, „wenn ich Ihnen
einen erfahrenen Arzt schickte?"

„Nein," sagte sie, „Du sollst kommen! Du! Alle
die Anderen fassen mich an, als wäre ich ein Stück
Vieh, aber Deine Hand ist weich, Du hast mich sanft
angefaßt. Wirst Du kommen? Wirst Du?"

Ihre Stirn berührte meine Stirn, ich spürte ihren
wogenden Busen und ihren glühenden Hauch. —

„Gut denn," rief ich, indem ich mich losriß, „ich werde morgen wiederkommen und nach Ihrem Arme sehen — es ist spät — schlafen Sie wohl."

Eilend wandte ich mich zum Ausgange; als ich von der Thür zurückblickte, sah ich sie mitten im Zimmer stehen, die Augen auf mich gerichtet, den linken Arm erhoben, als mahnte sie mich drohend an mein Versprechen.

Beinahe flüchtend erreichte ich meine Behausung. —

Als ich an der Stelle vorüberkam, an welcher vorhin der Panther gesessen hatte, bemerkte ich, daß der schreckliche Vorfall bereits in meiner Seele zu verblassen anfing, überwältigt und verdrängt von dem Eindruck den mir die Vorgänge im Zimmer des Weibes erweckt hatten.

In meiner Seele war ein Zustand, den ich nur mit dem Bilde vergleichen kann, welches eine durch einen Dammbruch jählings unter Wasser gesetzte Landschaft gewährt. Da, wo Aecker und Wiesen, Anpflanzungen und freundliche Wege waren, herrscht nur noch das wilde zerstörende Element, und statt der bunten Mannigfaltigkeit von Farben und Linien, die uns bisher erquickte, gewahren wir nur noch die graue eintönige Fluth.

So war in mein Leben plötzlich und gewaltsam dieses dämonische Wesen hereingebrochen; Erinnerung und Ziele, Vergangenheit und Zukunft meines Lebens versanken mir unter der vernichtenden Gewalt dieser letzten Stunden.

Was ich von mir zurückgewiesen hatte wie einen wüsten, spukhaften Traum, ich mußte es als Thatsache

und Wahrheit anerkennen: das Weib liebte mich. Und
wenn es je einen Menschen gegeben hat, der sich eines
solchen Sieges nicht erfreute, so war ich es, denn mir
schauderte vor dieser ihrer Liebe.

Das Verhältniß zwischen Mann und Weib war
zwischen uns in sein Gegentheil verwandelt, sie war
der gebietende, ich der gehorchende Theil, und ich fühlte
den Gräuel dieser Unnatur auf das Allertiefste. Daneben empfand ich die Unmöglichkeit, ihrem Banne mich
zu entziehen, denn nicht nur die Pflicht der Dankbarkeit
zwang mich zu ihr zurück — nein, es regte sich noch
etwas Anderes, was ich nicht verstand, was ich nicht
zu bezeichnen vermochte.

War es Mitleid und Mitgefühl? ich glaube beinahe,
denn aus ihren Worten, die mir eines nach dem anderen
wieder in Erinnerung kamen, klang etwas hervor, das
darauf hindeutete, daß in diesem Körper, dessen Maße
alle Grenzen der Weiblichkeit überschritten, eine Seele
wohnte, die in jeder Faser das Gepräge der Weiblichkeit
trug, die sehnend danach verlangte, von den Menschen
als Weib erkannt und anerkannt zu sein und die es
qualvoll empfand, daß ihr von den Menschen diese
Anerkennung versagt wurde.

„Sie fassen mich an, als wäre ich ein Stück Vieh“
— welche Summe verletzender Erlebnisse enthielt dieses
kurze Wort; wie trostlos war der Klang ihrer Stimme
gewesen, als sie von ihrem Berufe sprach, und wie
schamhaft und keusch die Bewegung, mit der sie ihr
Bett vor mir verbarg und ihre Glieder in den schützenden
Mantel hüllte.

Ich sah ein menschliches Wesen vor mir, das die

Natur durch einen schweren Mißgriff, den sie an ihm begangen, zum tiefsten Leide verdammt hatte, dem sie äußerliche Bedingungen verliehen hatte, die es aus den Grenzen vernünftiger Ordnung ausschließen, und dem sie gleichzeitig die Fähigkeit gegeben hatte, seine Einsamkeit zu empfinden. Und daß ich es war, an den sie sich anklammerte, um in diese ersehnte Menschheit zurückzugelangen, das war es, was mich in jener Nacht schlaflos bis zum grauenden Morgen liegen ließ.

Als ich am nächsten Tage," erzählte Benno Rother weiter, „aus dem Halbschlafe erwachte, in den ich schließlich gesunken war, traten die Ereignisse der vergangenen Nacht wie ein grauer Schatten vor meine Seele. Und dieses Gefühl ward ein bleibendes, ein Schleier umwob mir die ganze umgebende Welt. Ich ging des Morgens in den Hörsaal und hörte mechanisch die Vorlesungen an, ohne eigentlich zu verstehen, was ich hörte, ich vermied es, mit den Freunden zusammenzutreffen, nichts von Allem, was mich erfüllt hatte, interessirte mich fürderhin. Widerstrebend und doch unabänderlich kehrten meine Gedanken zu dem öden Zimmer zurück, wo sie meiner wartend lag.

Daß sie mich in der That erwartet hatte, erkannte ich, als ich am Nachmittage, da es schon zu dunkeln begann, bei ihr eintrat.

Ich fand sie vor einem Spiegel stehend, der, wie ich erst jetzt bemerkte, an der Wand zwischen den beiden Fenstern angebracht war. Mit dem verwundeten Arme schien es besser zu gehen, denn sie hatte die Schlinge bereits abgelegt und ordnete das Gewand, das sie sich, wie es schien, im Laufe des Tages zurecht gemacht hatte. Es war ein langes, an altgriechische Kleidung erinnerndes Kleid, welches vom Halse bis zu den Füßen floß, völlig abweichend von dem gestrigen Trikotgewande, ungefähr wie das, in dem Du sie heute im Cirkus gesehen hast.

Die Veränderung ihrer Erscheinung war so augenfällig, daß ich überrascht auf der Schwelle stehen blieb.

Sie hatte mich, als ich eintrat, sofort im Spiegel erkannt und wandte sich hastig zu mir um, indem sie beide Arme nach mir ausstreckte.

„Ach," sagte sie, „ich wußte daß Du kommen würdest — das ist recht."

Ich blieb stehen, ohne ihre ausgestreckten Hände zu berühren; langsam ließ sie die Arme sinken.

„Ist es so besser?" fragte sie, indem sie an ihrem Gewande herabsah. „Gefalle ich Dir so etwas weniger schlecht?"

Sie blickte mich nicht an, schamhafte Gluth färbte ihr Gesicht.

„Jawohl," erwiderte ich rasch, „es steht Ihnen viel besser als Ihr bisheriges Kleid; Niemandem wird es mehr einfallen, über Sie zu lachen."

Ein freudiger Strahl zuckte aus ihren Augen, indem sie dieselben zu mir erhob. Ich war dicht an sie herangetreten, wir standen nah aneinander vor dem Spiegel. Mit der rechten Hand erhob sie die Lampe und beleuchtete unserer Beider Gesichter. Plötzlich sah ich, wie sie aufmerksam wurde, sie beugte sich bis dicht an das Glas des Spiegels vor, dann wandte sie sich zu mir herum und blickte forschend in mein Gesicht, als suchte sie etwas darin.

„Merkwürdig," sagte sie leise, — „ganz wie bei mir."

„Was meinen Sie?" fragte ich.

„Sieh doch," erwiderte sie, indem sie die Lampe niedersetzte und mit dem Zeigefinger der rechten Hand über meine Augenbrauen dahin strich, „sieh doch, ganz dicht zusammengewachsen."

Sie ließ den Finger über meiner Nasenwurzel ruhen, dann wiederholte sie dieselbe Bewegung an ihrem eigenen Gesichte.

„Siehst Du?" sagte sie.

In der That bemerkte ich jetzt, daß ihre Augenbrauen wie ein dunkler Strich über der Nase ineinander übergingen.

„Nun ja," sagte ich, „ein Zufall, das ist wahr."

Sie wiegte das Haupt und sah mich mit einem seltsamen, schwermüthigen Ausdruck an.

„Nein," versetzte sie, „weißt Du denn nicht, was das zu bedeuten hat?"

„Was soll es zu bedeuten haben?" fragte ich leichthin.

„Du weißt es wirklich nicht?"

„Nein doch, wenn ich's Ihnen sage."

Sie drehte sich plötzlich von mir ab.

„Dann möchte ich's Dir eigentlich gar nicht sagen."

Ich war nun wirklich neugierig geworden und bestand darauf, es zu erfahren.

Sie beugte sich dicht an mein Ohr.

„Wer das hat," flüsterte sie, „der ist gezeichnet — mit dem nimmt es kein natürliches Ende."

Ich drängte den Schauer nieder, der mich bei diesen geheimnißvollen Worten erfaßte, und blieb äußerlich ruhig.

„Davon hatte ich ja noch gar nichts gewußt," sagte ich lächelnd.

„Aber es ist wahr," fuhr sie fort, „solch Einer stirbt durch Gewalt." —

Sie hatte beide Hände auf meine Schultern gelegt und blickte mich mit schmerzlich fragendem Ausdruck an.

„Meinetwegen," sagte sie, „wundert mich das nicht, ich hab's mir immer gedacht — aber Du? auch Du —"

Plötzlich sank sie vor mir nieder, ihre Hände glitten von meinen Schultern und schlangen sich um meinen Leib, und mit der ganzen Kraft dieser Arme fühlte ich mich an ihren wogenden Busen gepreßt.

„O Du" — sagte sie mit heißer, vor Leidenschaft zitternder Stimme — „fühlst Du denn jetzt nicht, daß wir zusammengehören? Warum nennst Du mich immer noch ‚Sie'? Komm' doch, komm' her zu mir, und küsse mich — o nur ein, nur ein einziges Mal küsse mich."

Ich weiß nicht, ob sie zu mir emporstrebte, oder mich zu sich herniederzog, ich weiß nicht, ob ich Lust oder Entsetzen empfand, nur das noch weiß ich, daß ich mich plötzlich wie umfluthet fühlte von einem glühenden Meere, daß ich zwei Lippen fühlte, die in wilden Küssen meine Lippen suchten, daß meine Hand in ihrem strömenden Haare untertauchte und daß auch meine Lippen sich wieder und immer wieder auf die ihrigen senkten.

„Liebst Du mich denn so sehr?" fragte ich sie leise.

Ein unterdrücktes Stammeln war ihre Antwort; mit verdoppelter Gewalt schlang sie die Arme um mich her.

„Mit Dir sterben," sagte sie stöhnend, „o mit Dir zusammen sterben!"

Sie lehnte ihr Haupt an meine Brust, sie schloß die Augen, und ihr Antlitz sah aus wie das einer sterbenden Gigantin.

Mit schwindelnden Sinnen riß ich mich los und setzte mich auf das Sopha; zu meinen Füßen ließ sie sich nieder.

Ich verlangte, daß sie neben mir sitzen sollte, aber sie schüttelte den Kopf, und indem sie die Arme auf meine Kniee lehnte, blickte sie mir von unten in das Gesicht.

„Dies sanfte Gesicht," hob sie nach einer Pause schweigenden Schauens an — „und dies weiche blonde Haar —"; plötzlich nahmen ihre Augen wieder den forschenden Ausdruck an, wie vorhin, als sie mit mir vor dem Spiegel stand.

„Wahrhaftig," sagte sie, „ich glaube, Du bist es, den sie mir wahrgesagt hat."

Ich war bereits so an Seltsames und Abenteuerliches von ihrer Seite gewöhnt, daß mich diese neue geheimnißvolle Andeutung kaum mehr in Erstaunen setzte.

„Wer hat Dir wahrgesagt?" fragte ich.

„Als ich von Hause fortgelaufen war," erwiderte sie, „ist mir im Walde eine Zigeunerfrau begegnet und hat mir in der Hand gelesen. Sie hat mir gesagt, daß Zweie mir begegnen würden, erst ein Schwarzer und dann ein Gelber; der Schwarze würde mich haben wollen, aber der würde mich nicht bekommen —"

„Nun," fragte ich, „und ist solch Einer gekommen?"

„Ja freilich," sagte sie, „Du hast ihn ja gesehen

und hast ja geglaubt, daß er wirklich mein Mann
wäre."

„Ach so," erwiderte ich, „der Mann, mit dem Du
aufgetreten bist?"

Sie nickte schweigend.

„Er hat mich auch zur Frau haben wollen," fuhr
sie fort, „mehr als einmal, und er liegt mir auch jetzt
noch in den Ohren damit — aber er bekommt mich
nicht! nie bekommt er mich! nie!

Sie hatte meine Kniee umschlungen und drückte ihr
Gesicht darauf.

„Du bist von Hause fortgelaufen?" forschte ich,
„wo ist denn Deine Heimath?"

Sie schaute mit einem dumpfen Blick auf den Boden.

„Ich weiß selbst nicht mehr," erwiderte sie, „es ist
schon so lange her, seit ich fort bin. Aber es war
eine kleine Stadt, und die Leute sprachen halb polnisch,
halb deutsch."

„Wer war Dein Vater?" fragte ich.

„Ich habe gar keinen Vater gehabt," sagte sie tonlos, „aber es war da ein Mann, der in einer Fabrik
arbeitete, von dem ging das Gerede, daß er mein Vater
wäre."

Sie war dunkel erröthet und wandte das Haupt
zur Seite. Es sah aus, als versänke sie in Erinnerungen
düsterer Art.

„Es war so schlimm bei uns zu Hause," fuhr sie
stockend fort, „so schlimm, daß ich es endlich nicht mehr
aushalten konnte. Als ich so alt war, daß ich schon
lange Röcke trug, haben sie mich in die Schule gethan,
daß ich lesen und schreiben lernen sollte. Und ich wollte

so gern etwas lernen, denn ich wollte nicht immer blos
das Vieh hüten, mit dem sie mich alle Tage hinaus=
schickten. Aber als ich in die Schule kam, wollten die
übrigen Jungen und Mädchen nichts mit mir zu thun
haben, und wenn ich auf der Bank neben ihnen saß,
rückten sie ab, und wenn ich mit ihnen spielen wollte,
liefen sie weg und warfen mit Steinen nach mir. Und
weil ich damals schon so groß und stark war, sagten
die Mädchen, daß ich gar kein Mädchen wäre, sondern
ein Mann, und die Jungen sagten, daß ich eine Hexe
wäre, die man ins Wasser werfen müßte. Und ich
hatte doch Keinem etwas zu Leide gethan."

Trostlos schüttelte sie das Haupt.

„Aber einmal," erzählte sie weiter, „als sie es wieder
so trieben, konnte ich es nicht länger aushalten und
drehte mich um und nahm den größten und stärksten von
den Jungen, der immer am lautesten geschrieen hatte,
am Halse, und als er sich wehrte, wurde es mir plötzlich
ganz roth vor den Augen, und ich würgte ihn und
warf ihn an die Erde, daß es krachte, und prügelte
ihn, bis daß ich nicht mehr konnte. Darauf lief er
zum Lehrer, und all die Anderen mit ihm, und zeigten
mich an. Und der Lehrer hätte mich doch in Schutz
nehmen müssen, denn ich war doch in meinem Recht
— aber auch er —" ihre Stimme erlosch in einem
schweren, stöhnenden Seufzer.

Ich legte meine Hand auf ihr Haupt, sie ergriff
mit beiden Händen meine Hand und drückte die Lippen
darauf.

„Ja, Du bist anders — Du bist besser als sie,"
sagte sie, „aber die übrigen Menschen sind immer gegen

mich gewesen — Alle, Alle miteinander. Der Lehrer hörte mich gar nicht an, sondern nahm den Rohrstock hinterm Ofen vor und wollte mich schlagen. Und als ich ihm sagte, daß er es nicht thun sollte, und daß ich kein Unrecht begangen hätte, schlug er mich über die Schultern. Da fiel ich über ihn her und riß ihm den Stock aus den Händen und brach ihn entzwei und warf ihm die Stücke vor die Füße. Der Lehrer wurde vor Schreck weiß wie die Wand und lief durch die Hinterthür hinaus, geradenwegs zu meiner Mutter. Und als ich nach Hause kam, war er schon dagewesen und hatte meiner Mutter gesagt, ich dürfte nie wieder in die Schule kommen, denn ich wäre gar kein Mensch, sondern ein wüthender Affe, ein Gorilla, und als ich über die Straße nach Hause ging, schrie schon Alles hinter mir her: ‚Da geht der Gorilla!‘ Meine Mutter gab mir den Abend nichts zu essen und sagte mir — sagte mir —“

Sie wollte weiter sprechen, aber die Worte ertranken ihr im Halse, von Thränen erstickt, sie barg das Gesicht in den Händen und fing an zu weinen, laut, klagend und so furchtbar verzweiflungsvoll, wie ich noch nie einen Menschen hatte weinen hören.

„Sie sagte mir“ — fuhr sie endlich mit schluchzender Brust fort — „ihr Unglück wäre ich schon immer gewesen, nun wäre ich auch noch ihre Schande — eine rechte Affenschande!“

Sie verstummte und sah mich von unten herauf mit einem langen, prüfenden Blick an.

„Hast Du eine Mutter?“ fragte sie.

„Ja,“ sagte ich.

„Und sie liebt Dich? Und Du liebst sie auch recht?"

„Ja gewiß," erwiderte ich.

„Wie ich mir das denken kann," fuhr sie träumerisch fort, „wie schön das sein muß, wenn Ihr so bei einander sitzt, Du und Deine Mutter —"

„Sie wohnt nicht hier," antwortete ich, denn dies ist meine Heimathstadt nicht; meine Mutter wohnt weit von hier, in Kiel — hast Du davon schon einmal gehört?"

Sie schüttelte verneinend das Haupt, dann sprang sie jählings auf die Füße und trat von mir fort, mitten in das Zimmer.

„Geh' hinweg von mir," sagte sie, „geh' hinweg! Was würde Deine Mutter sagen, wenn sie Dich hier mit mir sähe! Du gehörst zu anderen Menschen, und wenn Du bei mir bleibst, mußt Du unglücklich werden, denn ich bringe Allen Unglück, die mit mir zusammenkommen!" —

Benno Rother unterbrach seine Erzählung.

„Wenn ich diesen Augenblick benutzt hätte" — sagte er vor sich hin — „aber ich that es nicht, ich blieb sitzen. Was mich hielt? weiß ich es selbst? War es aufkeimendes Interesse? war es Edelmuth? Ein thörichter Edelmuth — nicht wahr?"

Er stand dicht neben mir und sah mich an, als erwartete er meine Antwort. Ich ergriff seine Hand.

„Nein," sagte ich, „wenn Du in dem Augenblick gegangen wärst, so hättest Du wie ein Feigling gehandelt."

Er nickte schweigend vor sich hin.

„Als sie bemerkte, daß ich sitzen blieb," fuhr er

fort, „kehrte sie in ihre vorige Stellung zu meinen Füßen zurück.

„Siehst Du," sagte sie, „das ist das letzte Wort gewesen, das ich von meiner Mutter gehört habe. Denn als sie das gesagt hatte, wurde mir das Blut in den Adern kalt; ich ging zur Thür hinaus, die Straße entlang, immer weiter immer zu, ich hörte nichts, ich sah nichts, ich weiß nicht, wie lange ich in einem Zuge gegangen bin, aber ich glaube, es sind ein paar Meilen gewesen, denn als ich zum ersten Male stehen blieb, war ich in einem Walde, von dem ich wußte, daß er weit, weit von der Stadt ent= fernt war.

Von der Stunde an bin ich nie mehr nach Haus gekommen. Es war schon ganz dunkel, ich legte mich unter einen Baum. In der Nacht hörte ich die Eulen schreien, und ich schrie selber laut in das Dunkel hinein, denn ich dachte, daß ich nun selbst ein wildes Thier geworden wäre.

Am anderen Morgen ist mir die Zigeunerfrau be= gegnet, die mir in der Hand gelesen und gewahrsagt hat. Darauf bin ich bis zum Mittag weiter gegangen, immer den Weg geradeaus, und als ich müde wurde, habe ich mich in den Straßengraben gelegt und bin eingeschlafen. Plötzlich bin ich dann aufgewacht, denn ich fühlte, daß Jemand mir an die Brust griff, und wie ich aufschaute, sah ich einen Mann — ich hatte noch nie solch einen großen starken Menschen gesehen — mit schwarzem Haar und Bart, der neben mir am Boden kniete.

Ich sprang auf, aber er fing mich in beide Arme

und riß mich an den Boden zurück, und dabei sah er
mich mit einem Paar Augen an, daß mir ganz schlimm
wurde. Da wurde ich so wüthend, daß ich ihn mit
beiden Händen am Halse ergriff, und wir rangen mit=
einander, und plötzlich — ich weiß noch jetzt kaum,
wie es geschah — hatte ich ihn unter und warf ihn
in den Graben, daß er lang auf dem Rücken lag.

Wie ich das sah, da mußte ich mit einem Male, daß
ich stärker war als alle Menschen, und seit dem Tage
habe ich mich vor nichts mehr gefürchtet.

Der Mann stand wieder auf und klopfte sich den
Staub vom Rocke.

„Der Tausend," sagte er, „Du hast Kraft in den
Armen; Dich könnte ich gebrauchen."

„Zu was?" fragte ich.

„Ich habe eine Menagerie," sagte er, „und ich
denke mir, du würdest mit den Rackern fertig werden.
Hättest Du Lust dazu?"

Das schlug mir in die Seele. Die Menschen wollten
mich nicht haben, also konnte ich es mit den Thieren
versuchen; und je wilder und böser sie waren, desto
lieber war es mir, denn in dem Augenblick war ich
selbst so böse und wild, daß ich mich in Blut hätte
baden mögen.

„Es ist gut," sagte ich, „ich will mit Dir gehen;
vor Deinen Thieren fürchte ich mich nicht, und wenn
Du noch einmal so etwas versuchst wie das von vor=
hin, dann bringe ich Dich um!"

„Er schaute mich von der Seite an und lächelte,
und von der Stunde an wußte ich, daß er ein böser
Teufel war, denn ich sah, daß er wüthend war, und

doch konnte er lachen. Und das sind von allen Menschen
die gefährlichsten," fügte sie wie in Gedanken hinzu.

„Er hatte damals nur ein paar schlechte Wölfe,"
fuhr sie fort, „und mit denen zogen wir von Ort zu
Ort. Unterwegs lehrte er mich eine Menge Kunststücke;
ich wurde stärker von Tag zu Tage, und das Geschäft
ging gut. Wo wir in eine Stadt kamen, liefen die
Leute herzu, um uns zu sehen, und bald konnte er sich
ein Thier nach dem anderen dazu kaufen, und als das
Jahr herum war, da hatte er wirklich eine Menagerie
zusammen. — Und als es so weit war, da kam der
Gelbe." Ihre Stimme wurde hohl, ihr starrender Blick
senkte sich ins Leere.

„Ja so," sagte ich, „was hatte sie Dir denn von
dem Gelben prophezeit?"

„Sie hat gesagt, es würde mich Keiner zwingen,
aber wenn der Gelbe käme, dann würde ich verloren
gehen mit Seele, Leib und Leben."

„Und solch Einer ist also gekommen?" fragte ich.

Sie nickte stumm, und es sah aus, als müßte sie
die Träume sammeln, die wie ein dunkles Meer ihr
durch den Kopf flutheten.

„War es ein Mann?" fragte ich.

Sie richtete die Augen auf mich und auf ihren
Lippen erschien wieder jenes wahnsinnige Lächeln, das
mich schon einmal mit Schrecken erfüllt hatte.

„Ein Mann?" wiederholte sie leise meine Frage, „ja,
ja — und was für einer — ein starker, stolzer, o ich
sage Dir, er ist gewaltig."

Sie redete wie in einer dumpfen Verzückung, und
ihr Gesicht sah aus wie das eines Menschen, der von

einer fixen Idee beherrscht wird. Ich sah schweigend auf sie nieder, und jenes geheimnißvolle Wesen, von dem sie sprach, fing an, meine Phantasie gefangen zu nehmen. War es wirklich ein Mann, ein Mensch, was sie meinte?

„Und den also hast Du geliebt? fragte ich weiter.

„Ja," erwiderte sie flüsternd, indem sie das dunkle Haar, das ihr über die Stirn gefallen war, zurückstrich, „ich habe mir eingebildet, der wäre es, von dem sie mir gewahrsagt hat, bis daß ich Dich sah."

Sie preßte meine Kniee mit ihren Händen zusammen.

„Denn als ich Dich vor mir sitzen sah," sagte sie mit heiserer Stimme, „da ging mir etwas durch Mark und Bein — etwas, was ich noch gar nicht gekannt hatte, da wußte ich mit einem Male, daß Einer da war, der mit mir machen konnte, was er wollte." Sie reckte sich lang empor, bis daß sie mit ihren Lippen mein Haar berührte.

Dann spürte ich, wie sie eine Locke meines Haares zwischen ihre Zähne nahm und leise meinen Kopf nach ihrer Seite hinüberzog. Ihr Gesicht berührte beinah das meinige, indem sie mich von der Seite unablässig anblickt, dabei flüsterte sie ganz leise vor sich hin:

„Er ist der Gelbe — er ist der Gelbe."

Plötzlich näherten sich ihre Lippen meinem Ohre.

„Weißt Du was," sagte sie, „küssen ist doch eigentlich nichts — aber beißen — und verschlingen!"

Während sie so sprach, begann sie an meinem Rockärmel zu zerren, als wollte sie mir denselben vom Leibe ziehen.

„Was beginnst Du?" fragte ich erstaunt.

„Sei still," erwiderte sie mit leisem, aufgeregtem Flüstern, „laß mich machen, laß mich machen!"

Ihre Bewegungen wurden immer hastiger, eine unterdrückte finstere Leidenschaftlichkeit regierte ihre Hände, und da ich dem seltsamen Gebahren keinen ernsten Widerstand entgegensetzte, hatte sie bald meine linke Schulter vom Rocke befreit.

Mit einem erstickten Laute warf sie sich auf mich, und durch das Hemde hindurch fühlte ich, wie sie meine Schulter mit ihren Zähnen faßte. Ich fuhr zurück und wollte mich ihr entziehen, aber sie hatte meine beiden Hände mit aller Kraft gefaßt, und plötzlich fühlte ich einen stechenden Schmerz. Sie hatte mich in die Schulter gebissen.

In der Ueberraschung des Schmerzes zuckte ich auf und wollte mich gewaltsam von ihr befreien, aber sie ließ die Lippen nicht von meiner Schulter, und ich fühlte, wie sie das Blut aus der Wunde sog. Dann sprang sie zwei Schritte zurück und hob beide Arme empor.

„Ich habe sein Blut getrunken!" rief sie wie in frohlockendem Triumph, „mein Blut ist für ihn ge= flossen, nun kann er nicht mehr von mir los!"

In ihren Augen loderte eine wilde, vernichtungs= selige Freude.

Ich hatte mein Taschentuch hervorgezogen und drückte es schweigend auf die Schulter, um das Blut zu trocknen. Als sie das bemerkte, kam sie herangestürzt, sank an dem Sopha zu meinen Füßen nieder und schaute mir mit einem Ausdruck tödtlicher Bangigkeit in das Gesicht.

„Hat es weh gethan?" fragte sie, „wirklich? hat es weh gethan?"

Ich sah sie nicht an und erwiderte nichts, denn in der That fühlte ich Schmerz.

„Sprich zu mir," sagte sie, indem sie wie rasend die Arme um mich warf, „sprich zu mir, ich halte es nicht aus, wenn Du böse bist mit mir! Habe ich Dir weh gethan?"

„Nun," erwiderte ich mit ärgerlichem Lachen — „wenn man Jemanden beißt wie ein wildes Thier —"

Als ich das sagte, sanken ihr die Arme herab und sie kauerte, gesenkten Hauptes, wie vor den Kopf geschlagen, zu meinen Füßen. Dann warf sie sich mit ganzem Leibe auf den Boden nieder und wandte das Haupt zu mir empor.

„Setz' Deine Füße auf mich," sagte sie, „und tritt mich! ich bitte Dich, tritt mich; ich verdiene es nicht anders!"

Ich schüttelte das Haupt.

„Steh' nur auf," sagte ich, „mehr verlange ich nicht von Dir."

Lautlos that sie, wie ich ihr geheißen, und als sie auf den Füßen stand, blickte sie mich staunend an.

„Wie sanft er ist," sprach sie in sich hinein, „keinen Schlag, kein böses Wort —"

Sie neigte sich wieder über meine Schulter, und so wild ihre Bewegungen vorhin gewesen waren, so sanft und sorgsam waren sie jetzt. Sie drückte die Lippen auf die Wunde und legte sodann ihre Wange darauf, währenddessen ließ sie jenen summenden Ton vernehmen, den ich von ihr gehört hatte, als sie sich dem Panther näherte.

„Was murmelst Du so?" fragte ich.

„Laß nur," erwiderte sie leise, „das ist gut, da schläft das Blut ein — so etwas lernt man in meinem Beruf."

„Siehst Du," fuhr sie fort, „es fließt schon nicht mehr — freilich, nicht alles Blut ist so milde und süß."

Sie hatte sich jetzt neben mich gesetzt und schmiegte sich eng an mich.

„Gieb mir den Arm frei," sagte ich, da ich den Rock wieder anziehen wollte.

„O nur einen Augenblick noch," erwiderte sie, und plötzlich hatte sie das Haupt auf meine Brust gedrückt, indem sie das Ohr, wie lauschend, an mein Herz legte.

„Horch, wie es schlägt," sagte sie, „tiktak, tiktak wie eine Uhr — weißt Du, was ich möchte? daß die Uhr da drinnen ewig ginge, und daß ich ihr ewig zuhören könnte."

Welche Räthsel waren in diesem Geschöpf vereinigt?

Unwillkürlich beugte ich mich nieder und umfing ihren Hals und küßte sie auf den dunkellockigen Scheitel.

Da richtete sie das Haupt empor und während sie mit beiden Händen meine linke Hand erfaßte und leise drückte, sah sie mir mit einem langen, wunderbar ernsten Blick in die Augen.

„Ich will Dich etwas fragen," begann sie mit einem Tone, der ganz anders klang, als Alles, was ich bisher von ihr vernommen, „willst Du mit mir kommen — zu ihm?"

„Zu wem?" fragte ich erstaunt.

„Zu dem — Gelben?"

Ob es der Ton ihrer Worte, oder was es sonst war ein schauerndes Bangen überströmte mich, als sie mir diesen Vorschlag machte.

„Sage mir," erwiderte ich, „wer das eigentlich ist, von dem Du so sprichst, den Du den Gelben nennst?"

„Du sollst ihn kennen lernen, willst Du mit mir gehen? willst Du?" fragte sie.

Sie war vom Sopha aufgestanden und zog mich an der Hand, die sie in ihren Händen festhielt, mit sanfter Gewalt nach.

„Ich weiß nicht, ob ich soll," sagte ich, indem ich den Rock wieder anzog und ihr in das Gesicht schaute. In ihren Augen ging wieder jener stille verzehrende Blick auf, den ich am Abend zuvor bemerkt hatte.

„O komm," sagte sie leise flehend, „komm, Du wirst sehen, wie schön er ist."

Mit diesen Worten legte sie den Arm um meine Schultern, und beinahe willenlos ließ ich mich von ihr führen. —

Wir verließen das Zimmer, wir schritten über den Hof und dann traten wir dort ein, wo ich bereits am Abende vorher gewesen war, in die Menagerie.

Auf der Schwelle blieb ich stehen.

„Wohnt er hier?" fragte ich.

Sie schüttelte das Haupt, ohne mich anzusehen.

„Komm' nur weiter," sagte sie, „komm' nur weiter."

Der geräumige Saal, in dem wir uns befanden, und an dessen Wänden die Käfige der Thiere angebracht waren, wurde durch eine einzige Laterne erhellt, welche in einer Ecke an einem Haken in der Wand hing. Unter

dieser Laterne befand sich eine Bettstatt, und auf der=
selben lag der schwarzbärtige Thierbändiger in tiefstem
schnarchenden Schlafe. Ueber dem Bette war ein Ge=
simse an der Wand, auf demselben standen noch einige
Lampen, und eine derselben nahm meine Begleiterin
herab.

Sie zündete den Docht in der Lampe an, dann er=
griff sie meine Hand, als fürchtete sie, daß ich ihr ent=
fliehen würde, und so schritten wir quer durch den
weitläufigen Raum auf eine in der entgegengesetzten
Ecke befindliche Thür zu.

Wir gelangten in einen dunklen Gang, und als wir
denselben durchschritten hatten, stieß sie eine zweite Thür
auf; ein Gelaß, das keinen weiteren Ausgang hatte,
als die Pforte, durch die wir eingetreten waren, nahm
uns auf.

Sie drückte die Thür hinter uns ins Schloß, dann
hob sie die Leuchte empor.

„Komm,‟ sagte sie.

Ich folgte ihr, wir traten zwei Schritte vor — und
ich prallte zurück:

Vor mir gewahrte ich einen Käfig, und hinter den
Stäben desselben richtete sich, vom plötzlichen Lichte
geweckt, lautlos ein gewaltiger Löwe auf.

Ich weiß nicht, ob es eine Wirkung meiner tiefen
Erregtheit war, oder ob die schweigende Einsamkeit,
aus der er mir plötzlich entgegentrat, ihn so mächtig
erscheinen ließ, ich hatte in dem Augenblick die Em=
pfindung, daß ich noch nie ein so riesenhaftes Thier
dieser Art gesehen hatte.

Regungslos, wie aus Erz gegossen, stand er mitten

in dem Käfig; die gelbbraune Mähne umwogte sein
Genick, und aus dieser Umrahmung trat der Kopf voll
drohender Gelassenheit hervor; seine finsteren Augen
waren auf uns gerichtet.

„Sieh ihn an," flüsterte meine Begleiterin, „wie er
da steht in seiner Herrlichkeit; er ist ein König der
Natur und zürnt den Menschen, die sich auf seinen
Thron gesetzt haben."

Sie sprach so leise, als glaubte sie, daß er ihre
Worte verstehen würde, ihre Lippen öffneten sich, so
daß die weißen Zähne sichtbar wurden, ihre Nasenflügel
zitterten, und ihre Blicke ruhten auf ihm mit dem ver=
zehrenden Ausdruck, mit dem sie gestern mich angesehen
hatte.

Ein unerhörtes Grauen stieg mir zum Herzen und
legte sich bleischwer darauf, scheu blickte ich sie von
der Seite an.

Nun hing sie die Lampe an einen, zur Seite des
Käfigs aus der Wand vorspringenden Griff, dann trat
sie so dicht an den Käfig, daß ihre Stirn das Gitter
berührte.

Der Löwe wich einen Schritt zurück, öffnete den
Rachen, und ein langes hohles Grollen stieg aus seiner
Kehle empor.

Sie drehte sich zu mir um.

„Hörst Du's wie er mich begrüßt?" fragte sie.

Dann wandte sie sich zu dem Thier zurück, und
mit tiefem, feierlichem Ernste, als spräche sie zu einem
vernunftbegabten Menschen, sagte sie:

„König, vergieb, daß ich deine Ruhe störe, aber
hier ist Einer gekommen, der dich in deiner Herrlichkeit

zu sehen verlangte, es ist ein Mensch, aber der Einzige von Allen, den ich liebe — er ist anders als die Anderen."

Sprachlos hörte ich diesen seltsam schauerlichen Worten zu; das Weib befand sich offenbar in einem Zustande wildester Ekstase, und zum ersten Male empfand ich es, daß der Anblick solchen Zustandes ansteckend auf den Menschen wirken kann. Denn indem ich die Augen des Löwen, der sich im Hintergrunde des Käfigs niedergelegt hatte, regungslos auf die Sprechende gerichtet sah, fing ich wirklich an zu glauben, daß er begriffe, was sie zu ihm sagte.

Ich war wie gebannt auf einem Flecke stehen geblieben und befand mich zwei Schritte hinter ihr. Jetzt wandte sie sich langsam zu mir zurück und schaute mich an, als wundere sie sich, daß ich noch immer so fern blieb. Dann kam sie zu mir heran.

„Fürchtest Du Dich vor ihm?" fragte sie; „ja, seine Arme sind stark und das Herz in seiner Brust ist furchtbar, wenn es zürnt — aber wenn Du wüßtest, wie wonnevoll es ist, wenn man das Haupt in seine Mähne bettet, wenn Du wüßtest, wie weich sein goldenes Fell ist — und wie sanft es sich in seinen Armen ruht —."

Sie unterbrach sich, legte beide Hände auf meine Schultern und indem sie mir ins Gesicht starrte, hob ihre Oberlippe sich empor. Instinktmäßig wollte ich zurückweichen, aber ich fühlte mich von ihren Händen am Platze festgehalten.

„Sprich," sagte sie mit hohler Stimme, „hättest Du nicht auch Lust, einmal in seinen Armen zu ruhen?

einmal mit mir zusammen in seinen Armen — denk'
doch, wie selig das sein muß.“

Wie ein eisiger Schauer drang mir der schreckliche
Sinn ihrer Worte ins Herz. Ich faßte ihre Handge-
lenke, um ihre Hände von meinen Schultern zu bringen,
aber wie Schraubstöcke hielten ihre Finger mich gepackt.

„Ich habe es Dir ja gesagt,“ fuhr sie fort, „daß
Du gezeichnet bist wie ich zum Tode durch die Gewalt — die Stunde ist da und sie ist so schön —
warum willst Du ihr entfliehen? Du bist zu gut für
diese Welt, viel zu sanft und zu gut, Du kannst ja
nicht glücklich werden — darum hat Dein Schicksal
Dich zu mir geführt. Komm doch, mein Trauter, mein
Liebling, ich will Dich heilen von allem Leid, das Dir
die Menschen thun werden —.“ Sie hatte die Arme
um mich geschlungen, ihre Augen glühten und sprühten
in dunkler Gluth, von ihren Lippen strömte die Beredt-
samkeit der wüthenden Raserei. Ich fühlte mich in
der Gewalt einer Wahnsinnigen, deren unnatürliche
Kräfte ins Maßlose gesteigert waren. Der kalte Schweiß
brach mir aus allen Gliedern hervor; ich wollte sprechen,
wollte ihr zur Vernunft reden, aber das Entsetzen
drückte mir die Worte in die Kehle zurück.

„Ich dulde es nicht,“ sagte sie, und der Ton ihrer
Stimme ward drohender von Silbe zu Silbe, „ich
dulde es nicht, daß die verfluchten Menschen Dich
quälen, daß sie Dich martern, bis daß Du stirbst —
ich will dabei sein — mit Dir zusammen will ich sterben!
Komm', sag' ich Dir, er macht es kürzer“ — und sie
winkte mit dem Haupte rückwärts nach dem Löwen hin

— „er macht es wie ein stolzer König mit einem Male! Du denkst, es thäte weh? Glaub' es nicht; siehst Du die Thür dort?" — sie zeigte auf die Eingangspforte des Käfigs und riß mich gleichzeitig einen Schritt auf dieselbe zu — „dort treten wir zu ihm hinein — Arm in Arm, Brust an Brust — dann kommt uns der König entgegen — dann fängt er uns in seine Arme —."

„Lassen Sie mich los," rief ich, von Todesschrecken gepackt, verzweifelnd sträubte ich mich in ihren Armen.

Wir waren bis dicht an das Gitter gelangt, und beim Anblicke unserer ringenden Bewegungen erwachte plötzlich der blutgierige Instinkt des Löwen. Mit einem ungeheuren Satze fuhr er empor und flog durch den ganzen Käfig mit der vollen Wucht seines Leibes gegen das Gitter, daß es in allen Fugen dröhnte und krachte. Weit that sich der Rachen auf, und ein donnerndes Gebrüll durchschütterte den öden Raum.

Während aber der furchtbare Laut jedes Glied meines Leibes erstarren machte, schien er das Weib erst ganz zum rasenden Wahnsinn zu erwecken.

„Hörst Du," schrie sie mit gellender Stimme, „wie der König ruft? Er zürnt uns, daß wir ihn warten lassen — auf, Du mußt! Du mußt!"

Aechzend stemmte ich mich mit den Füßen gegen den Fußboden, aber mit ihrer unbändigen Kraft warf sie sich auf mich, ich fühlte mich fortgerissen, noch einen Schritt und noch einen auf die verhängnißvolle Pforte zu — da ging die Thür, durch die wir eingetreten waren, jählings auf, und verstörten Gesichtes kam der Bändiger hereingestürzt.

„Biſt Du wieder einmal toll geworden?" ſchrie er.

Mit einem Sprunge war er herangekommen und gab dem Weibe einen Stoß, daß ſie zurücktaumelte. Ihre Arme glitten von mir ab — ich war befreit.

Nach Luft ringend, gebrochen in allen Gliedern ſtand ich da.

„Machen Sie fort," rief mir der Bändiger zu, der das Weib, das in die Kniee geſunken war, an den Schultern feſthielt, „machen Sie fort, ſo ſchnell Sie können."

Taumelnden Schrittes wandte ich mich dem Aus=gange zu, da hörte ich ihre Stimme hinter mir:

„Das thuſt Du mir?" rief ſie, „ich habe Dich retten wollen vor den Menſchen, und Du fliehſt zu den Menſchen vor mir?"

„Als ich dieſe Worte vernahm, die mit allem Jammer tiefſter Verzweiflung hinter mir drein erſchollen —."

Benno Rother brach mitten im Saße ab, ſein Antliß war weiß geworden wie der Schnee —

„Begreifſt Du es nun," ſagte er, indem er plötzlich dicht an mich heran trat, „daß ich fliehen mußte aus jener Stadt am nächſten Tage in aller Frühe? daß ich nicht ſprechen konnte von dem, was mir begegnet war? begreifſt Du es, daß, als ich jenes letzte Wort von ihr vernahm, ich mich nur einen halben Schritt noch vom Wahnſinn entfernt fühlte und daß der Wahn=ſinn mir zurückkehrte, ſo oft dieſes Wort mir im Ge=dächtniß wieder emportauchte? Wenn ich mein Leben retten wollte, mußte ich entfliehen, und indem ich vor ihr floh, überkam es mich wie das Gefühl einer tödtlichen Schuld, die ich an dem unſeligen Weibe beging." —

Ich erhob mich von meinem Sitze — die Cigarre war längst erloschen, der Wein war ungetrunken stehen geblieben.

„Ja," sagte ich, indem ich seine Hand ergriff und fest in der meinigen behielt, „ich begreife Alles, Alles. Dennoch ist es gut, daß Du mir Dein Geheimniß anvertraut hast, denn Du wirst nun erkennen, daß die Prophezeihungen jenes Weibes im Wahnsinn gesprochen waren, daß die Menschen Dich nicht verfolgen, daß sie Dir helfen und Dich schützen werden, wo und wie sie können. Du hast einen schrecklichen Traum geträumt, aber nach dem schweren Traum der Nacht freut man sich doppelt des hellen, gesunden Tages. Und nun mache ich Dir folgenden Vorschlag: morgen Nachmittag um sieben Uhr geht der Eisenbahnzug nach Korsör, wir setzen uns hinein und übermorgen ist das Meer zwischen Dir und ihr."

Benno Rother senkte das Haupt.

„So wird es am besten sein," sagte er. —

Was von der Nacht noch übrig blieb, wurde benutzt die versäumte Ruhe nachzuholen — ob er geschlafen hat, weiß ich nicht, wenn ich nach mir urtheilen soll, möchte ich es indessen bezweifeln.

Am nächsten Vormittage entführte ich ihn zu einem Ausfluge nach dem reizenden Marienlyst, von wo wir in den Nachmittagsstunden zurückkehrten. Dann trennten wir uns für kurze Zeit, da ich einen Freund aufsuchen wollte.

Es wurde verabredet, daß wir um sechs Uhr im Gasthofe zusammentreffen wollten, um von da gemeinschaftlich nach dem Bahnhofe zu gehen.

Pünktlich zur festgesetzten Stunde fand ich mich ein, Benno Rother war noch nicht erschienen.

Eine Viertelstunde verging — er kam nicht; auf mein Befragen erfuhr ich nur, daß er bald nach mir das Gasthaus verlassen hatte und bisher nicht zurückgekehrt war.

Es schlug halb sieben; wenn wir den Zug benutzen wollten, war es höchste Zeit.

Ich machte mich allein nach dem Bahnhofe auf den Weg, in der Meinung, ihn dort vielleicht vorzufinden, im Gasthofe hinterließ ich entsprechende Weisung.

Ich streifte die Perronhalle auf und ab, ich durch= musterte die Wartezimmer eines nach dem anderen — wen ich nicht fand, war Benno Rother. Rathlos stand ich da — die Glocke mahnte zum Einsteigen — konnte ich ihn jetzt allein zurücklassen? Unmöglich — der Zug rollte ohne mich davon. Auf dem Wege, den ich ge= kommen war, kehrte ich zum Gasthause zurück — er war auch jetzt noch nicht wieder eingetroffen.

Während ich unschlüssig zaudernd auf der Schwelle des Flurs stand und die gleichgültigen, fremden Menschen gleichgültig an mir vorüber wandeln sah, stieg mir plötzlich schwarz und schreckhaft wie etwas körperlich Greifbares der Zusammenhang der Dinge vor der Seele auf. Wie war es möglich, daß ich daran nicht gleich gedacht, daß ich mich in seiner Seele so verrechnet hatte! Mit der Rückerinnerung an all' das Furchtbare, was er durchlebt, mit dem Bewußtsein, daß das Weib an einem Orte wieder mit ihm zusammen war, hatten die Spukgebilde der Nacht wieder Gewalt über seine Seele gewonnen, und ihr düsteres „Ich

halte Dich" von gestern Abend war thatsächliche Wahr=
heit geworden.

Gerade weil er sich vor ihr entsetzte, riß es ihn zu
ihr hin, denn er war einer jener Menschen, die, wenn
sie am schwindelerregenden Abhange stehen, die entsetzliche
Möglichkeit des Hinabstürzens mit so schauriger Gewalt
der Phantasie in sich empfinden, daß sie, um dieser
Qual zu entgehen, sich kopfüber hinunterwerfen. —
„In Schwachen wirkt die Einbildung am stärksten" —
er heißt nicht mit Unrecht der größte Seelenkenner,
der Mann, der das gesagt hat. —

Jetzt erst fiel es mir wieder ein, wie er gestern
schon, als wir den Garten verließen, auf der Schwelle
gestockt hatte, als wollte er wieder zurück — ich wußte
nun, wo ich ihn zu suchen hatte, und unverweilt machte
ich mich nach dem Tivoli auf den Weg.

Als ich am Thore des Gartens mein Eintrittsgeld
erlegen wollte, hatte ich einen kurzen Aufenthalt, denn
der Kassirer war so gänzlich in die Erzählung eines
vor ihm stehenden Mannes versunken, daß er auf wieder=
holtes Anrufen erst sich zu mir umwandte und mich
abfertigte. Was der Mann erzählte, konnte ich nicht
verstehen, da es auf Dänisch geschah, aber die erregte
Hast fiel mir auf, mit der er sprach, außerdem sah ich,
wie er sich mit der rechten Hand, als wenn er seine
Erzählung bildlich lebendig machen wollte, auf die
Brust schlug, indem er die Finger krümmte, so daß
die Hand die Gestalt einer Kralle nachahmte. Ich trat
in den Garten ein — aus dem hinteren Theile desselben,
wo der Cirkus lag, kamen mir Gruppen aufgeregter
Menschen entgegen, die sich laut redend und gestikulirend

miteinander unterhielten, und plötzlich — war es der Schatten eines grausigen Ereignisses, das vorahnend in meine Seele fiel? — plötzlich durchzuckte mich die Gewißheit, daß etwas Schreckliches im Cirkus vorgefallen und Benno Rother dabei betheiligt sei.

Keuchenden Laufes erreichte ich die Pforte des Gebäudes; Haufen von Menschen standen vor derselben gedrängt; eine Frau schwankte an mir vorüber, das Taschentuch vor das Gesicht gedrückt, mit jenem nervösen Schluchzen, in das Frauen beim Anblick blutiger Vorgänge häufig verfallen, und welches die Nerven auch des stärksten Mannes zerwühlt.

Rücksichtslos brach ich mir Bahn, bis daß ich in das Innere des Cirkus gelangte.

Das Erste, was ich sah — denn die Menschen standen auch im Innern dicht gedrängt — war ein Käfig, der mitten in den Cirkus geschoben war, und in welchem ein ungeheurer Löwe mit wüthenden Sätzen auf und nieder tobte. Von Zeit zu Zeit unterbrach er seine Bewegungen, drückte sich mit vollem Leibe gegen das Gitter, als verlangte er nach einem Gegenstande, der sich unmittelbar außerhalb des Käfigs befinden mußte, den ich noch nicht sehen konnte, und stieß ein blutdürstiges Geheul aus.

Rechts und links stieß ich die Neugierigen, die mir den Weg wie eine Mauer versperrten, zur Seite; ich gelangte an die Barriere — und wie an den Boden gewurzelt blieb ich an der Barriere stehen:

Lang hingestreckt in den Sand der Arena lag die Frau, die ich gestern Abend gesehen hatte, neben ihr im Sande kniete ein Mann — und dieser Mann war

Benno Rother. Mit zwei Sprüngen war ich an ihrer
Seite.

„Benno,“ sagte ich, „Du hier?“

Er hob das Haupt, er sah mich an, ob er mich
erkannte — ich weiß es nicht.

Der linke Arm des Weibes war um seine Schulter
geschlungen, ihr Oberleib lehnte gegen sein aufgestemmtes
rechtes Knie, ihr Haupt ruhte an seiner Brust. Eisige
Blässe bedeckte ihr Gesicht, die Augen waren geschlossen
— eine sterbende Gigantin — das Bild fiel mir ein,
das er gebraucht hatte, und wunderbar, wie es die
Sache traf.

Einer der Umstehenden, ein Arzt, wie es schien
beugte sich herab und schob Benno Rother's Hand, die
ein Tuch auf ihre Brust gepreßt hielt, leise bei Seite.
Eine tiefe, strömende Wunde zeigte sich mitten auf
ihrem halbentblößten Busen.

„Nichts mehr zu machen,“ sagte er kopfschüttelnd,
indem er sich wieder aufrichtete.

Er sprach Deutsch, ich wandte mich an ihn.

„Haben Sie den Vorgang mit angesehen?“ fragte ich.

„Jawohl,“ erwiderte er leise, „es war etwas höchst
Sonderbares:

„Die Vorführung des Löwen geschah zu Ende der
ersten Abtheilung des Programms. Die Frau war in den
Käfig getreten, das Thier schien zwar in übler Laune
zu sein, aber es that dennoch, was sie von ihm verlangte.
Sie legte sich zu ihm nieder und bettete das Haupt in
seine Mähne — auch das ließ der Löwe sich gefallen,
obschon er drohend zu murren begann. Als sie aber
so lag, sah es aus, als ob sie plötzlich unter den Zu-

schauern Jemanden bemerkt hätte, der ihre ganze Auf=
merksamkeit fesselte. Ich kann es nicht genau sagen,
aber ich glaube in der That, es war der junge Mann,
der dort neben ihr kniet — er wies auf Benno Rother.
— Sie blickte einzig und allein auf ihn hin und schien
ganz zu vergessen, in welcher Lage sie sich befand. Der
Löwe ward offenbar ungeduldig, sein Murren wurde
zum dumpfen Gebrüll, und nun kam der Mann, der
die Frau begleitete, plötzlich herangelaufen. Er sprang
in den Vorkäfig und riß die Thür des inneren Käfigs
auf — und das war ein Fehler; denn bei dem Lärm,
den er machte, wurde der Löwe zornig und stand plötz=
lich auf. Zwar sprang jetzt die Frau gleichfalls auf
die Füße, aber es war schon zu spät, denn indem sie
durch die geöffnete Thür hinaustreten wollte, sprang der
Löwe mit einem Gebrüll, wie ich ein ähnliches nie gehört
habe, auf sie los und schlug ihr die rechte Vordertatze
mit einer solchen Gewalt in die Brust, daß sie rück=
lings übertaumelte und von dem Manne aufgefangen
ward, der eben noch Zeit gewann die Käfigthür zuzu=
werfen. Im Augenblick, da er sie alsdann herausschaffte,
kam der junge Mann dort wie ein Rasender von seinem
Platze herabgesprungen, über die vor ihm sitzenden Leute
hinweg — und warf sich zu ihr in den Sand. Und
seitdem, sehen Sie, kniet er noch ebenso neben ihr."

Ich hatte dem Berichte wortlos zugehört; was dem
Erzähler unerklärlich schien, war mir nur zu erklärlich.

Jetzt bemerkte ich, daß das Weib die Augen auf=
geschlagen hatte, und ich stand so, daß ich gerade in
diese Augen hineinschauen konnte. Nichts Wildes war
mehr darin, nichts Leidenschaftliches, nur der ergreifende

Ausdruck liebender, leidender Weiblichkeit. Sie regte die Lippen, und unwillkürlich beugte ich mich nieder, um zu hören, was sie zu ihm sprach.

„Ich habe es Dir gesagt" — hörte ich sie leise sagen — „es thut nicht weh — gar nicht weh" — eine Pause trat ein. —

„Ich gehe jetzt fort" — fing sie noch einmal, noch leiser an — „kommst Du nun auch bald?"

Schwer lastend blieb ihr Haupt auf seiner Brust liegen — in dem weiten, menschenerfüllten Raume regte sich kein Laut; das große Geheimniß, vor dem die Menschen verstummen, war zwischen uns getreten, der Tod.

Ich trat zu ihm heran und berührte seine Schulter.

„Benno," sagte ich, „wende Deine Augen auf die Lebenden, kennst Du mich nicht mehr?"

Verworren schaute er zu mir empor, dann richtete er sich, von mir gestützt, langsam auf, und nachdem er einen langen, öden Blick auf das zu seinen Füßen liegende Weib geworfen hatte, fiel er mir um den Hals und brach in einen Strom von Thränen aus, der kein Ende nehmen wollte.

Der Arzt, der vorhin mit mir gesprochen hatte, kam heran.

„Das ist gut," sagte er mir ins Ohr, „das ist sehr gut, daß er weint, bringen Sie ihn schnell fort." —

Wie ich ihn nach Hause geschafft, wie wir diese Nacht verbracht haben — ich weiß es nicht mehr.

Am nächsten Abende waren die Wellen der Ostsee unter unseren Füßen, und am darauf folgenden Tage brachte ich ihn in die Arme seines Vaters zurück. —

„Eine traurige Vergnügungsreise" — so schloß ich meinen Bericht, dem der alte Herr mit besorgter Spannung gefolgt war.

„Der Alp ist von seinem Leben genommen," sagte er, indem er tief aufathmend sich erhob, „ich denke, daß nun Alles wieder gut werden wird."

„Ich fühle," erwiderte ich, „daß Alles, was ich jetzt für meinen Freund thun kann, darin besteht, ihn ganz Ihrer Fürsorge zu überlassen. Wollen Sie mir versprechen, daß Sie mir schreiben wollen, sobald er wieder ganz der lebendigen Welt angehört?"

Er versprach es mir in die Hand, die ich ihm scheidend reichte. —

Ich warte noch immer auf seinen Brief. — —

G. Pätz'sche Buchdr. (Lippert & Co.), Naumburg a/S.